EDWARD MARSTON

DIE NEUN RIESEN

Ein Krimi aus
dem alten England

Aus dem Englischen von
Benno F. Schnitzler

GOLDMANN VERLAG

Deutsche Erstausgabe

Die Originalausgabe erschien unter dem Titel »The Nine Giants«
bei Bantam Press, London

Umwelthinweis:
Alle bedruckten Materialien dieses Taschenbuches
sind chlorfrei und umweltschonend.
Das Papier enthält Recycling-Anteile.

Der Goldmann Verlag
ist ein Unternehmen der Verlagsgruppe Bertelsmann

Umschlaggestaltung: Design Team München
Umschlagmotiv: AKG/F, Berlin
Satz: IBV Satz- und Datentechnik GmbH, Berlin
Druck: Elsnerdruck, Berlin
Verlagsnummer: 42029
Ge · Herstellung: Heidrun Nawrot
Made in Germany
ISBN 3-442-42029-6

1 3 5 7 9 10 8 6 4 2

Der berühmte Bürgermeister von fürstlicher Gewalt,
der dich besonnen mit dem Schwert des Rechts regierte,
Kein Fürst von Paris, Venedig oder Florenz
vermochte ihn an Ehr' und Würde zu erreichen.
Er ist Vorbild, Leitstern und Richtschnur,
oberster Schirmherr und stand über allen
Bürgermeistern als ihr edelster Meister.
London, du bist die Blüte aller Städte.

William Dunbar

Für Lady Diane Pearson

Die Liebe, die ich Eurer Ladyschaft widme, ist ohne Ende: davon ist dieses Buch nur ein überflüssiger Teil. Die Befugnis, die ich Eurer ehrenvollen Veranlagung verdanke, ist es, nicht der Wert meiner ungebildeten Zeilen, daß es der Annahme sicher ist. Was ich getan habe, ist Euer; was ich noch tun werde, ist Euer, die Ihr Teil seid von allem, was ich habe. Wäre mein Wert größer, wäre auch meine Schuld größer, indessen ist alles, wie es ist, Eurer Ladyschaft gewidmet; der ich ein langes Leben voller Glück wünsche.

1. Kapitel

Voller Entsetzen starrte Lawrence Firethorn auf die Leiche seiner jungen Frau und stieß einen Seufzer tiefster Verzweiflung aus, daß es den Zuhörern eiskalt über den Rücken lief. Während er schwankend über die unglückselige Gestalt seiner blutjungen Frau gebeugt stand, die man ihm am Hochzeitstag entrissen hatte, heulte er wie ein Tier und hob die Hände in einer bittenden Geste zum Himmel. Als ihm von dort kein Trost zuteil wurde, wurde er von Rachegedanken für diesen schrecklichen Mord gepackt und riß seinen Dolch hervor, mit dem er wild durch die Luft fuhr. Die Sinnlosigkeit dieser Geste ließ ihn erstarren und erneut in Tränen ausbrechen. Doch plötzlich, völlig überraschend, richtete er seinen Dolch gegen sich selbst und stieß ihn sich mit brutaler Gewalt in die Brust. Obwohl seine Lebenskraft mit jeder Sekunde dahinschwand, schaffte er es noch, mit großer Klarheit eine sechzehnzeilige Rede zu halten. Er lag bereits auf den Knien, als er endlich die letzten Zeilen sprach.

Geraubt ist mir mein Herz und meine Hoffnung,
liebste Braut,
dein schlimmer Tod hat mir mein Glück vernichtet.
Adieu, gemeine Welt! Adieu, verdammtes Leben!
Ich fahr dahin, um meiner Liebe nah' zu sein.

Firethorns Körper schlug mit einem Geräusch auf den Boden auf, das durch die gespannte Stille hallte. Seine ausgestreckten Finger berührten zum letztenmal die bleiche und leblose Hand seiner jungen Frau. Gramgebeugte Diener kamen hinzu, hoben die beiden Leichen auf Tragen und brachten sie hinaus, während gedämpfte Trauermusik erklang. Der edle Graf Orlando und seine angebetete junge Gräfin fanden ihr Hochzeitsbett in der Familiengruft. Die Zuschauer wagten kein Wort und keine Bewegung, so ergriffen waren sie von dieser Tragödie und ihrer Bedeutung. Stummer Schmerz hielt sie gefangen.

Sekunden später war der Bann gebrochen, als Lawrence Firethorn an der Spitze des Ensembles auf die Bühne trat, um vor dem dichtgedrängten Publikum im Innenhof des *Queen's Head* in der Gracechurch Street seine Verbeugung zu machen. Jetzt war er kein gebrochener Aristokrat mehr, kein italienischer Edelmann, der gerade aus unerträglichem Leid Selbstmord begangen hatte. Firethorn war Londons größter Schauspieler, voll pulsierender Lebenskraft und knisternder Neugier, der jetzt seinen Platz auf der Mitte der Bühne einnahm, um seinen wohlverdienten Applaus zu empfangen, während er gleichzeitig die obere Galerie mit den Augen nach einem bestimmten Gesicht absuchte. Graf Orlando war nur einer der vielen tragischen Helden, die der anerkannte Star der Westfield's Men gespielt hatte, und es war eine Rolle, in der er immer wieder nach Belieben die Gefühle des Publikums manipulierte. Sie klatschten, schrien und stampften mit den Füßen, um ihren Dank für seine Leistung zu beweisen. *Tod und Finsternis* hatte wieder einmal ein magisches Netz gewoben. Firethorn wurde gefeiert.

Applaus war das Lebenselixier eines Schauspielers, jedes Mitglied der Gruppe spürte, wie es davon durchpulst wurde.

Firethorn sollte ruhig denken, die ganze Bewunderung, für die er sich mit einer geradezu unverschämt bescheidenen Verbeugung bedankte, gelte einzig und allein ihm, doch seine Kollegen konnten diesen Traum genauso träumen. Barnaby Gill, klein und gedrungen direkt neben ihm, war davon überzeugt, die Ovationen seien der Dank für seine Darstellung des Quaglino, des alten Gefolgsmannes, des einzigen komischen Charakters in einem tragischen Stück, des einzigen Lichtstrahls in der Finsternis des ganzen Schauspiels. Edmund Hoode, groß und dünn und von einer jugendlichen Unschuld, die sein Alter Lügen strafte, wußte genau, daß der Applaus der Dank war für seine herzergreifende Rolle des jugendlichen Liebhabers der Gräfin und dazu für seine Fähigkeiten als Autor des Stückes. »Tod und Finsternis« war ein frühes Stück aus seiner Feder, doch es hatte den Test der Zeit und eines anspruchsvollen Publikums bestanden.

Und so war es auch beim Rest der Gruppe bis hinunter zu ihrem unwichtigsten Mitglied, George Dart, dem winzigen Aushilfsbühnenarbeiter, der im Stück als Soldat in den Heeresdienst gepreßt worden war, voller Stolz die Uniform der Garde des Grafen Orlando trug und sich innerlich dazu gratulierte, daß er den einzigen Satz seiner Rolle – »Mein Lord, der Herzog von Milano erwartet Euch« – zum erstenmal seit Wochen richtig hinbekommen hatte. Obwohl er seinen Platz am äußersten Ende des Halbkreises aus Schauspielern hatte, verbeugte er sich genauso tief wie die anderen und sog den Applaus gierig auf, solange es ging, denn er wußte, daß schon bald wieder unangenehmere Aufgaben auf ihn warteten und daß es Beschwerden, Neckereien, ausgesprochene Mißhandlungen und gelegentlich auch Prügel für ihn geben würde, kaum daß er die Bühne verlassen und wieder seinen Platz als der Niedrigste unter den Niedrigen eingenommen hatte.

Nicholas Bracewell beobachtete all das von seinem Platz hinter den Vorhängen. Er war ein großer, gepflegter, gutaussehender Mann mit dichtem, blondem Haar und Vollbart. Als Regisseur der Gruppe inszenierte er jede Aufführung der Gesellschaft mit solcher Aufmerksamkeit für Einzelheiten, daß Lord Westfield's Men hoch über jeder anderen Theatergruppe standen. Wie groß ein Applaus auch immer sein mochte, niemals galt er seiner Arbeit hinter den Kulissen, und das paßte Nicholas sehr. Er besaß eine achtunggebietende Persönlichkeit, die von seiner Eigenschaft, im Hintergrund zu bleiben, begleitet wurde – er liebte die Schatten mehr als die Sonne.

Während Lawrence Firethorn und die anderen Schauspieler gierig den Applaus entgegennahmen, war der Regisseur ungerührt bei der Arbeit und bemerkte von seinem Beobachtungsposten, daß Barnaby Gill seinen Strumpf zerrissen hatte, daß Edmund Hoodes Wams am Rücken eine offene Naht hatte und daß George Dart irgendwie eine Schnalle seines Schuhs verloren hatte. Ferner hatte Nicholas im Laufe zweier hektischer Stunden der Aufführung bemerkt, daß Auftritte verpaßt und Textzeilen vergessen worden waren und daß die Musiker nicht gerade ein Musterbeispiel an Harmonie abgegeben hatten. Anschließend würde er ein paar ernsthafte Worte mit den Übeltätern reden, und er hatte auch genügend Rückgrat, dem launischen Firethorn zu sagen, daß der Hauptdarsteller bei einer seiner wesentlichen Textstellen versehentlich vier Zeilen aus einem völlig anderen Stück hatte einfließen lassen. Nicholas war ein unnachgiebiger Perfektionist.

Inzwischen kannte er seinen Arbeitgeber durch und durch. Obwohl sein augenblicklicher Blickwinkel sich bei Firethorn auf einen gebeugten Rücken und prallen Hintern beschränkte, konnte er doch sehen, was den Grafen Orlando bewegte. Irgendwo auf der Galerie war ein neues weibliches Gesicht mit spitzbübischem Charme aufgetaucht, das den Schauspieler neugierig gemacht hatte. Nicholas hatte gewisse Anzeichen dafür schon früher entdeckt, als Firethorn im Kostümsaal war und sich so richtig in Fahrt brachte, alle mit einem freundlichen Lächeln bedachte und eine Zuversicht ausstrahlte, die von Nervosität durchsetzt war. Häufiger als sonst drehte und wendete er sich vor dem Spiegel. Der Regisseur stöhnte innerlich auf. Für die gesamte Truppe war es nicht besonders gut, wenn sich der Hauptdarsteller und Leiter in ein neues romantisches Abenteuer stürzte, und für Nicholas Bracewell bedeutete es eine zusätzliche Last, denn er wurde unweigerlich als widerstrebender Vermittler benutzt. Gefahr lag in der Luft.

· Innerhalb von Sekunden bestätigte Lawrence Firethorn diese Befürchtung. Nach einer letzten, liebenswürdigen, ausgiebigen Verbeugung warf er eine Kußhand zur Galerie hinüber und leitete seine Gruppe hinter den Vorhang zurück. Während sie in den Kostümsaal strömten, hörten sie hinter sich den Applaus, der jetzt langsam verebbte. Die Darsteller verfielen in gelöstes Geschnatter, während die Musikanten auf ihren erhöhten Plätzen leichte Musik spielten, um die Abschiedsgeräusche des Publikums zu übertönen. Aufgeregt, mit familiärem Eifer stürzte Firethorn sich auf seinen Regisseur.

»Nick, mein Lieber! Ich habe eine wichtige Aufgabe für Euch.«

»Ich habe schon genug wichtige Arbeit, die mich auf Trab hält, Sir.«

»Dies ist eine besondere Aufgabe«, sagte Firethorn. »Sie kommt direkt von Amor.«

»Kann das nicht warten, Master?« fragte Nicholas in dem Versuch, der Aufgabe zu entgehen, die ihm bevorstand. »Ich werde dringend hier gebraucht, wie Ihr ja wohl sehr gut wißt.«

Firethorn packte ihn am Arm, schob ihn zum Vorhang, den er leicht öffnete, um den Blick auf den Innenhof freizugeben. Seine Stimme war ein drängendes Zischen.

»Findet heraus, wer sie ist!«

»Welche Lady hat diesmal Euer Interesse geweckt?«

»Dieses Wesen aus reiner Freude und Schönheit.«

»Da gibt es mehrere, auf die diese Beschreibung zutrifft«, sagte Nicholas und betrachtete die sich zerstreuende Menge. »Wie soll ich sie in einer solchen Menschenmenge finden?«

»Seid ihr blind, Mann?« heulte Firethorn und deutete mit dem Finger. »Sie ist dort oben in der obersten Galerie.«

»Unter einem Dutzend oder mehr schöner Mädchen.«

»Die sie sämtlich mit ihrer Schönheit übertrifft.«

»Ich fürchte, ich kann sie nicht entdecken, Master.«

»Der Engel ist in Blau und Rosa gekleidet.«

»Das sind mehrere da oben.«

»Jetzt reicht's, Ihr Schuft!«

Firethorn gab ihm einen scherzhaften Stoß, und Nicholas erkannte, daß er seiner neuen Aufgabe nicht entgehen konnte, indem er so tat, als sähe er niemanden. Er hatte die junge Frau mit dem ersten Blick entdeckt, der Anblick hatte die Warnglocken in seinem Kopf zum Klingeln gebracht. Inmitten all der Farbenpracht, die die eleganten Damen und Herren in ihrer Nähe zeigten, war sie mit Leichtigkeit zu entdecken. Ihr Gesicht war klein, oval und von exquisiter Feinheit, ohne all die kosmetischen Hilfsmittel, auf die die anderen sich so sehr verlassen mußten. Sie war ziemlich klein und von einer delikaten Lebhaftigkeit, die man selbst bei einem flüchtigen Blick erkennen konnte. Nicholas schätzte sie auf nicht mehr als neunzehn oder zwanzig. Sie trug ein Kleid im spanischen Stil mit einem runden, spitzenbesetzten Steifkragen über einem blauen Mieder, das Ärmel von noch dunklerer Farbe hatte. Rosa Bänder verzierten ihre Arme. Ihr aufgeblähter Ballonrock zeigte die gleichen Farben Blau und Rosa. Juwelen bildeten den glitzernden Höhepunkt des glänzenden Porträts.

»Ich glaube, jetzt habt Ihr sie entdeckt«, sagte Firethorn glucksend. »Ist sie nicht göttlich?«

»Ja, in der Tat«, stimmte Nicholas zu. »Aber Ihr seid nicht der erste, der diesen Eindruck von Ihr hat.«

»Wieso?«

»Sie befindet sich in der Gesellschaft zweier junger Herren.«

»Was interessiert mich das?«

»Vielleicht ist einer der beiden ihr Ehemann.«

»Das kann mich nicht abhalten, Nick. Und wenn sie fünfzig oder mehr Ehemänner hätte, ich würde ihr dennoch nachstellen. Das gibt der Jagd nur noch mehr Pfeffer. Ich habe etwas, das kein anderer Mann ihr bieten kann. Wahre Genialität auf der Bühne!«

»Die Dame hat Euch bei Eurer besten Leistung gesehen.«

»Der Graf Orlando hat sie erobert«, sagte Firethorn großspurig. »Ich bemerkte das jedesmal, sobald ich auf die Bühne kam. Ich habe die Tränen in die Perlen gebracht, die ihre Augen sind. Ich habe ihrem Herzschlag den Rhythmus der Liebe gegeben.«

Nicholas Bracewell stieß den resignierten Seufzer eines Menschen aus, der das alles schon mehrfach gehört hatte. Der Schauspieler hatte enormes Talent, dem seine Eitelkeit allerdings in nichts nachstand. Firethorn war der Auffassung, er brauche vor den Augen einer Frau nur eine seiner größeren

Rollen zu spielen, und schon würde sie ohne jedes Zögern in sein Bett fallen. Was Nicholas bei dieser neuesten Flamme so alarmierte, war die Tatsache, daß sie nicht dem üblichen Typ entsprach. Das war keine geübte Kokette, die ihm feurige Blicke zuwarf, um seine Leidenschaft anzustacheln. Die junge Frau war eindeutig nicht der Typ der höfischen Schönheit, der ein gelegentliches Abenteuer gerade recht war, um die Monotonie ihres langweiligen, pudrigen Lebens zu durchbrechen. Bei all ihrem unbestreitbaren Charme und ihrem prächtigen Aufzug hatte sie eine gewisse Schlichtheit an sich, fehlte ihr eine hochgestochene Art; statt dessen zeigte sie die scheue Unbeholfenheit eines Menschen, der von dem Schauspiel begeistert war, ohne genau zu wissen, wie man sich in einem Theater zu bewegen hat.

Sie war noch unerweckt, und Lawrence Firethorn sah sich bereits als der Mann, dem die Aufgabe zufiel, ihr die Augen zu öffnen.

»Findet heraus, wer sie ist, Nick.«

»Überlaßt das nur mir, Sir.«

»Rasch an die Arbeit.«

»Wie Ihr wünscht.«

Firethorn, ein stämmiger Mann mittlerer Größe, holte tief Luft, um sich aufzublähen, und erwischte einen letzten, flüchtigen Blick auf sie, bevor sie die Galerie verließ. Er hatte eine unwiderrufliche Entscheidung getroffen. Immer noch im Kostüm eines italienischen Aristokraten, strich er seinen schwarzen Bart und setzte ein verschwörerisches Lächeln auf.

»Ich muß sie einfach haben!«

*

Anne Hendrik, geboren und aufgewachsen in Richmond mit seiner stillen Schönheit und den vielfältigen königlichen Verbindungen, hatte es nie bedauert, nach Southwark gezogen zu sein. Es war schmutziger, dunkler und dichter besiedelt und hatte gefährliche, enge Gassen, deren Schmutz krank machen konnte. Doch es war auch einer der farbenprächtigsten und weltstädtischsten Bezirke Londons, ein lebhafter Stadtteil, voll pulsierenden Lebens, in dem sich die Theater angesiedelt hatten, in dem es Bärenhatz-Arenen gab und noch andere Vergnügungen, die am besten außerhalb der Stadtgrenzen florierten. Anne hatte beschlossen, hier zu leben, als sie Jacob Hendrik, einen eingewanderten Hutmacher, heiratete, der seine holländische Kunstfertigkeit und Gewissenhaftigkeit in seine Wahlheimat mitbrachte. Sie führten eine glückliche Ehe, die kinderlos blieb, dafür aber einen stetigen Strom eleganter Kopfbekleidungen für alle Bevölkerungsschichten hervorbrachte.

Der Name Hendrik wurde zu einem Markenzeichen der Qualität.

Als ihr Mann starb, erbte Anne ein schönes Haus und ein gutgehendes Geschäft im Nebenhaus. Fast jeder erwartete von der hübschen Frau in den Dreißigern, daß sie eine angemessene Zeit der Trauer verbringen werde, bevor sie mit einem anderen Mann vor den Altar treten würde, und es gab nicht zu wenig Kandidaten, die sich dieses Ziel gesetzt hatten. Doch Anne Hendrik hielt sie sämtlich durch ihre Unabhängigkeit in Schach, die man bei einer Frau in ihrer Lage nicht erwartet hatte. Anstatt den leichteren Weg einer zweiten Heirat zu wählen, nahm sie die geschäftlichen Angelegenheiten in die eigenen Hände und bewies, daß sie durchaus genug Verstand und Scharfsinn besaß, um ihr Geschäft zu führen. Wie früher ihr Mann, scheute sie sich nicht, ihre Angestellten mit wohlüberlegter Strenge zu behandeln.

»Das kann so nicht mehr weitergehen«, sagte sie.

»Hans ist ein guter Handwerker«, argumentierte ihr Gegenüber.

»Aber nur, wenn er auch da ist.«

»Der Junge ist auf einen Botengang geschickt worden, Mistreß.«

»Er hätte schon längst zurück sein müssen.«

»Gebt ihm noch ein wenig Zeit.«

»Das habe ich bereits zu oft getan, Preben«, sagte sie. »Ich muß wohl etwas deutlicher mit Master Hans Kippel sprechen. Wenn er Wert darauf legt, unter meinem Dach weiterhin als Lehrling zu arbeiten, muß er sein Verhalten ändern.«

»Laßt mich an Eurer Stelle mit ihm reden.«

»Ihr mögt ihn viel zu sehr, um ihn tadeln zu können.«

Preben van Loew sah ein, daß sie mit dieser Aussage recht hatte, und nickte traurig. Er war ein mürrischer, dürrer Mann in den Fünfzigern, der beste und älteste ihrer Angestellten, und war ein guter Freund von Jacob Hendrik gewesen. Obwohl es seine Spezialität war, auffallende Hüte für elegante Leute herzustellen, war er selbst langweilig gekleidet und hatte nur eine einfache Mütze auf seinem dicken Schädel. Hans Kippel war der bei weitem beste Lehrling, wenn er sich auf seine Arbeit konzentrierte, doch er hatte einen unberechenbaren Charakter, der zu Unpünktlichkeit und mangelnder Konzentration führte. Er hatte die Aufgabe erhalten, persönlich in der Stadt einige Hüte abzuliefern und hätte bereits vor einer Stunde mit dem Geld zurück sein müssen. Anne mochte ihn sehr, doch dieses Gefühl war nicht stark genug, um den bohrenden Verdacht auszuräumen, daß die Versuchung vielleicht für den Jungen zu groß geworden war. Das Geld, das er bei sich hatte, war mehr als ein dreifacher Monatslohn, und er wäre nicht der erste Lehrling gewesen, der sich aus dem Staub gemacht hätte.

Preben van Loew spürte ihre Gedanken und kam seinem jungen Kollegen zu Hilfe.

»Hans ist ein ehrlicher Junge«, sagte er ernst.

»Das wollen wir hoffen.«

»Ich kenne seine Familie so gut wie meine eigene. Wir sind zusammen in Amsterdam aufgewachsen. Einem Kippel könnt Ihr jederzeit vertrauen. Die werden euch niemals enttäuschen.«

»Und wo steckt er denn jetzt?«

»Er ist bestimmt auf dem Rückweg, Mistreß.«

»Auf dem Weg über Amsterdam?«

Sie hatte einen Scherz machen wollen, der ihr aber sofort leid tat, als sie sah, wie sich sein Gesicht veränderte. Preben van Loew war eine tragende Säule ihres Geschäfts, sie wollte ihn unter keinen Umständen verärgern. Auf der anderen Seite konnte sie einem Lehrling gegenüber die Zügel aber auch nicht schleifen lassen, damit er es eines Tages nicht ausnutzte. Anne versuchte, alles wieder gutzumachen, indem sie die Arbeit ihres ältesten Angestellten lobte, der gerade damit beschäftigt war, die letzten, sorgfältig ausgesuchten Federn an einen hohen Hut mit gewelltem Rand zu nähen. Es war ein kleines Meisterstück, das einem eleganten Mann gut zu Gesicht stehen würde. Der Holländer ließ sich besänftigen, doch dann fing er mit etwas an, das Anne schon allzu oft aus dem Munde ihres Mannes gehört hatte.

»Sie machen einen Fehler, indem Sie uns außen vor lassen«, stöhnte er.

»Das ist die englische Art, fürchte ich.«

»Warum haben sie vor Ausländern soviel Angst?«

»Weil sie eben Ausländer sind.«

»Unsere Hüte sind genau so gut wie ihre, aber sie lassen uns nicht in ihre Zünfte eintreten. Sie behalten sich die erste Wahl bei allen Arbeiten vor, die angeboten werden. Wir müssen uns hier, außerhalb der Stadtgrenzen, abstrampeln, damit ihre feinen Nasen nicht von unserem holländischen Gestank beleidigt werden.«

»Die sind nur neidisch auf Eure Meisterschaft, Preben.«

»Es ist einfach ungerecht, Mistreß.«

»Jacob hat das auch jeden Tag gesagt«, entsann sie sich. »Er ist zu ihnen gegangen und hat mit ihnen diskutiert, aber sie haben gar nicht richtig hingehört. Ewig mußten sie sich über ihre alte Geschichte auslassen. Sie sagten ihm, die Hut- und die Pelzmacher hätten sich zu Beginn dieses Jahrhunderts mit den Kurzwarenhändlern zusammengetan. Bei den Hutmachern seien es neuerdings die Filzmacher, die ihre eigene Gilde gründen möchten.«

»Das kenne ich, Mistreß«, sagte er trübe. »Doch es gab Widerstand gegen diesen Versuch. Aber was hat das mit uns zu tun? Keine dieser hochwohlgeborenen Gilden wird unsere Qualität anerkennen. Sie wollen nur unter sich sein und lassen uns draußen stehen.«

»Das mag sich nach einer gewissen Zeit ändern, Preben.«

»Aber nicht mehr zu meinen Lebzeiten.«

»Eines Tages wird die Gerechtigkeit siegen.«

»Gerechtigkeit hat im Geschäftsleben keine Chance.«

Anne Hendrik wußte darauf keine Antwort. Bevor sie noch ein Wort sagen konnte, flog die Haustür auf, und ein hagerer Junge in Lederwams und Hose taumelte ins Haus. Hans Kippel hätte sich keinen dramatischeren Auftritt wünschen können. Anne trat auf ihn zu, um ihn zur Rede zu stellen, und Preben van Loew kam heran, um ihn in Schutz zu nehmen, doch dann betrachteten sie beide den Ankömmling etwas genauer. Er war stark mitgenommen. Seine Kleider waren zerrissen, sein Gesicht zerschlagen, Blut strömte heftig aus einer tiefen Wunde an der Schläfe. Hans Kippel konnte kaum noch stehen. Rasch brachten sie ihn zu einem Stuhl.

»Ruh dich hier aus«, sagte Anne.

»Was ist passiert?« fragte Preben van Loew.

»Ich schicke sofort jemand zum Arzt.«

»Sag uns, was passiert ist, Hans.«

Der Junge zitterte vor Angst. Er war so erschöpft, daß er kaum genug Luft holen konnte, um zu sprechen. Als er endlich ein paar Worte zustandebrachte, sprach er mit angeschlagener Tapferkeit:

»Ich hab's... noch. Sie... haben... das Geld... nicht bekommen...«

Mit einem erschöpften Lächeln kippte er bewußtlos auf den Holzfußboden.

*

Stanford Place stand in erstklassiger Lage auf der Ostseite von Bishopsgate und ließ die benachbarten Häuser wie Spielzeug aussehen. Es war während der Regierung von Edward IV errichtet worden und hatte mittlerweile seit mehr als einem Jahrhundert die Blicke gebannt und Neidgefühle hervorgerufen. Bei einer Breite von fast sechzig Metern hatte es vier Stockwerke übereinander. Die Zeit hatte die Holzkonstruktion etwas ermüden lassen, die Balken hatten sich ein wenig geneigt, so daß die ganze Fassade einen leicht windschiefen Eindruck machte, was jedoch zum einzigartigen Charakter des Hauses beitrug. Es wirkte wie ein Schlußstein in einem Rundbogen; die angrenzenden Gebäude in der Bishopsgate lehnten sich mit liebenswürdiger Vertraulichkeit an.

Das Haus hatte ein Dutzend Schlafzimmer, eine kleine Banketthalle, einen Speisesaal, Ankleidezimmer, Personalwohnung und Dienstbotenquartiere, Küchen, ein Backhaus, sogar eine kleine Kapelle. Ferner gab es Stallungen, Schuppen und einen ausgedehnten Garten. Es war in diesem eindrucksvollen Teil des Anwesens, in dem sich der Eigentümer im Sonnenschein eines frühen Abends erging. Walter Stanford war ein großer, rauhbeiniger Mann, dessen Kleidung einen gesicherten Wohlstand verriet und dessen Leibesmitte auf einen nur zu guten Appetit schließen ließ. Doch obwohl seine Gestalt sein mittleres Alter verriet, hatte sein rundliches Gesicht immer noch einen jungenhaften Ausdruck an sich, seine großen, braunen Augen blitzten mit kindlicher Fröhlichkeit.

»Es gibt immer noch Möglichkeiten der Verbesserung, Simon.«

»Ja, Master.«

»Und dabei darf nicht auf die Kosten geschaut werden.«

»So habt Ihr es immer gehalten, Sir.«

»Schaut Euch das Beispiel der Theobalds an«, sagte Stanford mit einer großartigen Geste. »Als Sir Robert Cecil so gütig war, einige von uns dorthin einzuladen, wurden wir durch seinen Garten geführt. Garten, sagte ich? Das war eine richtige Offenbarung.«

»Ihr habt Euch dazu bereits lobend geäußert, Master.«

»Kein Lob ist dafür zu hoch, Simon. Wirklich, spottet jeder Beschreibung.« Stanford gluckste, als er lebhaft ausschritt. »Theobalds Garten ist umgeben von einem Wassergraben, breit und so einladend, daß man mit einem Ruderboot zwischen den Büschen herumfahren könnte, wenn man das wollte. Es gibt die unterschiedlichsten Bäume und Pflanzen und Labyrinthe, um für Spaß und Unterhaltung zu sorgen. Was mir am besten gefallen hat, war die Fontäne mit dem Bassin aus weißem Marmor. So etwas muß ich hier auch haben.«

»Der Auftrag ist bereits erteilt worden.«

»Dann waren da noch Holzsäulen und -pyramiden an jeder

Ecke. Nachdem wir das alles angeschaut hatten, führte uns der Gärtner in das Sommerhaus, in dessen unterem, im Halbkreis gebauten Teil Marmorstatuen der zwölf römischen Kaiser stehen und eine Tafel aus Probierstein. Der runde, obere Teil hat Zisternen aus Blei, in die das Wasser durch Röhren eingeleitet wird, damit man Fische darin halten und im Sommer darin baden kann. Und so ging das immer weiter, Simon.«

»In der Tat, Sir.«

Als Hausverwalter war Simon Pendleton durchaus vertraut mit der Begeisterungsfähigkeit seines Herren. Anders als manche, die viel Geld verdienten, suchte Walter Stanford immerzu nach Möglichkeiten, es wieder auszugeben, und sein Haus gab ihm dazu reichlich Gelegenheit. Der Hausverwalter war ein kleiner, schlanker und salbungsvoller Mann in seinen Vierzigern, mit hoher Stirn und grauem Bart. Während er diskret etwas hinter seinem Herrn einherging, machte er sich im Geiste Notizen über weitere Aufgaben in diesem Garten, und da gab es allerhand zu notieren. Jedesmal, wenn Stanford stehenblieb, gab er neue Bäume, Sträucher, Blumen und Pflanzen in Auftrag. Wenn er in irgendeinem Winkel eine freie Stelle entdeckte, beschloß er, sie mit einer Statue oder einem kleinen Teich auszufüllen. Sparsamkeit war etwas, das der Herr von Stanford Place nicht kannte. Er war die Großzügigkeit in Person, sobald sein Interesse geweckt war.

»Alles muß zum richtigen Termin fertig sein«, warnte er.

»Ich werde mit den Gärtnern sprechen, Sir.«

»Die Stunde meines Triumphes rückt immer näher, Simon.«

»Wohlverdient dazu«, sagte der Diener mit einer unterwürfigen Verbeugung. »Euer ganzer Haushalt ist sich der Ehre bewußt, die Ihr uns bereitet. Es ist wirklich ein besonderes Privileg, dem künftigen Oberbürgermeister von London zu dienen.«

»Das wird die Krönung meiner Arbeit sein.«

Stanford verlor sich einen Moment in Gedanken an die Freuden, die vor ihm lagen. Wie schon sein Vater, war er ein Master der Tuchhändler-Innung, der angesehensten Gilde der ganzen Stadt, die bei allen zeremoniellen Veranstaltungen den ersten Platz einnahm und unsterblich gemacht war durch den Namen von Londons verehrtem Bürgermeister, Dick Whittington, der unverrückbar seinen Platz im Herzen des Volkes gefunden hatte. Dieser große Mann war ebenfalls ein Master der Innung gewesen, und jetzt war es Stanfords Absicht, einigen seiner Erfolge nachzueifern. Er wollte dieser Stadt seinen Namensstempel aufdrücken.

»Er hat die größten Toiletten in London gebaut«, sinnierte er stolz. »Im Jahre unseres Herrn 1419 baute Richard Whittington eine Toilettenanlage in Vintry Ward, mit sechzig Sitzen für Ladies und Gentlemen und fließendem Wasser. Welch ein Erbe für das gute alte London!«

Pendleton hüstelte diskret, und Stanford löste sich aus seinen Träumereien. Er wollte gerade seinen Spaziergang fortsetzen, als er eine Figur zwischen den Apfelbäumen auf sich zukommen sah. Sie trug ein blau- und rosafarbenes Kleid, das die Farbe ihrer Augen und das zarte Rosa ihrer Wangen zur Geltung brachte. Stanford öffnete breit die Arme, um sie willkommen zu heißen; der Haushofmeister verdrückte sich rasch ins Unterholz. Die junge Frau kam aufgeregt auf ihn zugestürmt.

»Matilda!« sagte Stanford. »Was hat diese Eile zu bedeuten?«

»Oh, Sir, ich habe Euch soviel zu erzählen!« keuchte sie.

»Kommt erst mal zu Atem, während ich Euch einen Kuß

stehle.« Er beugte sich nieder und küßte sie auf die Wange, dann trat er bewundernd zurück. »Ihr seid wirklich die Freude meines Lebens!«

»Ich habe selber eigene Freuden gefunden, Sir.«

»Wo mögen die sein?«

»Im Theater«, sagte sie. »Wir haben Westfield's Men mit der Aufführung dieser schmerzensreichen Tragödie im *Queen's Head* gesehen. Es hat mich zu Tränen gerührt und gleichzeitig staunen gemacht. Ich bitte Euch, tut mir den Gefallen. Wenn Ihr Oberbürgermeister von London werdet, müssen wir zur Feier des Tages ein Theaterstück haben.«

»Wir werden einen großen Umzug haben, Kind, eine feierliche Parade durch die Straßen der Stadt. Da wird es nicht an Pomp und Prachtentfaltung fehlen, das versichere ich Euch.«

»Aber ich will ein Theaterstück«, drängte sie ihn. »Mir zuliebe, sagt bitte, daß ich diesmal meinen Willen haben kann. Master Firethorn ist der beste Schauspieler der Welt, ich liege ihm anbetend zu Füßen.« Sie schlang ihm die Arme um den Hals. »Sagt nicht nein, Sir. Ich weiß, daß es Euer Tag ist, aber ich möchte ihn mit der Aufführung eines lustigen Stückes krönen.«

Walter Stanford ließ ein nachsichtiges Glucksen hören.

»Ihr sollt Euren Willen bekommen, Matilda«, sagte er.

»Oh, Sir! Ihr seid ein wunderbarer Ehemann!«

»Und Ihr die beste Frau unter Tausenden. Ich strenge mich an, meiner wunderbaren jungen Braut jeden Wunsch zu erfüllen.«

*

Nicholas Bracewell zahlte die Strafe dafür, daß er so zuverlässig und erfindungsreich war. Je mehr er sich bei allen Gelegenheiten als kompetenter Mann erwies, desto unangenehmer wurden seine Pflichten. Auf der einen Seite machte er sich für die Theatergruppe unersetzlich und gewann dadurch einen Grad an Sicherheit, den die anderen angestellten Mitarbeiter nicht erreichten; auf der anderen Seite spürte er, daß er andauernd zusätzliche Verantwortung übernehmen mußte. Doch Nicholas nahm das gelassen hin. Nachdem er seinen Botengang für Lawrence Firethorn hinter sich gebracht hatte, kehrte er sofort an seine Arbeit zurück und überwachte den Abbau der Bühne und das Verpacken der Kostüme und Bühnenrequisiten. Westfield's Men hatten erst in der kommenden Woche wieder eine Aufführung im *Queen's Head* und mußten deshalb ihr Behelfstheater wieder abbrechen, um den Innenhof des Gasthauses seiner alltäglichen Bestimmung als Kutschenanfahrtsplatz zurückzugeben. Die wertvollen Ausstattungsstücke der Schauspielkunst mußten sorgfältig eingesammelt und in einem angemieteten Zimmer im Wirtshaus untergebracht werden.

Neben der Beaufsichtigung der Bühnenarbeiter mußte Nicholas sich zusätzlich um unzählige Anliegen der Truppe kümmern – Fragen nach zukünftigen Engagements, notwendigen Reparaturen, zum Verlauf des Nachmittags, und vor allem, ob und wann sie ihren Lohn bekommen würden. Der Regisseur war auch die zentrale Adresse für Beschwerden aller Art; davon gab es jederzeit mehr als genug, denn übellaunige Schauspieler betrieben ihre Grabenkämpfe oder argumentierten, daß sie eine bessere Rolle bekommen müßten. Es war eine mühselige Arbeit, aber Nicholas meisterte sie mit dem ruhigen Lächeln eines Mannes, dem seine Arbeit trotz allem Freude machte.

Als die letzte Beschwerde vorgetragen war – George Dart wollte wissen, warum der Graf Orlando ihm mitten im zweiten Akt einen Schlag auf die Ohren versetzt hatte – machte

Nicholas sich an die schwerste Arbeit von allen. Das war sein nur allzu regelmäßiges Zusammentreffen mit Alexander Marwood, dem griesgrämigen Besitzer des *Queen's Head*, einem Mann, der von seinem Temperament überhaupt nicht zu Schauspielern paßte, weil er in der freudlosen Einöde seines Herzens genau wußte, daß die Theaterleute nur ein einziges erklärtes Ziel hatten – seinen Gasthof niederzumachen, seine Kunden zu vergrätzen und seine halbwüchsige Tochter zu verführen. Daß keines von diesen Zielen bisher auch nur im entferntesten erreicht worden war, verhinderte keineswegs seinen rastlosen Pessimismus oder sein nervöses Gesichtszucken.

Nicholas traf diesen leibhaftigen Griesgram im Schankraum und lächelte in das leichenhafte, zuckende Gesicht.

»Wie geht's, Master Marwood?«

»Ihr tut mir Unrecht, mich so zu schikanieren«, sagte der Hausbesitzer.

»Wieso, Sir?«

»Feuer, Master Bracewell. Gelbe Flammen eines Feuers. Es reicht wohl noch nicht, daß diese Pfeifenraucher auf den Galerien schon fast mein Strohdach anstecken. Westfield's Men müssen das Feuer auch noch auf die Bühne bringen. Für mich hieß es fast schon wirklich *Tod und Finsternis*. Die Fackeln hätten meinen Besitz in Flammen aufgehen lassen können. Ich hätte mein Gasthaus, meine Wohnung, meinen Lebensunterhalt und sämtliche Hoffnungen auf späteres Glück verlieren können.«

»Wir haben Wasser bereitgehalten, falls etwas passiert wäre.«

»Würdet Ihr mich bis auf die Grundmauern abbrennen lassen, Sir?«

»Aber keineswegs, Master Marwood«, beruhigte Nicholas

ihn. »Wir würden doch niemals das zerstören, was uns so lieb und teuer ist. Vor allem Eure gute Meinung über uns, die sich ja darin zeigt, daß Ihr mit uns Verträge abschließt. In diesem Zusammenhang, Sir, erlaubt mir, Euch die Miete zu zahlen, die jetzt fällig ist. Komplett zu zahlen, Sir.«

Er gab Marwood einen Beutel mit Geld und versuchte, sich davonzustehlen, doch Marwoods skelettartige Klauen packten zu und hielten ihn am Ärmel fest.

»Ich muß mit Euch sprechen, Master Bracewell.«

»Wann immer Ihr wünscht.«

»Es geht um Euren Vertrag mit dem *Queen's Head.*«

»Den würden wir gerne erneuern.«

»Aber zu welchen Bedingungen?«

»Zu Bedingungen, denen beide Parteien zustimmen können.«

»Ja, aber das ist ja gerade der Punkt«, sagte Marwood und wischte sich mit der Hand eine fettige Haarsträhne von den Augen. »Der Fall liegt jetzt anders, Sir.«

»Ich bin sicher, daß wir zu einer Einigung finden werden.«

»Westfield's Men bereiten mir viele Sorgen.«

Alexander Marwood sprudelte sie mit morbidem Vergnügen hervor. Es war eine Litanei, die Nicholas schon viele Male gehört hatte, und die jedesmal begleitet wurden von Händeringen, Seufzern und zuckenden Grimassen. Die Benutzung des *Queen's Head* war eine teure Sache. Westfield's Men mußten sich mit der nie ermüdenden Hysterie eines Hausbesitzers herumärgern, der von einer zänkischen Frau angestachelt wurde. Marwood strich bereitwillig die finanziellen Vorteile ein, die er durch die Anwesenheit der Theatergruppe hatte, aber gleichzeitig sammelte er auch fleißig Ärger und Vorahnungen. Er war geradezu fiebrig, wenn es Zeit wurde, den Vertrag zu erneuern, weil er hoffte, aus den Theaterleuten mehr Geld und mehr Wohlverhalten herauspressen zu können. Was Nicholas diesmal jedoch beunruhigte, war ein neuer Unterton in Marwoods Worten.

»Vielleicht müssen wir uns trennen, Master Bracewell.«

»Wollt Ihr uns zu einem anderen Gasthaus abschieben?«

»Kein anderer Wirt wäre närrisch genug, Euch haben zu wollen«, sagte Marwood giftig. »Den anderen fehlt meine Geduld und Nachsicht. So schnell findet Ihr nirgendwo einen neuen Platz.«

Das war eine schmerzliche Wahrheit. Innerhalb der Stadtgrenzen war die öffentliche Aufführung von Schauspielen verboten, und es lag nur am Unvermögen der Verwaltung, die Gesetze nachdrücklich durchzusetzen, daß Gruppen wie Westfield's Men unbeschadet operieren konnten. Mehr als einmal hatten sie den Zorn der Ratsherren hervorgerufen, entweder durch ihr Repertoire oder durch den angeblich verderblichen Einfluß, den sie auf ihr Publikum hatten; bisher hatten sie jedoch noch niemals eine Anzeige bekommen. Obwohl er täglich damit rechnete, daß sich die Hand des Gesetzes auf seine magere Schulter legen würde, ging Alexander Marwood aus reinem Eigennutz das Risiko ein, gegen die Vorschriften zu verstoßen. Andere Gastwirte würden nicht so wagemutig sein, abgesehen von der Tatsache, daß ihre Häuser in den meisten Fällen für die Aufführung von Theaterstücken völlig ungeeignet waren. Seit mehreren Jahren hatte der *Queen's Head* Westfield's Men vorgegaukelt, hier hätten sie ihre feste Basis. Diese Illusion konnte vollständig zerbrechen.

»Trefft nur keine übereilten Entscheidungen«, sagte Nicholas.

»Es handelt sich um eine Entscheidung, die mir aufgezwungen wird, Sir.«

»Aus welchem Grund?«

»Der *Queen's Head* könnte in andere Hände übergehen.«

Nicholas zuckte zusammen. »Wollt Ihr gehen?«

»Nein, Sir, aber vielleicht geben wir den Besitz ab. Wir haben ein Angebot erhalten, das so gut ist, daß wir es nicht ablehnen können. Es würde uns Sicherheit im Alter geben und für eine ordentliche Aussteuer für unsere Tochter Rose sorgen.« Er versuchte zu lächeln, heraus kam jedoch nur eine widerliche Grimasse. »Es gibt dabei nur eine einzige Bedingung.«

»Und was wäre das?«

»Wenn wir das Gasthaus verkaufen, besteht der neue Besitzer darauf, daß Westfield's Men verschwinden.«

»Und wer ist dieser strenge Bursche?«

»Ratsherr Rowland Ashway.«

Nicholas krümmte sich innerlich zusammen. Er kannte den Ruf dieses Mannes und mochte nichts von dem, was er über ihn gehört hatte. Rowland Ashway war nicht nur einer der reichsten Bierbrauer in London, er war auch der Ratsherr für exakt den Bezirk, in dem der *Queen's Head* lag. Seine Abneigung gegen Innenhof-Theater hatte nichts mit puritanischem Eifer zu tun. Hier ging es nur um Vorurteile und Profit. Ashway war wie manche anderen der Meinung, er führte persönlich den Reichtum der Hauptstadt herbei, und er hegte ein tiefsitzendes Mißtrauen gegen eine müßiggängerische Aristokratie, die ihre Zeit bei Hofe verbrachte und den Mittelstand, dessen prominentes Mitglied er war, fest im Griff behielt. Seiner Auffassung nach war eine Theatergruppe ein übertriebener Luxus einer hochgradig privilegierten Minderheit. Wenn er Westfield's Men vor die Tür setzte, konnte er dem genußsüchtigen Lord Westfield persönlich eins auswischen.

Es war nicht nur soziale Rachsucht, die den Bierbrauer antrieb. Letzten Endes diktierte der Rechenstift sämtliche Handlungen dieses Mannes. Wenn er den *Queen's Head* kaufte, gab es für ihn gewiß die Überlegung, daß er den Verlust der Einnahmen, wenn er Westfield's Men rauswarf, auf anderem Wege mehr als wettmachen konnte. Nicholas war ernsthaft alarmiert. Der erfindungsreiche Regisseur wurde unter Umständen von einem trickreichen Rechner aus dem Rennen geworfen.

»Über diese Angelegenheit müssen wir noch ausführlich sprechen«, sagte er.

»Ich gebe Euch lediglich eine frühzeitige Warnung.«

»Sprecht mit Master Firethorn darüber.«

»Das werde ich nicht tun«, sagte Marwood. »Ich mag sein Gebrüll und Gezeter nicht. Wenn ich mit ihm geredet habe, tun mir die Ohren noch eine Woche danach weh. Ich möchte lieber mit Euch reden, Sir. Wir sind immer gut miteinander ausgekommen.«

Nicholas Bracewell hatte noch nie einen Menschen getroffen, der ihm weniger angenehm war als dieser gesichtszukkende Kneipenwirt, aber er hütete sich, das zu sagen, um die schwierigen Verhandlungen, die vor ihnen lagen, nicht zu gefährden. Er bedankte sich bei Marwood, daß dieser ihn vor einer möglichen Gefahr gewarnt hatte. Unter diesen Umständen hielt er es nicht für angebracht, noch mehr Geld in Rowland Ashways Taschen zu bringen, indem er sich hier ein Pint Ale bestellte. Statt dessen nickte er zum Abschied und schlenderte zu Edmund Hoode hinüber, der über einem Glas Sherry in der Ecke des Schankraumes saß.

Die beiden Männer waren gute Freunde, der Theaterautor hatte den Regisseur immer wieder beim Schreiben eines neuen Stückes konsultiert, wenn bestimmte dramatische Wirkungen gewünscht waren. Nicholas hatte ein instinktives Gefühl für die Möglichkeiten des Theaters und schaffte selbst die kompliziertesten dramatischen Effekte. Die Bereitschaft des Regisseurs, sich jeder technischen Herausforderung zu stellen, machte Edmunds Arbeit als angestellter Schriftsteller viel leichter.

Nicholas hatte die Absicht gehabt, seinem Freund die schlimmen Nachrichten mitzuteilen, die er gerade vom Wirt gehört hatte, aber er erkannte, daß sein Freund bereits genug eigene Sorgen hatte.

»Was ist los, Edmund? Warum so niedergeschlagen?«

»Wirklich, Nick, ich fühle mich absolut elend.«

»Und warum? Dein Stück war ein glänzender Erfolg.«

»Schauspieler müssen von der Bühne abtreten, wenn sie am Ende sind.«

»Was meinst du damit?«

»Ich verabscheue die Rolle, die ich jetzt spielen muß.«

Nicholas verstand sofort. Edmund Hoode befand sich an einem Tiefpunkt seines Lebens. Als hoffnungsloser Romantiker verlor er unentwegt sein Herz und widmete seine Verse irgendeinem neuen Schwarm, doch obwohl seine Liebe üblicherweise unbeantwortet blieb, war der glückselige Liebesschmerz schon genug Belohnung für ihn. Ohne eine neue Flamme, die ihn wirklich unglücklich machte, war er der schieren Verzweiflung verfallen. Nicholas verbrachte mehr als eine Stunde damit, seinem Freund wieder Hoffnung zu machen. Die suchende Liebe eines Edmund Hoode und die rasende Lust eines Lawrence Firethorn konnten ihn gleichermaßen tyrannisieren.

Es war schon spät am Abend, als Nicholas ihn endlich verließ und die Dunkelheit eine übelriechende Wolke über die Stadt breitete. Anstatt über die London Bridge nach Southwark und nach Hause zu gehen, beschloß er, sich von einem der zahllosen Fährmänner über den Fluß setzen zu lassen, die den Strom bevölkerten. Während er sich dem Ufer näherte, hatte er genügend Zeit, über das nachzudenken, was Alexander Marwood ihm gesagt hatte. Die Vertreibung aus dem *Queen's Head* wäre eine Katastrophe für die Theatergesellschaft und könnte vielleicht sogar ihr Ende bedeuten. Er hatte keine Ahnung, wie ernst diese Drohung wirklich war, aber eines beschloß er auf der Stelle: Er würde keine unnötige Panik verbreiten. Unsicherheit gab es schon genug in ihrem verdammten Beruf, und dazu wollte er unter keinen Umständen beitragen. Für den Augenblick mußte die drohende Gefahr noch verschwiegen werden, solange er keine weiteren Einzelheiten kannte, denn er wollte die Möglichkeit nicht ausschließen, noch eine Lösung für dieses bedrohliche Problem zu finden. Und das konnte er am besten, indem er still und ruhig hinter den Kulissen arbeitete, anstatt in einer Atmosphäre allgemeiner Aufregung. Inzwischen mußte Nicholas das große, schwerwiegende Geheimnis für sich behalten.

Das Wasser der Themse klatschte geräuschvoll gegen die Holzplanken der Anlegestelle, als er dort eintraf; die vertäuten Boote stießen mit dumpfem Rumpeln gegeneinander. Bei Tageslicht verwandelte sich der Fluß in ein schwimmendes Dorf, und selbst zu dieser späten Stunde bewegten sich viele Bewohner auf dem Wasser. Lastkähne, Fährboote, Leichter, Fischerboote und ab und zu ein Vergnügungsschiff waren zu sehen, sogar hin und wieder ein Boot, das aus mit Lederhäuten überzogenem Weidengeflecht bestand. Nicholas brauchte sich um sein Gefährt nicht zu kümmern. Sein Schiffer humpelte mit brummiger Hochachtung auf ihn zu.

»Hier entlang, Master Bracewell. Laßt mich Euch fahren, Sir.«

»Mit Vergnügen, Abel.«

»Ich hab Euch ziemlich lange nicht mehr gesehen.«

»Meine Füße haben mich nach Hause gebracht.«

»Steigt in mein Boot und macht die Reise mit Stil, Sir. Es gibt Musik, die Euren Ohren schmeichelt.«

Abel Strudwick war ein sympathischer Mensch, ein schwergebauter Mann mittleren Alters, mit runden Schultern, ungekämmtem Haar und struppigem Bart, die sich beide bemühten, sein häßliches, pockennarbiges Gesicht zu verhüllen. Obwohl er ungefähr so alt war wie sein Lieblings-Passagier, wirkte er zehn Jahre älter. Strudwick hatte alle Laster und alle Tugenden seiner Rasse. Wie alle Flußleute, hatte auch er eine gewaltige Stimme, mit der er seine Kunden anlockte, und wüste Sprüche auf Lager, mit denen er sie überschüttete, wenn ihm das Trinkgeld zu klein erschien. Auf der guten Seite war er jedoch ein ehrlicher, verläßlicher Bürger, der jedem die Kraft seiner Arme und die Wärme seiner Gesellschaft zuteil werden ließ, der in seinem Boot Platz nahm.

Was Abel Strudwick von seinen Kollegen unterschied und für eine besondere Beziehung zu Nicholas Bracewell verantwortlich war, das war seine Liebe zu dem, was er selber Musik nannte. Als er Nicholas Musik anbot, wußte der Regisseur, daß der Schiffer fleißig gewesen war, denn Strudwick hatte poetische Ambitionen. Seine Musik kam in der Form weltlicher Verse daher, die immer Schwierigkeiten mit dem Reimschema hatten und ihm ebenso leicht wie rauh aus der Feder flossen, wie die Themse selbst. Nicholas war sein bevorzugter Zuhörer, weil er immer mit echtem Interesse lauschte, und weil seine Verbindung zum Theater für Strudwick etwas wie eine entfernte Chance auf literarische Anerkennung bedeutete.

Als sie ins Boot stiegen, spürte Nicholas die Erregung des

Seemannes, der Planken unter den Füßen spürt, wenn's auch nur ein einfacher Nachen war. Bevor er zum Theater stieß, war er mit Drake um die ganze Welt gesegelt, was einen tiefen Eindruck auf ihn gemacht hatte. Diese Erfahrung war eine weitere Gemeinsamkeit mit dem Flußschiffer. Obwohl Strudwick nie weiter als zehn Meilen stromaufwärts gekommen war, betrachtete er sich wie sein Freund als ein großer Reisender, und das förderte seine Dichtkunst.

Jetzt trug er seine neueste Musik vor.

> Fahr zu, fahr zu, über die Wellen,
> du Fürst der wilden See.
> Vorbei an jenen Felsen, vorbei an jener Höh,
> fahr zu bis in die Ewigkeit.

Es kam noch manche Strophe dieser Art. Nicholas lauschte geduldig, während er im Heck des Nachens saß und seine Hand ins Wasser tauchte. Strudwicks regelmäßiges Rudern war im Einklang mit der Wiederholung seiner banalen Verse, doch sein Passagier fand freundliche Worte für ihn und ermutigte ihn, nicht nachzulassen. Ein singender Dichter war als Begleitung allemal besser als ein großmäuliger Schiffer.

»Scheiße über dich!«

»Was ist los, Abel?«

»Die Pest über deinen verseuchten Schwanz!«

Strudwick war nicht in seinen üblichen Jargon verfallen, um Nicholas zu beschimpfen. Er fluchte über das Hindernis, gegen das er gestoßen war und das seine Musik unterbrochen hatte. Ausgiebig fluchend lenkte er sein Boot um das Hindernis herum, um es genau in Augenschein nehmen zu können. Nicholas spürte es als erster und fühlte, wie sein Blut erstarrte. Seine Hand im Wasser hatte eine andere berührt, fünf bleiche, dünne, leblose Finger, die ihn eiskalt berührten. Er setzte sich aufrecht hin und starrte in die Dunkelheit. Selbst der fluchende Strudwick war vor Angst stumm geworden.

Sie erkannten den nackten Körper eines Mannes, dessen Leiche sich im Treibholz verfangen hatte. Das Mondlicht reichte aus, um ihnen zu zeigen, daß der Mann einen grausamen Tod gefunden hatte. Der Kopf war eingeschlagen, ein Bein in einem unnatürlichen Winkel verbogen. Ein Dolch steckte in der Kehle.

Abel Strudwick erbrach den Inhalt seines vollen Magens in den Fluß, während Nicholas den grausigen Fund ins Boot hob.

2. Kapitel

Anne Hendrik war normalerweise kein furchtsamer Typ. Sie war eine eigenwillige Frau, die alle Schläge überstanden hatte, die das Schicksal ihr ausgeteilt hatte, und die Probleme stets energisch anging. Obwohl sie eine glückliche Ehe geführt hatte, hatte diese Heirat Schmerz und Trauer über ihre Familie gebracht, die ihre ablehnende Haltung Annes Mann gegenüber deutlich ausgedrückt hatte. Ausländer waren in London nicht beliebt, und Frauen, die einen guten, echten, englischen Mann zurückwiesen und statt dessen einen Einwanderer heirateten, wurden verächtlich, manchmal geradezu ablehnend angesehen. Mit dem Getuschel und der Verachtung ihrer Umgebung fertig zu werden, hatte Anne in mancherlei Beziehung hart werden lassen, doch in Wirklichkeit war sie unter der harten Schale eine empfindsame Frau geblieben, deren Gefühle in einer Krise nicht unbewegt blieben.

Die augenblickliche Lage war eine solche Krise. Sie war sehr bedrückt über das, was Hans Kippel, ihrem jungen Lehrling, zugestoßen war, vor allem, weil sie es gewesen war, die den Jungen mit einem Auftrag losgeschickt hatte. Anne tadelte sich, weil sie eine so wichtige Aufgabe einem so unerfahrenen jungen Menschen übertragen hatte. Dadurch, daß sie Hans Kippel diese besondere Verantwortung aufgebürdet hatte, hatte sie ihn unnötigerweise den Gefahren der Großstadt ausgesetzt. Die Wunden, die er in ihren Diensten erhalten hatte, waren für sie eine zusätzliche Belastung, und sie konnte den Anblick nicht ertragen, als sie ausgewaschen und bandagiert wurden. Preben van Loew versuchte, ihr klarzumachen, daß es nicht ihre Schuld war, aber seine Worte trafen auf taube Ohren. Was sie jetzt brauchte, war der überzeugende, objektive und nüchterne Trost des Mannes, der mit ihr in ihrem Hause lebte, aber der war jetzt nicht da.

Je länger sie auf ihn wartete, desto mehr kam sie zu der Überzeugung, daß auch ihm auf dem Nachhauseweg etwas passiert war. Als der Abend der Nacht wich und die Nacht sich in den nächsten Tag verwandelte, war Anne außer sich vor Sorge, lief rastlos im Zimmer auf und ab, eine Kerze in der Hand, rannte beim geringsten Geräusch auf der Straße zum Fenster und spähte hinaus. Das Haus war nicht groß, doch sie hatte nach dem Tod ihres Mannes den Wunsch nach männlicher Gesellschaft verspürt und deshalb einen Mieter ins Haus genommen, um das Gefühl zu haben, ein Mann sei im Haus. Das war ein lohnendes Experiment gewesen. Der Gast hatte sich nicht nur als idealer Mieter und ehrlicher Freund herausgestellt, sondern – und das bei besonderen Gelegenheiten, die sie beide genossen – als noch viel mehr. Ihn zu einem Zeitpunkt zu verlieren, zu dem sie ihn am meisten brauchte, wäre wirklich ein grausamer Schicksalsschlag gewesen. Seine Arbeitszeiten waren unregelmäßig, aber er hätte schon längst zu Hause sein müssen. Normalerweise ließ er ihr eine Nachricht zukommen, wenn es eine unvorhergesehene Verzögerung gab.

Wo konnte er sich zu so später Stunde nur befinden? Bankside war schon am hellichten Tage voller Gefahren. Im Schutz der Dunkelheit verhundertfachten sich diese Gefahren noch. Konnte es sein, daß er die gleichen Schwierigkeiten hatte wie Hans Kippel und jetzt vielleicht in irgendeiner schmutzigen Gasse in einer Blutlache lag? Ihr erster Impuls war, eine Laterne zu nehmen und sich auf die Suche nach ihm zu machen, aber die Nutzlosigkeit einer solchen Idee wurde ihr sofort klar. Es half niemandem, wenn sie sich selber in solche Gefahr brachte. Sie saß im Haus buchstäblich in der Falle und mußte jetzt das Beste daraus machen. Mit einer großen Willensanstrengung setzte sie sich an den Tisch, stellte die Kerze vor sich hin, holte mehrmals tief Luft und redete sich gut zu, in dieser Ausnahmesituation die Nerven zu behalten. Für ein paar Minuten wirkte das. Doch dann schlugen ihre Sorgen erneut über ihr zusammen, und schon war sie wieder auf den Füßen, um sich jeder gräßlichen Möglichkeit zu stellen, die ihre Phantasie ihr ausmalte.

Anne Hendrik war so von ihren Ängsten benommen, daß sie nicht hörte, wie sich der Schlüssel im Türschloß bewegte. Das erste, was sie von ihrer Errettung merkte, war die stämmige Gestalt, die in der Dunkelheit vor ihr stand.

Die Tränen stürzten ihr aus den Augen, als sie sich in seine Arme warf.

»Gott sei Dank!«

»Was hast du?«

»Halt mich fest, Mann. Halt mich ganz fest.«

»Aber gerne, meine Liebe.«

»Ich habe mir solche Sorgen um dich gemacht.«

»Jetzt bin ich ja da, und unverletzt, wie du siehst.«

»Dem Himmel sei Dank!«

Nicholas Bracewell hielt sie fest im Arm und küßte sie sanft auf die Stirn. Es war ungewöhnlich, daß sie so aufgeregt war, und er brauchte einige Zeit, um sie so weit zu beruhigen, daß sie ihm die ganze Sache erzählen konnte. Anne saß ihm am Tisch gegenüber und sprach von der großen Schuld, die sie wegen Hans Kippel trug. Er ließ sie zu Ende sprechen, bevor er etwas dazu sagte.

»Du bist ungerecht zu dir, Anne.«

»Wirklich, Sir?«

»Der Junge ist alt und vernünftig genug, um eine solche Aufgabe zu übernehmen. Das gehört zu seiner Lehrlingsausbildung. Ich wette, daß er begeistert war, als du ihn mit der Aufgabe betrautest.«

»Das stimmt. Damit konnte er endlich mal hier raus.«

»Raus aus der Langeweile seines Arbeitsplatzes und rein in die Aufregung der Stadt draußen«, sagte Nicholas. »Hans ist vielleicht ein bißchen unvorsichtig gewesen, das ist alles. Den gleichen Fehler wird er nicht noch ein zweites Mal machen.«

»Aber das ist ja gerade das Problem.«

»Wieso?«

»Hans versteht nicht, welchen Fehler er gemacht hat.«

»Er hat bestimmt einen Moment nicht aufgepaßt, oder?«

»Vielleicht, Nick«, sagte sie. »Aber er erinnert sich an nichts. Er hat einen solchen Schlag auf den Kopf bekommen, daß er alles vergessen hat. Das einzige, woran er sich erinnern kann, ist, daß er von ein paar Männern angegriffen wurde und sich aus dem Staub machte. Wann, wo oder warum – das sind Fragen, die der Bursche bis jetzt überhaupt noch nicht versteht.«

»Sind seine Wunden versorgt worden?«

»Aber natürlich, Sir. Der Arzt sagt, es sei nicht ungewöhnlich, bei einem solchen Fall Erinnerungslücken zu haben. Hans braucht seine Zeit, um sich zu erholen. Wenn sein Körper heilt, kommt vielleicht auch sein Verstand wieder in Ordnung.« Anne nahm seine Hände und drückte sie. »Sprich du mit ihm, Nick. Der Junge mag dich und blickt zu dir auf. Hilf dem armen Kerl, um Himmels willen.«

»Ich tue alles, was nötig ist. Verlaß dich auf mich.«

»Deine Worte sind mir eine große Beruhigung.«

Er lehnte sich vor, um sie zu umarmen, dann berichtete er, was er selber erlebt hatte. Als er den Grund für seine Verspätung erklärt hatte, wurde Anne erneut von Ängsten überhäuft. Die Verletzungen eines Lehrjungen waren nichts im Vergleich zu der Entdeckung einer Leiche in der Themse. Nicholas Bracewell und Abel Strudwick hatten die Leiche zu der Anlegestelle gebracht, von wo sie losgefahren waren. Nachdem sie die Wache herbeigeholt hatten, mußten sie beschworene Erklärungen vor dem Magistrat abgeben, bevor sie gehen durften. Strudwick hatte seinen Freund in grimmigem Schweigen über den Fluß gesetzt, das auch durch seine Musik nicht unterbrochen wurde. Diese Tragödie hatte alle poetischen Gefühle niedergeknüppelt.

Anne fühlte sich immer noch sehr unbehaglich.

»Wer war der Mann?« fragte sie.

»Wir haben bisher keine Ahnung.«

»Aber warum hat man ihm seine Kleider weggenommen?«

»Vielleicht hat der Mörder geglaubt, es lohne sich, die Kleider zu stehlen«, sagte er. »Das würde bedeuten, daß es sich um wertvolle Kleidung handelte, die man mit Gewinn verkaufen könnte, aber ich glaube, es steckt noch ein anderer Grund dahinter. Vielleicht hätten seine Kleider helfen können, die Leiche zu identifizieren, nachdem man sich soviel Arbeit gemacht hatte, sie unkenntlich zu machen. So wie sein Gesicht zu Brei geschlagen war, hätte seine eigene Familie ihn nicht wiedererkannt. Er hat diese Welt auf die allerübelste Art und Weise verlassen.«

»Konnte man nichts über diese Leiche erfahren, Nick?«

»Nur eine ungefähre Vorstellung von seinem Alter, das ich auf etwa dreißig schätzen würde. Allerdings noch etwas, Anne.«

»Was denn?«

»Die Leiche lag noch nicht lange im Wasser.«

»Wie kannst du da so sicher sein?«

»Aufgrund bitterer Erfahrungen«, sagte er. »Dafür habe ich zu viele Männer gesehen, die ein nasses Grab gefunden haben. Nach einiger Zeit setzt Leichenstarre ein, und die Leichen blähen sich in einer Weise auf, die zu schrecklich ist, um sie zu beschreiben. Die Leiche, die wir heute nacht gefunden haben, war erst vor kurzem in den Fluß geworfen worden.«

»War sonst noch irgend etwas Schreckliches an ihm zu entdecken?«

»Er war durch den Hals erdolcht worden, und eines seiner Beine war fürchterlich gebrochen.« Er sah, wie sie zusammenzuckte. »Aber das reicht jetzt mit Einzelheiten für dich. Jetzt sage ich nichts mehr dazu.«

»Meine Freude, dich wiederzusehen, wird durch diese schlimme Nachricht wieder geschmälert.« Neue Tränen traten ihr in die Augen. »Die Leiche im Fluß hätte genausogut deine Leiche sein können, Nick.«

»Mit einem Abel Strudwick, der auf mich aufpaßt?« sagte er lächelnd. »Ich könnte mir keine bessere Wache wünschen. Eine ganze Armada würde es nicht wagen, ihn anzugreifen, wenn er auf dem Wasser ist. Er würde ihnen eine Breitseite seiner Flüche aufbrennen und ihre Decks durch das Feuer seiner Gedichte leerfegen.«

Sie kuschelte sich wieder in seine Arme und drängte sich an ihn.

»Ich habe eine lange und einsame Nacht hinter mir.«

»Ich bin nicht aus freien Stücken von dir ferngeblieben, Anne.«

»Das ist fast mehr, als ich ertragen kann.«

»Laß uns die Last gemeinsam tragen, meine Liebe.«

»Das war meine Hoffnung.«

»Sie wird dir erfüllt.«

»Willkommen zu Hause, Nick«, flüsterte sie.

Langsam gingen sie nach oben in ihr Schlafzimmer. Das war etwas, wovon sie beide überzeugt waren, es verdient zu haben.

*

Der Szenenwechsel war bezeichnend. Das Treffen hatte in Lawrence Firethorns Haus in Shoreditch stattfinden sollen, in einem ziemlich bescheidenen, aber offenen Haus, in dem die Familie des Schauspielers und ihre Dienstboten wohnten und die vier Schauspielschüler der Truppe. Daß dieses Unternehmen mit einigem Erfolg funktionierte, lag an dem allbeherrschenden Genius von Margery Firethorn, einer respektablen Frau, die die Rollen der Ehefrau, Mutter, Haushälterin und Hausherrin mit Erfolg kombinierte und die immer noch genügend Energie besaß, noch andere Interessen zu verfolgen, darauf zu achten, daß die christlichen Glaubenspflichten erfüllt wurden, und die jeden terrorisierte, der unklug genug war, sich ihr in den Weg zu stellen. Selbst ihr Mann, ansonsten ohne jede Angst, hatte gelegentlich vor ihr klein beigeben müssen. Indirekt war sie der Grund dafür gewesen, daß man sich an anderem Orte traf, und Barnaby Gill hatte das sofort entdeckt.

»Lawrence ist schon wieder heiß!« stöhnte er.

»Der Himmel sei uns gnädig!« rief Edmund Hoode.

»Das ist auch der Grund, warum er uns nicht bei sich zu Hause haben will. Damit Margery nichts über seine neueste Amoure rausfindet.«

»Wer ist denn diesmal die unglückselige Kreatur, Barnaby?«

»Ich weiß es nicht, und es interessiert mich auch nicht«, sagte Gill mit eingespielter Gleichgültigkeit. »Frauen sind für mich alle gleich, ich mag kein einziges Mitglied dieses fürchterlichen Geschlechts. Meine Leidenschaften zielen auf eine Intimität von wesentlich höherer Qualität.« Er paffte an seiner Pfeife und blies Rauchringe in die Luft. »Zu was sonst hätte der Schöpfer in seiner Freigebigkeit hübsche Knaben erschaffen, möchte ich wissen?«

Das war eine rhetorische Frage, Edmund Hoode würde sich auf keinen Fall in eine Diskussion über dieses Thema hineinziehen lassen. Barnaby Gills Vorlieben waren durchaus bekannt und wurden im allgemeinen von der Theatergruppe toleriert, die seine schauspielerischen Fähigkeiten und Künste als Komiker zu schätzen wußte. Hoode hatte nie herausgefunden, warum sein Kollege – auf der Bühne stets eine sprudelnde Quelle des Vergnügens – so mürrisch und quengelig war, sobald er sie verließ. Dem Stückeschreiber war der öffentliche Spaßmacher lieber als der private Zyniker. Sie saßen in einem Raum im *Queen's Head* und warteten auf Lawrence Firethorn. Die drei Männer waren Teilhaber der Theatergesellschaft, führende Schauspieler, deren Namen in dem Königlichen Patent der Gesellschaft eigens vermerkt waren. Sie übernahmen in jedem aufgeführten Stück die Hauptrollen. Obwohl es noch vier weitere Teilhaber gab, war es dieses Triumvirat, das die Entscheidungen traf und die täglichen Geschäfte der Truppe führte.

Lawrence Firethorn war der unbestrittene Anführer. Auch als er jetzt durch die Tür hereinstob und sich elegant vor ihnen verbeugte, unterstrich er damit lediglich seine besondere Vorstellung.

»Gentlemen, Euer Diener!«

»Wie üblich mal wieder zu spät, Sir«, schnarrte Gill.

»Familienangelegenheiten haben mich aufgehalten.«

»Euer Drink wartet schon auf Euch, Lawrence«, sagte Hoode.

»Danke, Edmund. Ich bin froh, daß wenigstens einer meiner Partner in diesem Unternehmen etwas Aufmerksamkeit für mich übrig hat.«

»Oh, ich habe in der Tat ausreichend Aufmerksamkeit«, sagte Gill. »Gestern war ich ein Musterbeispiel an Aufmerksamkeit, weil ich befürchtete, daß Ihr das Ende der Aufführung nicht mehr erleben würdet.«

»Ich, Sir?« rebellierte Firethorne. »Redet Ihr von mir?«

»Von wem sonst, Sir? Es war der Graf Orlando, der in der Hitze des Tages schnaufte und keuchte. Und es war der gleiche italienische Edelmann, der so durcheinander war, daß er vier Zeilen aus *Vincentios Rache* in seinen Text einfließen ließ.«

»Ihr lügt, Hund!« heulte Firethorn auf.

»Ja, richtig, das stimmt. Es waren sechs Zeilen.«

»Mein Graf Orlando war absolut in Ordnung.«

»Mit Schönheitsfehlern hier und da.«

»Ihr wagt es, meine Darstellung zu verspotten?«

»Aber keineswegs«, sagte Gill und bereitete den letzten Schlag vor. »Ich dachte durchaus, daß Euer Graf Orlando exzellent war – aber nicht annähernd so gut wie Euer Vincentio im gleichen Stück!«

»Schlange! Viper! Made! Pfeifenrauchender Hering!«

»Meine Herren, meine Herren!« versuchte Edmund Hoode sie zu besänftigen. »Wir sind hier, um über Geschäfte zu reden und nicht, um gegenseitige Beleidigungen auszutauschen.«

»Der Mann ist ein widerlicher Schurke!« schrie Firethorn.

»Zumindest kann ich meinen Text behalten«, gab der andere zurück.

»Kein Wort davon ist es wert, überhaupt gehört zu werden.«

»Meine Bewunderer haben das zu entscheiden.«

»Davon habt Ihr doch nur einen, und das ist Master Barnaby Gill.«

»Ich lasse mir keine Beleidigungen bieten!«

»Dann lauft nicht in derartig lächerlichen Sachen herum, Sir.«

Gill explodierte auf der Stelle. Der beste Weg, ihn zu seinen cholerischen Ausbrüchen zu bewegen, war es, seine äußere Erscheinung zu kritisieren, weil er sich damit so sehr viel Mühe gab. Zu einem pfirsichfarbenen Wams und knallroten Hosen trug er einen hohen Hut, der mit Federn geschmückt war. Ringe an fast jedem einzelnen Finger sorgten für eine glitzernde Wirkung. Aufs äußerste erregt lief er jetzt im Zimmer auf und ab, wobei er von Zeit zu Zeit stehenblieb, um mit dem Fuß aufzustampfen. Firethorn, der seinen Gegner endlich aus der Reserve gelockt hatte, lehnte sich in seinem Hochsessel zurück und nahm einen ersten Schluck von dem kanarischen Wein, der im Glas vor ihm stand.

Inzwischen bemühte Hoode sich, den aufgebrachten Clown wieder zu beruhigen, was fast täglich seine Aufgabe war angesichts der beruflichen Eifersucht zwischen Gill und Firethorn. Wortgefechte zwischen den beiden waren an der Tagesordnung, allerdings auch sofort vergessen, sobald die beiden die Bühne betraten. Beide waren hervorragende Schauspieler eigener Art, und es war genau diese Dynamik, die zum Erfolg von Westfield's Men beitrug.

Edmund Hoode konnte nach einiger Zeit die Gemüter soweit beruhigen, daß die Sitzung anfangen konnte. Als sie endlich am Tisch saßen, griff er dankbar nach seinem Glas Ale, um alle Gedanken an einen weiteren, nutzlosen Streit zwischen seinen Kollegen herunterzuspülen, die ihm das Gefühl vermittelt hatten, als sei er zwischen zwei Mahlsteinen zerrieben worden. Lawrence Firethorn, zielstrebig und konzentriert, eröffnete das Thema des Tages.

»Wir sind hier, um über unsere zukünftigen Engagements zu sprechen«, sagte er. »Wie Ihr wißt, bringen wir morgen *Doppelte Täuschung* im Theater in Shoreditch. Morgen früh haben wir eine Generalprobe, um die Sache nochmals aufzupolieren. Westfield's Men müssen morgen ihr Bestes geben, meine Herren.«

»Ich gebe niemals weniger«, brummte Gill.

»Was unsere unmittelbare Zukunft betrifft...«

Firethorn erläuterte nun das vor ihnen liegende Programm, das sich hauptsächlich im *Queen's Head* abspielen würde, ihrem Hauptsitz. Doch jetzt kam noch ein neuer Aufführungsort ins Gespräch.

»Wir haben eine Einladung bekommen, in Richmond aufzutreten«, sagte Firethorn. »Der Termin ist erst in einigen Wochen, aber es ist sicher gut, uns jetzt schon mit diesem Punkt zu beschäftigen.«

»Wo werden wir auftreten?« fragte Hoode.

»Im Innenhof eines Gasthauses.«

»Wie heißt es?«

»The Nine Giants.«

»Davon habe ich noch nie gehört«, feixte Gill.

»Das macht nichts«, sagte Lawrence Firethorn leichthin. »Das ist ein weiträumiges Haus und bietet uns alles, was uns auch der *Queen's Head* bietet. Die *Nine Giants* sind neun riesige Eichen, die auf der Koppel stehen.«

Gill schnaufte. »Ihr verlangt von mir, zwischen Bäumen aufzutreten?«

»Ja, Barnaby«, sagte sein Peiniger. »Ihr hebt ganz einfach Euren Hinterlauf wie jeder normale Köter und schlagt Euer Wasser ab. Sogar Ihr könntet mit diesem Trick die Lacher auf Eurer Seite haben.«

»Ich halte überhaupt nichts von der ganzen Idee«, sagte der andere.

»Euer Widerstand ist nichts als nutzlos verschwendeter schlechter Atem.«

»Die *Nine Giants* bekommen meine Zustimmung nicht.«

»Zu spät, Sir. Ich habe die Einladung bereits im Namen der Truppe angenommen.«

»Ihr hattet kein Recht, das zu tun, Lawrence!«

»Und auch keine Chance, es zu verweigern«, sagte Firethorn und brachte damit den einzigen Grund vor, der Gill zum Schweigen bringen konnte. »Die Einladung stammt von Lord Westfield persönlich. Unser hoher Schirmherr hat uns befohlen, in Richmond aufzutreten.«

»Zu welchem besonderen Zweck?« wollte Hoode wissen.

»Als Teil der Hochzeitsfeierlichkeiten für einen Freund.«

»Und was sollen wir spielen?«

»Das müssen wir noch entscheiden, Edmund. Lord Westfield hat um eine Komödie gebeten, die sich mit dem Thema Heirat beschäftigt.«

»Das klingt vernünftig«, stimmte Gill bei, wurde sofort lebhaft und ergriff die Chance, für sich etwas Ruhm herauszuholen. »Die ideale Wahl kann dann nur *Liebe und Narretei* sein.«

»Das Stück wird langsam langweilig, Sir.«

»Wie könnt Ihr so etwas sagen, Lawrence? Meine Darstellung des Rigormortis ist so frisch wie ein Gänseblümchen.«

»Gänseblümchen sind schlichte, billige Blümchen.«

Barnaby Gill schlug irritiert auf den Tisch. Seine Vorliebe für *Liebe und Narretei* war durchaus wohlbegründet. Das Stück war eine rustikale Komödie mit einem possenhaften Anstrich und das einzige Stück im Repertoire der Gruppe, das ihm eine zentrale Rolle gab und die Chance, während er gesamten Aufführung im Mittelpunkt zu stehen. Das hatte dazu geführt, daß es immer dann aufgeführt wurde, wenn es darum ging, den kleinen Schauspieler zu besänftigen und von der Ausführung seiner immerwährenden Drohung abzuhalten, die Gruppe zu verlassen. Keiner dieser Gründe lag jetzt allerdings vor.

»Ich würde *Ehestand und Unheil* bevorzugen«, sagte Hoode.

»Dann hättet Ihr Margery heiraten sollen«, fügte Firethorn hinzu. »Das ist ein interessanter Vorschlag, Edmund, ganz gewiß, aber das Stück ist doch langsam etwas alt geworden.«

»Ich bleibe bei *Liebe und Narretei*«, sagte Gill.

»Und ich bei *Ehestand und Unheil*«, sagte Hoode.

»Deshalb brauchen wir einen guten Kompromiß.« Firethorn ließ ein sattes Glucksen hören, das zeigte, daß die Entscheidung schon längst getroffen war. »Wir feiern den Anlaß mit weisen Sprüchen. Wir spielen *Die weise Frau von Dunstable*.«

Das war in der Tat ein Kompromiß, und seine Kollegen erkannten auch die Vorteile. Edmund Hoode, der schon befürchtet hatte, er bekäme den Auftrag, zu diesem Anlaß ein neues Stück zu schreiben, war bereit, einem altgedienten Stück, das ein anderer geschrieben hatte, zuzustimmen, vor allem, weil es ihm die schöne Rolle als Geist des verstorbenen Mannes der Witwe bot. Barnaby Gill, der die Chance schwinden sah, in seinem Lieblingsstück glänzen zu können, erwärmte sich bei dem Gedanken an ein Stück, das ihm eine tragende Rolle zuwies und ihm die Möglichkeit bot, nicht weniger als vier seiner berühmten komischen Einlagen zu bringen. Natürlich war es Lawrence Firethorn, der in der Hauptrolle des Lord Merrymouth brillieren würde, doch für die anderen blieb immer noch genügend Glanz übrig. *Die weise Frau von Dunstable* befriedigte alle Wünsche.

Sie besprachen weitere Einzelheiten dieser Angelegenheit, dann war die Sitzung beendet. Gill war der erste, der ging. Als Edmund Hoode versuchte, ihm zu folgen, hielt ihn der führende Schauspieler zurück. Lawrence Firethorns strahlender Gesichtsausdruck sagte bereits alles, Edmund Hoode machte sich auf einiges gefaßt.

»Ich hätte vielleicht Arbeit für Euch, Edmund.«

»Erspart mir das, Sir, ich bitte Euch.«

»Aber ich bin verliebt, Mann.«

»Ich habe Eure wunderbare Frau schon immer bewundert.«

»Ich rede nicht von Margery«, zischte Firethorn. »Ein anderer Liebespfeil hat mein Herz durchdrungen.«

»Reißt ihn raus im Interesse ehelichen Friedens.«

»Kommt, kommt, Edmund. Ich hoffe, wir sind Männer von Welt. Unsere Leidenschaften sind viel zu feurig, um nur von einer Frau befriedigt zu werden. Jeder von uns muß seine Liebe freudig auf das ganze Geschlecht ausdehnen.«

Hoode stöhnte. »Wenn ich endlich eine fände, würde ich ganz bestimmt dieser einen Herrin treu sein.«

»Dann helft mir, meine durch Eure Kunst an mich zu fesseln.«

»Ich werde keine Verse für Euch schreiben, Lawrence.«

»Die wären für sie, Mann. Für eine Göttin.«

»Dann richtet doch Gebete an sie.«

»Ich bin zu Euch im Namen unserer Freundschaft gekommen, Edmund. Laßt mich in dieser Stunde der Not nicht im Stich. Seid bereit, mir zu helfen, das ist alles, um das ich Euch bitte. Ich verlange sonst nichts von Euch.«

»Könnt Ihr Euer Liebeswerben nicht alleine machen?«

»Und mir die beste Chance entgleiten lassen, die ich habe? Eure Verse sind die reinsten Liebestränke, Edmund. Euren honigsüßen Phrasen kann keine Frau widerstehen.«

Hoode ließ ein hohles Gelächter hören. In den letzten Monaten hatten zahlreiche Frauen seinen zu Herzen gehenden Versen erfolgreich widerstanden. Es wäre eine Ironie des Schicksals, wenn gerade seine Poesie dazu beitragen würde, ein neues Opfer in Lawrence Firethorns Bett zu locken.

»Wer ist denn die unglückselige Lady?« fragte er.

»Das ist ja gerade das Schöne dabei, Mann. Nicholas Bracewell hat ihren Namen für mich herausgefunden, und genau das hat meine Begeisterung ja noch verstärkt.«

»Wie denn das?«

Firethorn schüttelte den Kopf. »Das kann ich Euch erst sagen, wenn ich am Ziel bin. Aber soviel kann ich jetzt schon sagen, Edmund. Die fragliche Dame ist nicht nur die schönste Frau von ganz London. Sie ist für mich auch die größte Herausforderung, die ich jemals hatte. Euer Beistand macht den Unterschied zwischen Erfolg und Mißerfolg aus.«

»Oder zwischen Mißerfolg und Katastrophe.«

»Ich mag diesen Geist«, sagte Firethorn und schlug Hoode zwischen die Schulterblätter. »Bei dieser Geschichte sind wir Leidensgefährten. Hört auf das, was ich Euch sage: Wir holen uns diesen Engel gemeinsam ins Bett.«

»Gebt diesen Wahnsinn doch auf, Lawrence.«

»Das ist die Aufgabe meines Lebens.«

»Zieht Euch zurück, solange Ihr es noch könnt.«

»Zu spät, Mann. Meine Pläne werden bereits in die Tat umgesetzt.«

*

Nicholas Bracewell begann den nächsten Tag mit aufgewühlten Gedanken. Eine Nacht in Anne Hendriks Armen hatte seine Geister belebt, aber nicht seine Befürchtungen vertrieben. Die erste betraf die Leiche, die er am letzten Abend aus den trüben Wassern der Themse gezogen hatte. Als er sich jetzt am hellen Tag erneut über den Fluß rudern ließ, spürte er wieder die Berührung der toten Hand und sah die verwüstete Leiche wieder vor sich im Wasser treiben. Der Körper des Toten war jung, stark und muskulös gewesen und mit den merkwürdigsten Verletzungen in ein frühes Grab geschickt worden. Nicholas war erfüllt mit Entsetzen und hatte ein starkes Gefühl der Verschwendung. Das Leben eines namenlosen Mannes war brutal beendet worden von unbekannten Tätern, die mit zielstrebiger Bösartigkeit gehandelt hatten. Offensichtlich hatte jemand das Opfer gehaßt – hatte auch jemand den Mann geliebt? Wer hatte ihn geboren und für ihn gesorgt? Welche Familie hing von ihm ab? Gab es Freunde, die seinen Tod betrauerten? Warum war er so brutal zu Tode gebracht worden, so anonym zu seinem Schöpfer geschickt worden? Immer und immer wieder stellte Nicholas sich die eine Frage, die alle anderen umfaßte – wer war der Mann?

Dieses eine ungelöste Geheimnis führte ihn zu einem anderen. Was war Hans Kippel wirklich begegnet? Anne Hendrik hatte ihm nur einen sehr unvollständigen Bericht geben können, weil sie selber nicht alle Einzelheiten kannte. Irgend etwas sehr Unangenehmes war dem Lehrling widerfahren, und Nicholas beschloß, es herauszufinden, sobald er Gelegenheit dazu hatte. Er hatte den Jungen – trotz all seiner Fehler – immer gerne gemocht und ein schon fast väterliches Interesse an ihm genommen. Gleichzeitig nahm er an Annes offenkundiger Besorgnis Anteil und wollte alles tun, um zu helfen. Es war genauso wichtig, herauszufinden, wer Hans Kippel angegriffen hatte, wie den Namen des Toten aus der Themse zu ermitteln.

Das Boot erreichte die Anlegestelle, Nicholas bezahlte den Fährmann, bevor er ausstieg, und machte sich auf den Weg zur Gracechurch Street. Mit den Füßen auf festem Boden und auf dem Weg zu seinem Arbeitsplatz wandte er sich einem weiteren schlimmen Thema zu. Bis jetzt hatten ihn ein brutaler Mord und ein überfallener Lehrling gedanklich beschäftigt, und diese beiden Themen beschäftigten ihn auch noch, als er sich in Gedanken dem leibhaftigen Elend zuwandte, das Alexander Marwood hieß. Der drohende Hinauswurf aus dem *Queen's Head* war wirklich und nicht nur eine Einbildung. Es war der gute Ruf von Westfield's Men, der vernichtet werden konnte, wenn die Truppe ihre Heimat verlieren würde. Teilhaber und Angestellte würden gleichermaßen zu Gehetzten werden, die man aus dem *Queen's Head* verjagen würde. Nicholas dachte realistisch an die möglichen Konsequenzen. Ein Schütteln überlief ihn.

Ohne einen festen Standort würde es für die Truppe sehr schwer werden zu überleben, ganz sicher in ihrer jetzigen Form. Vielleicht würde sie sich in anderer Form noch eine

Weile dahinschleppen und an den unterschiedlichsten Standorten auftreten, aber all das konnte nur eine Frage der Zeit sein. Andere Gesellschaften würden sie rasch von ihrem Platz drängen. Außergewöhnliche Talente wie Lawrence Firethorn, Barnaby Gill und Edmund Hoode würden schon bald neue Engagements finden, aber die einfacheren Mitarbeiter würden draußen im Regen stehen. Nicholas war zuversichtlich, daß auch er schon bald einen neuen Arbeitsplatz bei irgendeinem Theater finden könnte, doch seine Sorge galt seinen Kollegen, denn die Angestellten bildeten den größeren Teil der Truppe und hingen mit der verzweifelten Loyalität von Menschen an der Gesellschaft, die wußten, wie es war, wenn man draußen stand. Für einige von ihnen wäre es ein tödlicher Schlag, ihren Arbeitsplatz zu verlieren, vielleicht würden sie niemals wieder eine Arbeit finden.

Nicholas sah das Wirtshausschild an der Außenmauer des *Queen's Head* und seufzte. Elizabeth Tudor blickte so königlich und trotzig drein wie immer, vielleicht hielt sie für einige ihrer Untertanen eine Tragödie bereit. Diejenigen, die sich am wenigsten verteidigen konnten, würden in einer ungastlichen Stadt alleingelassen. Der Regisseur dachte an Thomas Skillen, den alten Bühnenarbeiter, an Hugh Wegges und die Kostümleute, an Peter Digby und seine Musiker. Er dachte an all die anderen armen Kerle, denen die Truppe Westfield's Men ein bißchen Würde und eine Andeutung von Sicherheit vermittelt hatte. Ganz besonders einer machte ihm schwere Sorgen.

Das war George Dart.

Ein Mitglied einer gefeierten Theatergruppe zu sein, war nicht unbedingt eine uneingeschränkte Ehre. George Dart hatte den Eindruck, durchaus für seinen Lohn arbeiten und für seine Kunst leiden zu müssen. Sogar an Tagen, an denen es keine Vorstellung gab, hörte die schwere Arbeit nicht auf, und seine Stellung als der jüngste und kleinste der Bühnenarbeiter hieß unter anderem, daß ihm alle unangenehmen und anstrengenden Arbeiten übertragen wurden. Das war eine ganz klare Ungerechtigkeit, und obwohl sie häufig durch Nicholas Bracewells Vermittlung gemildert wurde, nagte sie doch an ihm. George Dart war das Arbeitspferd der Truppe, das Lasttier, dem gedankenlose Kollegen alles und jedes aufhalsten. In seltenen Augenblicken der inneren Einkehr, wenn er Zeit fand, über sein Schicksal nachzudenken, steigerte er sich in ein derartig großes Selbstmitleid hinein, daß er mit dem Gedanken spielte, die Truppe zu verlassen, ein tollkühner Schritt, der sich jedoch jedesmal in nichts auflöste, wenn er daran dachte, wie unmöglich es für ihn sein würde, irgendwo sonst eine Anstellung zu finden. Bei allen Nachteilen und Unsicherheiten war die Arbeit bei Westfield's Men das einzige Leben, das er jemals kennengelernt hatte.

Der heutige Morgen bescherte ihm eine der Aufgaben, die er am wenigsten mochte. Er war schon frühzeitig losgeschickt worden, um die Plakate auszuhängen, die die morgige Vorstellung des Stückes *Doppelte Täuschung* ankündigten. Sein erstes Problem war es, die Plakate vom Drucker loszueisen, ohne das Geld dafür in der Tasche zu haben. Er mußte dem Mann klarmachen, daß Lawrence Firethorn höchstpersönlich noch am gleichen Tag vorbeikommen werde, um seine Schulden zu bezahlen, wobei er hoffte, daß der gute Mann keine Ahnung davon hatte, daß sämtliche Drucker der Stadt immer noch auf ihr Geld von Westfield's Men warteten. Diesmal hatte er Glück und kam glimpflich mit einer Ohrfeige und einigen blutrünstigen Flüchen davon. Dart verließ die Druckerei in der Paternoster Lane mit den Plakaten unterm Arm und begann seine vertraute Route.

Die Gefahren, die den Schwächlichen drohen, warteten auf ihn an jeder Ecke. Er wurde von Ellenbogen geknufft, von Händen geschubst, von Füßen getreten, von Zungen beschimpft, ja, sogar von einer Horde junger Burschen gehetzt, doch er verfolgte unbeirrt seinen Weg und brachte die Plakate an jedem Mast und jedem Zaun auf seiner Strecke an. Westfield's Men hatten einen guten Ruf, der ihnen vorauseilte und dafür sorgte, daß es eine erkleckliche Zahl von treuen Anhängern in dieser Stadt gab, die wild waren auf interessantes Theater, gleichzeitig aber über Ort, Tag und Stunde der Aufführungen unterrichtet werden wollten. Obwohl er eine ungeliebte Arbeit zu verrichten hatte, sagte George Dart sich, daß er ein lebendiges Bindeglied zwischen der Gesellschaft und ihrem Publikum war, womit er sein wachsendes Gefühl der Nutzlosigkeit zu überdecken suchte.

Als er mit seiner Aufgabe fertig war, gab es nur noch eines, das er zu erledigen hatte. Lawrence Firethorn persönlich hatte ihm befohlen, eines der Plakate in einem Haus in Bishopsgate abzuliefern. Da diese Straße die Fortführung der Gracechurch Street war, kannte er sie, doch der Markt dazwischen war wie üblich ein wimmelndes Menschenmeer, und er mußte sich mit allen verbleibenden Kräften bemühen vorwärtszukommen. Nach einiger Zeit erblickte er Stanford Place und war völlig eingeschüchtert. Die ungeheuere Größe des Hauses wirkte bedrohlich, und als er sich der Eingangstür näherte, hörte er das wütende Gebell von Hunden im Inneren des Hauses. Unwillkürlich trat er zurück und war schon drauf und dran, die Flucht zu ergreifen, als er sich an den Auftrag erinnerte, den Lawrence Firethorn ihm gegeben hatte. Seinem obersten Chef mit der Nachricht entgegenzutreten, seinen Auftrag nicht ausgeführt zu haben, war schlimmer, als sich mitten in eine Meute rasender Kampfhunde zu werfen.

George Dart entschied sich für das kleinere Übel und griff nach der Türglocke von Stanford Place.

Die Antwort kam auf der Stelle. Das wütende Gebell wurde noch wüster, kratzende Klauen waren hinter der Tür zu hören. Als diese mit einem plötzlichen Ruck aufgerissen wurde, machten ihm drei Hunde deutlich klar, daß er hier nicht erwünscht war. Ein kurzes Komando eines schlanken, hochnäsigen Mannes ließ sie verstummen. Der Mann betrachtete den unerwünschten Besucher von oben herab. Seine vielen Jahre als Hausverwalter hatten Simon Pendleton befähigt, unwillkommene Besucher in Sekundenschnelle zu taxieren. Bei dem eingeschüchterten George Dart hielt er den Tonfall vollständiger Verachtung für angemessen.

»Verschwinde hier auf der Stelle, Junge.«

»Aber ich habe hier etwas zu erledigen, Sir«, bat dieser.

»Aber sicher nichts Ernsthaftes.«

»So hört mich doch an, Master.«

»Verschwinde mit deiner verdammten Bettlerschale!«

»Ich bettle ja überhaupt nicht«, sagte Dart rasch. »Nur, daß ich das hier für die Dame des Hauses abgeben soll.«

Pendleton war verblüfft, als er das Theaterplakat in die Hand nahm. Es war aufgerollt und mit einem rosafarbenen Band umwickelt, was ihm ein wichtiges Aussehen verlieh. Obwohl es mit den schweißigen Fingerabdrücken des Boten bedeckt war, verlangte es doch schon nach ernsthaften Überlegungen.

»Wer bist du?« fragte Pendleton.

»Nur ein einfacher Bote, Sir.«

»Von wem, Junge?«

»Die Dame wird schon verstehen.«

»Ich verlange weitere Informationen.«

»Meine Aufgabe ist erledigt«, sagte Dart erleichtert.

Und bevor die Hunde noch mit ihrem Gebell beginnen konnten, wirbelte er herum und rannte mit dem Tempo der Verzweiflung in die wimmelnde Menschenmenge. Ein typischer Vormittag war zu Ende.

Ihre Heirat mit einem wesentlich älteren Mann schien eine Reihe unerwarteter Vorteile zu haben, und Matilda Stanford fand dies mit Vergnügen heraus. Wenn eine junge Frau einer Ehe mit einem Mann reiferen Alters zustimmt, ist dies normalerweise eine Sache vernunftbetonter Berechnung und weniger ein Fall unwiderstehlicher Liebe, und genau so war es auch bei ihr. Ihre treusorgenden Eltern waren begeistert, als eine so hochstehende Persönlichkeit wie der Master der Tuchhändler-Innung sich für ihre Tochter zu interessieren begann, und sie förderten dieses Interesse nach besten Kräften. Während der Vater den möglichen Freier emsig bearbeitete, war die Mutter damit beschäftigt, das Mädchen an den Gedanken des sozialen Aufstiegs durch Heirat zu gewöhnen, und irgendwann hatte sie sämtliche Vorbehalte ihrer Tochter überwunden. Jetzt, nachdem sie seit fünf Monaten seine Frau war, genoß die neue Herrin von Stanford Place ihr großes Glück.

Ihr Gatte war freundlich, aufmerksam und bereit, ihr mit großem Eifer zu Gefallen zu sein. Doch Walter Stanford war auch ein reicher Geschäftsmann, dessen fortgesetzter Erfolg von seiner nie erlahmenden Arbeit für sein Unternehmen abhing. Dies und seine zahlreichen Pflichten als Kandidat für das Amt des Oberbürgermeisters, führte dazu, daß seine Frau reichlich Gelegenheit hatte, ihre Flügel auszubreiten und die Macht seiner Geldbörse zu entdecken. Auch sah Matilda sich im Ehebett nicht übermäßig in die Pflicht genommen. Er war ein geduldiger und verständnisvoller Mann, der sie niemals zu ehelichen Pflichten zwang, die sie nicht freiwillig erfüllen wollte, und behandelte sie mit nie versiegendem Respekt. Es gab noch einen anderen Aspekt ihrer Beziehung. Obwohl er seiner neuen Frau sehr zugetan war, trauerte Walter Stanford immer noch in gewisser Weise seiner verstorbenen ersten Frau nach, Alice, der Mutter seiner beiden Kinder, einer charmanten Frau, die vor achtzehn Monaten viel zu früh einem tragischen Unglücksfall zum Opfer gefallen war.

Matilda gefiel die Tatsache, daß es offenbar nicht von ihr erwartet wurde, ein vollgültiger Ersatz für eine Frau zu sein, die so lange Lebensgefährtin ihres Mannes gewesen war und so lange sein Bett mit ihm geteilt hatte, mehr als zwanzig Jahre. Alice Stanford war die Vergangenheit, Matilda die Gegenwart und Zukunft, ein großer Preis für einen reichen Mann, ein stolzer Fang und ein Schmuckstück, das man in einem Haus zur Schau stellte, das immer besonders stolz auf seine besondere Ausstattung gewesen war. Darüber machte sie sich keine Illusionen. Walter Stanford hatte sie geheiratet, um eine Lücke zu füllen. Ihr Hauptzweck war es, als seine Frau vorgezeigt zu werden, weniger, seine Lust zu befriedigen oder ihm Erben zu schenken. Dies war eine Situation, die sie zu schätzen begann.

Romantik fehlte beträchtlich, aber in der Ehe ihrer Eltern hatte es auch keine Romantik gegeben, und das war das Vorbild, woran sie alles maß. Walter Stanford war vielleicht nicht in der Lage, ihre Leidenschaften zu beflügeln, aber er konnte sie mit seinem Reichtum beeindrucken, mit seiner Aufmerksamkeit erfreuen und sie amüsieren, indem er sie mit Geschenken überhäufte. Matilda war in der Tat noch nicht erwacht, aber nur, weil sie in ihrer bequemen Existenz so behaglich schlief.

»Wohin sollen wir als nächstes gehen?«

»Ich habe mich ja noch nicht von der gestrigen Ausfahrt erholt.«

»London hat noch viel mehr zu bieten«, sagte er. »London ist die aufregendste Stadt in Europa.«

»Ich bin gerade dabei herauszufinden, daß das stimmt.«

»Laßt uns den Fluß hinaufsegeln bis Hampton Court.«

»Langsam, Sir. Hetzt mich nicht so.«

»Dann laßt uns zusammen ausreiten.«

»Ihr seid so gut zu mir, William.«

»Das bin ich, weil Ihr so gut für Vater seid.«

William Stanford war ein hübscher, großgewachsener junger Mann von zwanzig Jahren, der die besten Eigenschaften seiner Eltern geerbt hatte. Er kleidete sich wie ein Kavalier und genoß die Freuden, die ihm der Tag bot, aber er besaß auch einen klugen Sinn fürs Geschäft und arbeitete gerne mit seinem Vater zusammen. Der plötzliche Tod seiner Mutter hatte ihn so belastet, daß er der Idee seines Vaters, sich wieder zu verheiraten, zunächst ablehnend gegenüberstand, doch Matilda hatte ihn rasch mit ihrer Schönheit und Lauterkeit eines Besseren belehrt. Sie brachte eine dringend notwendige Heiterkeit nach Stanford Place, und jetzt, als sie dabei war, ihre Scheu abzulegen, zeigte sie eine begeisternde Lebhaftigkeit. Es war William gewesen, der sie zum *Queen's Head* begleitet hatte, um Westfield's Men in Aktion zu sehen. Jetzt bemühte er sich, ihr weitere Zerstreuungen zu bieten.

»Wartet nur, bis Michael zurückkommt«, sagte er.

»Wann wird Euer Cousin eintreffen, Sir?«

»Jeden Moment. Aus reiner Abenteuerlust hat er Militärdienst in den Niederlanden geleistet.« William lächelte liebenswürdig. »Michael wird Euch gefallen. Er ist der lustigste Bursche, den es gibt und bringt einen so zum Lachen, daß Ihr ihn bitten werdet, aufzuhören, weil es Euch sonst zerreißt.«

»Ich bin schon ganz begierig, ihn kennenzulernen.«

»Michael ist der Inbegriff der Heiterkeit.«

Ein Klopfen an der Tür unterbrach sie. Simon Pendleton glitt ins Zimmer mit einer Papierrolle in der Hand, und neigte den Kopf in der Andeutung einer Verbeugung.

»Ein Bote hat dies für Euch abgegeben, gnädige Frau.«

»Danke, Simon.«

»Er war ein abgerissener Kerl«, sagte der Hausverwalter und reichte ihr die Rolle. »Er gefiel mir nicht; ich hoffe, daß seine Botschaft keine Beleidigung darstellt.«

»Ich liebe Überraschungen«, sagte sie mit einem Kichern und löste das Band um die Rolle. »Was könnte es sein?«

Pendleton war neugierig. »Nichts Unangenehmes, hoffe ich.«

»Das wäre dann alles, Simon«, sagte William abschließend.

Der Hausverwalter verbarg seine Enttäuschung hinter einer Maske der Unterwürfigkeit und zog sich lautlos zurück. Matilda entrollte das Papier und starrte es mit plötzlicher Begeisterung an.

»Lieber Gott, das ist ja wunderbar!« rief sie.

»Darf ich mal sehen?«

»Schaut nur, Sir. Westfield's Men spielen morgen wieder.«

»Doppelte Täuschung«, bemerkte er. »Ich habe das Stück schon früher gesehen. Das ist eine hervorragende Komödie und sehr gut inszeniert.«

»Laßt uns in dieses Theater gehen, um es uns anzuschauen, William.«

»Aber ich hatte für morgen bereits eine andere Überraschung für Euch vorbereitet. Ich hatte geplant, Euch ins *Curtain* mitzunehmen, um das Spiel von Banburry's Men zu sehen.«

»Ich möchte Master Firethorn gerne sehen.«

»Das ist ein hervorragender Schauspieler, das kann ich Euch versichern«, sagte William, »aber es gibt Leute, die der Meinung sind, Giles Randolph sei sogar noch besser. Er hat Banburry's Men auf ihre jetzige Höhe gebracht und spielt die Titelrolle in dem Stück *Die tragische Geschichte von König John*. Nehmt meinen Rat an und gebt Master Randolph eine Chance.«

»Das werde ich bestimmt ein andermal tun«, versprach sie. »Jetzt bitte ich Euch, mich morgen ins *Theatre* zu führen. Das ist mein ernsthafter Wunsch.« Sie hielt das Theaterplakat in die Höhe. »Es wäre unvernünftig, eine solche Einladung abzulehnen.«

William stimmte ihr rasch zu und fing an, ihr etwas über *Die doppelte Täuschung* zu erzählen, aber seine Stiefmutter hörte überhaupt nicht zu. Matildas Gedanken rasten. Sie war noch jung und in solchen Dingen unerfahren, doch sie spürte, daß ihr der Theaterzettel mit einer bestimmten Absicht zugestellt worden war. Irgend jemand legte Wert darauf, sie am nächsten Tag in einem Theater in Shoreditch zu sehen, und das eröffnete ja nun alle denkbaren Möglichkeiten. Matilda Stanford war ordentlich verheiratet und würde in Begleitung ihres Stiefsohnes ins Theater gehen, doch das hielt sie nicht davon ab, ein Gefühl prickelnder Erregung zu spüren, wie sie es zuvor noch nie kennengelernt hatte.

Ein schmuddeliges Theaterplakat hatte ihr Herz berührt.

Hans Kippel hatte die Anweisung bekommen, zu Hause zu bleiben und sich auszuruhen, doch die Macht der Gewohnheit war zu stark für den jungen Mann. Am frühen Morgen hielt es ihn nicht mehr im Bett, er ging zur Arbeit. Preben van Loew war überrascht, ihn zu sehen, kümmerte sich in geradezu väterlicher Zuneigung um den Lehrling und übertrug ihm nur die einfachsten Aufgaben, doch selbst die waren für den Jungen bereits zuviel. Er litt ganz eindeutig unter den Nachwirkungen seines Erlebnisses und konnte sich kaum für ein paar Minuten auf eine Sache konzentrieren. Der Holländer versuchte, ein paar Einzelheiten aus ihm herauszuholen, was ihm in der vergangenen Nacht widerfahren war, doch es half nichts. Der Schlag auf den Kopf hatte alles in seinem Gehirn eingeschlossen.

Es war früher Nachmittag, als Nicholas Bracewell ins Haus nach Bankside kam. Den Morgen hatte er im *Theatre* verbracht, letzte Einzelheiten für die Aufführung der *Doppelten Täuschung* arrangiert und den Transport der Kostüme, Requisiten und Bühnenbilder vom *Queen's Head* überwacht. Mit ein bißchen freier Zeit war er nach Hause gehastet, um herauszufinden, ob er dem verletzten Lehrling ein paar Details entlocken konnte. Hans Kippel freute sich, ihn zu sehen und schüttelte ihm herzlich die Hand, doch dann nahm sein Gesicht wieder diesen leeren Ausdruck an. Nicholas setzte sich zu ihm und sprach leise:

»Wir sind alle sehr stolz auf dich, Hans.«

»Wieso das denn, Sir?«

»Weil du ein sehr tapferer junger Mann bist.«

»Ich fühle mich aber nicht tapfer, Master Bracewell.«

»Und wie fühlst du dich dann?«

»Schlecht, fürchte ich. Ich bin wie verloren und weiß nicht, wohin ich mich wenden und drehen soll.«

»Hier bist du sicher und unter Freunden, Hans.«

»Werdet Ihr mich beschützen, Sir?«

»Wovor?«

Das leere Gesicht verfinsterte sich. »Das kann ich nicht sagen. Mein Geist hat mich im Stich gelassen. Aber ich weiß, daß ich Feinde habe.«

»Was für Feinde? Wer sind sie?«

Aber Hans Kippel hatte alles gesagt, was er sagen konnte. Selbst Nicholas' geduldiges Befragen förderte keine Einzelheiten mehr zu Tage. Der Regisseur besprach sich mit Preben van Loew, der der Meinung war, der Junge sei am besten im Bett aufgehoben. Er war ganz offensichtlich noch nicht fähig zur Arbeit und brauchte alle Ruhe, die er bekommen konnte. Nicholas stimmte dem nur teilweise zu und argumentierte, der Lehrling werde niemals wieder vollständig in Ordnung kommen, solange sein Geist nicht von dem Schrecken befreit war, der ihn gepackt hielt. Da das sicher nicht aus eigener Kraft geschehen würde, machte er einen Vorschlag, der vielleicht ganz nützlich sein könnte. Er bot an, Hans Kippel zu begleiten und seinen Weg zurückzuverfolgen, den er am gestrigen Tag genommen hatte. Er hoffte, daß der Anblick irgendeiner vertrauten Sache sein Erinnerungsvermögen wiederbeleben würde.

Preben van Loew gab diesem Unterfangen seinen Segen und winkte die beiden zur Tür hinaus. Hans Kippel bot einen traurigen Anblick, wie er mit verbundenem Kopf vor sich hin hinkte. Nicholas war bereits der Gedanke gekommen, daß es vielleicht seine Nationalität war, die ihm zum Nachteil geraten war. Seine einfache Kleidung, sein offenes Gesicht und der ganze Eindruck ließen ihn wie ein holländischer Einwanderer aussehen und dadurch automatisch zur Zielscheibe der Ablehnung vieler Leute werden. In der Begleitung eines so großen und kräftigen Mannes wie Nicholas Bracewell war es kaum zu erwarten, daß man den Jungen anpöbelte, doch vielleicht würde er ja die Stelle seines Weges wiedererkennen, an der er überfallen worden war. Langsam gingen sie durch die Straßen.

»Sieh dich gut um, Hans«, sagte Nicholas.

»Das tue ich, Sir.«

»Sag es mir, wenn du etwas siehst, an das du dich erinnern kannst.«

»Mein Kopf ist völlig leer.«

»Wir wollen versuchen, etwas hineinzubringen.«

Die Reise kam zu einem plötzlichen Ende. Vor einer Minute noch schleppte Hans Kippel sich wie betäubt daher, in der nächsten starrte er wie im Terror voraus und weigerte sich, auch nur noch einen einzigen Schritt zu tun. Sie hatten das Labyrinth von Bankside bei der St. Saviours Church verlassen und gingen auf die Brücke zu. Sie war eine der größten Sehenswürdigkeiten der Stadt, eine wahrhaft beeindruckende Konstruktion, die die schlammigen Wasser der Themse auf einer Reihe von Bögen überspannte, und auf deren breitem Rücken sich eine Miniaturstadt entwickelt hatte. Aus ganz Europa kamen Besucher, um diese Brücke zu bestaunen, aber hier war jetzt ein Fremder, der keine Bewunderung erkennen ließ. Hans Kippel wurde kreidebleich vor Angst und stieß einen heftigen Schmerzensschrei aus. Seine zitternden Finger zeigten auf die Brücke. Bevor Nicholas ihn daran hindern konnte, drehte er sich um und hinkte davon, so schnell ihn seine verwundeten Beine tragen konnten.

3. Kapitel

Abel Strudwick verbrachte eine schlechte Nacht mit rastlosen Gedanken über den Unfall. Selbst das sonore Schnarchen seiner Gattin, die neben ihm ruhte, vermochte ihn nicht in Schlaf zu lullen, und das war sehr ungewöhnlich. In der Regel schlief der Flußschiffer tief und fest, erschöpft von den körperlichen

Anstrengungen seiner Tagesarbeit und unterstützt durch den reichlichen Genuß zahlreicher Flaschen Bier. Innerhalb weniger Minuten hatte er sich von der Welt verabschiedet und verbrachte eine erholsame Nacht in seinen Träumen, in denen er sich von seinem harten Berufsleben als Schiffer zum verehrten Dichter wandelte. Aber eine Leiche in der Themse hatte all das geändert. Strudwick hatte schon öfter Leichen aus dem Wasser gezogen, doch keine war so grauslich gewesen wie diese, so daß selbst sein starker Magen sich umgedreht hatte. Die Erinnerung daran verwandelte die Nacht in ein langes, peinvolles Martyrium.

Am nächsten Morgen fühlte er sich müde und gerädert, noch rascher als üblich bereit, seine Kunden mit einer Schimpfkanonade zu überschütten. Anders als die meisten Flußschiffer betrieb Strudwick sein Geschäft allein. Die meisten seiner Berufskollegen beförderten ihre Kunden in sechs- oder achtrudrigen Fährbooten über den Fluß, dadurch konnten sie größere Gruppen bedienen. Strudwick besaß nur ein kleineres Ruderboot. Er und sein Sohn hatten damit sehr erfolgreich gearbeitet, bis dieser im Zuge der Panik, die durch die Nachrichten über die sich nähernde Spanische Armada ausgelöst wurde, zu den Soldaten zwangsverpflichtet wurde. Für die Flußschiffer war der Verlust ihrer Lehrlinge und Gehilfen an die Marine sehr schmerzlich, doch niemand nahm ihren Protest ernst oder überhaupt zur Kenntnis. Es war deshalb nicht überraschend, daß sie alle möglichen Tricks anwandten, um ihren jungen Männern dieses schlimme Los zu ersparen.

Strudwick bezahlte einen jungen Burschen, der ihm von Zeit zu Zeit half und der nachts im Boot schlafen sollte, damit es nicht gestohlen wurde, doch meistens arbeitete der ehrgeizige Poet allein. Die anderen machten üble Witze über seine

Ambitionen, doch niemand wagte es, ihm dies ins Gesicht zu sagen. Bei Schimpfereien und Schlägereien im Hafengebiet war er ein gefürchteter Gegner, der es mit den besten aufnahm. Abel Strudwicks scharfe Zunge und sein gewaltiger Bizeps verschafften ihm den Freiraum, in dem seine Dichtkunst wachsen konnte. Der Alkohol beflügelte seine schöpferischen Kräfte, die besten Inspirationen kamen ihm deshalb im Wirtshaus.

So auch an diesem Nachmittag, als er in einer Ecke des Schankraums des *Jolly Sailor* saß und seinem Schaffensdrang die Zügel ließ. Zunächst kamen die Verse nur stockend, dann schon etwas flüssiger, und schließlich in einem solchen Sturzbach, daß es ihn vom Stuhl riß. Der Wirt, der einem guten Kunden eifrig zu Diensten sein wollte, hatte Federkiel und Tinte griffbereit, und Strudwick zog ein Stück Pergament hervor, das er für solche kostbaren Augenblicke stets bei sich trug. Eine halbe Stunde lang kritzelte er glücklich vor sich hin, bis er das Gefühl hatte, es sei an der Zeit, zur Arbeit zurückzukehren. Die Theater in Bankside würden bald schließen, dann würde es Kunden für jeden Schiffer geben, dessen Boot am Surrey-Ufer festgemacht hatte.

Als Abel Strudwick schwankend aus der Kneipe trat, war es jedoch ein anderes Theater, das seine Aufmerksamkeit erregte. An einem Mast in der Nähe fand er etwas, was seiner Meinung nach nur von Gottes Hand selber dort angebracht worden sein konnte. Es war ein Theaterplakat, das die Aufführung von *Doppelte Täuschung* durch Westfield's Men für den kommenden Tag ankündigte – und einen Plan Gestalt annehmen ließ, der sich über Monate in seinem Kopf gebildet hatte. Seine Tage als kümmerlicher Amateur in der Welt des Wortes waren gezählt. Er wollte mit Augen und Ohren erleben, wie ein professioneller Dichter dramatische Verse schrieb, und die Ermutigung finden, seine hochgesteckten Ziele zu erreichen. Nicholas Bracewell war ein guter Freund, der ihn in der Vergangenheit niemals im Stich gelassen hatte.

Es war an der Zeit, diese Freundschaft auf die Probe zu stellen.

Margery Firethorn hatte wie immer alle Hände voll zu tun. Zusätzlich zu ihrem üblichen Haushalt und seinen Mitgliedern hatte sie für drei Schauspieler zu sorgen, die bei ihr in Shoreditch wohnten und in der Mansarde untergebracht worden waren, um sie von den anderen Bewohnern etwas fernzuhalten. Sie führte ein straffes Regiment und niemand durfte sich irgendwelche Eskapaden erlauben. Als einer der Schauspieler es wagte, einem der Dienstmädchen schöne Augen zu machen, lieferte Margery ihm eine harsche Gardinenpredigt über Zucht und Ordnung und kündigte ihm an, seine Stimme würde abrupt um zwei Oktaven höher werden, wenn sie ihn nochmals dabei erwische. Da sie bei dieser Predigt ein Küchenmesser in der Hand hielt, verstand der Übeltäter nur zu gut, was sie meinte, und zog sich hastig in die Mansarde zurück, um seinen Kollegen alles haarklein zu erzählen. Augenblicklich wurden alle weiblichen Wesen des Haushaltes mit ausgesuchter Höflichkeit behandelt, sogar die weiblichen Katzen erhielten mehr Aufmerksamkeit.

Obwohl sie mit Hausarbeit und Kochen für ihren großen Haushalt vollauf beschäftigt war, fand Margery Firethorn doch noch Zeit, ein wachsames Auge auf ihren Gatten zu werfen. Lawrence Firethorn hatte sie mit einer seiner glänzendsten Darstellungen seiner Karriere umgarnt und sie vor den Traualtar geschleppt, bevor sie überhaupt an Widerstand denken konnte. Das war eine zauberhafte Erfahrung gewesen, die bei seltenen Gelegenheiten in der Erinnerung aufblitzte, insgesamt jedoch unter dem Müll, den eine Ehe unweigerlich anhäuft, verschüttet worden war. Eines hatte sie allerdings zu einem frühen Zeitpunkt gelernt: Ihr Mann besaß Fehler und Tugenden. Sein überragendes Talent als Schauspieler hatte sie in der Tat verführt, doch sie war realistisch genug, um zu erkennen, daß dieses Talent auch auf andere Frauen eine starke Wirkung ausübte. Die Versuchung war allgegenwärtig, Firethorn vermochte ihr durchaus nicht immer zu widerstehen. Ohne ihre Wachsamkeit ließ er sich von jedem roten Mund und allen fein geschwungenen Augenbrauen in die Irre leiten. Sie spürte, daß er seine Augen wandern ließ, und beschloß, es sei an der Zeit, ihm einen Warnschuß vor den Bug zu feuern.

»Guten Morgen, Sir!«

»Guten Morgen, mein Täubchen«, sagte er überschwenglich. »Die Strahlen der Sonne strömen von den Himmeln, um das eheliche Bett zu vergolden.«

»Du hast gut reden von dort, wo du liegst«, sagte sie schnippisch, »aber ich bin bereits seit zwei Stunden auf den Beinen, um unten alles vorzubereiten. Außerdem«, fügte sie hinzu, »wenn unser Ehebett für dich so speziell ist, warum bist du dann letzte Nacht so spät nach Hause gekommen?«

»Arbeit und Sorgen haben mich abgehalten.«

»Hat sie auch einen Namen?«

»Margery! Wie kannst du so etwas auch nur vermuten?«

Mit zerknitterter Würde setzte er sich in dem Himmelbett auf und kratzte seinen Bart. Seine Frau stand mit über der Brust verschränkten Armen vor und über ihm und schnarrte ihre nächste Frage.

»Liebst du mich, Sir?«

»Ich verehre dich, mein Schatz.«

»Aber verehrst du mich auch genug?«

»Meine Verehrung kennt keine menschlichen Grenzen.«

»Das ist ja gerade meine Beschwerde, Lawrence«, sagte sie. »Ich möchte, daß deine Verehrung auf mich begrenzt ist, aber sie fliegt davon wie ein Vogel auf seinen Schwingen.«

»Nur, um voller Freude zurückzukehren. Ich bin deine Brieftaube.«

»Du bist wie ein Adler, der sich ein neues Opfer sucht.«

»Diese Verdächtigungen sind ungerecht und völlig unbegründet.«

»Beweise es!«

Er machte eine großartige Geste. »Mein Gewissen ist rein.«

»So was besitzt du überhaupt nicht.«

»Meine Süße«, sagte er. »Was soll diese Unstimmigkeit so früh am Morgen? Welches Verbrechen habe ich begangen?«

»Das wird noch in deinem Gehirn ausgebrütet.«

»Dieses Gehirn ist voller freudiger Gedanken an dich.«

»Aber nur, wenn ich direkt vor dir stehe.«

»Und wenn du unter mir liegst, mein kleiner Granatapfel.«

Er sprach mit derartig zärtlicher Lüsternheit, daß sogar ihre harte Haltung ins Schwanken geriet. Sie, eine große, dralle, energische Frau im einfachen Arbeitskittel, ließ sich von seinen Worten umschmeicheln und von seinen bewundernden Blicken beeindrucken. Trotz aller Fehler hatte es ihrer Ehe nicht an erregenden Momenten gemangelt. Jetzt schien sich eine weitere Gelegenheit zu bieten.

»Du bist zu früh von meiner Seite gewichen«, schmuste er.

»Ich hatte unten so viel zu tun.«

»Komm zu mir für einen Augenblick wilden Wahnsinns.«

»Das wäre zu dieser Tageszeit ganz sicher ein Wahnsinn.«

»Laß mich dir beweisen, wie sehr ich dich liebe, Margery.«

Ihre Zweifel an ihm waren jetzt wie weggewischt, sie neigte sich zu ihm und wurde in einer wilden Umarmung hinweggerissen. Er hob sie ins Bett zurück, wobei sie mädchenhaft kicherte, als er sich auf sie rollte, doch ihr Vergnügen war nur von sehr kurzer Dauer. Bevor er auch nur einen schnauzbärtigen Kuß auf ihre erwartungsvollen Lippen drücken konnte, brach die Hölle los. Eine Pfanne kochte in der Küche über, was zu einem Zank zwischen den beiden Dienstmädchen führte. Die Kinder begannen eine lautstarke Zimmerschlacht, und die vier Schauspielschüler polterten lärmend die Treppe hinunter, zum Frühstück. Doch das schlimmste war ein lautes Klopfen an der Schlafzimmertür – einer der Schauspieler machte der improvisierten Glückseligkeit ein entschiedenes Ende.

»Ich muß sofort mit Euch reden, Sir«, sagte er.

Firethorns Wutgeheul war in ganz Shoreditch zu hören.

*

The Theatre war das erste nur für diesen Zweck gebaute Schauspielhaus in London. Da es gerade nördlich der Holywell Lane lag, im Winkel von Curtain Road und New Inn Yard, befand es sich außerhalb der Stadtgrenzen, jenseits der lästigen städtischen Vorschriften und dennoch nahe genug, um große Zuschauermassen anzulocken, die durch Bishopsgate strömten, um sich zu amüsieren und die Vorführungen zu besuchen. Es war im Jahre 1576 unter der Leitung von James Burbage errichtet worden, einem zielstrebigen Mann, der ursprünglich Schreiner war und seinen Beruf zugunsten des Theaters wechselte. Talent und Beziehungen halfen ihm bei Leicester's Men zum Hauptdarsteller aufzusteigen, doch sein Streben nach Sicherheit und sein Geschäftssinn brachten ihn dazu, *The Theatre* zum geschätzten Preis von 666 Englischen Pfund zu errichten. Auch wenn er sich später mit John Brayne, seinem Partner und Schwager, einem streitsüchtigen

Gemüsehändler, zankte, so kann die Bedeutung seiner Pioniertat nicht geschmälert werden. Das erste wirkliche Schauspielhaus verlieh der Kunst einen neuen Glanz und neue Bedeutung. Endlich nahm man diese Kunst ernst.

Tiere beeinflußten die Menschen. Denn es waren die Bären- und Bullenhatz-Gehege in Bankside, die die grundlegenden Prinzipien der Konstruktion lieferten. *The Theatre* war ein vieleckiges Gebäude aus massivem Holz und wenig Metall konstruiert. Von den Tier-Arenen unterschied es sich durch phantasievolle Details. Die »Arena« war gepflastert und besaß ein funktionierendes Abflußsystem. Die Bühne ragte kühn in den Hof hinein, getragen von stabilen Säulen statt der Gerüste und Fässer, die man von Häusern wie dem *Queen's Head* her kannte. Im Hintergrund befand sich ein Kostümsaal, von dem die Darsteller leichten Zugang zur Bühne hatten. Über der Rückwand gab es eine Überdachung, die als »Himmel« bezeichnet wurde. Getragen von hohen Pfeilern, wurde dieser »Himmel« noch von einer Art Hütte überragt, in der man Aufzugsgeschirr unterbrachte und die gelegentlich zusätzlich als Spielfläche genutzt wurde.

Der letzte wesentliche Unterschied zwischen *The Theatre* und den üblichen Bühnenbauten war eine dritte Galerie. Die anderen Gebäude dieser Art in Bankside hatten sämtlich zwei Stockwerke, die alle gleich aussahen. James Burbage baute sein Theater nicht höher als alle anderen Gebäude in Shoreditch, nur um seine Präsenz zu dokumentieren – eine zusätzliche Galerie bedeutete zusätzliche Zuschauer und folglich zusätzliches Einkommen für die Schauspieltruppen. Obwohl es sich bei dem Gebäude um eine Freilichtbühne handelte, bildete seine zylindrische Form eine Art Schirm gegen die Unbilden des Wetters, und die strohgedeckten Dächer der Galerien trugen erheblich zu Komfort und Schutz bei. Das ganze Haus war mit viel Sorgfalt und Klugheit errichtet worden. Es war das geistige Kind eines echten Theatermannes.

Nicholas Bracewell traf als erster ein. Sein Besuch im *Queen's Head* hatte nur dazu beigetragen, seine Angst zu vertiefen, daß ihre Tage in diesem Gasthaus bald zu Ende sein würden. Trotz all seiner offenkundigen Fehler hatte Alexander Marwood der Truppe erlaubt, auf seinem Grund und Boden zu spielen; einige der besten Aufführungen der Gesellschaft waren auf dieser Behelfsbühne geboten worden. Wenn Rowland Ashway Grundstück und Gebäude kaufte, hatte er bestimmt keinerlei Skrupel, die Truppe vor die Tür zu setzen. Wieder bedrängten Nicholas neue Sorgen um das Schicksal seiner Kollegen. Eine dunkle, drohende Wolke hing über der Zukunft der Truppe, und er war der einzige, der etwas davon wußte. Es würde sich noch zeigen, wie lange er diese Tatsache noch verbergen konnte, aber schon jetzt beunruhigte ihn die Geschichte zutiefst.

Als nächster tauchte Thomas Skillen im *The Theatre* auf. Der altgediente Bühnenarbeiter war seit der Gründung der Truppe bei Westfield's Men, doch seine Verbindung zur Welt des Theaters reichte noch viel weiter zurück. Seit über vierzig Jahren hatte er in einem ruinösen Beruf überlebt, der so viele Leute in die totale Vergessenheit hatte versinken lassen. Geholfen hatten ihm sein wacher Verstand und seine absolute Zuverlässigkeit. Welche Hoffnung bliebe ihm, wenn er jetzt seinen Job verlor? Nahendes Alter und zunehmende Steifheit der Gelenke hatten ihn langsamer werden lassen, doch er vermochte immer noch seine Autorität durchzusetzen. George Dart entdeckte dies, als er auf die Bühne gelaufen kam – nur, um sich von dem älteren Mann eine Ohrfeige einzufangen.

»Du hast mich geschlagen, Thomas!« sagte er aufgeregt.

»Jawoll, Sir, das habe ich.«

»Und aus welchem Grund?«

»Ohne irgendeinen Grund, George. Nur so à conto.«

»Aber ich habe doch nichts verkehrt gemacht.«

»Das kommt noch, Sirrah. Das kommt noch.«

Nicholas mischte sich ein, um der bedrängten Partei zu Hilfe zu kommen und beiden Männern Aufgaben zu geben. *Doppelte Täuschung* war ein sehr kompliziertes Stück, das hohe Anforderungen an die Menschen hinter der Bühne stellte. Es war eine liebenswürdige Komödie über zwei Paar eineiiger Zwillinge, die in eine sich steigernde Serie von Fehlern und Mißverständnissen geraten. Es war ein von Plautus inspirierter, herrlicher Schwank, der seine Zuschauer niemals enttäuschte, aber mehrere Szenenwechsel verlangte und eine unendliche Liste von Kulissen und Requisiten.

Als nun auch die anderen nach und nach eintrafen, hatten Thomas Skillen und George Dart die Bühne soweit vorbereitet, daß die Proben beginnen und sie sich einer Vielzahl anderer Aufgaben widmen konnten.

Lawrence Firethorn wartete, bis die gesamte Truppe vollzählig versammelt war, dann betrat er die Bühne mit charakteristischem großspurigen Gehabe. Seine erhobene Hand bewirkte sofortige Ruhe.

»Gentlemen«, verkündete er. »Laßt mich Euch vor einem schwerwiegenden Fehler bewahren. Dies ist keine Probe eines alten und abgetakelten Textes, dessen Qualität durch das Alter verblaßt ist. *Doppelte Täuschung* ist kein elender Klepper, der nichts von uns verlangt als faul im Sattel zu hängen und ihn in die richtige Richtung zu führen. *Doppelte Täuschung* ist ein feuriges Fohlen, das wir heute zum ersten vollen Galopp bringen. Tragt eure Sporen, meine Freunde, und scheut euch nicht, sie auch anzuwenden. Wir müssen wie der Teufel um unsere Ehre reiten!«

Jüngere Mitglieder des Ensembles ließen sich von dieser Rede mitreißen, doch die altgedienten waren durchaus zynischer. Barnaby Gill beugte sich vor, um Edmund Hoode ins Ohr zu flüstern.

»Wie ich vorausgesagt habe: Sie kommt zur Premiere.«

»Wer?«

»Das neueste bedauernswerte Opfer für sein Bett«, sagte Gill höhnisch. »Deshalb sollen wir ja auch tüchtig Pep in *Doppelte Täuschung* reinlegen. Er möchte die Dame aufheizen, damit sie richtig in Fahrt ist, wenn er sie besteigt. Er benutzt Westfield's Men als seine Zuhälter.«

»Lawrence hat auch nicht immer nur Erfolg.«

»Den soll er diesmal auch nicht haben, Edmund. Sein gemeiner Plan wird bereits im Keim erstickt. Ich spiele ihn auf der Bühne in Grund und Boden, und damit hat sich die Sache.«

Diese Prahlerei war eine Totgeburt. Es war leichter, einen dreifachen Salto durch ein Nadelöhr zu machen, als Lawrence Firethorn auf der Bühne niederzuspielen, wenn er erst mal richtig in Fahrt war. Und in Fahrt geriet er bei dieser Probe. Es gab kein Zurückhalten seiner Fähigkeiten für den Nachmittag. In der Doppelrolle des Argos von Rom und des Argos von Florenz war er wie ein strahlender Komet, der alle anderen in den Schatten stellte. Barnaby Gill spielte meisterhaft die Doppelrolle der komischen Diener, doch er brauchte alle Kraft, um mit seinen beiden Herren mitzuhalten, ganz zu schweigen davon, sie an die Wand zu spielen.

Es war eine kühne Entscheidung gewesen, beide mit einer Doppelrolle zu betrauen, was höchste Konzentration und ein perfektes Timing verlangte, um dem Publikum die Illusion zu bewahren. Argos von Rom und sein vielbeschimpfter Begleiter Silvio waren ein mattes Paar, das grobe Kleider trug. Doch

Argos von Florenz und sein munterer Diener Silvio waren von überschäumender Lebenslust und auffällig gekleidet. Sobald ein Paar die Bühne verließ, betrat das andere Paar sie fast im gleichen Moment. Blitzschnelles Wechseln von Garderobe, Hut und Gehabe wirkten Wunder.

Firethorns Schwung riß den Rest des Ensembles mit sich. Ein größeres technisches Problem tauchte im fünften Akt auf, in dem die beiden Zwillingspaare, die seit ihrer Geburt getrennt waren und nichts von der Existenz des anderen wußten, schließlich die Wahrheit erfahren und sich voll Liebe und Lachen umarmen. Um diesen wichtigen Moment, in dem alle vier Personen gleichzeitig auf der Bühne sein mußten, in die Tat umzusetzen, mußten zwei andere Darsteller in die Rollen des einen Pärchens schlüpfen. Der flüchtige Auftritt des Argos von Rom wurde von Owen Elias gespielt, einem stämmigen Waliser, dessen Körpergröße und Statur der des Lawrence Firethorn ähnelten. Im Kostüm des Silvio von Rom, etwas ausgestopft, um ihm mehr Volumen zu geben, steckte niemand anderer als George Dart. Die Ersatz-Zwillinge waren ein vollkommener Gegensatz. Während der Waliser mit überbordendem Selbstvertrauen auf die Bühne trat, bewegte sich der Hilfsbühnenarbeiter mit dem Enthusiasmus einer Schnecke, die in einen glühenden Ofen kriechen soll. George Dart war zu Tode erschrocken, als er in seiner Nervosität einen Stuhl umwarf und unglücklicherweise Silvio von Florenz den Mantel abriß, als er seinen vermeintlichen Zwilling umarmte. Als das Stück zu Ende war, wartete Dart voll böser Vorahnungen auf Firethorns beißende Kommentare.

Doch nichts kam. Begeistert von seiner eigenen Leistung in den beiden Rollen und der festen Überzeugung, seine Truppe werde sich vor dem versammelten Publikum zu Höchstleistungen aufschwingen, entließ der Erste Schauspieler seine

Darsteller mit ein paar freundlichen Worten und hastete in den Kostümsaal. Nicholas Bracewell war jedoch keineswegs begeistert von dem, was er eben gesehen hatte, und mußte mehreren Schauspielern Hinweise auf ihr Fehlverhalten geben, bevor sie sich verkrümelten. Er hatte gerade George Dart einen sanften Tadel ausgesprochen, als Edmund Hoode sich an ihn heranmachte.

»Nennt mir ihren Namen, Nick.«

»Wer?«

»Diese Zauberin, die Lawrence behext hat.«

»Das ist einzig und allein seine Sache.«

»Das ist auch unsere Sache, wenn es sein Verhalten hier unter den Kollegen beeinflußt. Mann, der grinste eben gerade wie ein liebeskrankes Knäblein. Wenn der Einfluß dieser Dame so potent ist, müssen wir sie zum Eintritt in die Gruppe verleiten und ihr Geld bezahlen, damit sie den alten Bär bei Laune hält. Das wäre gut investiertes Geld.«

Nicholas lächelte. »Davon würden wir alle profitieren.«

»Wer ist dieses mustergültige Wesen also?«

»Das kann ich nicht sagen, Edmund.«

»Aber Ihr wart es doch, der sie aufgespürt hat.«

»Master Firethorn hat mich zu striktem Stillschweigen verpflichtet.«

»Könnt Ihr mir ihren Namen nicht verraten?«

»Weder Euch noch irgendeiner lebenden Person.«

»Aber ich bin Euer Freund, Nick.«

»Es ist meine Freundschaft, die mich daran hindert«, sagte Nicholas ernsthaft. »Ihr würdet mir nicht danken, wenn ich meinen Eid bräche. Es ist besser für Euch, daß Ihr den Namen der Dame nicht kennt.«

Hoodes Augen weiteten sich. »Dann muß ich Gefahr vermuten.«

»Akute Gefahr.«

»Für Lawrence?«

»Für jeden einzelnen von uns.«

Sir Lucas Pugsley, Fischhändler, Philanthrop und amtierender Oberbürgermeister von London, beendete wieder einmal eine umfangreiche Mahlzeit und goß ein Glas französischen Branntwein hinterher. Sein Gast pickte noch in seinem Essen herum und nahm immer wieder einen Schluck Bier aus dem Krug vor sich. Der Bürgermeister dinierte diesmal privat und unterhielt sich vertraulich mit einem alten Freund. Pugsley war so dürr wie ein Rechen und so bleich wie ein Gespenst. Ganz egal, wieviel er auch aß – und sein Appetit war groß – nie schien er auch nur ein Gramm zuzunehmen. Das schmale Gesicht mit den dünnen Lippen, seine hohen Backenknochen und seine kleinen schwarzen Augen erinnerten an nichts mehr als an den Kopf eines Meeraales. Selbst in voller Amtsrobe sah er aus, als liege er auf einem Grabmal.

Rowland Ashway war ein vollständig anderer Mann. Seine Genußsucht hatte allzu deutliche Zeichen bei ihm hinterlassen. Der reiche Brauer hatte sich in ein menschliches Faß verwandelt, um seinen Lebenswandel zu dokumentieren. Der regelmäßige Genuß seines besten Bieres hatte ihm dicke Backen und eine gewaltige Nase von solcher Farbe verschafft, daß er aussah, als habe er eine Tomate im Gesicht. Beide Männer hatten eine politische und eine persönliche Beziehung zueinander. Als Ratsherr für den Bezirk Bridge Ward Within hatte der gerissene Ashway Pugsleys Bewerbung um das höchste städtische Amt unterstützt. Solche Loyalität vergaß der Fischhändler nicht und hatte sie mit mehr belohnt als einem gelegentlichen gemeinsamen Mittagessen. Ashway schob den letzten Bissen in den Mund und leerte den Bierkrug. Dann rülpste er gewaltig, lachte erheitert und furzte ausgiebig. Jetzt war es Zeit, sich in den geschnitzten Sesseln zurückzulehnen und sich ins rechte Licht zu rücken.

»Meine Bürgermeisterschaft war ein Triumph«, sagte Pugsley mit gelassener Großartigkeit. »Ich bin in dieses Amt hineingewachsen.«

»Es paßt Euch wie ein Handschuh.«

»Die Stadt hat allen Grund, mir dankbar zu sein.«

»Euer Erfolg ist überall sichtbar«, bemerkte der andere. »Ihr habt Schulen gegründet, Armenhäuser gebaut und großzügig für die Kirche gespendet.«

»Auch habe ich in meiner Liebe zu meinem Vaterland nicht nachgelassen«, sagte der Fischhändler frömmelnd. »Königin Elisabeth persönlich – Gott segne sie – hielt es für richtig, von einem Pugsley Geld zur Verteidigung des Königreiches zu borgen. Englische Soldaten sind das Salz der Erde. Es war mir eine Ehre, dafür zu sorgen, daß sie ordentliche Uniformen bekamen und vernünftige Waffen.«

»Ein Ritterschlag war die passende Belohnung, Luke.«

»Sir Lucas, wenn ich bitten darf.«

»Sir Lucas.« Ashway katzbuckelte beflissen. »Das Schlimmste ist nur, daß Ihr nicht länger Oberbürgermeister bleiben könnt.«

»Nichts würde mich mehr erfreuen, Rowland.«

»Wir alle waren Nutznießer Eurer Amtszeit und sind uns dieser Tatsache durchaus bewußt.«

»Da wird noch einiges kommen. Ich bewerte Freundschaft als höchstes Gut, vor jedem anderen. Aubrey und ich haben die Angelegenheit erst heute morgen besprochen.«

»Aubrey Kenyon ist ein aufrechter Mann«, sagte der Bierbrauer. »Man sollte seine Ratschläge aufmerksam hören.«

»Das ist der Grund, warum ich seinen Rat suche. Mein

Stadtkämmerer ist stets der erste, mit dem ich eine Angelegenheit bespreche. Er kennt die Verzwicktheiten städtischer Geschäfte wie seine Westentasche; ohne ihn könnte ich keine Sekunde überleben.«

»Ihr befindet Euch in guten Händen, Sir Lucas.«

»Nirgends besser als in den Händen von Aubrey Kenyon.«

»In der Tat.« Ashway fischte jetzt auf eigene Rechnung. »Und Ihr meint, für mich liege da noch etwas in der Luft?«

»Ein kleiner Dank für Eure untadelige Loyalität.«

»Ihr seid zu gütig.«

»Für einen so reichen Mann wie Euch nur eine winzige Sache, die auch noch Freude machen könnte. Ihr werdet den Besitz und die Mieteinnahmen von gewissen Liegenschaften in Eurem Bezirk übernehmen. Mein Kämmerer hat mich über die Details informiert und wird alles vorbereiten.«

»Ich muß Master Aubrey Kenyon nochmals meinen Dank aussprechen.«

»Wenn ich es ihm befehle, macht er sich an die Arbeit.«

»Euer Kämmerer ist wahrlich ein Ausbund von Tugend.«

»Ich würde ihm wie meinem eigenen Bruder trauen.« Pugsley nahm einen Schluck Brandy und betrachtete sein Gegenüber. »Florieren Eure Geschäfte noch, Rowland?«

»Ganz gewiß. Wir steigern uns von Jahr zu Jahr.«

»Ihr bereichert Euch an Londons Trunksucht!«

»Starke Männer brauchen starkes Bier. Ich befriedige nur ihre Nachfrage.«

Sie mußten beide glucksen, Pugsley betastete seine Amtskette mit geistesabwesender Zärtlichkeit. »In diesem Amt habe ich mich glücklich und erfüllt gefühlt wie niemals zuvor. Könnte ich es doch für immer behalten!« Ein trauriger Seufzer. »Doch leider geht das nicht. Die Wahlen haben bereits stattgefunden.«

»Aber ich habe nicht für ihn gestimmt, das schwöre ich.«
»Andere haben aber für ihn gestimmt.« Pugsleys Trauer verwandelte sich in offene Wut. »Es ist schon schlimm genug, das Amt aufzugeben, aber es ausgerechnet an Walter Stanford übergeben zu müssen, ist wirklich eine bittere Pille. Ich verachte diesen Mann und alles, wofür er steht.«
»Dabei seid Ihr nicht allein, Sir Lucas.«
»Er ist es nicht wert, in meine Fußstapfen zu treten.«
»Was diese junge Frau betrifft…«
»So was sollte nicht erlaubt sein«, sagte Pugsley in einem Anfall moralischer Entrüstung. »Ein Mann sollte sein Vergnügen im Privatbereich belassen und nicht vor der ganzen Stadt London damit protzen!«
»Sie ist eine hübsche Person, das muß man ihm lassen.«
»Stanford ist bestialisch!«
»Noch ist er nicht Oberbürgermeister.«
»Was wollt Ihr damit sagen?«
»Zwischen Tür und Angel kann viel passieren.«
Sir Lucas spie die Worte aus wie eine Schlange ihr Gift.
»Ich würde alles tun, um ihn zu stoppen!«

Schönes Wetter und hohe Erwartungen trieben viele Menschen in nördlicher Richtung aus der Stadt. Viele zog es zum *Curtain*, dem zweiten Schauspielhaus in Shoreditch, einem kreisrunden Gebäude auf einem Stück Land, das früher einmal Teil der Holywell Priory gewesen war. Banburry's Men hatten hier ihren Standort; das Publikum versammelte sich, um Giles Randolph als den bösen König John zu bewundern. Sein Ruhm wurde von Lawrence Firethorn überschattet, der noch weit mehr Zuschauer an die Pforten von *The Theatre* lockte. Wieder einmal waren Westfield's Men ihren verhaßten Rivalen einen Schritt voraus.

Abel Strudwick hatte noch nie ein Theaterstück gesehen und war von der ganzen Sache völlig verwirrt. Nachdem er einen Penny Eintrittsgeld bezahlt hatte, ging er in den Innenhof und so dicht an die Bühne heran wie nur eben möglich. Schon bald war er ein Teil einer drängelnden Menschenmenge, die in ausgelassener Stimmung war; nur zu gerne überließ er sich der allgemein vorherrschenden Heiterkeit. Seine Gedichte waren eine große Quelle des Stolzes für ihn, doch bisher hatte er sie nur seiner Frau und Nicholas Bracewell vorgetragen. Der Gedanke, dort oben zu stehen und ein großes Publikum mit den Früchten seiner Kreativität zu erfreuen, war äußerst anregend für ihn. Lange, bevor die *Doppelte Täuschung* überhaupt begann, hatte er für seinen Penny schon viel profitiert.

Matilda Stanford ließ sich von ihrem Stiefsohn zur zweiten Galerie geleiten. Beim Besuch im *Queen's Head* war einer seiner Freunde noch eine zusätzliche Eskorte gewesen, doch jetzt war ihr Stiefsohn durchaus der Meinung, er könne auch alleine auf sie aufpassen. William Stanford hatte sich für ein schwarzes breitschultriges Wams und eine dazu passende Hose entschieden. Silberne Litzen verstärkten noch den Eindruck des tiefschwarzen Kostüms, desgleichen die silbernen Federn, die seinen Hut zierten. Seine Stiefmutter hatte ein Kleid in Zartgrün gewählt, das all ihre figürlichen Vorzüge zur Geltung brachte. Haare und Kleidung waren parfümiert, außerdem trug sie ein Parfümbeutelchen bei sich, um alle unangenehmen Gerüche zu überdecken, die bei einem dichtgedrängten Publikum auftreten mochten. Die Maske an ihrem Handgelenk diente dazu, ihr Erröten zu verbergen, womit sie rechnete, da ihre Anwesenheit von den Kavalieren ihrer Umgebung bereits bemerkt worden war. Von allen Seiten kamen Komplimente und Kommentare über sie.

Die größte Aufmerksamkeit, die ihr zuteil wurde, stammte

allerdings von Argos von Rom. Lawrence Firethorn, bereits im Kostüm für seinen ersten Auftritt, spähte durch einen Spalt im Vorhang, um seine Flamme zu entdecken. Sie wirkte hübscher denn je mit ihren blauen Augen und den roten Lippen und ihrem porzellanfarbenen Gesicht. Matilda Stanford hatte eine starke Ausstrahlung, Lawrence Firethorn lag ihr zu Füßen.

Nicholas Bracewell trat leise hinter ihn.

»Haltet Euch bereit, Sir.«

»Sie hat meine Einladung bekommen, Nick. Sie ist tatsächlich hier.«

»Tatsächlich ist es auch sehr bald zwei Uhr.«

»Ich wußte, sie würde mich nicht enttäuschen.«

»Haltet Euch bereit, Argos von Rom!«

»Das ist das Paradies auf Erden.«

»Wir fangen an!«

Der Regisseur hatte die ganze Sache fest unter Kontrolle, sobald die Aufführung begann, selbst der Star der Gesellschaft durfte das nicht vergessen. Lawrence Firethorn begab sich rasch zu Barnaby Gill, der bereits für ihren Auftritt bereitstand. Nicholas gab das Zeichen, die Trompete erklang, der Prologsprecher trat in einem schwarzen Umhang auf die Bühne und erhielt spärlichen Applaus. In rhythmischen Versen erläuterte er die Handlung des Stückes *Doppelte Täuschung*. Dann stürmten Argos und Silvio mit wirbelnden Armen und Beinen auf die Bühne – der Herr schimpfte auf seinen Diener und schlug ihn grün und blau. Firethorns Stimme war heiser vor Zorn, als er seinen Tadel aufzählte, und Gill riß das Publikum zu schallendem Gelächter hin, indem er sich bei jedem Schlag auf die komischste Art zu Boden warf. Ihr Zusammenspiel und ihre Gewandtheit waren atemberaubend. Sie hatten die Lacher auf ihrer Seite, als sie schließlich abtraten und fast augenblicklich in anderer Verkleidung wieder auf die Bühne kamen, um das Publikum noch stärker als zuvor zu begeistern.

Doppelte Täuschung war noch nie so überzeugend dargestellt worden.

Es gab nur eine einzige unzufriedene Stimme.

»Ich werde in dieser gemeinen Komödie verschlissen.«

»Eure Stunde wird kommen, Owen.«

»Es ist ein Verbrechen, ein Talent wie das meine zu unterdrücken.«

»Wartet noch eine Weile, dann werdet Ihr glänzen.«

»Ich habe schon viel zu lange gewartet, Nick.«

»Das geht vielen anderen auch so, fürchte ich.«

»Was interessieren mich andere. Ich bin besser als sie.«

Owen Elias war kein schüchternes Veilchen. Wenn andere angestellte Schauspieler nahmen, was sie kriegen konnten und dafür dankbar waren, versuchte er pausenlos, sich in den Vordergrund zu stellen. Ohne jeden Zweifel war er ein weit besserer Schauspieler als die meisten seiner Kollegen, und es war ein Genuß, wenn er mit seiner fröhlichen Stimme Verse deklamierte. Doch als Diplomat war er nicht so gut wie als Schauspieler. Indem er sich so offenkundig nach vorne spielte, gefährdete er seine sowieso schon geringen Aussichten auf eine Beförderung. Nicholas mochte seinen keltischen Charme und seine Direktheit, doch er sah auch die schlimmen Nachteile bei seinem Freund. Die unbändige Arroganz war Owen Elias' größter Feind.

»Versteht Ihr, was ich meine, Nick?«

»Erzählt mir das später, Sir.«

»Ich kann alles, was Master Firethorn kann.«

»Ihr lenkt mich ab, Owen.«

»Das Publikum liebt mich.«

»Geht jetzt beiseite, ich bitte Euch.«

Nicholas war im Moment zu beschäftigt, um dem Schauspieler zuzuhören, doch in den Worten des Mannes war schon eine gewisse Wahrheit. Bei seinem kurzen Auftritt als Argos von Rom sah er nicht nur so aus wie Lawrence Firethorn und bewegte sich nicht nur fast identisch, er klang auch täuschend ähnlich. Tatsächlich war das Publikum von der Ähnlichkeit der beiden derart überrascht, daß es wirklich glaubte, zwei eineiige Zwillinge vor sich zu haben. Es war im wahrsten Sinne des Wortes eine doppelte Täuschung.

Lawrence blieb allein, um das Schlußwort zu sprechen.

Komödien, so sagen unsere Weisen,
erscheinen in verschiedenen Verkleidungen.
Gelächter trägt verschiedene Kostüme,
Farbe, Mode, Schnitt und Stil
soll dem Aug gefallen und Heiterkeit erzeugen,
daß himmlische Freude die Erde beherrscht.
Beim Anziehn für unser heutiges Spiel
benutzen wir zweimal Gewänder aus anderen Stücken.
Unter dem Mantel verbarg sich der schlimme Argos
von Rom, sein Zwilling aus Florenz dräut unter dem
Hut...

Er ließ beim Publikum keinen Zweifel daran aufkommen, daß er es war, der beide Rollen gespielt hatte. Bei der Zeile über den schlimmen Argos wechselte er die Mäntel und setzte seinen anderen Hut auf, als er diesen erwähnte. Dieses Wechselspiel hielt er bis zum Ende des Epilogs durch und bewies damit seine Fähigkeiten als Theater-Chamäleon. Das war schon für sich ein eigenes Schauspiel, sein Publikum war fasziniert.

Abel Strudwick war für zwei Stunden wie hypnotisiert, der

letzte Höhepunkt ließ ihn Mund und Augen aufsperren. Das furiose Tempo und der ungezügelte Humor waren ihm eine Erfahrung, die seine ganze Einschätzung seiner selbst veränderte. Irgendwie wollte er ein Teil all dessen sein, die mühevolle Last seines Berufes als Flußschiffer abwerfen und in die wunderbare Welt des Theaters eintreten. Doch was ihn am meisten erstaunt hatte, das war die Qualität der Verse. *Doppelte Täuschung* war größtenteils in Prosa geschrieben, doch es enthielt auch eine gewisse Menge von Versen, die ihm hervorragend vorkamen. Von einem Könner wie Firethorn vorgetragen, blieben ihre Schwachstellen völlig unbemerkt. Strudwick sehnte sich danach, solche Verse für solch einen Schauspieler zu schreiben, ja sogar selbst ein Schauspieler zu werden. Das war ein ehrenvolleres Leben als immer wieder über die Themse zu rudern. Es war unvergleichlich schöner, den Applaus eines begeisterten Publikums zu empfangen als Leichen aus dem Wasser zu ziehen.

Auch Matilda Stanford war von der Schauspielkunst begeistert. Im *Queen's Head* war sie tief bewegt gewesen, doch die Extravaganz des heutigen Stückes hatte sie geradezu schwindlig gemacht. Ein simples Theaterplakat hatte sie ins *The Theatre* geführt, wo ihre Neugier schon bald gestillt wurde. Lawrence Firethorn persönlich hatte ihr diese Einladung geschickt und sie darüber nicht im unklaren gelassen. Ob er nun den Argos von Rom oder den Argos von Florenz spielte, immer fand er eine Möglichkeit, bestimmte Worte seines Textes direkt an sie zu richten. Matilda war absolut entzückt. Mit seiner glänzenden Darstellung der Zwillingsrollen hatte der Hauptdarsteller seine feinfühlige Rolle des Grafen Orlando sogar noch übertroffen – und das war der Mann, der sich gnädig herabließ, sie zu bemerken. Am Ende des Epilogs warf er ihr einen Kuß zu und verbeugte sich zum Dank für ihr

Lächeln. Selbst beim donnernden Applaus nach dem Fall des Vorhanges ließ er seine Augen zu ihr sprechen.

Eine getreue junge Ehefrau vergaß ihren Gatten.

*

Walter Stanford war unermüdlich. Jeden Tag stand er früh auf und arbeitete bis in die Nacht voller Energie an seinen Amtsgeschäften. Immer wieder erweiterte er die Grenzen seiner Aktivitäten. Der Sonntag war sein einziger Ruhetag, und selbst dann mischten sich die Gedanken an seine neuesten Unternehmungen mit seinen Gebeten. Der Meister der Tuch- und Seidenhändlergilde hielt nichts davon, sich auf seinen Lorbeeren auszuruhen. Expansion war das Gebot der Stunde.

Andere Männer wären erschlagen gewesen von der zusätzlichen Arbeit als Oberbürgermeister-Kandidat, doch Stanford begrüßte sie sogar. Er stand ganz einfach noch früher auf und arbeitete bis tief in die Nacht. Falls er jemals Müdigkeit verspürte, ließ er sich jedenfalls nichts anmerken. Wenn sich Hindernisse auf seinem Weg erhoben, hüpfte er leichthin darüber hinweg. Wenn irgend etwas ihn auch nur ansatzweise zu deprimieren begann, erinnerte er sich seines Lehrmeisters Dick Whittington und stürzte sich mit verdoppelter Energie in die Arbeit. Es war unmöglich, mit Walter Stanford mitzuhalten. Er war unbezwingbar.

Der heutige Nachmittag sah ihn an seinem Schreibtisch, wo er Vertragspapiere durchsah, die seine Kohlengruben in Newcastle betrafen. Er überprüfte sorgfältig alle Zahlen, bevor er sie in ein großes Kontobuch eintrug, dann wandte er sich anderen Aspekten seiner blühenden Unternehmungen zu. Es machte ihm überhaupt nichts aus, daß seine Frau in *The Theatre* ein Schauspiel besuchte, während er sich in Stanford Place abrackerte. Er arbeitete, damit sie sich ihr Vergnügen leisten konnte; mit diesem Arrangement war er durchaus zufrieden. Nachdem ihn der Verlust seiner ersten Frau so tief getroffen hatte, konnte er sein großes Glück einer zweiten Chance aus Liebesglück kaum fassen, und er wies es nicht zurück. Seine Frau und seine Familie bedeuteten ihm alles, sein Fleiß war einzig für sie da.

Ein Klopfen an der Tür unterbrach seine Konzentration. Er blickte auf, als Simon Pendleton mit einer langen Schachtel, die mit Schnüren versehen war, ins Zimmer trat. Ein leichter Geruch in der Luft ließ Stanford die Nase rümpfen.

»Es tut mir leid, Euch unterbrechen zu müssen«, sagte der Diener.

»Was bringt Ihr mir?«

»Dies hier ist soeben abgegeben worden, Sir.«

»Von wem?«

»Er wollte nicht bleiben, um sich vorzustellen«, sagte der andere mit leichtem Mißbilligen. »Als ich die Haustür öffnete, fand ich das Paket auf den Stufen. Es ist an Euch adressiert.«

»Woher kommt dieser strenge Geruch?«

»Ich bin mir nicht sicher, aber die Hunde schnupperten wie wild. Deshalb habe ich die Schachtel auch sofort zu Euch gebracht.«

»Ich danke Euch, Simon. Legt es auf den Tisch.«

»Ja, Sir.«

Pendleton legte die Schachtel auf den Tisch, als sei er froh, sie loszuwerden, dann trat er zurück, damit ihm der Gestank nicht mehr in die Nase stieg. Stanford nahm ein Messer, um die Verschnürung zu durchtrennen, dann hob er mit Interesse den Deckel. Seine Augenbrauen hoben sich vor Überraschung, als er sah, was sich in der Box befand. Es war gut einen halben Meter lang und wog mehrere Pfund. Silberne

Schuppen glänzten im Licht. Er hob den Gegenstand heraus und hielt ihn mit beiden Händen fest, um sein Gewicht zu spüren und herauszufinden, was es damit auf sich hatte. Geschenke von Freunden oder Schuldnern waren durchaus üblich, aber er hatte noch nie etwas wie das hier anonym zugeschickt bekommen. Herr und Diener starrten es vollkommen verblüfft an.

Sie blickten auf einen toten Fisch.

4. Kapitel

Nicholas Bracewell befand sich noch im *The Theatre*, als das Publikum und das Ensemble bereits gegangen waren. Mit Hilfe von Thomas Skillen und den Bühnenarbeitern suchte er alles, was Westfield's Men gehörte, zusammen und lud es auf ein Fuhrwerk. Nachdem er den Manager ausbezahlt und Einzelheiten des nächsten Besuches abgesprochen hatte, fuhr er mit dem Karren durch Bishopsgate und in die Stadt hinein; seine buntgemischte Mannschaft hockte ebenfalls auf dem Wagen. Während der alte Klepper sie rumpelnd über das holprige Pflaster zog, warf Nicholas mit unguten Gefühlen einen Blick auf Stanford Place. Es war ein imposantes Gebäude, doch in seinem Inneren lauerten Gefahren für die ganze Truppe. George Dart fühlte Ähnliches. Er wich unwillkürlich zurück, als das Haus links von ihm auftauchte; er hörte das entfernte Bellen der Hunde und begann am ganzen Körper zu zittern.

Sie waren erleichtert, als sie endlich im *Queen's Head* eintrafen, wo ihre Sachen bis zum kommenden Montag aufbewahrt wurden. Eifrige Hände luden ab und verstauten alles, dann reckten sie sich mit den Handflächen nach oben dem Regisseur entgegen. Es war der letzte Tag der Woche, und die Löhne wurden ausbezahlt. Die meisten zogen los, um einen Teil ihres Lohnes in Bier zu verwandeln und auf das Ende einer langen und anstrengenden Arbeitswoche anzustoßen. Die einzige Ausnahme war George Dart, der sich auf schnellstem Wege nach Hause begab, um seine Wirtin mit dem Mietgeld zu besänftigen und den Schlaf nachzuholen, den er in Diensten von Westfield's Men unweigerlich versäumte.

Nicholas betrat den Schankraum, wo der schreckliche Gastwirt ihn sofort überfiel. Alexander Marwood ergriff die Gelegenheit, weitere Mißstimmung zu verbreiten.

»Eins von meinen Kellnermädchen ist schwanger«, sagte er. »Daran sind Westfield's Men schuld.«

»Alle?« fragte Nicholas.

»Schauspieler sind die geborenen Lustmolche.«

»Hat die Dame den Vater benannt?«

»Das braucht sie gar nicht, Master Bracewell. Der Finger zeigt auf ein Mitglied Eurer Truppe.«

»Dann ist der Finger ein bißchen voreilig mit seiner Beschuldigung«, sagte der Regisseur. »Geilheit gibt es nicht nur in unserem Beruf. Auch andere Männer haben solche Gefühle, und Ihr habt jede Woche Hunderte von heißblütigen Männern im Haus. Außerdem, warum müßt Ihr so hart über das Mädchen urteilen? Vielleicht war es Liebe und nicht nur Lust, die hier am Werk war. Vermutlich planen sie und ihr Liebhaber zu heiraten.«

»Davon ist nicht die Rede«, sagte Marwood verbittert. »Sie hat ihre Ehre und ich habe ein Kellnermädchen verloren. Schauspielerei und Hurerei gehen Hand in Hand. Ich werde es nicht bedauern, wenn Westfield's Men endgültig hier verschwinden.«

»Ihr seid ungerecht, Sir. Werft uns nicht raus, bevor wir über die Sache reden konnten.«

»Welche Sache?«

»Überlegt doch mal, wie gut unser Arrangement in der Vergangenheit funktioniert hat. Jeder von uns war Nutznießer.«

»Ich erlaube mir, daran zu zweifeln.«

»Kommt jetzt«, sagte Nicholas energisch. »Wenn unser Vertrag Euch keine Vorteile gebracht hat, warum habt Ihr es dann die letzten drei oder vier Jahre damit ausgehalten? Wenn es Euch paßte, wart Ihr schnell mit dem Unterschreiben bei der Hand. Alles, was wir jetzt zu tun haben, ist, Euren Verdienst etwas attraktiver für Euch zu machen.«

»Dieses Angebot kommt zu spät, Master Bracewell.«

»Was meint Ihr damit?«

»Ich habe einen anderen Interessenten vor meiner Tür.«

Marwood setzte ein krankhaftes Grinsen auf und deutete auf eine korpulente Gestalt am anderen Ende des Tresens. Rowland Ashway versprühte seinen billigen Charme auf Marwoods Frau, beeindruckte sie mit seiner Wichtigkeit als Ratsherr und lockte sie mit lächelnd vorgetragenen Versprechen für eine rosige Zukunft, wenn sie und ihr Mann der Übernahme des Wirtshauses durch ihn zustimmen würden. Eine alte Vettel mit eisigem Gesichtsausdruck verwandelte sich in eine gefügige Frau. Der Wirt staunte über diese Verwandlung, dann eilte er zu ihnen an den Tisch in der Hoffnung, noch ein paar persönliche Vergünstigungen herausholen zu können. Schon bald strahlte Marwood abwechselnd Ashway und seine Frau an und lauschte gebannt ihren Worten.

Nicholas Bracewell war entsetzt über den Anblick. Der Bierbrauer machte einen überheblichen und arroganten Eindruck, was bewies, wie sicher er sich seiner Sache war. Offensichtlich lockte er sie mit Schmeicheleien, mit denen Westfield's Men in keiner Weise mithalten konnten. Es würde äußerst schwer werden, der ratsherrlichen Herausforderung entgegenzutreten, aber irgendwie mußte er es versuchen. Was Nicholas am meisten Sorge machte, war, daß seine Kollegen ihn vermutlich mehr behindern als ihm helfen würden. Wenn er Lawrence Firethorn und den anderen Gesellschaftern die Nachricht überbringen würde, reagierten sie vermutlich derartig wütend, daß weitere Verhandlungen mit Marwood unmöglich gemacht wurden. Im Moment stand der Regisseur allein auf weiter Flur. Doch so konnte es nicht weitergehen. Früher oder später mußte er jemand ins Vertrauen ziehen, und das mußte auf eine Weise geschehen, die verhinderte, daß eine Welle von Hysterie über der Gruppe zusammenschlug.

Als er sich im Schankraum umsah, entdeckte er acht oder neun Mitglieder des Ensembles, die sich nach den anstrengenden Aufführungen entspannten und herzhaft lachten, ohne auch nur eine leise Ahnung von der Bedrohung zu haben, die über ihnen und ihrem Lebensunterhalt schwebte. Er brachte es nicht übers Herz, ihre harmlosen Träume mit dieser schlimmen Nachricht zu zerstören. Er verbarg alles in seinem Inneren und trat an einen Tisch, um sich zu zwei besonderen Freunden zu setzen.

Owen Elias befand sich mitten in einem langen Monolog, doch sein Begleiter hörte nicht ein einziges Wort davon. Sein rundes, glattrasiertes Mondgesicht glühte, mit offenen Augen starrte er ein unsichtbares, erstaunliches Wesen an. Als der Regisseur sich an den Tisch setzte, richtete der hitzige Waliser das Wort an den Dritten der Runde.

»Ich hab's gerade zu Edmund hier gesagt«, meinte er, »ich würde ein Ramon wie im richtigen Leben sein.«

»Ramon?«

»Ja, Nick. Der Gouverneur von Zypern.«

»Ah, Ihr sprecht vom *Schwarzen Antonio*.«

»Das spielen wir nächsten Montag. Ich sollte Ramon sein.«

»Aber die Rolle ist bereits besetzt.«

»Ich habe den größeren Anspruch darauf.«

»Das kann vielleicht sein«, sagte Nicholas zustimmend, »aber es ist eine Hauptrolle, und die muß unbedingt von einem der Gesellschafter gespielt werden.«

»Obwohl ich das größere Talent habe?«

»Im Theater geht es nicht immer gerecht zu, Owen.«

»Unterstützt mich in dieser Sache. Macht Euch für mich stark.«

»Ich habe Eure Sache ein dutzendmal Master Firethorn vorgetragen. Er ist ein Kenner der Schauspielkunst und erkennt Euren Eifer durchaus an. Aber es gibt noch andere Bedürfnisse, die zunächst erfüllt werden müssen.«

»Seine verwanzten Gesellschafter!«

»Es ist nicht hilfreich, wenn Ihr Eure Kollegen beschimpft.«

»Tut mir leid, Nick«, sagte Elias und versank in eine weinerliche Stimmung. »Aber es macht mich rasend, wenn ich sehe, wie man mich zurückhält. Was Temperament und Fähigkeit betrifft, stehe ich mit Ausnahme von Lawrence Firethorn keinem in der ganzen Gruppe nach, doch ich werde auf Nebenrollen abgeschoben. Nehmt doch nur *Doppelte Täuschung*, Mann. Ich mußte mit diesem Tölpel von Bühnenarbeiter zusammenspielen.«

»George Dart behauptet nicht, daß er ein Schauspieler ist.«

»Aber andere tun das und können sich alles leisten.«

»Einige erfüllen nicht ganz die Erwartungen, das gebe ich zu.«

»Helft mir, Nick«, sagte der andere ernsthaft. »Ihr seid meine einzige Hoffnung in dieser Gesellschaft. Gebt mir die Chance, mein Genie zu beweisen, dann werden sie mich anflehen, ihr Teilhaber zu werden.«

Nicholas hatte da seine Zweifel. Owen Elias besaß viele gute Eigenschaften, doch seine ständigen Forderungen waren ein schweres Handicap. Mit seiner brummigen Unzufriedenheit verärgerte er viele seiner Kollegen und würde von den anderen Teilhabern nie und nimmer akzeptiert werden, zumal er einige davon in Grund und Boden spielen würde, wenn man ihm eine Hauptrolle geben würde. Dem Waliser war unbekannt, daß Nicholas sich schon mehrfach für ihn eingesetzt und ihn so vor dem Rausschmiß gerettet hatte. Der Regisseur hatte einen unerwarteten Mitstreiter gefunden. Barnaby Gill hatte ihn unterstützt, der die Begabung von Owen Elias durchaus erkannt hatte und mit Befriedigung zur Kenntnis nahm, daß sie an Lawrence Firethorns Talent heranreichte. Für Gill stellte der angestellte Schauspieler keinerlei Gefahr dar, doch vielleicht konnte er dem Ersten Schauspieler einen Teil des Applauses wegnehmen, wenn man ihn nur mal richtig ranließe.

»Ich bin dieses verdammte Leben satt!« sagte Elias.

»Eure Stunde wird kommen, Owen.«

»Zu spät, zu spät. Vielleicht bin ich nicht mehr da, um es zu genießen.«

Er stürzte sein Bier herunter, kämpfte sich aus seinem Stuhl hoch und wankte auf den Ausgang zu. Sein Fall war typisch für so viele angestellte Schauspieler, die sich in kleinen Rollen abrackerten, während Darsteller mit wesentlich geringeren Fähigkeiten den Ruhm abschöpften.

Nicholas wandte seine Aufmerksamkeit jetzt Edmund Hoode zu.

»Ich freue mich, Euch bei so guter Laune zu sehen.«

»Was ist los?« Hoode tauchte aus seinen Tagträumen auf.

»Ihr habt Eure Niedergeschlagenheit überwunden.«

»Nein, Nick. Sie wurde mir entrissen.«

»Von wem?«

»Von dem schönsten Wesen, das meine Augen jemals gesehen haben.«

»Diese Redensart habe ich schon mehrfach aus Eurem Mund gehört«, neckte ihn der Regisseur freundlich.

»Diesmal trifft sie genau ins Schwarze. Es gibt keine schönere Frau. Ich habe die Vollkommenheit selbst gesehen.«

»Wo, Edmund?«

»Wo sonst als im *Theatre*.«

»Während der Vorstellung?«

»Sie geruhte, mir zuzulächeln.«

»Das hat das ganze Publikum getan. Ihr habt Eure Rolle mit viel Elan und Witz gespielt.«

»Das war alles ihr gewidmet«, sagte Hoode impulsiv. »Ich bemerkte sie, als ich im dritten Akt meinen Monolog vortrug. Sie beugte sich in der mittleren Galerie vor, um besser hören zu können. Oh, Nick, ich bin fast ohnmächtig geworden! Sie ist einfach himmlisch!«

Das war ebenfalls ein Ausdruck, den er öfters benutzte, und nicht immer mit feiner Unterscheidung. Während einer vergangenen Phase der Frustration in seinem Leben hatte sich sein romantisches Gefühl wild und völlig unangemessen auf Rose Marwood, die Tochter des Gastwirtes, konzentriert, ein hübsches Mädchen mit dem unschätzbaren Vorzug, daß ihr die Eigenschaften ihrer Eltern fehlten. Wie bei so vielen von Edmund Hoodes Beziehungen war auch diese völlig unsinnig und brachte ihm nichts als zusätzliche Seelenqual ein. Nicholas hoffte, daß ihm keine weitere Enttäuschung bevorstand.

»Sie saß neben einem häßlichen Kavalier in Schwarz und Silber«, entsann er sich. »Ihr Kleid war grün, in vielen Farbtönen, die so wunderbar aufeinander abgestimmt waren, daß sie meine Augen anzogen. Und ihr Gesicht erst – das ließ alle anderen häßlich und dumm aussehen. Nick, lieber Freund, ich habe mich verliebt!«

Der Poet schwadronierte weiter, das Unbehagen des Regisseurs steigerte sich. Die Beschreibung, die er gerade gehört hatte, stimmte in jeder Einzelheit mit der eines anderen Ensemble-Mitglieds überein, und das mußte unweigerlich zu den größten Komplikationen führen. Edmund Hoode sprach zweifellos von Matilda Stanford. Er stellte einer jungen Frau nach, auf die Lawrence Firethorn bereits ein Auge geworfen hatte. Die möglichen Auswirkungen waren furchterregend.

»Helft mir, herauszufinden, wer sie ist, Nick!«

»Wie sollte ich das wohl anstellen?«

»Wartet, bis sie uns wieder besucht.«

»Aber vielleicht kommt die Dame nicht mehr zu uns.«

»Das wird sie«, sagte Hoode zuversichtlich. »Sie wird kommen.«

Diese Aussicht ließ Nicholas mit den Zähnen knirschen.

*

Das Innere von Stanford Place war noch beeindruckender als sein Äußeres. Die geräumigen Zimmer waren elegant möbliert und bewiesen eindeutig den Reichtum des Hausherren. Große eichene Geschirrschränke, kunstvoll geschnitzt, waren voll mit glänzendem, goldverziertem Geschirr. Kostbare Tapeten bedeckten die Wände, handgewebte Teppiche mit exquisiten Mustern dämpften den Schritt auf dem Fußboden. Goldgerahmte Ölgemälde fügten Farbe und Würde hinzu. Es gab zahlreiche Tische, Stühle, Bänke und Kissen und nicht weniger als drei Backgammon-Tische. Große Kisten aus Eichenholz bargen weitere goldene Teller. Überall sah man vierarmige Leuchter. Der Eindruck von Reichtum war überwältigend.

Matilda Stanford sah nichts von alledem, als sie aufgeregt durchs Haus lief. Ihr Gatte befand sich noch in seinem Büro. Sie wollte gerade kräftig an die Tür klopfen, als sie im letzten Moment von einer festen Stimme daran gehindert wurde.

»Der Master möchte nicht gestört werden.«

»Aber ich habe wichtige Nachrichten für ihn«, sagte sie.

»Er hat mir präzise Anweisungen gegeben.«

»Betreffen die auch seine Frau?«

»Ich fürchte, ja«, sagte Simon Pendleton mit schadenfroher Höflichkeit. »Die frühere Mistreß Stanford wußte schon, warum sie ihn bei seiner Arbeit nicht störte.«

»Will man mir den Zutritt zu meinem eigenen Ehemann verwehren?«

»Ich möchte nur einen Rat geben.«

Matilda war völlig verblüfft. Das Verhalten des Butlers war so voll freundlicher Ermahnungen, daß ihr Überschwang darunter erstarb. Als sie resignierend mit den Schultern zuckte und sich zum Gehen anschickte, spürte Pendleton, daß er dieses Kräftemessen gewonnen hatte, und das war wichtig für ihn. Gerade wollte er sich dazu im Stillen gratulieren, als die Tür aufging und Walter Stanford herauskam. Sein Gesicht strahlte nachsichtig.

»Kommt zu mir, meine Liebe«, sagte er mit großer Geste.

»Bin ich auch nicht lästig, Sir?«

»Was für ein absurder Gedanke!« Er sah seinen Hausverwalter an. »Ihr braucht mich nicht vor meiner eigenen Frau zu beschützen, Simon.«

»Ich habe nur getan, was ich für richtig und gut hielt, Sir.«

»Nun, diesmal war Euer Urteil falsch.«

Knappe Verbeugung. »Ich bitte um Verzeihung.«

»Selbst das beste Pferd kann mal stolpern.«

Er legte den Arm um seine Frau, führte sie in sein Büro und schloß die Tür hinter sich. Pendletons kleiner Sieg hatte sich in eine Niederlage verwandelt. Das trug nicht gerade dazu bei, ihm eine Frau sympathischer zu machen, deren Anwesenheit in diesem Hause er aus mehreren Gründen ablehnte. Würdevoll entfernte er sich, um seine Wunden zu lecken.

Inzwischen hatte Walter Stanford seine Frau zu einem Sessel geleitet und baute sich voll väterlichem Stolz vor ihr auf. Nach und nach gewann sie ihre Heiterkeit zurück.

»Oh, Sir, wir hatten so einen lustigen Nachmittag.«

»Es freut mich, das zu hören.«

»William hat mich in ein anderes Theater begleitet.«

»Ich darf meinem Sohn nicht erlauben, Euch so in die Irre zu leiten«, sagte er mit gespielter Strenge. »Wo soll diese Frivolität noch enden?«

»Es war eine ganz ausgezeichnete Komödie, Sir, wir haben so viel gelacht.«

»Erzählt mir davon, Matilda. Ich könnte etwas Ablenkung gut brauchen, um meine Ernsthaftigkeit aufzulockern. Was war das für ein Stück?«

»*Doppelte Täuschung*, aufgeführt von Westfield's Men in *The Theatre*. Soviel Spaß, soviel Heiterkeit, brilliantes Theater!«

Sie versuchte, die Handlung zu beschreiben, geriet jedoch derartig durcheinander, daß sie in Kichern und Lachen ausbrach. Ihr Mann war ein freundlicher Zuhörer, der sich mehr über ihre Lustigkeit amüsierte als über das Stück selbst. Als sie fertig war, sprang sie auf und ergriff seine Hände.

»Ihr habt doch Euer Versprechen nicht vergessen, Sir?«

»Welches? Ich habe soviel versprochen.«

»Das hier kommt zuerst. Ich will ein Stück.«

»Ihr hattet doch schon zwei diese Woche.«

»Ein Stück für mich ganz allein«, sagte sie und tanzte auf den Zehenspitzen. »Wenn Ihr Oberbürgermeister werdet, brauchen wir ein Theaterstück, das für diese Gelegenheit verfaßt wurde, ausschließlich zu unserem Vergnügen. Es soll die Krönung eines wunderbaren Tages werden. Sagt, daß Ihr zustimmt, Sir.«

»Ich halte mein Versprechen.«

»Und da es ein glücklicher Tag sein wird, möchte ich, daß eine lustige Komödie aufgeführt wird. Das wird den ganzen Tag für mich krönen. Ich werde wie im Himmel sein.«

»Wie ich bei Euch, meine Liebe.«

Er gab ihr einen väterlichen Kuß auf die Stirn und versicherte ihr, er habe die Sache im Griff. Sie platzte vor Neugier, aber er verriet kein Wort. Walter Stanford liebte es, seinen Plänen etwas Geheimnisvolles zu geben, und genau das versetzte sie in einen Freudentaumel. Als ihr zweiter Lach- und Kicherkrampf vorüber war, entsann sie sich einer weiteren Person, der das geplante Stück bestimmt gefallen würde.

»William hat mir alles über seinen Vetter erzählt.«

»Wirklich?«

»Mir gefällt dieser Michael.«

»Er hat seine guten Seiten, ganz bestimmt.«

»William sagt, er ist so heiter und lustig.«

»In der Tat, das stimmt«, pflichtete Stanford bei, »und das sind gute Eigenschaften bei einem Mann. Aber nur, wenn sie von Verantwortungsgefühl und Gewissenhaftigkeit geleitet werden.«

»Ich höre einen Hauch von Tadel in Eurer Stimme.«

»Das war nicht beabsichtigt. Michael ist mir sehr lieb. Er ist der Stolz meiner Schwester und ihre Freude, aber er hat seiner Mutter auch viel Leid bereitet.«

»Auf welche Weise?«

»Diese Fröhlichkeit«, sagte Stanford, »die hat sein junges Leben verdorben – nur, daß er nicht mehr so sehr jung ist. Michaels müßige Vergnügungen waren ihm wichtiger als ernsthafte Arbeit, den größten Teil seines Erbes hat er bereits ausgegeben. Wenn sein Vater noch lebte, wäre es niemals so weit gekommen, doch seine Mutter ist eine sanfte, nachsichtige Frau, die keinen Einfluß mehr hat auf ihren launischen Sohn. Die Dinge standen so schlimm, daß sie mich bat, ein ernstes Wort mir Michael zu reden.«

»Was habt Ihr ihm gesagt?«

»Alles, was sein mußte – und das in deutlichen Worten, das versichere ich Euch. Er lachte sich darüber kaputt, doch am Ende hatte ich ihn dort, wo ich ihn haben wollte.«

»William erzählte mir, er sei in die Armee eingetreten.«

»Das war sein letzter Streich«, sagte ihr Gatte. »Er war der Meinung, der Militärdienst in Holland würde seine Abenteuerlust befriedigen und ihn etwas nüchterner nach Hause zurückkehren lassen. Das ist der Grund, warum ich ihm hier eine Stelle besorgt habe.«

»Hier?«

»Er muß die Grundlagen eines richtigen Berufes erlernen.«

»Im Geschäftsleben gibt es aber nicht viel Lustiges.«

»Das hat Michael aufgegeben.«

»Oh!« Ihre Begeisterung erhielt einen Dämpfer. »Das wußte ich nicht. Ich hatte mit einem zweiten lustigen Begleiter gerechnet, der mich ins Theater führen sollte.« Sie blickte auf. »Wann kommt er nach Hause?«

»Sein Schiff müßte inzwischen angelegt haben.«

»Hat er die Armee verlassen?«

»So lauten seine Briefe.«

»Nehmt ihm aber nicht seine ganze Fröhlichkeit, Sir.«

Stanford gluckste. »Das kann niemand. Michael hat seine eigenen Gesetze. Wir können ihn überwachen und kontrollieren, aber seinen Geist können wir niemals unterwerfen. Wir sollten das auch gar nicht versuchen, denn das ist der Kern dieses Burschen.« Er legte einen Arm um ihre Schulter. »Macht Euch seinetwegen keine Sorgen. Michael wird bis an sein Ende durchs Leben tänzeln.«

*

Die Leiche lag unter einem abgewetzten Leichentuch auf dem Tisch. Sie befand sich in grausiger Gesellschaft. Andere nackte Leichen lagen in allen Stadien der Verwesung daneben. Das Leichenhaus war eine Sammelstelle menschlichen Verfalls, selbst die überall verstreuten Kräuter konnten den allgegenwärtigen Geruch nicht mildern. Eine Steintreppe führte in das Gewölbe hinunter. Sobald Nicholas Bracewell in die dumpfige Atmosphäre eintauchte, spürte er die Hand des Todes an seinem Gesicht. Es war kein Ort, den er freiwillig besuchen würde, doch die Neugier hatte ihn hierher getrieben. Ein paar Münzen in der Hand des Wärters hatten ihm Einlaß verschafft.

»Wen wollt Ihr sehen, Sir?« fragte der Mann.

»Den armen Kerl, der vor zwei Nächten eingeliefert wurde.«

»Wir hatten vier oder fünf.«

»Der, den ich meine, wurde aus dem Fluß gezogen«, sagte Nicholas und hustete, als der Gestank ihn einhüllte. »Sein Gesicht war zerschmettert, sein Bein grausam zugerichtet, und in seiner Kehle steckte ein Dolch.«

»An den erinnere ich mich. Folgt mir.«

Der Mann war ein dürres, hohlwangiges Gerippe, dessen grauslicher Beruf ihm eine todbleiche Gesichtsfarbe und ein völliges Desinteresse an den Leichen, mit denen er es hier zu tun hatte, beschert hatte. Er bewegte sich zwischen den ausgestreckten Gestalten wie der Kurator eines Museums, führte Nicholas zu einem Tisch in der Ecke und hob seine flackernde Fackel in die Höhe. Mit einer flinken Bewegung zerrte er das Tuch von der Leiche. Der Regisseur prallte zurück. Obwohl die Leiche gewaschen und zurechtgemacht worden war, erkannte er sie sofort als die, die er aus dem Wasser gezogen hatte. Die Gesichtsverstümmelungen waren unter einem Verband verborgen, der Dolch war aus der Kehle entfernt worden, doch das rechte Bein war nur noch eine formlose Masse aus Fleisch und Knochen. Doch zum erstenmal bemerkte er noch etwas anderes. Auf der Brust des Mannes befand sich eine lange, bläulich verfärbte Narbe einer ziemlich frischen Wunde, die gerade zu heilen begonnen hatte. Nicholas untersuchte die Hände der Leiche.

»Was macht Ihr da?« fragte der Wärter mißtrauisch.

»Ich schaue mir seine Handflächen an, Sir. Sie sind ganz weich, die Fingernägel sind gepflegt. Das sind die Hände eines Gentleman.«

»Jetzt nicht mehr. Im Tod sind alle gleich.«

»Dieser Körper war stark und aufrecht, als er noch lebte.«

»Das Grab ist groß genug für jeden.«

»Der wäre in der Lage gewesen, sich zu verteidigen.«

»Jetzt nicht mehr, Sir.«

Nicholas warf einen letzten, traurigen Blick auf die Leiche und deutete mit der Hand an, daß sie wieder bedeckt werden konnte. Er wandte sich dem Ausgang zu, während der Mann hinter ihm herschlurfte.

»Wollt Ihr noch jemand anderes sehen?« fragte er.

»Nein, es hat mir gereicht.«

»Aber wir haben noch andere interessante Anblicke hier.«

Er zupfte am Ärmel seines Besuchers, um ihn zum Stehenbleiben zu bewegen. »Erst gestern wurde eine junge Frau gebracht. Irgendein Flittchen, die in ihrem Bett stranguliert wurde. Sie ist nicht älter als sechzehn und hat ’nen Körper, der so sanft und schön ist, wie man ihn sich nur wünschen kann.« Er gab dem anderen einen leichten Schubs. »Für noch ’ne Münze könnt Ihr sie anschauen. Wenn Ihr genug Geld habt, könnt Ihr sie sogar anfassen.«

Nicholas drehte sich angewidert um und stürmte hinaus, damit er nicht dem Impuls nachgab und den Mann niederschlug. Er schwor sich, den Zwischenfall zur Sprache zu bringen, wenn er am kommenden Montag vor dem Untersuchungsrichter erscheinen mußte. Gleichgültig, wer sie waren und was sie getan hatten, die Toten verdienten Respekt. Er trat in die frische Luft hinaus und atmete tief durch. Es wurde bereits dämmrig, deshalb schlug er rasch den Weg zum Fluß ein. Von der Anlegestelle, an der er damals von Abel Strudwick ins Boot genommen worden war, blickte er übers Wasser und versuchte zu schätzen, wo sie auf die Leiche gestoßen waren. Irgendwo in der Flußmitte, er überlegte, wie weit die Leiche wohl getrieben war, um dorthin zu kommen. Er war überzeugt, daß die Leiche im Schutz der Dunkelheit ins Wasser geworfen worden war, die kräftige Strömung hatte sie ein gutes Stück fortbewegen können.

Dem Regisseur waren die Werften und Häfen entlang der Themse nichts Unbekanntes. Als Sohn eines Kaufmanns aus dem West Country war er der See verfallen; schon in jungen Jahren hatte er zahlreiche Reisen mit seinem Vater unternommen. Das kühne Unternehmen des Francis Drake begeisterte ihn, drei lange Jahre segelte er mit ihm um die Welt. Diese Erfahrung hatte eine tiefe Ernüchterung bewirkt, hatte den Ruf der See jedoch nie ganz zum Verstummen bringen können. Als er nach London kam, ging er häufig an den Fluß, um zu sehen, wie die Schiffe festmachten, und um mit den Seeleuten über ihre Reisen und ihre Ladungen zu reden. Diesmal war sein Besuch jedoch wesentlich unerfreulicher.

Sein Blick fiel unweigerlich auf London Bridge. Sie bot einen außergewöhnlichen Anblick, und Nicholas verspürte eine Woge der Bewunderung für diejenigen, die diese Brücke entworfen und gebaut hatten. Zwanzig massive Brückenpfeiler trugen neunzehn Bögen unterschiedlicher Spannweite. Um die Pfeiler hatte man künstliche Inseln gebaut, die vor der gewaltigen Gezeiten-Strömung schützen sollten. Diese Pfeilerköpfe, wie man sie nannte, hatten die Form großer, flacher Boote und verengten die Durchflußkanäle unter den Bögen so sehr, daß das Gezeitenwasser mit großer Geschwindigkeit hindurchschoß. Nicholas war nicht überrascht, als er erfuhr, daß es dreißig Jahre bis zur Fertigstellung der Brücke gedauert hatte und daß ungefähr hundertfünfzig Arbeiter bei ihrem Bau zu Tode gekommen waren. Sie stand jetzt über vierhundert Jahre als ein Wahrzeichen ihrer Arbeit. Weil es die einzige Brücke über die gewaltige Themse war, entwickelte sie sich zur wichtigsten Durchgangsstraße Londons und trieb die Grundstückspreise in der unmittelbaren Umgebung in die Höhe. Die Brücke war auch die gesundeste Gegend von ganz London. Als der Schwarze Tod die Bevölkerung aller anderen Bezirke dahinraffte, meldete man lediglich zwei offizielle Todesfälle unter den Bewohnern am Wasser.

Nicholas' Respekt verwandelte sich jedoch bald in eine Vorahnung. Dies war auch die Brücke, die Hans Kippel solche Angst machte, daß er nicht mal hier stehen und sie betrachten konnte. Zwei der interessantesten Punkte Londons hatten für Nicholas eine völlig andere Bedeutung bekommen. Die Brücke bewahrte das Geheimnis, was mit einem holländischen Lehrling passiert war, und die Themse kannte das Geheimnis der Leiche, die sie dem Regisseur in die Hand gelegt hatte. Tief in Gedanken versunken stand er da, bis der Abend auch die letzten Lichtstrahlen vom Himmel gewischt hatte.

Ein Boot brachte ihn nach Bankside hinüber, von wo er rasch auf gewundenen Straßen nach Hause ging. Ein weiteres Problem kam ihm jetzt in den Sinn. Alexander Marwood hatte ein Strohfeuer der Ungewißheit entzündet. Ein bevorstehender Wechsel der Besitzverhältnisse im *Queen's Head* war für Westfield's Men und ihren Erfolg eine ernsthafte Bedrohung. Der Gastwirt war gewiß ein schwieriger Verhandlungspartner, aber Rowland Ashway wäre sicher nicht einmal zu einem Gespräch bereit. Nicholas hatte überlegt, ob er sich seinem Freund Edmund Hoode anvertrauen sollte, aber der Poet war zu sehr mit seinem Liebesverhältnis beschäftigt, um richtig zuhören zu können. Lawrence Firethorn mußte kurzfristig informiert werden; der Regisseur nahm sich das für den nächsten Tag vor. Schwierige Zeiten standen ihnen bevor, die nur noch verschlimmert werden konnten, indem ein eitler Poet und ein lüsterner Schauspieler sich das gleiche ahnungslose Opfer für ihre Leidenschaften aussuchten. Wenn eine Tragödie vermieden werden sollte, mußte Nicholas sich eine kluge Strategie ausdenken.

Er ging jetzt zwischen Häuserreihen entlang und bog in seine Straße ein. Er war noch etwa zwanzig Meter von seinem Haus entfernt, als er Gefahr spürte; er ging langsamer. Irgend etwas hockte neben der Haustür auf dem Boden, in einer Haltung, als ob es schliefe, woran Nicholas keine Sekunde lang glaubte. Wer in der Dunkelheit in Southwark unterwegs war, mußte sich an die feige Anwesenheit von Dieben gewöhnen, die alle möglichen Tricks anwandten, um ihre ahnungslosen Opfer in Sicherheit zu wiegen. Als Nicholas zum Haus trat, hatte er eine Hand am Griff des Dolches, der an seinem Gürtel hing. Die Gestalt auf dem Boden war grobschlächtig und massig und hatte sich den Hut übers Gesicht gezogen. Nicholas, der sich auf einen Angriff gefaßt machte, hob den Fuß, um die Gestalt umzukippen.

»Verdammt noch mal! Ich reiß Euch Eure verrotteten Gedärme raus!«

Ein Sturzbach übelster Beschimpfungen ergoß sich über Nicholas, bis der Mann schließlich erkannte, wer ihn da aus dem Schlaf geweckt hatte. Er sprang auf und ließ einen weiteren Sturzbach von Entschuldigungen über Nicholas niedergehen, wobei er sich verbeugte und die Schultern hob. Abel Strudwick hatte lange auf seine Hoffnung auf eine neue Zukunft warten müssen. Ein breites Lachen teilte sein häßliches Gesicht und ließ es noch häßlicher als zuvor erscheinen.

»Ihr könnt mein ganzes Leben ändern, Master Bracewell.«

»Kann ich das?«

»Bringt mich auf die Bühne, Sir!«

*

Sir Lucas Pugsley wurde niemals müde, sich in seiner persönlichen Amtsrobe als Oberbürgermeister von London zu bewundern. Er stolzierte vor seinem bodenlangen Spiegel hin und her und beobachtete, wie sein schwarz-goldener Umhang über den Boden schleppte. Macht hatte einen ehrgeizigen Mann in einen gefährlichen Menschen verwandelt, der nach Möglichkeiten suchte, seine Macht zu erhalten und noch zu vergrößern. Als Ratsherr Luke Pugsley von der Fischhändler-Genossenschaft war er reich, abgesichert und einflußreich gewesen. Als er in das höchste städtische Amt gewählt wurde, verwandelte er sich in einen Halbgott und ließ sich von seiner eingebildeten Bedeutung überwältigen. Über dreißig Beamte gehörten zum Amt des Oberbürgermeisters. Das umfaßte den Schwertträger, den Offiziellen Ausrufer, den Polizeipräsidenten und den Untersuchungsrichter für ganz London, ferner den Obersten Jagdverwalter, den Direktor der Wasserverwaltung und weitere königliche Beamte, Sheriffs und Verwaltungsleiter.

Der Mann, dem er am meisten vertraute, war sein Kämmerer.

»Werdet Ihr Eure Amtskette tragen, Lord Mayor?«

»Bringt sie bitte her, Sir.«

»Sie steht Euch ausgezeichnet.«

»Ich trage sie mit Würde und Anstand.«

Aubrey Kenyon war groß und gut gebaut und wirkte eindrucksvoll mit seinen grauen Schläfen und seinem glattrasierten Gesicht. Der Kämmerer war für die finanziellen Angelegenheiten der Stadt verantwortlich, doch Kenyons Rolle umfaßte weit mehr. Wie seine Vorgänger, so hatte auch der jetzige Bürgermeister ihn als eine kompetente Informationsquelle über das städtische Leben und die Amtsgeschäfte kennengelernt und sich frühzeitig mit ihm befreundet. Aubrey Kenyon hatte kein affektiertes Gehabe an sich. Trotz der Bedeutung seiner Position war er durchaus bereit, auch niedrigere Dienste für seinen Vorgesetzten zu erledigen. Er trat zurück, um die Kette zu begutachten.

»Sieht außerordentlich gut aus, Sir.«

»Ihr Gewicht erinnert mich an meine städtischen Pflichten.«

»Ihr habt sie mit Leichtigkeit bewältigt.«

»Danke, Aubrey.« Er strich über den goldenen Kragen. »Diese Kette wurde im Jahre 1545 dem Bürgermeister John

Allen überlassen, der das Amt zweimal innehatte. Ich erlaube mir die Behauptung, daß niemand außer mir sie mit soviel Würde und soviel Ehre getragen hat. Bin ich nicht der gewissenhafteste Lord Mayor, dem Ihr jemals begegnet seid? Seid ehrlich mit mir, Aubrey, denn ich schätze Eure Meinung höher als die aller anderen. Habe ich meinem Amt nicht alle Ehre gemacht?«

»In der Tat, in der Tat.«

Kenyon machte eine Verbeugung und fingerte an der Kette herum, um sie korrekt auszurichten. Sie bestand aus sechsundzwanzig goldenen Knoten, die von Rosen und dem Wappenzeichen der Tudors unterbrochen wurden, und kontrastierte mit den Goldfäden des Umhanges aus steifer Seide. Unter dem Umhang trug Pugsley den traditionellen Hof-Anzug mit Kniehosen, Seidenstrümpfen und Schnallenschuhen. Aubrey Kenyon hielt den Dreispitz mit den Verzierungen aus Straußenfedern. Nachdem er sorgfältig aufgesetzt war, war der Oberbürgermeister von London bereit, an einem weiteren städtischen Bankett teilzunehmen.

»Ist alles in Ordnung, Aubrey?«

»Wir warten nur noch auf Euer Durchlaucht.«

»Und meine Frau?«

»Sie ist seit einer halben Stunde fertig.«

»Das ist mal etwas ganz Neues«, sagte Pugsley mit leichtem Grinsen. »Wenn wir zu Hause sind, bin ich es immer, der warten muß, wenn wir einmal auswärts essen wollen. Mir gefällt diese neue Ordnung der Prioritäten. Ein Lord Mayor von London kann sogar eine Frau in die Schranken weisen.«

»Es sei denn, es handele sich um die Königin von England.«

»Auch dann, Sir. Ich habe schon früher offen mit Ihrer Majestät gesprochen, und sie hat mich deswegen respektiert. Auch meine Großzügigkeit ist ihr bekannt.«

»Wie auch der ganzen Stadt.« Der Kämmerer wies auf die Tür des Apartments. »Möchtet Ihr jetzt aufbrechen? Die Kutsche steht schon lange bereit.«

»Kein Grund zur Eile«, sagte Pugsley großspurig. »Auch wenn die Festhalle voll besetzt ist, wird niemand es wagen, zu beginnen, bevor ich eingetreten bin. Ich nehme das Recht meines Amtes in Anspruch, später einzutreffen.«

Der Kämmerer lächelte still und ging vor, um die Tür zu öffnen. Zwei Diener machten Verbeugungen, als der Oberbürgermeister vorüberschritt. Sir Lucas Pugsley segelte an ihnen vorbei und schwebte die Treppe hinunter, an deren Ende er weitere Gehorsamsbezeigungen entgegennahm. Mit seiner Gattin am Arm verließ er das Haus und ließ sich in die Kutsche helfen. Die Fahrt zur Versammlungshalle wurde nur von einem einzigen Gedanken beherrscht. Sein Jahr des Triumphs würde nur allzubald zu Ende gehen. Die Macht hatte sein Hirn überwältigt und verlieh seinem Entschluß eine irre Intensität.

Er mußte auf irgendeine Weise an seinem Amt festhalten.

Aubrey Kenyon unterdessen warf sich einen Umhang über die Schultern und verließ unbemerkt das Haus. Er ging rasch durch die dunklen Straßen bis zu einem imposanten Besitz in der Silver Street in der Nähe von Cripplegate. Jetzt war er kein unterwürfiger Kämmerer mehr, sondern wirkte sehr überheblich. Als er an eine Nebentür des Hauses klopfte, wurde ihm auf der Stelle von einem Diener die Tür geöffnet und er in den Hauptraum geführt. Sein Gastgeber erwartete ihn bereits ungeduldig.

»Ihr seid ein willkommener Anblick, Aubrey.«

»Guten Abend, bester Herr.«

»Wir haben viel zu besprechen.«

»Die Zeit wird langsam knapp für uns.«

Rowland Ashway entließ seinen Diener und goß feinen Wein ein. Er gab seinem Gast ein Glas und führte ihn zu einem Stuhl an der langen Tafel. Der stämmige Bierbrauer und der schmächtige Kämmerer waren ein ungleiches Paar, doch ihre gemeinsamen Interessen verbanden sie miteinander.

»Was macht unser gemeinsamer Freund?« fragte Ashway.

»Sir Lucas ist berauscht von seiner Wichtigkeit. Er wird nicht leicht aufgeben.«

»Wir auch nicht, Aubrey. Ihr seid die wahre Macht hinter dem Oberbürgermeister von London, und das Schöne daran ist, daß Luke zu behämmert ist, um es zu bemerken.«

»Walter Stanford wird die Wahrheit nicht übersehen.«

»Aus diesem Grund darf er niemals ins Amt kommen. Niemals, Sir!«

Der Kämmerer sprach gelassen ein Todesurteil aus.

»Sie müssen diesen Jungen finden.«

*

Die Zeit hatte das Schlafverhalten von Hans Kippel nicht besonders verändert. Seinem Körper hatte die Ruhe gutgetan, doch sein Geist befand sich noch im Griff von Phantomen. Der junge Lehrling war einem unbekannten Feind ausgeliefert, der sein wahres Gesicht noch verhüllte.

»Ich werde keine gute Gesellschaft sein, Master Bracewell.«

»Das muß ich entscheiden.«

»Ich könnte Euch nicht wachhalten.«

»Das sollst du auch nicht«, sagte Nicholas mit einem Lächeln. »Nach dem Tag, den ich hinter mir habe, werde ich wie ein Baby schlafen.«

»Geh schon rauf, Hans«, schlug Anne Hendrik vor. »Wir haben ein Feldbett für dich vorbereitet.«

»Danke, Mistreß. Gute Nacht.«

Sie verabschiedeten sich, Hans Kippel ging nach oben. Gestörte Nachtruhe hatte den Jungen so mitgenommen, daß Nicholas vorgeschlagen hatte, ihn in seinem Zimmer schlafen zu lassen, in der Hoffnung, daß seine Anwesenheit eine gewisse Beruhigung sein würde. Gleichzeitig wollte er zur Stelle sein, falls auch nur die geringste Information aus seiner Erinnerung aufsteigen sollte, die bisher so vollständig blockiert gewesen war. Anne Hendrik war ihrem Untermieter sehr dankbar.

»Das ist wirklich sehr freundlich, Nick.«

»Ich finde seinen entsetzten Gesichtsausdruck so furchtbar.«

»Ich auch.«

»Außerdem«, fügte er hinzu, »hat Hans Kippel vielleicht doch eine schlechte Wahl getroffen. Wenn er tatsächlich einschläft, wird mein Schnarchen ihn wieder aus dem Schlaf holen.«

»Du schnarchst doch überhaupt nicht«, sagte sie liebevoll.

»Woher willst du das denn wissen?«

Sie lachten gemeinsam, dann schilderte er ihr seinen Tagesablauf, und die Neuigkeiten aus dem *Queen's Head* beunruhigten sie verständlicherweise. Wenn die Zukunft von Westfield's Men auf dem Spiel stand, dann betraf das auch ihre enge Beziehung zu ihrem Mieter. Er spürte ihre Besorgnis.

»So leicht wirst du mich nicht los, Anne.«

»Das will ich auch nicht hoffen.«

»Steh mir bei all diesen Problemen zur Seite.«

»Morgen bete ich in der Kirche für dich.«

»Füge noch was hinzu, wenn du schon auf den Knien liegst.«

»Was meinst du damit?«

»Abel Strudwick verliert den Verstand.«

Als er ihr erzählte, wie er von dem bühnennärrischen Flußschiffer belagert wurde, war sie zwischen Lachen und Mitgefühl hin und her gerissen. Nicholas befand sich allerdings in einer etwas schwierigen Situation. Irgendwie mußte er seinen poetischen Freund ablenken, ohne die Gefühle des Mannes zu verletzen. Das war eine unmögliche Aufgabe. Als der Tag zu Ende ging, verabschiedeten sie sich mit einem Kuß, jeder ging in sein eigenes Schlafzimmer. Als er lautlos ins Bett glitt, war Nicholas sehr beruhigt, als er die regelmäßigen Atemzüge von Hans Kippel in der Dunkelheit vernahm. Endlich schlief der Junge mal. Es schien, als sei das Experiment gelungen.

Der Regisseur ließ seine Gedanken schweifen und befand sich schon bald in einer Welt der Träume. Wie lange er dort verweilte, vermochte er nicht zu sagen, aber als er auftauchte, geschah es mit einem plötzlichen Erschrecken.

»Aufhören! Nein, Sirs! Aufhören! Aufhören!«

Hans Kippel schlug in seinem Bett um sich. Er saß kerzengerade da und stieß einen Schrei aus, der das ganze Haus aufweckte. Er hob die Hände, wie um sich gegen einen Angriff zu verteidigen.

»Nicht, Sirs! Laßt mich in Frieden!«

»Was ist los?« fragte Nicholas, der zu ihm stürzte. »Was hat dich gepackt?«

Beruhigend legte er einen Arm um den Lehrling, doch das bewirkte nur das Gegenteil. Aus Angst, von einem Angreifer gepackt zu werden, schlug Hans Kippel mit aller Macht wie wild um sich. Anne Hendrik eilte mit einem Leuchter ins Zimmer und hielt ihn über den Jungen. Er war weder wach noch im Schlaf, sondern in irgendeiner Form von Trance. Sein ganzer Körper zitterte, er war schweißnaß. Sein Atem war hastig, tief und geräuschvoll. Die Dämonen der Nacht verwandelten ihn in ein stammelndes Wrack. Sein Anblick war fürchterlich und zerstörte alle Hoffnungen, Schlaf würde die arme Kreatur genesen lassen.

Sein Delirium war schlimmer denn je.

*

Für Matilda Stanford war die Nacht wesentlich schöner. Sie lag neben ihrem Gatten in dem stattlichen Himmelbett und sah zu, wie das Mondlicht geisterhafte Schatten auf die niedrige Zimmerdecke warf. Der Schlaf übermannte sie unmerklich und entführte sie in ein Land voller Fröhlichkeit. Liebliche Lieder und schöne Bilder kamen und gingen in lebhafter Schönheit. Matilda überließ sich der schmachtenden Freude. Doch noch größere Freuden standen ihr bevor. Ein herrliches neues Schauspielhaus erschien vor ihrem inneren Auge; sie fühlte sich zu diesem Gebäude hingezogen. Als sie ihren Platz in der obersten Galerie einnahm, war sie Teil eines gewaltigen und erregten Publikums.

Doch das Stück wurde einzig und allein und nur für sie aufgeführt. Andere Zuschauer durften es nur von Ferne sehen. Vom ersten Moment an war sie begeistert. Jede Geste galt ihr, jeder Blick ging in ihre Richtung, jedes Wort wurde ihr voller Verehrung zu Füßen gelegt. Die Darsteller kamen und gingen in bewunderungswürdigem Tempo. Sie sah Herrscher, Könige, Soldaten, Staatsmänner, tapfere Ritter, kühne Abenteurer und viele andere. Jeder einzelne von ihnen erzählte eine Geschichte, die sie rührte oder zum Lachen brachte; jede enthielt eine Botschaft für sie, die sie noch enger mit der Magie dieser Erfahrung verband.

Und sämtliche Rollen wurden von ein und demselben Mann gespielt. Er war kräftig und von mittlerer Größe, hatte einen feinen Kopf und einen dunklen Spitzbart. Sobald er eine andere Person darzustellen hatte, erschien er in anderen Kleidern, doch seine typischen Eigenschaften blieben unverändert. Er war Fürst Orlando an der Schwelle des Todes, er war Argos von Rom in nachdenklicher Stimmung, Argos von Florenz voller Heiterkeit, er war jetzt und hier da, um Matilda auf hundertfache Weise zu erfreuen.

Lawrence Firethorn lag ihr zu Füßen.

Im nächsten Moment stand sie auf der Bühne neben ihm, als Gestalt in diesem Stück, eine schmerzerfüllte, junge Liebende, die die Rückkehr ihres Helden von Abenteuern feierte, die er in ihrem Namen unternommen hatte. Sie warf sich in seine starken Arme und verlor sich in der Macht seiner Umarmung. Firethorns Lippen küßten sie mit einer Leidenschaft, wie sie sie bisher noch niemals erlebt hatte.

Das ließ sie auf der Stelle aus dem Schlaf fahren. Matilda Stanford setzte sich auf und sah sich um. Es war noch früher Morgen, doch ihr Gatte war bereits aufgestanden, um zu arbeiten, bevor er zur Kirche ging. Matilda war einsam und allein in ihrem großen, leeren Bett. Das war das Schicksal ihrer jungen Ehe, doch bisher hatte ihr das nichts ausgemacht. Ein einziger Traum hatte alles verändert. Es gab ein anderes Leben irgendwo, das ihr jetziges langweilig und nutzlos erscheinen ließ. In ihrem eigenen Bett, in ihrer Ehe, in einem der feinsten Häuser Londons, wurde sie von einem solchen Gefühl der Einsamkeit und Traurigkeit überwältigt, daß sie am ganzen Körper zu zittern begann.

Matilda Stanford weinte Tränen der Ernüchterung. Die Nacht hatte ihre Sanftheit mit hintergründiger Grausamkeit vermischt. Sie hatte ihr Ziel verloren. Zum ersten Mal, seitdem sie Walter Stanford geheiratet hatte, wurde ihr klar, daß sie unglücklich war.

5. Kapitel

Am Sonntag wuchs Margery Firethorn über sich hinaus und kommandierte ihre Mannschaft mit strammer Frömmigkeit. Nicht nur ihr Gatte, die Kinder und die Dienerschaft wurden aus dem Bett gerissen. Auch die Schauspielschüler und die drei Darsteller, die im Haus in Shoreditch wohnten, wurden trotz ihres Protestes in die Kirche geschleppt, um Gott zu danken. In ihrem besten Kleid und mit einem Ausdruck höchster Achtsamkeit, stellte sie die ganze Gesellschaft in einer Reihe vor sich auf und ermahnte sie mit sechs Zeilen eines Textes, den sie in ihrer Jugend hatte lernen müssen.

> Wenn du zur Kirche gehst, um dein Gebet zu sprechen, dann schlaf nicht ein, sprich nicht und halt die Augen nieder. Laß sie nicht nutzlos schweifen durch den Kirchenraum, daß niemand einen Narr'n dich heißt und einen schlechten Mensch. Wenn du im Tempel bist, dann tu nur Kirchenwerk, hör' Gottes Wort mit Achtung, bitt' um Verzeihung ihn für deine Missetaten.

Ihre Anweisungen stießen nur auf mäßige Aufmerksamkeit, als sie die nahe gelegene Pfarrkirche St. Leonard erreichten. Die Gebete wurden geleiert, die Aufmerksamkeit ließ nach, ermattete Seelen schliefen ein. Während einer endlosen Predigt, die auf einem Text aus der Apostelgeschichte basierte (›Und die Jünger waren von Freude erfüllt und vom Heiligen Geist‹) war Margery die einzige Person ihrer Truppe, die Gottes Wort etwas entgegenbrachte, was Ähnlichkeit mit Aufmerksamkeit besaß. Die Schauspieler schliefen, die Lehrlinge gähnten, die Bediensteten litten, die Kinder zankten sich stumm – und Lawrence Firethorn sah vor sich eine nackte junge Frau auf der Kanzel, ihres Schmuckes und ihrer Begleitung beraubt, die ihm zuwinkte, zu ihr auf den Berg Sinai zu kommen, der für fleischliche Freuden vorbereitet war. Daß sie außerdem noch die Ehefrau des gewählten Oberbürgermeisters war, trug nur dazu bei, das lustvolle Gefühl der Sündhaftigkeit noch zu steigern.

Auf dem Heimweg nahm ihm seine Frau die Beichte ab.

»Woran hast du in der Kirche gedacht, Sir?«

»Heilige Dinge.«

»Ich weiß, daß deine Gedanken abschweiften.«

»Sie konzentrieren sich auf höhere Dinge.«

»Der Sabbat ist ein Tag der Ruhe.«

»Dann mußt du damit Schluß machen, deinen Gatten auszuschimpfen.«

»Kirchgang ist ein Akt des Glaubens.«

Er seufzte. »Wie hätten wir sonst diese Predigt überstehen können?«

Kaum hatte die Gruppe das Haus betreten, als sich die Gesichter auch schon aufhellten. Das Frühstück wurde mit voller Dankbarkeit verschlungen; der eine oder andere wurde zum erstenmal an diesem Tage richtig wach. Firethorn zog sich in den angrenzenden kleinen Raum zurück, um seinen Besucher zu empfangen, den er eingeladen hatte. Edmund Hoode hatte seine besten Kleider angelegt und glänzte in einem neuen Hut, der an der einen Kopfseite tief hinunterreichte. Verliebte Gedanken an seine angehimmelte Freundin brachten ein engelsgleiches Lächeln auf sein Gesicht. Firethorn wußte, was man mit einem solchen Lächeln tun mußte.

»Hört auf, mich wie ein Blödmann anzugrinsen!«

»Ich bin glücklich, Lawrence.«

»Das ist es ja gerade, was so unnatürlich wirkt. Ihr seid geboren, um unglücklich zu sein, Edmund. Die Natur hat Euch speziell zu diesem Zweck geschaffen. Akzeptiert Euer Schicksal und kehrt zu Eurer kuhäugigen Traurigkeit zurück, für die Eure Freunde Euch bewundern.«

»Macht Euch nicht über mich lustig.«

»Dann sorgt dafür, daß man sich nicht über Euch amüsiert.« Er winkte seinen Gast zu einem Sessel und nahm neben ihm Platz. »Wir wollen zum Geschäft des heutigen Tages kommen.«

Hoode war verletzt. »Ich dachte, Ihr hättet mich aus Freude an meiner Gesellschaft eingeladen.«

»Das stimmt ja auch, Sir. Und jetzt, da ich Eure Gesellschaft genieße, können wir uns wichtigeren Angelegenheiten zuwenden.« Er blickte um sich, ob die Tür auch fest geschlossen war. »Edmund, lieber Freund, ich habe Arbeit für Eure Feder.«

»Ich habe dieses Jahr bereits zwei neue Stücke geschrieben.«

»Und jedes einzelne eine Perle der Phantasie«, schmeichelte Firethorn. »Doch es droht Euch kein neuer Auftrag. Ich möchte nur, daß Ihr ein paar Verse für mich verfaßt.«

»Nein, Lawrence.«

»Wollt Ihr Euch weigern, Sir?«

»Ja, Lawrence.«

»Das ist nicht mein Edmund Hoode, der hier spricht.«

»Doch, Lawrence.«

»Ich bitte Euch um Eure Hilfe. Lehnt nicht ab, oder ich werde Euch niemals mehr meinen Freund nennen. Es ist mir Ernst damit.«

»Mir auch.«

»Schreibt mir ein Sonett, um meine Liebste zu betören.«

»Ruft lieber Margery rein und singt ihr eine Ballade vor.«

»Seid Ihr wahnsinnig?« zischte Firethorn. »Was ist in Euch gefahren, Sir? Ich bitte Euch lediglich um einen Gefallen, den Ihr mir bei mehr als einer Gelegenheit bereits getan habt. Warum wollt Ihr mich auf solche Weise verraten?«

»Weil meine Verse für jemand anderes reserviert sind.«

Der Erste Schauspieler war fuchsteufelswild. Er sprang auf die Füße, stieß ein paar Flüche aus und wurde so wütend, wie er es wagte, ohne die Aufmerksamkeit seiner Frau im Nebenraum zu erregen. Edmund Hoode war ungerührt. Ein Mann, den Firethorn bisher immer manipulieren konnte, wie er wollte, zeigte erstmals eiserne Entschlossenheit. Da gab es nur noch einen Weg, um seinen Widerstand zu brechen.

»Der juristische Aspekt ist auf meiner Seite, Edmund.«

»Was wollt Ihr damit sagen?«

»Ich meine Euren Vertrag mit der Gesellschaft.«

»Darin steht nicht, daß ich Euer Kuppler sein soll und Euch das ›Wild‹ mit netten Versen einzufangen hätte.«

»Zwingt mich nicht, hier andere Saiten aufzuziehen!«

»Ehret den Sabbat und führt ein besseres Leben.«

Lawrence Firethorn war nahe daran zu explodieren, doch er beherrschte sich. Statt dessen zitierte er mit knarrender Stimme die einzelnen Vereinbarungen in Edmund Hoodes Vertrag mit *Westfield's Men*, und zwar jedes Detail.

»Erstens, daß Ihr für keine andere Gesellschaft schreibt.«

»Einverstanden.«

»Zweitens, daß Ihr drei Stücke pro Jahr liefert.«

»Diesen Punkt habe ich erfüllt.«

»Drittens, daß Ihr fünf Pfund erhaltet für jedes neue Stück, das Westfield's Men aufführen. Viertens, daß Ihr keines der erwähnten Stücke veröffentlicht. Fünftens, daß Ihr ein wöchentliches Gehalt von neun Shilling bekommt sowie einen Anteil an allen Gewinnen, die die Gesellschaft erzielt.«

»All das akzeptiere ich«, sagte Hoode. »Wo steht meine Verpflichtung, Eurem streunenden Auge das Futter zuzuführen?«

»Dazu komme ich gerade.« Firethorn drehte die Schraube mit einem sanften Lächeln fester. »Sechstens, daß Ihr Vor- und Nachworte verfaßt, wie es gewünscht wird. Siebtens, daß Ihr bei wieder aufgeführten Stücken neue Szenen einbaut. Achtens, daß Ihr Lieder hinzufügt, nach Bedarf. Neuntens, daß Ihr auf Anordnung Einführungen schreibt. Ende der Aufzählung!« Das Lächeln verwandelte sich in ein Grinsen. »Das ist zwischen uns vereinbart. Gebt Ihr das zu?«

»Natürlich.«

»Dann müßt Ihr Euch meinem Wunsch beugen.«

»Wie wollt Ihr das durchsetzen?«

»Mit den eben aufgezählten Vorschriften, Edmund.«

»Kein Rechtsanwalt würde Euch dabei unterstützen.«

»Ich denke, doch«, schnappte Firethorn. »Ich verlange von Euch, Vor- und Nachworte zu schreiben. Ich beauftrage Euch, alten Texten neues Material hinzuzufügen. Ich verlange, daß Lieder eingebaut werden, Einführungen verfaßt werden. Vermögt Ihr meinen Gedankengängen jetzt zu folgen, Sir? Was ich bei öffentlichen Aufführungen verlangen kann, das kann ich auch zu meinem persönlichen Vorteil verlangen – und ich habe eine gesetzliche Vereinbarung, um Euch an Eure Pflichten zu erinnern.«

»Das ist Verrat!« sprudelte Hoode.

»Ich glaube, ich beginne mit einem Lied.«

»Wie könnt Ihr Euch zu solch miesen Tricks versteigen?«

»Nur unter Zwang«, sagte der geniale Firethorn. »Nun, Sir, schreibt mir ein Liebeslied, das in *Liebe und Narretei* eingebaut werden soll. Ich werde es meiner Angebeteten vortragen.«

»Meine Feder sträubt sich bei einer solchen Aufgabe!«

»Dann schneidet Euch eine neue und verfaßt mir einen Prolog zu *Liebe und Glück*. Er soll die Themen des Stückes behandeln und zärtlich zu meiner Dame sprechen.«

»Ihr werdet meine Inspiration noch austrocknen!« jammerte Hoode.

»Erfüllt Eure Pflicht mit fröhlichem Herzen.«

»Ich möchte meine eigene Dame umschmeicheln.«

»Beobachtet mich, Edmund«, sagte Firethorn mit onkelhafter Herablassung. »Ich zeige Euch, wie's gemacht wird.«

Entsetzen durchbrach die sanfte Frömmigkeit eines häuslichen Sonntags in Stanford Place. Matilda hörte ihrem Stiefsohn zu, der aus der Bibel vorlas, als ihr Gatte plötzlich den Raum betrat. Walter Stanfords Liebenswürdigkeit war diesmal von Sorge überschattet. Ohne sich für die Unterbrechung zu entschuldigen, hielt er den Brief in seiner Hand hoch.

»Ich habe schlimme Nachrichten erhalten.«

»Von wem?« fragte Matilda.

»Von meiner Schwester in Windsor. Sie schreibt, daß Michael noch nicht nach Hause zurückgekehrt ist. Doch sein Schiff hat bereits vor drei Tagen im Hafen festgemacht.«

»Das ist Grund zur Sorge«, pflichtete sie ihm bei.

»Aber nicht, wenn man Michael kennt«, sagte ihr Stiefsohn. »Regt Euch seinetwegen nicht auf. Er hat in den Niederlanden für sein Vaterland gekämpft. Nach dem harten Leben eines Soldaten wird er seine Rückkehr wohl in den Vergnügungslokalen der Stadt feiern wollen. Dort werden wir ihn finden, macht Euch keine Sorgen.«

»Der Gedanke gefällt mir nicht«, sagte Stanford ernst. »Michael hat versprochen, sich zu bessern.«

»Gebt ihm die paar Tage der Ausschweifung, Vater.«

»Während er keine Rücksicht auf seine Mutter nimmt?«

»Das wird bald in Ordnung kommen.«

»Nicht, bevor ich nicht ernsthaft mit ihm geredet habe!« Stanford schwankte zwischen Ärger und Sorge. »Er ist so sorglos und närrisch, er kann krank geworden sein. Wenn er tatsächlich die ganze Zeit seinem Vergnügen nachgegangen ist, werden ihm meine Worte allerdings noch lange in den Ohren klingen. Aber was ist, wenn er in Gefahr geraten ist? Ich mache mir um seine Sicherheit Sorgen.«

»Kann man ihn nicht suchen?« fragte Matilda.

»Ich habe bereits einen Suchtrupp losgeschickt.

»Sie sollen auch in den Kneipen nachschauen«, fügte William hinzu.

Sein Vater knirschte mit den Zähnen. »Um so schlimmer für ihn, wenn sie ihn in solch einem Lokal erwischen. Michael sollte sich zuerst bei mir zurückmelden, bevor er zu seiner Mutter nach Windsor weiterreiste. Ich bin ja nicht nur sein Onkel. Ich bin auch sein Arbeitgeber.«

»Dann haben wir ja die Erklärung«, sagte sein Sohn mit einem albernen Grinsen. »Michael versteckt sich vor Eurer strengen Herrschaft.«

»Dies ist nicht der richtige Anlaß für platte Witze, Sir!«

»Aber auch nicht für wilde Mutmaßungen, Vater.«

»Mein Neffe ist jetzt seit drei Tagen verschwunden. Nur ein Unglück oder seine Nachlässigkeit können seine Abwesenheit erklären, und beides ist Grund zur Sorge.« Er wedelte mit dem Brief. »Dies ist eine neue Nachricht. Michael war als Soldat im Kampf und ist verwundet worden.«

»Gütiger Himmel!« rief Matilda aus. »Und wie?«

»Das erwähnt er hier nicht, aber sie führte zu seiner Entlassung.«

»Das sind ganz neue Aspekte«, sagte William ängstlich.

»Das ist allerdings richtig«, fügte sein Vater hinzu. »Wenn mein Neffe verwundet ist, warum sagt er nichts davon in seinem Brief? Wie ernst ist die Verwundung? Macht sie ihn arbeitsunfähig? Und dann gibt es noch die schlimmste aller Befürchtungen.«

»Was ist das, Sir?« fragte Matilda.

»Ein verwundeter Mann kann sich nicht sehr gut verteidigen.«

Walter Stanford sagte nichts weiter, aber die Andeutung war furchterregend. Die sanfte Stimmung ihres Sonntagmorgens war vollkommen zerstört worden.

Ein tief besorgter William sprach die Gedanken aller aus.

»Um Gottes willen, Michael – wo bist du?«

*

Die bullige Gestalt beugte sich über die Leiche und betrachtete die große Narbe, die sich über die ganze Breite der bleichen Brust erstreckte. Nachdem dieser Mann sich von der einen fürchterlichen Wunde erholt hatte, hatte er bei seiner Ermordung noch viel schlimmere Verletzungen davongetragen. Abel Strudwick hatte Geld bezahlt, um die Leiche sehen zu können, und jetzt beugte er sich mit teuflischem Interesse über sie. Ein dunkles Murmeln drang zwischen seinen Lippen hervor und schnitt durch die eisige Stille des Leichenhauses. Der Wärter kam mit seiner Fackel näher und beleuchtete das Gesicht des Besuchers.

»Habt Ihr was gesagt, Sir?«

»Nur zu mir selber«, grunzte Strudwick.

»Was macht Ihr da eigentlich?«

»Schreib 'n Gedicht.«

*

Rowland Ashway leerte seinen Teller mit Aal und goß eine gehörige Menge Bier hinterher – als Vorspeise für das gewaltige Mahl, das ihn zu Hause erwartete. Er saß in einem Privatzimmer im *Queen's Head* und betrachtete voll Besitzerstolz die Möblierung. Dies war das beste Zimmer im ganzen Gasthaus und wurde immer für Lord Westfield und sein Gefolge bereitgehalten, wann immer er kam, um einer Aufführung draußen im Hof beizuwohnen. Der rundliche Ratsherr leckte sich gutgelaunt die Lippen. Für ihn war es wie ein Sieg, in das innerste Heiligtum eines verachteten Aristokraten eingedrungen zu sein. Jetzt blieb nur noch, Lord Westfield vollständig herauszuwerfen, und der Triumph würde überwältigend sein.

Alexander Marwood schwänzelte um den Tisch wie eine Motte um die Flamme, eifrig bestrebt, den potentiellen Besitzer zufriedenzustellen, gleichzeitig aber so viel wie nur möglich für sich herauszuholen. Als er nähertrat, zuckte sein Gesicht wie nie zuvor.

»Ich habe nochmals nachgedacht, Master.«

»Worüber?« fragte Ashway.

»Über den Verkauf des *Queen's Head.*«

»Aber das ist im Prinzip ja bereits vereinbart.«

»Das war, bevor ich mit meiner Frau gesprochen habe.«

»Ein schwerer Fehler, Sir. Zu Frauen sollte man sprechen, auf keinen Fall sollte man ihnen zuhören. Mit ihrem weibischen Gegrummel bringen sie uns die schönsten Pläne durcheinander und mit ihren quengeligen Vorbehalten. Ignoriert die gute Frau.«

»Wie denn, Sir?« stöhnte Marwood. »Es ist leichter, die Sonne am Himmel zu ignorieren und den strömenden Regen. Sie läßt mich nachts im Bett nicht schlafen.«

»Dafür gibt es nur eine einzige Kur!« Sein gemeines Lachen

ließ den Hauswirt leicht zurückprallen. »Gebt es ihr, bis sie vor lauter Erschöpfung nachgibt.«

»Oh, Sir«, sagte der andere mit einem sehnsüchtigen Unterton in der Stimme. »Da berührt Ihr einen wunden Punkt.« Sein Ton wurde geschäftsmäßig. »Außerdem stimmt ihr Haupteinwand mit dem meinen überein.«

»Und was wäre das?«

»Tradition. Meine Familie besitzt das *Queen's Head* nun seit vielen Generationen. Mich schaudert's, wenn ich daran denke, daß das jetzt enden soll.«

»Das soll es doch gar nicht, Master Marwood. Ihr und Eure reizende Frau leitet das Haus wie bisher. Nach außen hin bleibt das Gasthaus in Eurem Besitz.«

»Aber das Eigentumsrecht wird auf Euch übertragen.«

»Für eine schöne Summe Geld.«

»Ja, ja«, sagte Marwood rasch. »Das ist uns durchaus bewußt. In diesem Punkt seid Ihr sehr freundlich und großzügig gewesen.«

»Was macht Euch denn dann noch Sorgen? Sentimentalität?«

»Die hat auch ihren Platz.«

»Und was sonst noch?«

»Die Angst, mein Geburtsrecht zu verlieren.«

»Der Vertrag erlaubt Euch, hier bis an Euer Lebensende zu wohnen.« Rowland Ashway zog sich mit seinen Patschhänden vom Tisch hoch, um dem Wirt gegenüberzutreten. »Betrachtet mich hier nicht als eine Bedrohung. Wir sind gleichberechtigte Partner bei dieser Sache, wir können beide daran verdienen.«

»Meine Frau braucht mehr Überredung.«

»Macht das bei Nacht mit ihr aus.«

»Dann habe ich am allerwenigsten zu bestimmen.«

»Was würde die Dame denn zufriedenstellen?«

Marwood zuckte die Schultern und flüsterte wieder umher. Mit einem Handstreich fegte der Bierbrauer die drohende Verzögerung ihrer Verhandlungen vom Tisch.

»Ich erhöhe mein Angebot um zweihundert Pfund.«

»Ihr überwältigt mich, Sir!«

»Das ist mein letztes Angebot, merkt Euch das.«

»Ich verstehe.«

»Wird es Mrs. Marwood zufriedenstellen?«

»Mehr als das«, sagte der andere, während ein Hoffnungsstrahl seine Verzweiflung erhellte. »Ich werde mit ihr über die Angelegenheit sprechen, wenn wir uns heute abend zurückziehen.«

»Dann ist also alles in Ordnung.«

Ratsherr Rowland Ashway besiegelte die Vereinbarung mit einem butterweichen Handschlag und ließ sich gnädigerweise in den Hof hinabbegleiten. Selbst bei dieser zusätzlichen Zahlung würde er den Gasthof zu einem sehr günstigen Preis bekommen; er hatte bereits Pläne zum Umbau gemacht. Doch bevor neue Dinge in die Wege geleitet werden konnten, mußte eine alte Angelegenheit ohne Gewissensbisse aus dem Weg geräumt werden.

»Was ist mit Westfield's Men?« fragte Ashway. »Habt Ihr sie bereits auf ihr Schicksal vorbereitet?«

»Ich habe mit dem Regisseur darüber gesprochen.«

»Das wird ihren edlen Schirmherren ganz schön durcheinanderbringen.«

»Master Firethorn wird am lautesten von allen schreien.«

»Laßt ihn. Rowland Ashway wird mit jedem fertig.«

*

»Rowland Ashway! Dieses Faß voller ranzigem Fett! Ashway!«

»So hat man es mir gesagt.«

»Dieser fette Misthaufen ratsherrischer Großkotzigkeit!«

»Genau dieser, Sir.«

»Dieser Blutegel, diese widerliche Kröte, diese aufgeblasene Bedrohung für jeden Stuhl, auf den er sich setzt! Ich könnte den Widerling anspucken, sobald er mir unter die Augen kommt. Man sollte ihn mit Bleigewichten behängen und ihn in ein Faß seines eigenen Bieres werfen! Rowland Ashway ist ein Monster in halb-menschlicher Gestalt. Hat diese Kreatur auch eine Frau?«

»Ich denke, schon, Master.«

»Dann müssen wir für ihre arme Seele beten. Wir kann die Frau es ertragen, von diesem Elefant bestiegen zu werden, von diesem Zerstörer aller Betten zusammengestoßen zu werden, flunderflach gepreßt zu werden von diesem hundsgemeinen, lausigen, rotschnäuzigen Pißpot!«

Lawrence Firethorn hatte die neuesten Nachrichten nicht gut aufgenommen. Als Nicholas Bracewell ihn an diesem Nachmittag aufsuchte, war der Schauspieler erfreut gewesen, seinen Kollegen zu empfangen, und zog ihn ins Ankleidezimmer, um in Ruhe mit ihm reden zu können. Diese Ruhe war inzwischen endgültig dahin, als Firethorn wütende Kaskaden hervorsprudelte, die man noch eine halbe Meile entfernt hören konnte.

Nicholas unternahm einen nutzlosen Versuch, ihn zu beruhigen.

»Noch ist kein Vertrag unterzeichnet worden, Sir.«

»Das wird er auch nicht«, schwor der andere. »Bei Gott, ich packe dieses wandelnde Nachtgespenst von Wirt und hänge ihn an seinen Plattfüßen auf. Der Verräter, der feige

Hund, dieser einäugige, doppelzüngige, dreibeinige Meuchelmörder!«

»Ich denke, es wäre besser, wenn Ihr Euch von Master Marwood fernhalten würdet«, schlug Nicholas vor. »Ihn jetzt hart anzufassen, bringt unsere Sache bestimmt nicht weiter.«

»Ich verlange Rache!« schrie Firethorn.

»Das Verbrechen ist noch nicht begangen worden.«

»Aber es ist geplant, oder etwa nicht?«

»Vielleicht schaffen wir es noch, das Unglück abzuwenden.«

»Aber nur durch Anwendung von Gewalt, Nick. Laßt mich an ihn ran.«

»Ich empfehle, diplomatisch vorzugehen.«

»Diplomatisch! Mit einem gesichtszuckenden Kneipenwirt und einem aufgedunsenen Bierpanscher? Da würde ich schon eher mit zwei rasenden Säbelzahntigern diplomatisch umgehen. Wenn sie ihren Plan durchführen, werfen sie uns ohne ein Wort des Dankes aus dem *Queen's Head* raus. Ist das nicht heimtückisch?«

»Deshalb war ich ja der Meinung, Euch warnen zu müssen.«

»Aber sicher, aber sicher.«

»Damit wir angemessene Maßnahmen ergreifen können.«

»Richtig, Nick. Fesselt die beiden Ganoven Rücken an Rücken und werft sie in die Themse, damit das Wasser gerinnt.« Er marschierte durchs Zimmer, während er weitere gräßliche Todesarten für die beiden Mißgeburten erfand, doch plötzlich blieb er wie angewurzelt stehen. »Wir greifen sie von oben an.«

»Wie das?«

»Wir sagen Lord Westfield Bescheid!«

»Nur als allerletzte Möglichkeit«, drängte Nicholas. »Es wäre falsch, Seine Lordschaft mit einem Problem zu behelligen, das wir vielleicht auch selber lösen können. Er würde es uns nicht danken, in einen solchen Streit hineingezogen zu werden.«

»Da könntet Ihr recht haben«, gab Firethorn zu. »Diese letzte Karte müssen wir vorerst noch im Ärmel behalten. Inzwischen konzentriere ich meinen Zorn auf diese Kröte von Hauswirt.«

»Dann könnte unser Fall endgültig scheitern.«

»Himmel, Nick, das ist eine Beleidigung, die ich nicht hinnehmen werde! Unsere Stücke haben seit Jahren dazu beigetragen, ihm die Taschen zu füllen. Unsere Kunst hat sein elendes Etablissement erst auf die Landkarte von London gebracht. Wir haben aus dem *Queen's Head* etwas gemacht. Anstatt es an diesen Ratsherrn Rowland Ashway zu verkaufen, sollte er es uns aus lauter Dankbarkeit übertragen.«

»Master Marwood ist Geschäftsmann.«

Firethorn funkelte ihn an. »Ich nicht minder, Sir.«

Es gab eine lange Pause, in der der Erste Schauspieler sich bemühte, sein Temperament zu zügeln und zu einer etwas objektiveren Betrachtung der Krise zu kommen, in die man ihn gestürzt hatte. Hinter dem ganzen bombastischen Getue über die Einmaligkeit von Westfield's Men lag eine ganz schlichte und einfache Wahrheit. Das Überleben der Gesellschaft hing von den Einkünften ab, die sie erzielen konnte, und die würden bedrohlich zurückgehen, wenn sie ihr reguläres Haus verlieren würden. Lawrence Firethorn starrte blicklos ins Leere, als ihm die grausame Tatsache klar wurde. Angriff war sein unmittelbarer, erster Impuls, doch das würde bestenfalls nur zu kurzfristigen Vorteilen führen. Im Endeffekt mußten sie sich auf einen einzigen Mann verlassen.

»Was müssen wir jetzt tun, Nick?« murmelte er.

»Wir müssen mit äußerster Vorsicht vorgehen.«

»Weiß sonst noch jemand darüber Bescheid?«

»Niemand, Sir, und es sollte auch niemand etwas erfahren – außer Edmund und Master Gill. Wenn wir jetzt Panik verbreiten, wird sich das in unseren Aufführungen niederschlagen und unseren guten Ruf schädigen.«

»Euer Ratschlag ist wie immer wohl durchdacht.«

»Überlaßt es mir, Master Marwood zu bearbeiten.«

»Ich werde das tun, und zwar mit dem schärfsten Schwert der gesamten Christenheit.«

»Dann würden wir alles verlieren. Wir müssen vorsichtig mit dem Mann umgehen, sonst bekommt er es mit der Angst zu tun und rennt davon. Nur, wenn wir sanft mit ihm reden, wird es uns gelingen, mit den Plänen, die Rowland Ashway hat, Schritt zu halten.«

Firethorn schnaufte.

»Die ganze Stadt bekommt es mit, wenn dieser fette Gentleman sich bewegt. Wenn er sich rührt, zittert die Erde. Wenn der sich an den Fluß stellt und seine Winde streichen läßt, könnte er eine ganze Armada lossegeln lassen.« Er lächelte etwas zerknittert. »Helft uns, Nick.«

»Ich werde alles tun, was in meiner Macht steht.«

»Das tröstet mich ungemein.« Seine Augen wurden feucht. »Ich möchte den *Queen's Head* nicht für alles Geld der Welt verlieren. Diese Bühne hat meine ganze Genialität gesehen. Ihre Bretter sind heilig. Tarquin ist hier geschritten, Pompeins und der schwarze Antonio. König Richard Löwenherz und Richter Wildboare hatten hier ihre große Stunde. Erst vor ein paar Tagen war Graf Orlando zugegen.« Er schaute hoch. »Es darf einfach nicht so enden, mein lieber Freund.«

»Es muß irgendwo einen Ausweg geben.«

Lawrence Firethorns Stimme verwandelte sich in ein Flüstern.

»Findet ihn, Nick. Rettet uns vor der Vernichtung...«

*

Anne Hendriks Sorge um ihren Lehrling wurde nicht geringer. Am nächsten Tag ging es dem Jungen nicht besser als in der vergangenen, furchtbaren Nacht. Er war nicht in der Lage, irgendeinen Hinweis darauf zu geben, was ihn während des Schlafes so schrecklich aufgeregt hatte. Auch der Sonntag war kein Ruhetag für Hans Kippel. Während Anne sich aufmerksam um ihn kümmerte und Preben van Loew ihn besuchte, war er zu kaum mehr als einer oberflächlichen Unterhaltung imstande. Depressionen hielten seinen jungen Geist umklammert. Sein Gesicht war ein einziges großes Stirnrunzeln, seine Augen blickten trübe. Der gute Geist, der ihn früher so lebhaft gemacht hatte, war durch die schlimme Erfahrung wie weggeblasen. Es war ganz offensichtlich, daß es noch einige Zeit dauern würde, bis alle Einzelheiten dieser Erfahrung an die Oberfläche dringen würden.

In der Hoffnung, das Gebet werde dort helfen, wo alles andere bereits versagt hatte, nahm Anne ihn mit zur Abendandacht in der Kirche St. Saviour. Dem Jungen lag die Kirche zu dicht bei der London Bridge, um sich völlig wohlzufühlen, aber sie war doch weit genug entfernt, daß er sich von seiner Chefin ablenken ließ. Als sich das gewaltige Bauwerk in seiner ganzen gotischen Schönheit vor ihnen erhob, erzählte sie ihm eine geheime Geschichte aus der Vergangenheit dieser Kirche.

»Früher war das einmal die Abteikirche von St. Mary Overy«, erläuterte sie. »Weißt du, wie sie zu diesem Namen gekommen ist?«

»Nein, Mistreß.«

»Von der Legende von John Overy, der früher, bevor die Brücke gebaut wurde, der einzige Fährmann über den Fluß war. Weil jedermann in der Stadt – so klein sie damals auch gewesen sein mag – sein Boot mieten mußte, wurde er sehr wohlhabend. Aber da gab es auch ein Problem, Hans.«

»Und was war das?«

»John Overy war ein notorischer Geizhals. Er hortete sein Geld und suchte nach neuen Wegen, es zu vermehren. Soll ich dir erzählen, was das für ein schlimmer Bursche war?«

»Wenn Ihr möchtet.«

»Er war der Überzeugung, wenn er so täte, als müsse er sterben, dann würden seine Familie und die Diener aus Respekt vor ihm fasten, und so könnte er die Kosten für die Lebensmittel eines einzigen Tages sparen.«

»Das ist aber wirklich gemein.«

»Master Overy setzte seinen Plan in die Tat um«, sagte Anne. »Aber seine Diener waren so erfreut über seinen Tod, daß sie ein Fest veranstalteten und sich allesamt freuten. Er wurde so wütend, daß er aus dem Bett sprang. Einer von den Dienern, der dachte, Overy sei der leibhaftige Teufel, packte das dicke Ende eines Ruders und schlug ihm damit den Schädel ein.«

»Das geschah ihm ganz recht, Mistreß.«

»Viele andere haben das auch gedacht, Hans. Doch seine Tochter war vom Schmerz übermannt. Sie benutzte ihr Erbe, um ein Kloster zu gründen, und zog sich dorthin zurück. Im Laufe der Zeit wurde das Kloster zur Pfarrkirche St. Mary Overy, und so blieb sein Name erhalten.«

Der Lehrling hatte mit Interesse zugehört und an einer Stelle der Geschichte beinahe gelächelt. Anne hatte den flüchtigen Eindruck, sie habe endlich echten Kontakt zu ihm gefunden, sei durch die geistige Sperre gedrungen, die ihn umklammert hielt. Sie betraten die gewaltige Kirche und schritten über die glattgewetzten Steinplatten des Mittelschiffes unter dem hohen, gewölbten Dach. Atemberaubende Architektur und Kunstwerke umgaben sie, es war unmöglich, von dieser überwältigenden Großartigkeit nicht tief bewegt zu sein.

Sie setzten sich in eine Kirchenbank. Als Anne betend niederkniete, spürte sie, daß Hans Kippel neben ihr zu Boden fiel und holländische Worte hervorsprudelten. Sie hörte den verängstigten Unterton in seiner Stimme und spürte sein Zittern. Schließlich konnte sie die Worte verstehen, die der Junge hervorstammelte.

»Bitte, lieber Gott... laß nicht zu, daß sie mich umbringen.«

*

Die offizielle Leichenschau fand am frühen Montag statt; unter denen, deren Erscheinen angeordnet worden war, befanden sich Abel Strudwick und Nicholas Bracewell. Der Regisseur gab als erster seine Stellungnahme ab, wurde vereidigt und erklärte detailliert, exakt wie und wann er die Leiche in der Themse gefunden hatte. Sein Freund nutzte die Gelegenheit zu wesentlich mehr. Der Flußschiffer gab sich nicht mit einer einfachen Darstellung der Tatsachen zufrieden. Er hatte den Fall in ein dramatisches Ereignis verwandelt. Er stand vor dem Untersuchungsrichter und dem ganzen Gericht und reagierte eifrig auf die Anwesenheit seines Publikums.

Die Nacht war schwarz, das Wasser wild und rasch.
Kein Mondlicht konnt' die Finsternis durchdringen.
Hart rudernd kämpft' ich mit dem schnellen Strom,
und Master Bracewell half, soviel er konnt'.

Doch als wir Stromes Mitte dann erreichten,
erblickt' ein Ding ich, das mich schreien ließ.
Ein nackter Körper schwamm dort in den Wellen,
die Leiche, schwer verletzt und zugericht'.
Was tat ich dann, ihr Herr'n, zu jener späten Stunde?

Sie erfuhren es nie. Mit scharfen Worten forderte der Untersuchungsrichter ihn auf, Schluß zu machen und seine Aussage in angemessener Weise vorzubringen. Strudwick war aufsässig und mußte durch ernste Warnungen zur Ordnung gerufen werden. Als er schließlich den Vorfall in vernünftigen Worten schilderte, stimmte seine Aussage mit der von Nicholas Bracewell überein. Beide wurden entlassen und verließen das Gebäude.

Der Flußschiffer war auf ein wenig Lob erpicht.

»Wie fandet Ihr meine Musik?« fragte er.

»Ganz anders als das, was ich sonst so höre, Abel.«

»Werdet Ihr mich Master Firethorn empfehlen?«

»Ich werde Euren Namen erwähnen.«

»Informiert ihn in meinem Sinne.«

»Ich muß jetzt gehen. Die Proben beginnen bald.«

Nicholas war dankbar, daß er sich aus dem Staub machen konnte, und begab sich schnellstens zur Gracechurch Street. Abel Strudwick konnte als verseschmiedender Flußschiffer sicher unterhaltsam sein. Als mögliches Mitglied der Theaterzunft war er eine richtige Bedrohung.

Sein spätes Eintreffen im *Queen's Head* machte er wieder wett, indem er sich wild in die Arbeit stürzte. Die Bühne wurde errichtet, Kulissen, Möbel und Szenenbilder bereitgehalten, und die Kostüme in den Raum gebracht, der ihnen als Kostümsaal diente. *Der schwarze Antonio* war eine Rachetragödie mit einigen starken Szenen und unmöglichen, wenn auch durchaus publikumswirksamen humorvollen Einlagen des Hofnarren. Sie hatten das Stück schon in ihrem Repertoire, und es bereitete keine ernsthaften Probleme. Die Generalprobe verlief ziemlich schlapp, größere Fehler passierten nicht. Lawrence Firethorn wies sie nur mild zurecht, bevor er sie von der Bühne entließ.

Nicholas kannte den Grund für die allgemeine Lethargie. Die Darsteller reagierten auf das Verhalten der leitenden Schauspieler, und die waren beide bedrückt. Angst vor dem Verlust des *Queen's Head* hatte sich sogar bei Antonio eingeschlichen und auch beim Hofnarren. Sie trugen beide noch ihre Kostüme, als sie den Regisseur darauf ansprachen.

»Haltet mir das Gespenst vom Leibe, Nick«, sagte Firethorn, »oder ich schlitze ihm seine undankbare Kehle durch und pfähle seinen Kadaver, damit alle es sehen können.«

»Master Marwood geht seiner eigenen Wege, Sir.«

»Ich hasse den Halsabschneider!«

Er verließ den Raum mit wehendem Mantel und ließ den Regisseur mit Barnaby Gill allein zurück. Gill war nicht Nicholas' Freund, doch das über ihnen schwebende Unglück hatte seine Animosität gemildert. In seinem Narrenkostüm gab er kluge Ratschläge.

»Verhandelt vernünftig mit dem Mann, Sir.«

»Das werde ich, Master Gill.«

»Tut nichts, was diesen steifnackigen Hauswirt provozieren könnte.«

»Vielleicht ziehen wir ihn ja doch noch auf unsere Seite.«

»Weist ihn auf die Magie meiner Kunst hin. Auf dieser Bühne habe ich die höchsten Höhen meiner Kunst erreicht, um dem gemeinen Pöbel zu gefallen. Master Marwood ist es mir einfach schuldig, mich hier weiterarbeiten zu lassen. Beweist ihm die ganze Qualität meiner Kunst.«

»Die spricht für sich selbst«, sagte Nicholas taktvoll.

»Wir verlassen uns auf Euch.«

Barnaby Gill drückte ihm herzlich den Arm, etwas völlig Untypisches für ihn, was jedoch bewies, wie sehr ihn der drohende Hinauswurf aufregte. Als Gill zum Kostümsaal schlurfte, drang eine andere Stimme ans Ohr des Regisseurs.

»Wir müssen allein miteinander reden, Nick«, sagte Edmund Hoode.

»Sobald ich hier fertig bin. Wartet auf mich im Schankraum.«

»Das ist der schwerste Schlag, den ich jemals einstecken mußte.«

»Jeder von uns spürt noch seine schlimme Wirkung.«

»Wie soll ich das nur aushalten?«

»Versucht, nicht immer daran zu denken.«

»Es sitzt mir wie ein Alptraum im Nacken und rührt sich nicht von der Stelle.«

»Master Marwood läßt sich vielleicht doch noch zur Vernunft bringen.«

»Welchen Zweck soll das haben?« sagte Hoode übellaunig. »Ich möchte Lawrence Firethorn in einen Eunuchen verwandeln. Das ist die einzige Möglichkeit, mein Problem zu lösen. Er zwingt mich, seinem neuen Flittchen Liebeslieder zu dichten, während ich selber eine Geliebte habe, der ich schmeicheln möchte. Helft mir, Nick, ich vergehe.«

In der kurzen Zeit zwischen Generalprobe und Aufführung kümmerte Nicholas sich hektisch um seine Aufgaben, verzehrte ein kleines Mittagessen, zeigte Verständnis für Edmunds schwierige Lage, wies eine weitere Attacke von Owen Elias zurück (»Ramon heute morgen war eine Beleidigung des Theaters. Laßt mich diese Rolle spielen.«), schaffte es, mit Alexander Marwood ein paar Nettigkeiten auszutauschen, begab sich wieder an seine Arbeit und sorgte dafür, daß die Bühne gefegt und mit frischen Zweigen bestreut wurde. Als das Publikum hereinströmte, um im Hof und auf den Galerien Platz zu nehmen, war offenbar alles unter Kontrolle.

Doch dieser Eindruck hielt nicht lange vor. *Der schwarze Antonio* war nie zuvor so lustlos heruntergespielt worden. Lawrence Firethorn war merkwürdig gedämpft, Barnaby Gill seltsamerweise langweilig, und Edmund Hoode, der normalerweise in der Rolle eines verdoppelten jüngeren Bruders glänzte, war schlicht und einfach fürchterlich. Die Krankheit war ansteckend und hatte sich rasch auf die ganze Truppe ausgebreitet. Sie spielten ohne Überzeugung, Fehler begannen sich zu häufen. Ohne die tröstende Autorität des Regisseurs hinter der Bühne wäre *Der schwarze Antonio* eine Katastrophe geworden. Auch so schon war das Publikum von der Aufführung enttäuscht und begann mit steigendem Mißvergnügen zu buhen und zu johlen. Nur eine leichte Verbesserung im 5. Akt bewahrte die Truppe davor, von der Bühne gejagt zu werden. Westfield's Men hatten noch nie eine so schlappe Aufführung geliefert.

Lawrence Firethorn stürmte in den Kostümsaal und kanzelte jeden nieder, der ihm vor die Augen kam, nur um sich von Edmund Hoode sagen lassen zu müssen, daß er selber der größte Grund für diese Pleite sei. Der Streit, der sich zwischen den beiden entwickelte, lag nicht nur an den Problemen mit dem *Queen's Head*. Da gab es noch einen tieferen Grund, den Nicholas schon zu Beginn der Aufführung bemerkt hatte. Beide Männer hatten nur für eine bestimmte Person im Publikum gespielt.

Matilda Stanford war nicht im Theater.

*

Selbst die Anzeichen eines Unglücks konnten Walter Stanford nicht aus dem Haus treiben. Obwohl er sich wegen seines Neffen große Sorgen machte, unterbrach er nicht seinen normalen Tagesablauf, um sich an der Suche nach Michael zu beteiligen. Die Suche wurde jetzt von seinem Sohn geleitet, der jedoch bisher mit leeren Händen zurückgekehrt war. Leutnant Michael Delahaye war in der Tat am vergangenen Donnerstag von Bord gegangen, doch war er nur einer von Hunderten von Soldaten, die das Schiff verlassen und sich in die offenen Arme Londons geworfen hatten. Mehr war nicht zu erfahren, auch nichts über die Verwundung, die er sich in den Niederlanden zugezogen hatte. Medizinische Unterlagen wurden in der Armee nicht aufbewahrt, und Michael war ja inzwischen auch nicht mehr in der Armee. Ins Zivilleben entlassen, hatte er es fertiggebracht, sich in Luft aufzulösen.

Walter Stanford schob all dies beiseite, als er zielstrebig die Königliche Börse auf Cornhill betrat. Diese Kopie der Antwerpener Börse war das größte Bauprojekt der Stadt während der Tudor-Dynastie gewesen. Achtzig Häuser mußten abgerissen werden, um den Baugrund freizumachen. Die Börse war das Werk von Thomas Gresham, Textilhändler und Finanzmakler der Krone, der mit seinem gewaltigen Vermögen zu den Kosten beitrug. Die Feindschaft zwischen Spanien und England hatte zu Handelsproblemen mit Flandern geführt und die Notwendigkeit einer Börse in London deutlich gemacht. Thomas Gresham hatte das erkannt. Im Jahre 1570 war sie offiziell von Königin Elizabeth eröffnet. Ihre Bedeutung für den Handel war unermeßlich, niemand wußte das besser als Walter Stanford. Als er sich umblickte, überwältigte ihn erneut die Kühnheit des Objektes.

Die Börse war ein langes, vierstöckiges Gebäude, das um

einen gewaltigen Innenhof herum gebaut worden war. Sein Glockenturm wurde von einem riesigen Grashüpfer gekrönt, dem Wappentier der Greshams. Überdachte Gänge führten in den Innenhof, Statuen der englischen Könige standen in den Nischen darüber. Dies war immer ein erhebender Anblick, doch besonders, wenn der Hof und die Gänge voller Händler waren, die entsprechend ihren beruflichen Interessen in Gruppen zusammenstanden. Während der Jahre war die Börse auch zum Tummelplatz von Müßiggängern geworden, die sich hier aufhielten, um sich zu amüsieren, herumzuflanieren, die bettelten, Waren verkauften oder ihren Körper anboten, doch all das konnte nicht von der geschäftigen Würde ablenken, die über diesem Ort lag.

Walter Stanford stürzte sich begeistert in das Getriebe und schloß an diesem Montagmorgen manches Geschäft ab. Wohlbekannt und respektiert machte ihn seine Stellung als gewählter Oberbürgermeister zu einer populären Person, die von allen Seiten begrüßt wurde. Die Stunden der Arbeit waren bald vorbei, doch es war nicht nur das Geschäft, das ihn interessierte. Ein bärbeißiges Gesicht in der Menge erinnerte ihn an ein Versprechen, das er seiner jungen Frau gegeben hatte.

»Guten Tag, Gilbert.«

»Guten Tag, Sir.«

»Seid Ihr nicht zu alt für dieses Irrenhaus?«

»Ich komme zur Börse bis zu meinem letzten Atemzug, Walter.«

Gilbert Pike war der bei weitem älteste Zunftmeister der Tuchhändler-Gilde. Dünn, weißhaarig und altersschwach, bewegte er sich stark vornüber gebeugt am Stock vorwärts. Doch sein Geist war wach und klug wie je zuvor, bei Geschäften vermochte er durchaus seinen Vorteil zu wahren. Doch es gab auch noch eine andere Seite seiner Fähigkeiten, und Walter Stanford zog ihn beiseite, um sich diese Eigenart zunutze zu machen.

»Ich brauche Eure freundliche Hilfe, Gilbert.«

»Sprecht nur, sie wird Euch gewährt.«

»Meine junge Frau muß zufriedengestellt werden.«

Pike lachte belustigt. »Dabei könnt Ihr auf mich nicht zählen.«

»Matilda ist hartnäckig. Wenn ich Oberbürgermeister werde, will sie ein Theaterstück haben, das zu meiner Ehre aufgeführt werden soll.«

»Dann ist sie eine Frau nach meinem Herzen«, sagte der andere mit krächzendem Enthusiasmus. »Zu früheren Zeiten hat die Tuchhändler-Gilde viele Theaterstücke auf die Bühne gebracht. Ich selber habe viele davon geschrieben und die Hauptrolle übernommen.«

»Deshalb bin ich ja zu Euch gekommen, Gilbert. Wäre es möglich, noch mal ein Stück aufzuführen, als Höhepunkt meines Bankettes?«

»Es wäre mir eine Ehre!« sagte Pike eifrig. »Hinzu kommt, daß ich das richtige Stück bereits habe. *Die neun Helden*.«

»Ist das nicht ein antiquiertes Stück?«

»Nicht in meiner Version.«

»Wer sind die neun Helden?«

»Drei Heiden, drei Juden und drei Christen.«

»Erklärt das näher.«

»Hektor von Troja, Alexander der Große und Julius Caesar; dann kommen Josua, David und Judas Makkabäus; schließlich Arthur, Karl der Große und Gottfried von Bouillon.«

»Ich sehe da keine Komödie«, sagte Stanford. »Matilda hat Lachen befohlen. Habt Ihr kein lustigeres Stück?«

»*Die neun Helden* sind mein bestes Werk.«

»Da bin ich ganz sicher, Gilbert, aber es ist nicht das richtige Stück für meine Zwecke. Es sei denn...« Ein Gedanke formte sich in seinem Kopf. »Es sei denn, wir verändern diese neun Burschen und lassen sie zur Ehre unserer Gilde auftreten.«

»Wie meint Ihr das?«

»Nehmen wir einmal an, diese neun Herren trügen die Livree der Tuchhändler-Gilde. Könnt Ihr meinen Gedanken folgen? Anstelle von Hektor und dem Rest suchen wir neun Personen heraus, die unserer Zunft die meiste Ehre gemacht haben – als Oberbürgermeister von London. Das gefällt mir. Richard Whittington muß unser erster Held sein, das ist gar keine Frage.«

Gilbert Pike brauchte ein paar Minuten, um alles zu verstehen und zu verarbeiten, doch dann zeigte er ein zahnloses Grinsen und klatschte in die Hände. Sofort fielen ihm weitere Namen ein, über die es nachzudenken galt.

»Richard Gardener, Lionell Duckett, John Stockton und Ralph Dodmer sollte dabei sein und auch Geoffrey Boleyn, der als Hutmacher anfing und dann Tuchhändler wurde. John Allen gehört dazu, und Richard Malorye, und noch viele andere.« Wieder das zahnlose Lächeln. »Und dann dürfen wir natürlich nicht den besten Mann unserer heutigen Zeit vergessen.«

»Wer soll das sein, Gilbert?«

»Wer denn sonst außer Euch, Sir?« Der alte Mann begeisterte sich rasch für die Idee. »Walter Stanford. Ihr sollt der neunte in der Reihe sein. Das wird ein angemessener Höhepunkt.«

»Und eine wunderbare Überraschung für Matilda«, sagte der andere. »Aber kann ein solches Stück auch humorvoll sein? Können diese neun Helden uns auch zum Lachen bringen?«

»Sie bringen Dramatik und Lachen ins Stück, Sir.«

»Das ist wirklich gut, Gilbert.«

»Und mein Titel bleibt – ›Die neun Helden‹.«

»Nein«, sagte Stanford. »Das würde nur zur Verwirrung führen. Der Titel ist zu bekannt. Wir müssen uns einen neuen ausdenken.«

»Aber er beschreibt das Stück so gut«, argumentierte der alte Mann. »Sind diese Männer nicht Helden? Und sind es nicht neun an der Zahl? Jeder von ihnen ein Riese in der Gilde. Was habt Ihr für Einwände gegen meinen Titel?«

»Ihr habt mir gerade einen besseren genannt.«

»Hab ich das, Sir?«

»Ja, Gilbert. So muß das Stück heißen.«

»Und wie?«

»Die neun Riesen.«

6. Kapitel

Obwohl Sir Lucas Pugsley schon fast ein Jahr in Amt und Würden war, war er noch immer von den Privilegien begeistert, die er als Oberbürgermeister von London genoß. Die Stadt hatte stets eifersüchtig über ihre Unabhängigkeit gewacht, auch wenn das häufig zu Reibereien mit dem Hof und dem Parlament zu Westminster führte. Innerhalb der Stadtgrenzen stand der Oberbürgermeister über allen, mit Ausnahme der Königin, sogar über den Prinzen aus dem Königshaus. Mehr konnte ein Fischhändler nicht verlangen. Zusätzlich zu seinen vielen anderen Titeln war Pugsley Vorsitzender des obersten Magistrates der Stadt, sowie Vorsitzender der beiden regierenden Körperschaften. Von allen Seiten gab es hübsche Nebeneinkünfte, doch es gab eine, die ihm ganz besondere Freude machte. Er hatte das Anrecht auf jeden Stör, der unter der London Bridge gefangen wurde.

Zwei Eigenarten dieses hohen Amtes sorgten jedoch dafür, daß sich mancher Bewerber wieder abwandte. Ein Amtsjahr als Oberbürgermeister war außerordentlich teuer, denn es hielt einen von den Geschäften ab und zog jede Menge zusätzlicher Ausgaben nach sich. Um all das zu vermeiden, hatte es Fälle gegeben, bei denen Ratsherren mit ansehnlichen Bestechungsgeldern dafür sorgten, daß sie nicht gewählt wurden; sie zahlten Hunderte von Pfund, um einer Ehre zu entgehen, die sie noch viel mehr gekostet hätte. Männer, die reich genug waren, sich diesen Luxus leisten zu können, konnten noch von etwas anderem davon abgehalten werden. Als Oberbürgermeister sah man sich einem gewaltigen Arbeitspensum gegenüber. Es gab öffentliche Pflichten ohne Ende, und die zahlreichen Bankette, die äußerst opulent ausgerichtet waren, belasteten manch einen Magen doch zu sehr.

Sir Lucas Pugsley nahm diese Handicaps jedoch auf die leichte Schulter. Er war reich genug, um sich diese Stellung leisten zu können, und gierig genug, um das ohne Appetitverlust zu schaffen. Obwohl ihn das Amt von seinen eigenen Geschäften fernhielt, war es eine durchaus lohnende Investition, da er Einblick in jeden einzelnen Aktivitätsbereich der Stadt bekam. Er besaß ausreichend Patronatsrechte und konnte lukrative Posten an Freunde und Verwandte vergeben. Der erste Mann der Stadt machte Profit durch den Verkauf von Berufungen, die ihm oblagen, und bezog Einkommen von Pachtfirmen und Marktrechten. Pugsley war ein typischer Oberbürgermeister. Was ihm dabei half, seine öffentliche

Rolle zu genießen, war die enorme Unterstützung, die er privat erhielt.

Sein Kämmerer war jederzeit wie ein Fels in der Brandung.

»Ich bringe Euch die Gesetzesvorlagen, Lord Mayor.«

»Ich danke Euch, Aubrey.«

»Ferner ist hier Korrespondenz aus Amsterdam.«

»Darauf habe ich bereits gewartet.«

»Ihr müßt heute abend eine Rede halten.«

»Um Himmels willen! Das habe ich völlig vergessen.«

»Deshalb habe ich mir die Freiheit genommen, sie für Euch zu entwerfen, Herr Oberbürgermeister. Heute abend dinieren drei ausländische Botschafter in Eurem Hause. Eine Begrüßungsrede ist angebracht. Ihr seid zu beschäftigt, um Euch selber darum zu kümmern.« Er reichte ihm die Papiere. »Ich hoffe, mein bescheidenes Gekritzel findet Euer Wohlwollen.«

»Aber ja, das tut es, Mann. Ihr seid meine Rettung, Aubrey.«

»Ich versuche, Euch zur Hand zu gehen.«

Als Kämmerer der Stadt London hatte er weitreichende Verpflichtungen, was die städtischen Finanzen betraf, doch seine umfassenden Fähigkeiten hoben ihn über seinen Rang hinaus. Pugsley hatte, wie viele seiner Vorgänger, ein offenes Ohr für die Ratschläge dieses Mannes, für seine Kennerschaft auf jedem Gebiet, und vertraute ihm Dinge an, die er vor anderen geheimhielt. Hier zeigte sich eine weitere Eigenschaft von Aubrey Kenyon. Er war ein Inbegriff von Diskretion.

Sie befanden sich in dem gewaltigen Raum, den Pugsley als sein Büro benutzte. Er saß an einem langen Eichentisch, auf dem sich Stapel von Papier türmten. Ohne die Hilfe seines Kämmerers hatte er nicht den Schatten einer Chance, hier durchzukommen. Die Macht machte ihn launenhaft.

»Habe ich heute nachmittag Verabredungen?«

»Insgesamt fünf, Lord Mayor.«

»Ich bin nicht in der Stimmung, jemand zu empfangen. Sagt alles ab.«

Kenyon verbeugte sich. »Das habe ich bereits getan.«

»Ihr kennt meine Absichten besser als ich selber.« Pugsley gluckste. »Ihr habt es gelernt, meine Gedanken zu lesen, Sir.«

»Dann hoffe ich, daß ich richtig gelesen habe.«

»Was meint Ihr damit?«

»Ich habe vier von fünf Besuchern abgewiesen.«

»Und der fünfte?«

»Wartet draußen. Ich nahm nicht an, daß ich auch ihn abweisen sollte, wie die anderen.«

»Wer ist der Bursche?«

»Ratsherr Rowland Ashway.«

»Wieder einmal habt Ihr meine Gedanken gelesen, Sir. Rowland Ashway darf niemals von dieser Tür gewiesen werden. Es ist vor allem sein Verdienst, daß ich hier an diesem Tisch sitze.« Er erhob sich aus seinem Sessel. »Führt ihn sofort herein.«

»Sofort, Lord Mayor.«

Kenyon verbeugte sich, verließ den Raum und kehrte sofort mit dem watschelnden Ashway zurück. Mit einer weiteren formellen Verbeugung ließ der Kämmerer die beiden zurück, damit sie warme Grüße und heißen Klatsch austauschen konnten. Schon nach kurzer Zeit plauderten die beiden lebhaft über die Freuden hoher Ämter. Sir Lucas Pugsley wurde von seiner eigenen Bedeutung übermannt.

»Nichts läßt sich mit diesem Gefühl vergleichen, Rowland.«

»Dem kann ich nur zustimmen.«

»Es ist ein Geschenk der Götter.«

»Und eines der ratsherrlichen Fraktion.«

»Stellt Euch das vor, Mann! Ein Fischhändler, dem die Königin Gehör schenkt.«

»Wir beide sind von der gleichen Sorte«, sagte Ashway zufrieden.

»In welcher Beziehung?«

»Ihr habt das Ohr der Königin. Ich habe ihren Kopf, *The Queen's Head*.«

Nicholas Bracewell wartete geduldig, bis der Hauswirt in den Hof kam, um mit einem seiner Stallknechte zu sprechen. Als Alexander Marwood weggehen wollte, paßte der Regisseur ihn ab. Es war früher Abend im *Queen's Head*, das ernüchterte Publikum war längst gegangen. Westfield's Men hatten ihre glänzende Reputation beschmutzt.

»Guten Abend, bester Herr«, sagte Marwood. »Ihr habt heute abend eine erbärmliche Aufführung gegeben.«

»Ein Teil der Schuld trifft Euch, fürchte ich.«

»Ich bin kein Schauspieler, Master Bracewell.«

»Das seid Ihr in der Tat nicht«, sagte Nicholas. »Wäret Ihr einer, so könntet Ihr Euch das drohende Elend derer vorstellen, die keine Arbeit und kein richtiges Zuhause haben. Das *Queen's Head* war ein Lichtstrahl in unserer Dunkelheit, Sir. Wenn Ihr uns das nehmt, stürzt Ihr uns in die dunkelste Finsternis.«

»Ich muß das Beste für mich und meine Familie tun.«

»Vollkommen richtig, Sir. Aber wir sind inzwischen ein Teil dieser Familie und fühlen uns verletzt. Wenn Ihr uns damit droht, uns auf die Straße zu werfen, dann belastet Ihr unser Gemüt und verschlechtert unsere Aufführungen. Das Ergebnis konnte man heute abend ja deutlich erkennen.«

»Diese Schuld könnt Ihr mir nicht aufhalsen.«

»Ich appelliere an Euer Mitgefühl.«

Bis jetzt hatte das Gesichtszucken des Wirts Ruhe gegeben, während es Überlegungen anstellte, welchen Teil von Marwoods groteskem Gesicht es jetzt einmal aufsuchen sollte. Das Ticken erschien unter seinem linken Auge, und zwar mit steigendem Tempo. Nicholas drängte Marwood, um weitere Informationen zu bekommen.

»Ist denn mit Ratsherr Ashway schon alles geregelt?«

»Weitgehend, ja.«

»Unser Vertrag läuft allerdings noch mehrere Wochen.«

»Er wird jedoch nicht verlängert, Master Bracewell.«

»Trotz der beidseitigen Vorteile, die er uns allen gebracht hat?«

»Alles muß einmal enden, Sir.«

»Wollt Ihr Euren Besitzanspruch tatsächlich so schnell aufgeben?«

Diese Frage ließ den Wirt zusammenzucken und führte das nervöse Ticken zu den fleischigen Lippen, die sich jetzt wie bei einem Fisch öffneten und schlossen. Offenbar gab es noch ein paar Vorbehalte bei dieser neuen Regelung. Nicholas versuchte, ein wenig mehr Druck auszuüben.

»Der stolze Name der Marwoods hat dieses Gasthaus seit über hundert Jahren geprägt«, sagte er. »Das ist eine beachtliche Leistung.«

»Meine Familiengeschichte kenne ich, Master Bracewell.«

»Dann zeigt ein bißchen Respekt vor Euren Vorfahren. Hätte einer von denen sein Erbe so leichtfertig aufgegeben, wie es hier der Fall ist?«

»Nein, Sir«, stimmte Marwood zu. »Sie hätten allerdings auch keiner Gruppe lästiger Schauspieler Unterschlupf gewährt. Mein Vater hätte Westfield's Men nicht über die Türschwelle gelassen.«

»Hätte er die guten Sitten unseres edlen Schirmherren so über Bord gehen lassen?«

»Er verabscheute Theater und Schauspieler.«

»Ihr wart jedenfalls ein friedlicherer Gastgeber.«

»Es ist an der Zeit, daß ich mir gegenüber etwas Freundlichkeit zeige.«

»Indem Ihr alles weggebt, was Euch am heiligsten ist?«

»Nur zu einem richtigen Preis.«

Nicholas zuckte die Schultern. »Das ist Euer gutes Recht, Sir. Aber ich frage mich, ob Ihr die Sache auch ernsthaft genug geprüft habt.«

»Ernsthaft?«

»Der Ratsherr Ashway ist ein strebsamer Mann. Das *Queen's Head* wird nicht das einzige Gasthaus bleiben, das er geschluckt hat. Schaut Euch mal die *Antilope* an oder *The White Hart* in Cheapside.«

»Was ist mit denen?«

»Sprecht mit den Hauswirten«, sagte Nicholas. »Fragt sie, ob sie noch glücklich darüber sind, daß sie an den alten Bierbrauer verkauft haben. Ich denke, Ihr werdet sie voller Bedauern vorfinden.«

»Das ist ihr eigener Fehler«, beharrte Marwood. »Ich habe für mich einen besseren Vertrag herausgeholt. Auf diese Art könnt Ihr mir keine Angst einjagen, Master Bracewell. Die *Antilope* ist ein schmieriges Hotel, und *The White Hart* zieht nur minderwertiges Publikum an. Mit denen kann ich *Queen's Head* nicht vergleichen.«

»Sie verkaufen alle Ashway-Bier.«

»Ihr habt Euren Anteil davon ja auch getrunken, ohne jemals zu klagen.«

Nicholas kam nicht weiter. Weil er die Attacke bereits erwartet hatte, konnte Marwood seine Verteidigungslinien sorgfältig aufbauen. Das nervöse Ticken konnte ruhig über sein ganzes Gesicht zucken, in seine Verteidigungsmauer ließ sich keine Bresche schlagen. Da mußte man eine andere Form der Annäherung finden. Der Regisseur machte vorsichtig einen weiteren Versuch.

»Wie verkraftet Eure Frau den bevorstehenden Verlust?«

»Das ist meine Privatangelegenheit, Sir.«

»Mrs. Marwood hat also ihre Zweifel, nicht wahr?«

»Mit der Zeit wird sie schon zu Verstand kommen.«

»Würdet Ihr denn ohne ihre Zustimmung einen Vertrag unterschreiben?«

Der Gastwirt verfiel in eisiges Schweigen, doch sein Gesichtszucken verriet mal wieder alles. Es war gleichzeitig an vier verschiedenen Stellen seines Gesichtes, als ob sich ein Schwarm von Schmetterlingen dort niedergelassen hätte. Während er das Gesichtszucken betrachtete, konnte Nicholas immer noch einen schwachen Hoffnungsschimmer erkennen. Die Zukunft von Westfield's Men lag in den Händen einer Frau.

*

Matilda Stanford befand sich in nachdenklicher Stimmung, während sie die gewundenen Pfade des Gartens entlangschritt. Die ersten Herbsttage boten eine überströmende Blütenpracht mit einem betörenden Duft und Obstbäume, die sich unter ihren Früchten niederbogen, von strahlender Sonne beschienen und von Scharen von Vögeln besungen. Stanford Place besaß einen der größten und gepflegtesten Gärten Londons, und seine Mischung aus Privatsphäre und Ruhe war genau das, was sie jetzt brauchte. Die Vorderseite des Hauses blickte auf das tägliche Treiben der Bishopsgate Street, doch der Rückseite bot sich ein völlig anderes Bild. Im

Herzen der quirligsten Stadt Europas war dies ein Ort reinen Friedens. Matilda hatte diesen Garten von Anfang an geliebt, doch jetzt schätzte sie ihn sogar noch mehr. Was ihr einst ungetrübte Freude bereitet hatte, war ihr jetzt zu einem Fluchtpunkt geworden. Auf den gewundenen Pfaden des Gartens konnte sie jene Einsamkeit finden, die ihr half, ihre Niedergeschlagenheit zu überwinden.

Seitdem sie sich über ihr Unglück klar geworden war, hatte sie es zunehmend als schwierig empfunden, etwas anderes vorzugeben, und sie war fast froh über die Krise um den vermißten Neffen ihres Gatten, denn die befreite sie von dem Zwang, sich lebenslustig zu geben. Indem sie sich die Sorgen der anderen zu eigen machte, konnte sie ihr Gefühl der Enttäuschung besser verbergen. Durch ihre Sorge um den Leutnant Michael Delahaye drückte sie ihre Angst um einen anderen Menschen aus, der ihr verloren gegangen war. Auch Matilda Stanford war vermißt, und die Suche nach ihr war vergeblich.

Es gab zwar Momente der Freude, doch sie bestanden im Nachdenken über jemand, der sich für immer außerhalb ihres Einflusses befand. Lawrence Firethorn war unerreichbar. Obwohl er ihr einen Theaterzettel geschickt und ihr seine Bewunderung bei der Aufführung von *Doppelte Täuschung* signalisiert hatte, war das auch schon alles, was aus dieser Beziehung werden konnte. Sie war eine verheiratete Frau, die sich nicht nach Gutdünken bewegen konnte, und er ein frei lebender Schauspieler. Es gab für sie keine Möglichkeit, ihm ihr Interesse an seiner Person zu beweisen, obwohl der Wunsch danach ständig in ihr wuchs. Michaels Verschwinden war ein tödlicher Schlag gegen ihre flüchtigen Hoffnungen. Ein Mann, der es ihr ermöglicht hätte, zum *Queen's Head* ins Theater zu gehen, sorgte jetzt dafür, daß genau das unmöglich wurde. Da William Stanford die Suche nach Michael leitete, beraubte das seine Stiefmutter der Möglichkeit, ins Theater zu gehen.

Während sie in die Zukunft schaute, wurde sie noch trübseliger. Ihr Gatte war in vielerlei Beziehung ein wunderbarer Mann, doch er gab ihr auch nicht im entferntesten die Anreize, die sie von einem schwadronierenden Schauspieler auf einer simplen Behelfsbühne erhielt. Sobald Walter Stanford Oberbürgermeister von London wurde, würde sich ihre Lage nur noch weiter verschlechtern, denn er würde sie zu einer endlosen Reihe gesellschaftlicher Veranstaltungen mitschleppen. Sie würde ihn noch seltener zu Gesicht bekommen und noch stärkere seelische Qualen erdulden müssen. Eine Ehe, die ihr soviel Freude gebracht hatte, verwandelte sich jetzt in ein bequemes Gefängnis. Sie war wie gelähmt.

Simon Pendleton brachte die Rettungsleine.

»Einen Moment, bitte, Mistreß.«

»Was gibt es?«

»Es ist eine weitere Botschaft für Euch abgegeben worden.«

»Wer hat sie gebracht?«

»Die gleiche Elendsfigur wie neulich«, sagte der Hausverwalter und rümpfte leicht die Nase. »Ich habe sie Euch sofort gebracht.«

»Danke, Simon.«

»Wünschen Madam noch etwas von mir?«

»Im Augenblick nicht.«

Simon verbeugte sich und verschwand mit geübter Leichtigkeit im Unterholz. Obwohl Matilda sich nicht dazu aufraffen konnte, diesen Mann zu mögen, war sie ihm in diesem Moment aufs höchste dankbar, denn er hatte etwas gebracht, was sie sich jetzt am sehnlichsten wünschte. Es war ein Theaterzettel, wie zuvor zusammengerollt und mit einem rosafarbenen Band umwunden. Während ihre nervösen Finger die Bänder lösten, öffnete sich die Rolle und ließ einen versiegelten Brief zu Boden fallen. Matilda hob ihn schnell wie der Blitz auf. Ein Blick auf den Theaterzettel sagte ihr, daß Westfield's Men morgen *Liebe und Glück* im *Queen's Head* aufführen würden, doch es war der Brief, der ihren Puls beschleunigte.

Nachdem sie ihn aufgerissen hatte, flogen ihre Augen über ein Sonett, das ihre Schönheit pries und ihre Vorzüge mit derartig verspielter Delikatesse ausmalte, daß ihr fast die Sinne schwanden. Es trug keine Unterschrift, doch der Absender – vermutlich der Dichter – konnte einfach nur Lawrence Firethorn persönlich sein. All ihre Zweifel zerstoben. Sie litt keineswegs an blinder Leidenschaft für eine ihr unerreichbare Person. Hier ging es um eine beidseitige Leidenschaft, die sie unweigerlich zueinander hinzog. Eine zweite Botschaft lag in der Auswahl des Stückes. *Liebe und Glück*, das konnte einfach kein Zufall sein, und es verstärkte nur noch ihre Empfänglichkeit für das Liebesgedicht und stellte natürlich eine Einladung zu einer Romanze dar.

Wieder las sie das Gedicht und kostete jedes einzelne Wort aus. Daß sie ihn zu einer derartig schmeichlerischen Sprache inspirieren konnte, reichte schon, um ihr den Kopf zu verdrehen. Sich vorzustellen, daß dieses Gedicht aus der Feder des Mannes stammte, den sie verehrte, wirkte wie eine starke Droge. Walter Stanford war ein loyaler Gatte, der seine Frau mit Respekt behandelte. Doch solche Verse schwangen nicht in seiner Seele.

Freudentränen füllten ihre Augen. Während der dunklen Stunden der Enttäuschung war ihr klargeworden, daß sie in ihrer Ehe nicht glücklich war. Während ihres Spazierganges in der Sonne dieses Nachmittags hatte sie eine andere Entdekkung von ähnlicher Bedeutung gemacht, die ihre Einschätzung von sich selbst veränderte. In einem Garten in London, unter einem Wacholderbaum, über sich die strahlende Sonne, eingehüllt in betörende Düfte und umgeben vom Gesang der Vögel, erlebte Matilda Stanford eine grundsätzliche Erkenntnis. Ihr Herz war nicht mehr an die Schwüre ihres Hochzeitstages gebunden, weil sie mit dem Herzen nicht wirklich bei der Sache gewesen war. Vierzehn Zeilen eines Gedichtes und ein einfacher Theaterzettel lehrten sie etwas, das ihre ganze Persönlichkeit in Erregung versetzte.

Zum erstenmal in ihrem Leben war sie verliebt.

*

Das Leichenhaus hatte einen neuen Wärter bekommen. Nicholas Bracewells offizieller Protest beim Untersuchungsrichter hatte zur Entlassung des Mannes geführt, der die Toten in seiner Obhut mit so offensichtlicher Respektlosigkeit behandelte. Sein hohlwangiger Nachfolger war auch kein angenehmerer Mensch, doch besaß er ein größeres Gefühl für Anstand und Schicklichkeit. Er führte die kleine Gruppe zu dem Tisch in der Ecke, ergriff einen Zipfel der zerknüllten Decke und wartete auf ein Zeichen des Wärters. Der wandte sich an die beiden Besucher, die er in diesen schrecklichen Raum geführt hatte.

Walter Stanford tauschte einen Blick mit seinem Sohn, beide stählten sich innerlich. Sein Kopfnicken veranlaßte den Wärter, das Tuch ungeschickt zu lüften, wobei er lediglich den Kopf und Oberkörper freimachte, so daß die entsetzlichen Verletzungen des Beines unsichtbar blieben.

»Der Himmel steh uns bei!« stieß Stanford hervor.

»Er ruhe in Frieden!« murmelte sein Sohn.

Beide waren von dem Anblick wie vor den Kopf geschlagen

worden und hatten Mühe, ihre Mägen zu beruhigen. Keiner von ihnen brauchte noch den Anblick des verstümmelten Beines, um die Identität dieses zerschundenen Körpers festzustellen. Walter Stanford blickte auf seinen Neffen hinab, der seine leichtfertige Lebensweise aufgeben und sich auf ein verantwortlicheres Leben hatte konzentrieren wollen. Sein Sohn starrte seinen geliebten Cousin an, dessen Lebenslust für ihn eine Rechtfertigung gewesen war. Der Schmerz übermannte sie beide. Der Wächter gab dem Wärter einen Wink, das Tuch wurde wieder über die Leiche gezogen, um den kalten Geruch des Todes einzudämmen. Es gab eine lange, schmerzerfüllte Stille, während der die Besucher versuchten, ihre Haltung wiederzugewinnen. Der Wächter sprach schließlich.

»Nun, meine Herren?«

»Er ist es«, flüsterte Stanford.

»Ihr habt keine Zweifel?«

»Nicht den geringsten«, antwortete William.

»Möchtet Ihr ihn nochmals betrachten?«

Walter Stanford zuckte zusammen und hob die Hand.

»Wir haben genug gesehen«, sagte er. »Mein Sohn und ich, wir kennen unsere eigene Familie. Das ist Michael Delahaye.«

*

Anne Hendrik hatte die Idee gehabt. Nach ihrem Erfolg beim Kirchenbesuch mit Hans Kippel war sie jetzt der Auffassung, er sei inzwischen zu einem noch wichtigeren Schritt in der Lage, besonders, wenn man dem Jungen diesen Schritt als etwas ganz anderes präsentieren konnte.

Nicholas Bracewell war mit ihrem Plan einverstanden. Da Westfield's Men an diesem Dienstag keine Aufführung hatten, gelang es ihm während des Nachmittags, sich eine Stunde frei zu nehmen und nach Bankside zu eilen, um an der »Expedition« teilzunehmen. Sie hatten die Absicht, dem Jungen seine Angst vor der Brücke zu nehmen. Das konnte man natürlich nicht, indem man einfach dort hinging und ihn zwang, sie zu betreten. Anne hatte ihm erzählt, sie wollten zu dritt den Markt in Cheapside besuchen. Mit den beiden Erwachsenen an seiner Seite hatte er das Gefühl, er sei Teil eines kleinen, abenteuerlichen Familienausflugs. Angst kam nicht auf.

Anne und Nicholas hatten vereinbart, ihn durch allerhand Informationen und Erzählungen über die Gebäude und Kirchen, an denen sie vorbeikamen, abzulenken. Ihr lässiger Ton änderte sich auch nicht, als die Brücke in Sicht kam und das Torhaus vor ihnen aufragte. Hans Kippel schluckte, als er die Köpfe exekutierter Verräter sah, die man auf angespitzte Stangen gespießt hatte, doch er ging ohne jedes Zögern weiter. Diese barbarische Sitte hatte den Jungen schon immer aufgeregt und fasziniert.

»Zweiunddreißig«, sagte er.

»Was sagtest du, Hans?« fragte Anne.

»Zweiunddreißig Köpfe sind's heute. So viele habe ich noch nicht gesehen.«

»Hab Mitleid mit ihren armen Seelen«, sagte Nicholas.

»Wer waren diese Männer?«

»Irregeleitete Menschen.«

»Haben sie eine solche Behandlung verdient?«

»Nein, Hans. Sie haben für ihre Taten bereits gebüßt.«

»Was haben sie denn getan, Master Bracewell?«

Während Nicholas das erklärte, waren sie an den abgeschnittenen Köpfen mit ihren blinden Augen vorbei durch das Tor gegangen. Jetzt erhob sich eine andere Eigenartigkeit der Brücke vor ihnen.

»Das ist *Nonesuch House*«, sagte Anne.

»Das habe ich schon oft bewundert, Mistreß.«

»Wußtest du, daß es ein holländisches Haus ist?«

»Daran kann es keinen Zweifel geben«; sagte er mit einem stolzen Lächeln. »Ich habe ähnliche Häuser in Amsterdam gesehen.«

Nonesuch House hatte den passenden Namen. In ganz London gab es kein ähnliches. Es war vollständig aus Holz gebaut, ein großes, ausuferndes Gebäude mit einer übermäßig verzierten Fassade, vielen geschnitzten Giebeln und gekrönt von zwiebelförmigen Türmchen. Die hölzernen Verzierungen waren so farbenprächtig ausgemalt, daß dieses bemerkenswerte Haus in jeder Beziehung verwirrend war. Nonesuch House galt als eines der Wunder von London und trug in starkem Maße zu dem atemberaubenden Eindruck der London Bridge bei.

Nicholas Bracewell konnte weitere Einzelheiten beisteuern.

»Der Grundstein wurde 1577 gelegt«, sagte er. »Das Haus war in Holland gebaut worden und wurde Stück für Stück per Schiff hierher gebracht und wieder aufgebaut. Stell dir das mal vor, Hans. Dieses Haus hat die gleiche Reise wie du gemacht.«

»Werde ich auch wieder aufgebaut?« fragte er einfach.

»Irgendwie werden wir dich schon wieder zusammenkriegen, Junge.«

»Es hat keine Nägel«, fuhr Anne fort. »Das ist das eigentliche Wunder daran. Das ganze Haus wird nur von hölzernen Zapfen zusammengehalten. Was du dort siehst, ist holländische Perfektion.«

»Wie die Hüte von Jacob Hendrik.«

Nicholas wurde durch ein Lächeln des Jungen und ein geschmeicheltes Kopfnicken von Anne belohnt. Bis hier hatte ihre Taktik Erfolg gehabt. Anstatt sich gegen den Anblick der Brücke zu wehren, spazierte der Junge ruhig weiter. Ihr nachmittäglicher Ausflug wurde durch nichts behindert. Wie üblich war die Brücke völlig überfüllt. Häuser und Läden erstreckten sich über ihre gesamte Länge und lehnten sich in merkwürdiger, aber liebenswerter Weise so an- und gegeneinander, als wollten sie sich die Hand schütteln. Die enge Straße wurde durch die wimmelnden Menschenmengen und den in beide Richtungen strömenden Verkehr mit Pferdefuhrwerken noch zusätzlich verstopft. Aus der Entfernung war die Brücke ein wunderschöner Anblick, doch es war gefährlich, sie zu betreten, und die Räder der Fuhrwerke hatten schon oft Verstümmelungen und sogar Todesfälle verursacht.

Den dreien war es unmöglich, nebeneinander zu gehen. Sie hielten sich an der Hand, Nicholas ging voraus und bahnte sich einen Weg durch das Gewimmel. Fast vierzig Läden boten ihre Waren an. Es gab Messer-, Handschuh- und Taschenhändler, einen Goldschmied, ein Geschäft für Flügelhauben, einen Maler, doch die meisten der winzigen Lädchen verkauften Kleidung. Die bunt dekorierten Geschäfte priesen ihre Waren mit hin- und herschwingenden Schildern an. Die Ware wurde in jedem einzelnen Fall im Laden hergestellt und von den Lehrlingen auf einer hölzernen Theke verkauft, die mit Ketten vor dem Laden befestigt wurde. Hinter diesen »Ladentischen« riefen die jungen Leute lautstark ihre Waren aus.

Hans Kippel schob sich mit amüsiertem Interesse durch das Gewimmel. Während Nicholas ihn aufmerksam beobachtete, plauderte Anne lustig weiter, um den Jungen zu entspannen.

»Kennst du die Geschichte von William Hewet?« fragte sie.

»Nein, Mistreß.«

»Der war vor mehr als dreißig Jahren Oberbürgermeister von London.« Sie deutete mit dem Finger. »Ihm gehörte das Haus, das du dort drüben siehst. Sieh mal, wie die Fenster über das Wasser ragen. William Hewets Tochter stürzte aus einem dieser Fenster direkt in die Themse.«

»Wie konnte das passieren, Mistreß?«

»Einer der Lehrlinge sprang ihr nach und brachte sie am Ufer in Sicherheit. Sein Name war Edward Osborne. Das Mädchen wuchs heran und wurde eine Schönheit, die viele Verehrer hatte, doch der Vater schickte sie alle fort. ›Osborne hat sie gerettet, Osborne soll sie auch bekommen‹, sagte er. Und so geschah es auch. Er heiratete sie und erbte das Geschäft. Und später wurde Edward Osborne sogar Oberbürgermeister von London.«

»Also kann aus Lehrlingen etwas werden, nicht wahr?« sagte der Junge.

»Ganz bestimmt«, sagte Nicholas. »Doch eine Einzelheit der Geschichte fehlt noch. Die schöne Tochter hieß Anne.«

Er lächelte sie bei diesem Kompliment an und wurde mit einem liebenswürdigen Kopfnicken belohnt. In diesem Moment, als ihre Aufmerksamkeit einen Moment von dem Jungen abschweifte, verlor er jegliches Interesse an der Geschichte der Brücke. Hans Kippel blieb plötzlich stehen und starrte ein Haus an, das zwischen zwei Geschäften eingeklemmt war. Erinnerungen stürzten auf ihn ein und ließen ihn lautlos stammeln. Er machte ein paar Schritte auf das Haus zu und berührte es mit der Hand, als wolle er sicherstellen, daß es sich wirklich dort befand. Die Identifizierung war vollständig. Wieder schlug Panik über ihm zusammen, er drehte sich um und rannte zurück in Richtung Southwark.

Doch der Weg war blockiert. Ein riesiges Fuhrwerk rollte in seine Richtung und scherte sich nicht um den Jungen oder seine Flucht. Bevor er noch ausweichen konnte, wurde der Junge von dem Karren brutal zur Seite geschleudert. Nicholas sprang hinzu, riß ihn an sich und suchte nach Verletzungen, während Anne lautstark den Fuhrmann beschimpfte. Dann trat sie zu der Gruppe von Menschen, die sich um den halb ohnmächtigen Lehrling geschart hatte. Knochen schienen nicht gebrochen zu sein, Blut war nicht zu sehen, doch er war ganz außer Atem. Nicholas und Anne kümmerten sich rührend um ihn.

Doch das größte Interesse zeigte jemand anderer. Während der schlaffe Körper von Hans Kippel fortgetragen wurde, starrten zwei dunkle, bösartige Augen aus dem Fenster dieses Hauses, das den Jungen so erschreckt hatte.

Sie hatten ihn gefunden.

Edmund Hoode hatte die Qual der Ungerechtigkeit zu erdulden. Während er im *Queen's Head* über seinem Glas Sherry hockte, wurde ihm vollends klar, wie eigensüchtig und sadistisch Lawrence Firethorn in Wirklichkeit war. Es war einfach unverzeihlich. Nach Monaten emotionalen Stillstands hatte der Dichter endlich eine Frau gefunden, die ihn von seinem Schicksal erlöste und ein Ziel für seine kreativen Energien und romantischen Neigungen bot. Doch seine neue Liebe war zerstört, noch bevor sie erblühen konnte. Firethorn nutzte seine vertragliche Lage brutal aus. Anstatt seine Leidenschaft in Versen an seine eigene Angebetete auszudrücken, mußte der Dichter schlicht und einfach dazu beitragen, Firethorns lüsterne Ambitionen zu befriedigen. Die Verzweiflung ließ ihn laut aufstöhnen und sich zu Barnaby Gill umdrehen, der neben ihm auf der Eichenbank saß.

»Wirklich, ich habe dieses Leben endgültig satt.«

»Das war schon immer Euer Thema«, sagte Gill zynisch.

»Diesmal ist es mir ernst, Barnaby«, sagte Edmund. »Ich möchte dieses unselige Leben am liebsten loswerden.«

»Die Chancen dafür stehen gut.«

»Was meint Ihr damit?«

»Westfield's Men werden von der Exekution bedroht, Sir. Wenn der Ratsherr Rowland Ashway hier Hausbesitzer wird, sind es unsere Köpfe, die als erste auf dem Block des Scharfrichters landen.«

»Mir wäre die Axt sogar willkommen.«

»Nun, mir aber nicht, Edmund«, sagte der andere verdrießlich. »Das Blut könnte mein neues Wams ruinieren. Und ich habe kein Interesse, daß meine Karriere durch die Launen eines Bierbrauers beendet wird. Falls Marwood den Gasthof verkauft, muß ich an das Undenkbare denken.«

»Sich von der Bühne zurückzuziehen?«

»Meine Bewunderer würden das niemals zulassen, Sir. Nein, Sir, ich müßte mein Überleben an die erste Stelle setzen und mich Banburry's Men anschließen.« Er bemerkte Hoodes Erschrecken und fuhr fort: »Ja, es klingt vielleicht wie Verrat, aber meine Kunst hat den Vortritt. Wenn Westfield's Men mich nicht mehr ernähren können, muß ich mich an das nächstbeste Angebot halten, und das kann nur Giles Randolph sein. Er umwirbt mich bereits seit langem.«

»Und was ist mit Lawrence?«

»Was soll schon mit ihm sein?« wollte Gill wissen.

Hoode dachte nach. »Ihr habt recht, Sir. Wir schulden ihm keine Loyalität, nach allem, wie er uns behandelt hat. Wißt Ihr, was er als letztes von mir verlangt hat?«

»Ein neues Vorwort für *Liebe und Glück*?«

»Genau richtig. Es soll eine intime Botschaft enthalten.«

»Seine intimen Botschaften stecken sämtlich hinter seinem Hosenlatz«, grinste Gill. »Ich frage mich, warum er das Ding nicht für sich sprechen läßt. Es würde seine Texte auch nicht schlechter vortragen als er selber und ist zugleich das wichtigste Instrument seiner Bestrebungen.«

»Ich werde mir das nicht länger gefallen lassen, Barnaby!«

»Dann schreibt sechzehn Zeilen für Master Hosenlatz.«

»Lawrence muß nachgeben.«

»Nicht, bevor Margery ihm den Schwanz abbeißt.«

»Ich lasse mich nicht mehr so von ihm mißbrauchen.«

»Befreit Euch von diesem Weiberkram und lernt die wahre Liebe kennen.«

»Ich werde ihm das deutlich sagen.«

Vom Alkohol und diesem Gespräch bestärkt, sprang Edmund Hoode vom Stuhl auf und machte sich auf die Suche nach seinem Kollegen. Firethorn war fortgegangen, um Hugh Wegges, dem Gewandmeister, irgendwelche Anweisungen über neue Kostüme zu geben. Wegges arbeitete in dem Raum, den die Gruppe als ihren Kostümsaal benutzte. Hoode marschierte zielstrebig in diese Richtung, wurde jedoch schon bald langsamer. Eine kräftige Stimme erfüllte den Innenhof.

> Laßt nun auf diesem Feld bei Agincourt den Kampfeseid von jedem Mann mir schwören, gebt den Franzosen Englands Waffenstahl zu spüren, fällt ihre Ritterschar mit scharfen Pfeilen, bezwingt mit tapfrem Mut das Kriegsgescheh'n, das Frankreich wütend euch entgegenwirft. Marschiert jetzt, Männer, in das Reich des Todes, kämpft bis zum Untergang, zum letzten Atemzug.

Lawrence Firethorns raumfüllende Stimme erschallte in dem leeren Innenhof, füllte das Ohr des Zuhörers und erschreckte die Pferde in den Ställen. Edmund Hoode kannte diese Zeilen, denn er hatte sie selber für *König Heinrich der Fünfte* geschrieben, eine ergreifende Saga von kriegerischem Heldentum. Firethorn hatte in dieser Rolle stets brilliert, doch diesmal fügte er einen gewissen walisischen Rhythmus hinzu, als Tribut an Monmouth, den Geburtsort des Königs. Obwohl fest entschlossen, dem Ersten Schauspieler energisch entgegenzutreten, verharrte Hoode noch einen Moment, um seine Vortragskunst zu genießen. Niemand konnte Firethorn das Wasser reichen, selbst wenn er nur wie jetzt sein Talent zur Schau stellte. Doch konnte das keine Entschuldigung für die Art und Weise sein, wie er seinen fest angestellten Dichter behandelte. Wutentbrannt und zutiefst beleidigt drängte Hoode in den Hof hinaus, um der faßförmigen Gestalt entgegenzutreten, die in der Mitte stand.

»Lawrence«, sagte er, »ich habe mit Euch zu reden!«

»Sprecht statt dessen mit mir, Sir.«

Die Gestalt drehte sich mit einem arroganten Lächeln um. Das war überhaupt nicht Firethorn. Die außerplanmäßige Vorstellung war von Owen Elias geboten worden.

*

Walter Stanford und sein Sohn waren vom Gram gebeugt, als sie nach Hause zurückkehrten. Michaels Tod war schon in sich ein schwerer Schlag, doch die Art und Weise, wie er zu Tode gekommen war, machte alles noch viel schlimmer. Ein Mensch, so jung und voller Erwartungen, war so brutal niedergemacht worden. Stanford schwor, er werde nicht rasten, bis der Mörder dingfest gemacht und seiner gerechten Strafe zugeführt worden war. Doch trotz seines Rachedurstes ließ er nicht zu, daß seine Gefühle sein Verhalten beeinflußten. In dem Bemühen, seiner Frau das Ausmaß des Entsetzens zu ersparen, gab er ihr nur einen bruchstückhaften Bericht von dem, was er gesehen hatte. Matilda war von seinen Worten wie erschlagen. Obwohl sie Michael Delahaye nie zu Gesicht bekommen hatte, wußte sie genug von ihm, um einen positiven Eindruck gewonnen zu haben. Bei allem Mitgefühl für ihren Gatten und ihren Stiefsohn hatte ihre Schwägerin ihr größtes Mitgefühl.

»Was ist mit der armen Winifred?« fragte sie.

»Sie muß sofort benachrichtigt werden«, sagte Stanford. »William und ich werden noch heute nach Windsor reiten, um ihr die Nachricht zu überbringen. Für die arme Win wird es das Ende sein.«

»Laßt mich mit Euch kommen«, bot sie an. »Vielleicht kann ich ihr in dieser schweren Zeit zur Seite stehen.«

»Eure Liebenswürdigkeit ehrt Euch, meine Liebe«, sagte Stanford, »doch es ist eine Aufgabe, die ich persönlich erledigen muß. Ich muß Win vorsichtig auf das vorbereiten, was sie zu hören bekommt. Das wird eine langwierige und schwierige Sache werden, die für Euch viel zu anstrengend ist.«

»Ist das Begräbnis schon arrangiert?«

»Die Vorbereitungen sind im Gange«, sagte er. »Sobald Michaels Leiche freigegeben wird, soll er nach Windsor gebracht werden, wo er in der Familiengruft beigesetzt wird. Zu diesem Zeitpunkt bitte ich Euch um Eure Anwesenheit und Euren Beistand.«

»Beides ist selbstverständlich, Walter.«

»Ihr seid mir ein großer Trost.«

Er umarmte sie mechanisch und drängte die Tränen zurück, als er an die Leiche auf dem Tisch des Leichenhauses dachte. Mit plötzlicher Gewalt drängte sich ihm ein Gedanke auf.

»Jetzt verstehe ich, was damit gemeint war.«

»Womit, Sir?«

»Mit dem Geschenk, das ich bekam, Matilda.«

»Geschenk?«

»Der Lachs.«

»Und was hatte das zu bedeuten?«

»Daß Michael bei den Fischen schlief.«

*

Sir Lucas Pugsley kaute selig eine kräftige Portion weißen Fischrogens. Als Oberbürgermeister war es seine Aufgabe, regelmäßige Essen zu geben, doch an diesem Abend hatte sich nur eine kleine Zahl von Gästen in seinem Hause eingefunden. Einer davon war die bullige Gestalt von Rowland Ashway, der mit unerstättlichem Appetit sein Essen verschlang. Da er rechts von seinem Freund saß, konnte er sich mit gedämpfter Stimme mit ihm über private Dinge unterhalten.

»Ist der Vertrag schon bestätigt worden, Sir Lucas?«

»Welcher Vertrag?«

»Über den wir erst gestern gesprochen haben.«

»Ach, der«, sagte der Oberbürgermeister leichthin. »Macht Euch deshalb keine Sorgen, Rowland. Ihr werdet Euren gerechten Lohn schon noch bekommen. Ich habe Aubrey Kenyon damit beauftragt, sich darum zu kümmern.«

»Das beruhigt mich. Master Kenyon ist äußerst zuverlässig.«

»Er ist der wichtigste Teil meiner Insignien. Ich trage ihn um den Hals wie meine Amtskette. Ohne Aubrey wäre mein Amtsjahr ganz anders verlaufen.«

»Hoffentlich wird er den Unterschied bemerken.«

»Unterschied?«

»Wenn Ihr an Walter Stanford übergebt.«

»Verdammter Gedanke!« Pugsley war wütend.

»Master Kenyon wird genauso denken. Ihr habt mit ihm Hand in Hand zusammengearbeitet. Bei dem verdammten

Tuchhändler wird er nicht soviel Vergünstigungen bekommen wie von Euch.«

Allgemeines Gelächter unterbrach ihr Gespräch, sie waren gezwungen, in das Lachen einzufallen. Es dauerte eine halbe Stunde, bis sie ihre gemurmelte Unterhaltung fortsetzen konnten. Rowland Ashway war bewundernswert gut informiert.

»Habt Ihr von Stanfords letzter Idee gehört?«

»Welche Idiotie hat er sich denn nun ausgedacht?«

»Die neun Riesen.«

»Neun, Sir. Aber es gibt nur zwei Riesen in London.«

»Das weiß ich. Gogmagog und Corinäus.«

»Und woher kommen die anderen sieben?«

»Aus der Tuchhändler-Gilde«, sagte Ashway. »Bei dem Bankett zu seiner Amtseinführung sollen sie ein Stück aufführen, um den Triumph ihres obersten Meisters zu feiern. Das Stück heißt *Die neun Riesen* und zeigt uns neun Würdenträger aus den Reihen ihrer Gilde.«

Pugsley grunzte. »Die haben gar keine neun Würdenträger.«

»Dick Whittington steht an erster Stelle.«

»Und an letzter Stelle, Rowland. Sie haben nicht seinesgleichen. Wenn die Tuchhändler ein Stück aufführen sollen, dann sollten sie ehrlich sein und es *Die neun Zwerge* nennen. Davon haben sie jede Menge in ihrer Gilde. Walter Stanford ist tatsächlich ziemlich kühn.«

»Das Tollste habt Ihr noch gar nicht gehört.«

»So redet schon, Sir.«

»Er selbst soll der neunte Riese sein.«

Sir Lucas verschluckte sich an seinem Bissen und mußte schleunigst mit einem kräftigen Zug Rheinwein nachspülen. All sein Haß und seine Eifersucht wallten in ihm hoch, so daß sich seine Augen vergrößerten und sein Gesicht dunkelrot wurde.

»Ich sollte statt dessen Oberbürgermeister bleiben«, grollte er.

»Keine Frage, daß Ihr es bleiben solltet. Doch das Gesetz ist gegen Euch. Es schreibt vor, daß kein abtretender Oberbürgermeister das Amt vor Ablauf einer Frist von sieben Jahren erneut antreten darf.«

»Vielleicht wird dieses Gesetz ja noch zurückgezogen.«

»Von wem?«

»Durch die Gewalt der Umstände.«

»Sprecht offener, Sir Lucas.«

»Dies ist weder der richtige Ort noch der richtige Zeitpunkt«, murmelte Pugsley. »Ich will Euch nur so viel sagen. Wenn Walter Stanford an der allerletzten Hürde ins Straucheln kommt – wenn irgend etwas Ernsthaftes sein Bürgermeisteramt unmöglich macht – werden sich dann Eure Ratsherren-Kollegen nicht an mich wenden, damit ich ihnen in ihrer mißlichen Lage helfe?«

Sir Lucas Pugsley begann zu lachen. Rowland Ashway verstärkte sein Gelächter mit seinem heiseren Gegluckse. Andere ließen sich davon anstecken und begannen ebenfalls zu lachen. Nach kurzer Zeit erzitterte die ganze Tafel unter röhrendem Gelächter, obwohl die meisten überhaupt keine Ahnung hatten, worüber sie eigentlich lachten. So groß war der Einfluß des Oberbürgermeisters von London.

*

Sie bewegten sich mit größter Vorsicht durch die dunklen Straßen von Bankside. Einer von ihnen war groß, kräftig, wohlgepflegt und trug eine schwarze Klappe vor seinem rechten Auge. Der andere war klein und stämmig, ein Stier von einem Mann mit groben Händen und grobem Benehmen. Jeder von ihnen trug ein Bündel Lumpen, die sie zuvor in Öl getränkt hatten, damit sie ihren Zweck erfüllen konnten. Als sie an das richtige Haus kamen, überprüften sie die angrenzenden Straßen, um sicher zu sein, daß sie nicht beobachtet wurden. Eine Gruppe Nachtschwärmer, die aus einer nahegelegenen Kneipe herausströmten und lauthals an ihnen vorbeitaumelten, verzögerte ihre Arbeit. Erst als es wieder totenstill war, machten sich die beiden Gestalten ans Werk.

Die Lumpen wurden fest an der Vorderseite des Hauses angebracht und dann angezündet. Die Übeltäter warteten, bis die Flammen das Holz in Brand gesteckt hatten, dann machten sie sich davon und verschwanden in der Dunkelheit. Hinter ihnen erhob sich knisternd das Unglück.

Anne Hendriks Haus stand in Flammen.

7. Kapitel

Nicholas Bracewell war der erste, der das Feuer bemerkte. Er hatte für alles, was Feuer betraf, einen siebten Sinn entwikkelt, weil es eine permanente Bedrohung seines ganzen Lebens darstellte. Funken von unvorsichtigen Pfeifenrauchern hatten mehr als einmal die Strohdächer des *Queen's Head* und der anderen Aufführungsorte von Westfield's Men in Brand gesteckt, und obwohl die meisten ihrer Aufführungen am Nachmittag stattfanden, zogen sich einige bis zum Einbruch der Dunkelheit hin, und dann mußten Fackeln angezündet werden oder Gefäße mit geteerten Tauenden. Jederzeit mußte mit äußerster Vorsicht vorgegangen werden, und Nicholas war ganz besonders auf der Hut. Selbst im Schlaf waren seine

Nüstern wach, und so war es auch in dieser Nacht. Kaum streifte die erste Andeutung von Rauch seine Nase, war er auf der Stelle wach und sprang nackt aus dem Bett.

Sein Schlafzimmer lag zur Vorderseite des Hauses, durch das Fenster konnte er bereits den Feuerschein sehen. Nachdem er Hans Kippel wachgerüttelt hatte, zog er sich die Hosen an und alarmierte das ganze Haus. Da die Flucht durch die brennende Vordertür nicht möglich war, brachte er Anne Hendrik, die zwei Dienstmädchen und den Jungen rasch in den kleinen Garten auf der Rückseite des Hauses, dann stürzte er ins Haus, um das Feuer zu bekämpfen. Die Vordertür brannte mittlerweile lichterloh, lange Flammen züngelten bereits ins Innere. Beißender Rauch begann sich zu bilden. Das triumphierende Krachen des Feuers wurde lauter.

Nicholas bewegte sich sehr schnell. Nachdem er einmal von einem Feuer im Bug eines Schiffes überrascht worden war, wußte er, daß der Rauch genauso töten konnte wie das Feuer selber. Deshalb tauchte er ein Hemd in einen der mit Wasser gefüllten Ledereimer, die in der Küche standen, und wand es sich um Hals und Gesicht. Mit einem Eimer in jeder Hand lief er ins Wohnzimmer und blickte rasch um sich. An der Wand befand sich einer der von Anne am meisten geliebten Gegenstände. Das war ein wunderschöner Wandteppich, der die Stadt Gent darstellte, und den sie als Hochzeitsgeschenk von Jacob Hendrik bekommen hatte, der ihn eigens für sie in Flandern hatte herstellen lassen. Freiwillig würde sie ihn niemals hergeben, doch Sentimentalität mußte jetzt im Interesse des Überlebens zurückstehen. Nicholas schüttete das Wasser über den Wandteppich und rannte in die Küche zurück, um mehr Wasser zu holen, damit der Teppich völlig durchnäßt werden konnte.

Dann riß er ihn von der Wand, warf ihn zu Boden, um die

glimmenden Fußbodenbretter zu löschen, und attackierte damit die Flammen, die durch die Vordertür drangen. Er erhielt schon bald Unterstützung. Anne Hendrik befahl den Dienstmädchen, auf den zitternden Lehrling aufzupassen, und stürzte ins Haus, um bei den Löscharbeiten zu helfen. Sie tauchte einen Besen in den letzten noch gefüllten Wassereimer und ging damit so rasch sie konnte, auf die Flammen los. Rauch drang ihr in die Lunge und brachte sie zum Husten. Nicholas riß sein durchnäßtes Hemd in zwei Teile und gab ihr eines davon, damit sie sich damit Mund und Nase bedecken konnte. Gemeinsam kämpften beide um die Rettung ihres Eigentums.

Inzwischen hatte der Lärm ohrenbetäubende Ausmaße angenommen. Die ganze Straße, dann die gesamte Nachbarschaft, war auf den Beinen. Panik drohte. Feuer war beinahe so gefürchtet wie die Pest, denn seine Wirkung war ähnlich verheerend. Wie die ganze Stadt, so bestand auch Bankside fast ausschließlich aus strohbedeckten Holzhäusern, die von hölzernen Putzträgern zusammengehalten wurden. Bereits vor mehr als hundert Jahren hatte man versucht, die Leute dazu zu bringen, ihre Dächer mit Dachpfannen zu bedecken anstatt mit Stroh und Reet, doch die Vorschriften hatten fast nichts bewirkt. Die einzige Vorsichtsmaßregel, die die Hausbewohner ergriffen, bestand darin, gefüllte Wassereimer bereitzuhalten, oder in einigen wenigen Fällen Feuerhaken bei der Hand zu halten, mit denen man im Notfall brennendes Stroh oder Holz herunterreißen konnte. Organisierte Feuerbekämpfung war völlig unbekannt, Pumpen waren nicht der Rede wert. Bei jeder Feuersbrunst reagierten die Menschen nur mit Eigennutz und kümmerten sich nur um ihr eigenes Haus. So war es auch diesmal.

Nicholas und Anne bekämpften das Feuer von innen, während sich die schreienden Nachbarn bemühten, ein Übergreifen auf ihr eigenes Haus zu verhindern. Weil die Straße so eng war, befanden sich die gegenüberliegenden Häuser ebenso in Gefahr wie die, die unmittelbar neben dem Brandherd lagen. Ihre Bewohner trugen kräftig zur allgemeinen Hysterie bei. Wasser wurde über Strohdach und Holz geschüttet, um das Feuer einzudämmen. Mit Gegenständen aller Art wurde auf die Flammen eingeschlagen. Während der Feuerschein die Nacht erhellte, erhob sich ein Höllenlärm. Kinder kreischten, Frauen heulten vor Angst, Männer brüllten sich gegenseitig Befehle zu, auf die keiner hörte. Hunde kläfften, Katzen fauchten, und Pferde mit angstvoll aufgerissenen Augen wurden wiehernd aus ihren Stallungen gezerrt, trappelten laut auf den Pflastersteinen und trugen zur allgemeinen Konfusion bei. Jeder tat irgendetwas. Eine alte Frau im Haus gegenüber öffnete sogar ihr Fenster im ersten Stock und goß den Inhalt ihres Nachttopfes über die Flammen.

Die schnelle Reaktion der Menschen führte schließlich zum Sieg über das Feuer. Nachdem sie die größten Flammen im Inneren des Hauses gelöscht hatten, konnte Nicholas die verkohlten Reste der Vordertür nach draußen treten und das Haus verlassen. Bei diesem besseren Überblick über die Gefahr konnte er den mittlerweile dampfenden Wandteppich gegen die Frontseite des Hauses einsetzen. Als ein paar hilfsbereite Nachbarn eimerweise Wasser über das Haus schütteten, war er dankbar für die Dusche, die er abbekam. Das erleichterte es ihm, die enorme Hitze auszuhalten. Der Wandteppich führte schließlich den Sieg über die Flammen herbei. Völlig zerfetzt und vollkommen geschwärzt wurden damit die letzten Flammen ausgeschlagen. Nicholas ließ ihn erschöpft zu Boden fallen und trampelte mit bloßen Füßen darauf herum, um die Glut auszutreten.

Erleichterung über den Erfolg verbreitete sich so rasch wie das Feuer zuvor, ein gewaltiger Schrei erhob sich. Menschen, die in Todesangst aus dem Bett gesprungen waren, sahen Grund zum Feiern. Die verängstigten Nachbarn weiter die Straße herunter, die ihre Häuser vollkommen geräumt hatten, fingen an, ihre Möbel und sonstigen Siebensachen wieder hineinzutragen. Neue Freundschaften entstanden wie zuvor aus dem gemeinsamen Unglück. Ohrenbetäubendes Angstgeschrei wurde durch geselliges Volksgemurmel ersetzt. Langsam zerstreute sich die Menge – bis zum nächsten Unglück.

Anne Hendrik stand keuchend neben ihrem Untermieter. Sie litt unter den Auswirkungen des eingeatmeten Rauches, doch Nicholas befand sich in viel schlechterem Zustand. Seine Hosen waren angesengt, seine Füße verbrannt, seine Brust ein Gewirr schwarzer Striemen. Funken hatten seinen Bart angesengt. Sein dunkelbraunes Gesicht war schweißnaß und von Erschöpfung gezeichnet, doch er fand noch die Kraft, einen Arm um Anne Hendriks Hüfte zu legen. Sie lehnte sich haltsuchend an ihn und betrachtete die verwüstete Vorderseite ihres Hauses.

»Danke!« keuchte sie.

»Ich konnte doch mein gemietetes Zimmer nicht in Flammen aufgehen lassen.«

»Du hast uns das Leben gerettet, Nick.«

»Gott hat uns beigestanden.«

»Wie konnte das Feuer überhaupt ausbrechen?« fragte sie zwischen zwei Hustenanfällen. »Irgendein unvorsichtiger Passant?«

»Das war kein Zufall, Anne. Ich erkenne da eine bestimmte Absicht.«

»Zu welchem Zweck?«

»Irgend jemand hier sollte für immer weiterschlafen.«

Anne erbleichte. »Ein Versuch, uns umzubringen? Warum denn bloß? Wer will uns denn umbringen?«

»Vielleicht waren wir überhaupt nicht das Ziel des Anschlags«, sagte Nicholas nach einigem Nachdenken. »Es ist denkbar, daß das Feuer für jemand anderen gelegt wurde – für Hans Kippel.«

*

Es war die erste Nacht in ihrer Ehe, die Matilda Stanford völlig allein verbrachte. Während ihr Mann nach Windsor unterwegs war, hatte sie das Bett und das Schlafzimmer ganz für sich. Sie genoß diese Freiheit. Doch gleichzeitig spürte sie deutlich, wie einsam sie war. Die Nachrichten über Michael Delahaye waren schrecklich gewesen, und sie war aufrichtig betroffen, doch dies alles berührte ihr Herz nicht wirklich. Sie hatte den flotten jungen Soldaten niemals kennengelernt und verspürte nicht den verzweifelten Verlust der anderen. Obwohl von echtem Mitgefühl durchdrungen, war sie ihrem Mann und ihrem Stiefsohn doch irgendwie fremd, als diese den Tod eines geliebten Menschen beklagten und sich ihren traurigen Pflichten widmeten.

Was sie wachhielt, waren nicht die Gedanken an eine Leiche, die man aus den Fluten der Themse gezogen hatte. Ihre Gedanken waren davon weit entfernt, was ihr einige Schuldgefühle und Gewissensbisse bescherte. Sie fühlte sich tatsächlich so bedrückt, daß sie mitten in der Nacht aufstand, in die kleine Hauskapelle wanderte und dort um göttlichen Beistand betete und hoffte, daß der göttliche Einfluß ihre Gedanken auf schicklichere Dinge lenken würde. Doch selbst während sie auf den Knien lag, war es ihr unmöglich, mehr als ein paar flüchtige Gedanken und Seufzer über das Schicksal von Michael Delahaye aufzubringen. Es war ein anderer Mann, der ihre Gedanken gefangenhielt, kein verrotteter Kadaver in einer Leichenhalle, sondern eine Person von fast übermenschlicher Vitalität, ein Meister seiner Kunst, eine romantische Gestalt, ein magischer Teufel, ein Symbol der Hoffnung.

Lawrence Firethorn beherrschte sogar ihre Gebete. Anstatt um Gnade für eine dahingeschiedene Person zu beten, bat sie um eine Gelegenheit, ihren selbsternannten Liebhaber zu treffen. Ihr Glück lag nun nicht mehr neben einem pfeifend atmenden Tuchhändler in einem Himmelbett. Die wahre Liebe residierte im *Queen's Head* in Gestalt eines bewunderten Schauspielers und Theaterleiters. Schon durch die Gedanken an ihn widerrief sie die Schwüre, die sie während ihrer Trauung ausgesprochen hatte. Daß sie diese Gedanken hegte, während sie vor ihrem Schöpfer auf den Knien lag, war die reinste Blasphemie, doch es hatte nur ein leichtes Erröten ihrer Wangen zur Folge. Matilda Stanford traf eine Entscheidung, die zu den schlimmsten Konsequenzen für sie und ihre ganze Ehe führen konnte.

Sie würde die Einladung ins Theater akzeptieren.

*

Der erste Lichtstrahl des nächsten Morgens fand Nicholas Bracewell auf der Straße vor dem Haus, wo er das Ausmaß des Schadens begutachtete und die ersten Reparaturen in Auftrag gab. Eine Nachricht ging ab an Nathan Curtis, den Meisterschreiner, der für Westfield's Men arbeitete und ganz in der Nähe in der St. Olave Street wohnte. Er machte sich sofort mit Material und Werkzeug auf den Weg. Die Vorderfront des Hauses mußte teilweise neu gebaut werden, komplett neu verputzt werden, doch die Männer teilten sich die Arbeit und gaben den Hausbewohnern ein dringend benötigtes Gefühl der Sicherheit und Ordnung. Curtis erhielt ein kräftiges Frühstück und dankbare Worte, doch er verweigerte standhaft das Geld, das Anne Hendrik ihm anbot. Als Freund und Kollege des Regisseurs sei er nur zu gerne bereit, etwas von der Freundlichkeit und Rücksicht zurückzuzahlen, mit der Nicholas Bracewell ihn immer behandelt hätte. Er schlurfte mit dem schönen Gefühl nach Hause, seine gute Tat getan zu haben.

Hans Kippel hatte man über seine Rolle als Zielperson des Feueranschlages im unklaren gelassen. Nach dem Schock über seine schlimme Erfahrung auf der Brücke hatte er sich wieder in sein Innerstes zurückgezogen und konnte sich die Unbesonnenheit seines Verhaltens nicht erklären. Der Brandanschlag hatte ihn zusätzlich aufgeregt, und sie wollten seine Schwierigkeiten nicht noch steigern, indem sie ihn einem Verhör unterzogen. Statt dessen machte Nicholas Bracewell sich auf den Weg zur Brücke und ging zu dem kleinen Haus, das den Jungen zu solch einer merkwürdigen Reaktion getrieben hatte.

Es gab keine Antwort, als er an die Tür klopfte, doch er hatte das Gefühl, daß jemand im Haus war, und klopfte weiter. Im Laden nebenan ließ ein Lehrling gerade die Theke herunter und breitete ein Angebot von Kurzwaren darauf aus, um die ersten Kunden anzulocken. Nicholas wandte sich an den Jungen, um eine Auskunft zu bekommen.

»Wer lebt in diesem Haus?«

»Das weiß ich nicht, Sir.«

»Aber das ist doch dein direkter Nachbar.«

»Sie sind erst vor kurzem hier eingezogen.«

»Also Mieter? Eine Familie?«

»Zwei Männer sind die einzigen, die ich gesehen habe.«

»Kannst du sie mir beschreiben, Junge?«

»Oh, Sir«, sagte der Junge. »Ich habe keine Zeit, um mich groß umzusehen. Mein Lehrherr würde mich verprügeln, wenn ich mich nicht um den Laden hier kümmerte. Es ist so lebhaft hier auf der Brücke, daß ich Hunderte von Gesichtern in jeder Stunde sehe. Ich kann keine zwei herauspicken, nur, um einem Fremden einen Gefallen zu tun.«

»Gibt es nichts, was du mir sagen könntest?« fragte Nicholas.

Der Junge bediente seinen ersten Kunden des Tages und erklärte diesem, daß er noch weit mehr Waren im Inneren des Ladens vorrätig habe. Als die Frau ihren Einkauf gemacht hatte und mit ihrem Mann weitergegangen war, wandte der Lehrling sich wieder zu Nicholas um und machte eine Geste der Hilflosigkeit.

»Ich kann Euch nur das eine bieten, Sir.«

»Ja, und?«

»Einer von ihnen trägt eine Augenklappe.«

»Das ist eine kleine, aber wertvolle Information.«

»Das ist auch alles, was ich liefern kann.«

»Noch etwas«, meinte Nicholas. »Wem gehört dieses Haus?«

»Das weiß ich, Sir.«

»Wie lautet sein Name?«

»Sir Lucas Pugsley.«

*

Für den Oberbürgermeister von London brach ein neuer Tag der Selbstbeweihräucherung an. Nach dem Frühstück mit seiner Familie verbrachte er einige Zeit mit dem Stadtsekretär, der alle Büroangelegenheiten für ihn erledigte, dann folgte eine Stunde mit dem Archivar. Der Polizeipräsident kam als nächster an die Reihe, ein würdevoller Mann von militärischer Statur, der seine Fähigkeiten als Reiter – sehr wichtig für jemand, zu dessen Aufgaben es gehörte, bei jedem Umzug vor dem Oberbürgermeister einherzureiten, um ihm den Weg freizumachen – in einem Dutzend im Ausland durchgeführter Militäraktionen erworben hatte. Unter anderem leitete dieser Mann die Wach- und Schutztruppe der Stadt, ließ Randalierer und Übeltäter zusammentreiben und dafür sorgen, daß Aussätzige nicht in die Stadt hineingelassen wurden. Sir Lucas Pugsley genoß es, von einem Mann mit einer solchen Uniform respektiert und geachtet zu werden. Das steigerte bei dem Fischhändler das Gefühl echter Macht.

Aubrey Kenyon war sein nächster Besucher und bahnte mit seiner gewohnten Effektivität eine breite Gasse durch den Dschungel dieses Arbeitstages. Nachdem sie ausführlich über finanzielle Angelegenheiten gesprochen hatten, wandte sich der Kämmerer einem Thema zu, das normalerweise außerhalb seines Aufgabenbereiches lag, doch der Oberbürgermeister hatte ihn ermutigt, seine Meinung zu fast jedem Thema zu äußern, das auf den Tisch kam. Kenyons kluge Ratschläge waren seine beste Empfehlung.

»Habt Ihr Euch die nächste Woche angeschaut, Lord Mayor?«

»In der Tat, Sir«, sagte der andere großspurig. »Ich habe wieder einmal eine Audienz bei Ihrer Majestät im königlichen Palast. Wieder einmal sucht die Königin meinen Rat.«

»Ich sprach von einer anderen Angelegenheit.«

»Nächste Woche?«

»Am Donnerstag. Das ist ein öffentlicher Feiertag.«

»Ah.«

»Ihr solltet vorbereitet sein, Lord Mayor.«

Pugsley nickte bedeutend. Es war seine Pflicht, für Frieden in der Stadt zu sorgen und Ruhe und Ordnung durchzusetzen, und das war eine schwierige Aufgabe in London, wo Verbrechen und Vergehen an der Tagesordnung waren und wo es Bezirke gab, die von der Verwaltung gefürchtet wurden, weil sie von Dieben, Huren, Trickbetrügern, Bettlern und Tagedieben nur so wimmelten. Krüppel, Landstreicher und entlassene Soldaten füllten die Reihe derer auf, die ihren Lebensunterhalt auf kriminelle Weise verdienten. Diese Mitglieder einer wuchernden Unterwelt waren ein Problem, doch gesetzestreue Bürger konnten ebenfalls schwierig werden. Öffentliche Feiertage waren für viele eine willkommene Gelegenheit, sich auszutoben, wenn die Anonymität der Masse die Unruhestifter vor Strafe bewahrte, sie aber gleichzeitig zu einem noch schlimmeren Betragen animierte. Seit Hunderten von Jahren hatte die Stadtverwaltung allen Grund, öffentliche Feiertage in der Stadt zu fürchten.

Aubrey Kenyon hatte feste Ansichten zu diesem Thema. »Wüstes und ungebührliches Benehmen muß unterbunden werden.«

»Dafür werde ich sorgen, Sir.«

»Lehrlinge geraten zu rasch außer Rand und Band.«

»Das weiß ich wirklich«, sagte Pugsley mit nostalgischem Grinsen. »Ich war selber mal einer, Aubrey, und verspürte an jedem Feiertag diese Unruhe im Blut. Was wir Burschen uns geleistet haben!« Er korrigierte sich sofort. »Doch diese Tradition ist in der letzten Zeit stark mißbraucht worden. Harmlose Vergnügen können so rasch zu Raufereien ausarten – und das werde ich in meiner Stadt nicht zulassen.«

»Dann unternehmt Schritte, um dergleichen zu unterbinden.«

»Ihr habt mein Wort, daß das veranlaßt wird.« Seine kleinen Augen leuchteten auf. »Ich nehme mir ein Vorbild an Geoffrey Boleyn.«

»Das war wirklich ein tapferer Bürgermeister, Sir.«

»Im Jahr 1485 veranstaltete der König in seiner Weisheit ein Versöhnungstreffen für den Adel in St. Paul's Cathedral. Während der Zeit der Vorbereitung und des Eintreffens der miteinander rivalisierenden Adelsmitglieder patrouillierte Boleyn während des Tages die Straßen der Stadt in voller Rüstung, bei Nacht hatte er dreitausend Bewaffnete im Einsatz.« Pugsley warf sich in die Brust. »Auch ich würde an der Spitze meiner Konstabler reiten, wenn Ihr das für erforderlich haltet.«

»Da gibt es andere Vorsichtsmaßnahmen, die wir ergreifen können«, meinte Kenyon taktvoll. »Euer Mut ehrt Euch, aber es ist nicht erforderlich, daß Ihr Euch der Gefahr aussetzt.«

»Was sind das für Vorsichtsmaßnahmen, Aubrey?«

»Stellt eine ausreichend große Zahl von Männern zur Verfügung, die die Stadt bewachen.«

»Das wird gemacht.«

»Seht zu, daß die Abgabe von Bier an diejenigen, die es noch nicht wie ein Mann verkraften können, untersagt wird. Haltet die Massen von Zusammenrottungen ab. Nehmt bekannte Unruhestifter früh am Tag fest, damit sie die Lehrlinge erst gar nicht aufpeitschen können.« Seine größte Verachtung reservierte Aubrey Kenyon für einen weiteren Aspekt des gesellschaftlichen Lebens. »Unterbindet soviel Vergnügungsveranstaltungen wie möglich, vor allem die Theater.«

»Die Theater?«

»Die sind eine Brutstätte des Lasters«, sagte der Kämmerer. »Wenn es nach mir ginge, würde ich jedes einzelne Theater in ganz London schließen.«

*

Abel Strudwick arbeitete rastlos an der Vorbereitung seiner Karriere, die ihm, wie er glaubte, jetzt bevorstand. Er ruderte gerade mit zwei Passagieren von Bankside aus über den Fluß, als er am Ufer Nicholas Bracewell und Hans Kippel entdeckte, die eine Überfahrt suchten. Der Flußschiffer verlor sofort jegliches Interesse an seinen derzeitigen Passagieren, wendete den Bug seines Kahns und ruderte zum Ufer zurück. Seine Passagiere beklagten sich böse, doch gegen Strudwick hatten sie keine Chance. Seine Kombination aus Gebrüll und Kampfeslust ließ sie aus dem Kahn stolpern und verschwinden, und an ihrer Stelle begrüßte er Nicholas und den Jungen. Schon bald suchten die drei ihren Weg durch das Gewimmel von Booten, die auf dem Wasser waren. Der Fährmann war ungeduldig.

»Habt Ihr Master Firethorn mit meinen Absichten bekanntgemacht?« fragte er voller Eifer.

»Ich werde noch heute mit ihm darüber sprechen«, sagte Nicholas.

»Berichtet ihm von meinen Fähigkeiten.«

»Die werden nicht unbemerkt bleiben, Abel.«

»Ich möchte mit ihm auf den Brettern der Bühne stehen.«

»Der Wunsch wird nicht so leicht zu erfüllen sein.«

»Aber ich möchte das gerne«, sagte der andere. »Laßt mich auf die Bühne, bevor die Aufführung beginnt, damit ich das Publikum mit meiner süßen Musik umschmeicheln kann.«

Nicholas nickte unverbindlich. Hans Kippel, der zunächst von Strudwicks grinsender Häßlichkeit erschreckt war, fand ihn auf einmal interessant.

»Seid Ihr Musiker, Sir?« fragte er.

»Ja, mein Junge. Möchtest du mich spielen hören?«

»Welches Instrument spielt Ihr denn?«

»Lehn dich im Boot zurück, dann wirst du es hören.«

Bevor Nicholas ihn davon abhalten konnte, rezitierte der

Flußschiffer ein langes Gedicht über seinen Besuch im *Queen's Head* und dessen Auswirkungen auf sein Leben. Die Verse hatten den gleichen trampeligen Rhythmus wie üblich und klangen von vorne bis hinten hölzern. Der Schluß war ganz besonders schlimm.

Auf der Straße sah Saul sein neues Licht.
Mein Damascus war ein Theaterlicht.
Als Dichter des Wassers bin ich der Stoff aus dem Märchen,
Laßt Strudwick euch zeigen, was er vermag.

Nicholas gelang ein zustimmendes Nicken, doch Hans Kippel war richtig beeindruckt. Der Junge war überrascht, so schöne Worte aus einem so schrecklichen Maul zu hören und klatschte applaudierend in die Hände. Strudwick verbeugte sich, als jubele ihm ein gewaltiges Publikum zu, und wurde auf der Stelle der Freund dieses holländischen Lehrlings. Nicholas blieb das nicht verborgen, und er erkannte auch sofort das Gute daran. Er hatte den Jungen nur zu dessen Sicherheit mitgenommen. Wenn Hans Kippel in der Gefahr eines Überfalls lebte, mußte er jederzeit unter Beobachtung sein. Ihn von Southwark fortzubringen, hatte den zusätzlichen Vorteil, daß die Gefahr gleichzeitig von Anne Hendrik abgezogen wurde. Wie die Dinge lagen, hatte Nicholas Preben van Loew und den anderen Angestellten strenge Anweisung gegeben, scharf auf sie aufzupassen, und er glaubte nicht, daß sie sich im Moment in Gefahr befand. Ohne selbst davon zu wissen, war der Junge das Ziel der Überfälle. Diese Freundschaft mit Abel Strudwick bedeutete, daß es im Notfall noch einen weiteren, sicheren Zufluchtsort gab.

Am anderen Ufer bezahlten sie den Fährmann und verabschiedeten sich. Die mißtönende Musik des Flußschiffers hatte noch einen weiteren positiven Aspekt. Hans Kippel war so begeistert, daß er keinen einzigen Blick auf die Brücke warf, die ihn so erschreckt hatte. Jetzt war er neugierig geworden.

»Wie heißt das Stück, Master Bracewell?« fragte er, während sie sich durch die lebhafte Gracechurch Street bewegten.

»Liebe und Glück.«

»Und ich kann es anschauen?«

»Nur während der Probe, Hans.«

»Ich bin noch nie im Theater gewesen«, sagte der Junge. »Preben van Loew war nicht davon begeistert, daß ich jetzt mitkommen sollte. Ich bin in Amsterdam sehr streng erzogen worden, solche Dinge wurden nicht gerne gesehen. Wird es mir denn schaden?«

»Das glaube ich nicht.«

»Der alte Preben glaubt das aber.«

»Hör nicht allzusehr auf ihn.«

Nicholas lächelte still vor sich hin, während er sich an eine Gelegenheit erinnerte, bei der die protestantische Rechtschaffenheit des holländischen Hutmachers auf die Probe gestellt worden war. Preben van Loew war gebeten worden, Anne Hendrik zu der umstrittenen Aufführung *Die lustigen Teufel* von Westfield's Men zu begleiten, und es war ihm peinlich gewesen, daß es ihm soviel Spaß gemacht hatte. Der Regisseur war zuversichtlich, daß auch Hans Kippel an der heutigen Aufführung viel Freude haben würde. Den Arm in einer väterlichen Geste auf die Schultern den Jungen gelegt, führte Nicholas ihn durch das Tor in den Innenhof des *Queen's Head*.

Der Lehrling war eine unauffällige Gestalt unter der Farbenpracht der Schauspieler und mußte sich allerhand gutmütige Scherze gefallen lassen. George Dart mocht ihn sofort, weil er in dem verloren wirkenden Jungen mit dem bleichen Gesicht und den staunend aufgerissenen Augen einen Wesensverwandten zu erkennen glaubte. Nicholas stellte seinen Begleiter allen vor und ließ ihn dann bei Richard Honeydew zurück, dem jüngsten und talentiertesten der vier Schauspielschüler, einem aufgeweckten Jungen mit gepflegter Haut, einem Büschel heller Haare und freundlichem Grinsen. Als der Regisseur sich um die Generalprobe kümmerte, nahm der junge Schauspieler den Lehrling unter seine Fittiche. Wie nicht anders zu erwarten, zeigte sich von einer bestimmten Seite ein ganz besonderes Interesse.

»Willkommen zu unserer bescheidenen Aufführung, Master Kippel.«

»Danke, Sir.«

»Barnaby Gill, zu Euren Diensten.« Er machte eine übertriebene Verbeugung und betrachtete den Besucher. »Ist Euer Wams Euch nicht ein wenig zu warm in diesem Wetter?«

»Es weht ein kühler Wind, Sir.«

»Der kann Euch nichts anhaben. Kommt, laß mich Euch raushelfen. Ich weiß, Ihr werdet Euch sofort viel besser fühlen.«

Hans Kippel hatte keine Chance, das herauszufinden. Bevor der Schauspieler den Jungen auch nur berühren konnte, kam Nicholas heran und stellte sich zwischen die beiden. Nachdem er den Jungen schon vor einem Anschlag auf sein Leben gerettet hatte, war er nicht willens, ihn in die zweifelhaften Klauen eines Barnaby Gill fallen zu lassen. Ein einziger Blick des Regisseurs ließ den Schauspieler sofort zurückweichen. Weder Hans Kippel noch Richard Honeydew verstanden, was sich in diesem Moment zugetragen hatte.

Die Stimmen der Autorität hallten über den Hof.

»Meine Herren, wir warten!« schrie Firethorn.

»Alles ist bereit, Sir«, antwortete Nicholas.

»Dann wollen wir unseren Eifer beweisen.«

Und damit begann die Probe. *Liebe und Glück* war eine romantische Kömödie über die Gefahren, sein Herz zu rasch und zu oft zu verlieren. Drei verschiedene Liebhaber traten auf, und der Trick mit der Verwechslung von Personen war geschickt und wirksam eingeplant. Westfield's Men waren mit Leib und Seele bei der Sache, das Stück hatte eine flotte Gangart. Lawrence Firethorn brillierte in der wichtigsten Rolle des ganzen Stückes, bestens unterstützt von Edmund Hoode als liebesnärrischem Galan und von Barnaby Gill als alterndem Hahnrei. Die kleine, aber anspruchsvolle Rolle des Lorenzo wurde mit Intensität von Owen Elias dargestellt, der seine Texte vortrug, als spreche er für größere Theaterehren vor. Nach ihrer kürzlichen Pleite mit *Der schwarze Antonio* war die Gruppe entschlossen, ihren guten Ruf auf die beste Art und Weise wieder herzustellen. Die Probe war perfekt.

Hans Kippel genoß jede einzelne Sekunde. Mitten im Innenhof saß er auf einem leeren Butterfaß, der einzige Zuschauer bei einer Komödie, die ihn zwei Stunden lang immer wieder zum Lachen brachte. Das Tempo der Handlung verwirrte ihn, doch schmälerte das seine Bewunderung für das Stück oder die hervorragenden Einzeldarstellungen in keiner Weise. Ohne es zu wissen, war er zum erstenmal seit einer Woche richtig glücklich. Das einzige, was ihm komisch vorkam, war die Abwesenheit von Richard Honeydew und den anderen Lehrlingen, und dann noch das plötzliche Auftreten von vier schönen jungen Frauen auf der Bühne. Als das reizendste dieser Wesen – ein schüchternes Mädchen in einem hochgeschnürten Kleid aus rosa Taft – ihn ansprach, spürte er, daß seine Wangen vor lauter Verlegenheit glühten.

»Hat dir die Aufführung gefallen?« fragte sie.

»Aber ja, ja.«

»Sei ehrlich, Hans.«

»Es gefiel mir außerordentlich, gutes Fräulein.«

»Und hast du uns alle wiedererkannt?«

»Nun...«

Die Verwirrung des jungen Besuchers war vollkommen. Richard Honeydew rettete ihn, indem er seine rote Perücke abnahm und seinen verräterischen Blondschopf enthüllte. Hans Kippel sprang vor Überraschung hoch, doch der Schreck verwandelte sich rasch in Vergnügen, als er merkte, wie perfekt er durch die Qualität der Darstellung getäuscht worden war. Die vier Schauspielschüler hatten ihre weiblichen Rollen so überzeugend gespielt, daß er keinen Moment auf den Gedanken kam, sie könnten jemand anderes sein als wirkliche junge Damen. Als er nun seinen neuen Freund betrachtete und sah, wie der hohlwangige John Tallis sich aus seinem Kleid schälte und einen ausgestopften Busen enthüllte, da trommelte er aus lauter Spaß einen wilden Trommelwirbel auf sein Butterfaß. Das war das allerlustigste von allem und gab dem holländischen Jungen ein wenig von seiner alten Lebhaftigkeit zurück.

Nicholas Bracewell beobachtete das von der Bühnenrückseite mit großem Vergnügen. Es war eine gute Entscheidung gewesen, Hans Kippel zum *Queen's Head* mitzubringen. Nicht nur zu seiner Sicherheit, sondern auch, weil seine Lebensgeister so angeregt wurden wie selten zuvor. Die Possen in *Liebe und Glück* waren vielleicht in der Lage, die bösen Geister zu vertreiben, die sein Gemüt gefangenhielten.

Böse Geister einer anderen Art trieben Lawrence Firethorn an.

»Nick, mein Lieber!« seufzte er.

»Ich bin hier, Sir.«

»Habt Ihr schon mit diesem widerlichen Insekt geredet?«

»Master Marwood läßt sich nicht erweichen.«

»Dann wird er die Spitze meines Schwertes in seinem mißgünstigen Hintern verspüren. Das wird ihn umstimmen, das schwöre ich!«

»Wir dürfen nichts Unüberlegtes tun«, sagte Nicholas.

»Er wird uns nicht kampflos vor die Tür setzen.«

»Laßt mich sanftere Waffen einsetzen.«

»Die keine Kraft haben, ihn umzubringen.«

»Die uns aber vielleicht helfen, unseren Platz hier zu behalten.«

»Könnt Ihr dessen sicher sein, Nick?«

Der Regisseur schüttelte den Kopf und gab eine ehrliche Antwort.

»Nein, Sir. Die Chancen stehen schlecht.«

*

Ratsherr Rowland Ashway betrachtete den Innenhof des Gasthauses von einem Fenster im ersten Stock. Mit dem zappeligen Hausbesitzer neben sich, verkündete er das Todesurteil.

»Ich will, daß sie sofort hier verschwinden«, sagte er.

»Aber ihr Vertrag läuft noch über mehrere Wochen, Sir.«

Der Ratsherr war entschlossen. »Meine Rechtsanwälte werden schon einen Ausweg finden. Gute Juristen können in jedem Vertrag ein Schlupfloch finden. Sobald Ihr den Kaufvertrag für das *Queen's Head* unterschrieben habt, werden wir Westfield's Men so schnell auf die Straße werfen, daß sie nicht mal Zeit haben, Luft zu holen.«

»Moment mal«, sagte Alexander Marwood. »Sollten sie nicht frühzeitig gewarnt werden?«

»Die Räumungsorder ist das einzige, was sie bekommen.«

»Da habe ich aber Skrupel.«

»So was gibt es im Geschäftsleben nicht.«

Ashways leichtfertige Brutalität veranlaßte den Hausbesitzer, einmal über seine eigene Situation nachzudenken. Wenn der Ratsherr mit seinen Gegnern so umsprang, wie würde er dann Marwood behandeln, wenn sie beide einmal in Streit gerieten? Raffinierte Juristen, die einen legalen Vertrag mit Westfield's Men widerrufen konnten, konnten das mit Sicherheit auch bei einem Kaufvertrag. Es konnte sich durchaus herausstellen, daß die Sicherheit auf Lebenszeit von den Launen des Rowland Ashway abhing.

»Ich brauche noch etwas Zeit«, sagte Marwood.

»Ihr habt bereits seit Wochen Zeit dafür, Sir.«

»Mir sind neue Zweifel gekommen.«

»Werft die von der ersten Sekunde an über Bord.«

»Ich muß unsere Zukunft sichern.«

»Das ist hier meine größte Sorge«, sagte der andere mit fetter Leutseligkeit. »Das *Queen's Head* ist nichts ohne den Namen Marwood, und ich würde nicht im Traum daran denken, den einen ohne den anderen zu kaufen. Eure Familie hat eine stolze Geschichte, Sir. Es ist mein ernsthafter Wunsch, dieses Erbe zu bewahren und zu ehren.«

»Ich muß den Vertrag mit meinem eigenen Rechtsanwalt besprechen.«

»Das sollt Ihr, Master Marwood.«

»Und meine Frau hat immer noch ihre Bedenken.«

»Ich dachte, meine zweihundert Pfund hätten das Problem gelöst.«

»Sie haben geholfen«, sagte der Hausbesitzer mit einem Lachen, das wie eine tote Klapperschlange klang. »Sie haben geholfen, ihre Neigung zum Verkauf zu verbessern.«

»Redet ernsthaft mit ihr.«

»Darum habe ich mich mein ganzes Leben lang bemüht.«

Ashway trat vom Fenster zurück und ging ins Zimmer. Sein Zuschauen beim Ende der Generalprobe hatte seinen Haß auf Westfield's Men nur noch gesteigert. Ihre sichere Existenz war eine Erinnerung an die Privilegien und den Titel, der ihm von Geburt aus verweigert war. Sie rauszuwerfen würde bedeuten, Werte an die Stelle von Müßiggang zu setzen. Theater waren nichts anderes als eine einzige Ablenkung für die arbeitende Bevölkerung der Stadt.

Er blickte den nervösen Wirt an.

»Ihr habt mir Euer Wort gegeben, Master Marwood.«

»Daran halte ich mich auch, Sir.«

»Ich habe nichts anderes erwartet.«

»Wir haben immer ehrlich miteinander verhandelt.«

»Und beide haben wir daran verdient«, bemerkte Ashway. »Behaltet das im Gedächtnis, wenn Ihr mit Eurer Frau redet. Ich lasse den Vertrag per Boten zustellen.«

»Gebt mir genügend Zeit, ihn in Ruhe zu prüfen.«

»Wenn Ihr mich lange warten laßt, sinkt mein Interesse.«

»Alles wird in Ordnung kommen, da bin ich ganz sicher.«

»Gut«, sagte der Ratsherr und ging zum Fenster zurück, um in den Hof zu schauen. »Ich werde das *Queen's Head* übernehmen und Westfield's Men in die Gosse jagen, in die sie gehören, dieses widerliche Pack! Soll ihr hochwohlgeborener Chef ihnen allen eine Bettlerschale in die Hand drükken!« Auf dem Hof erregte etwas sein Interesse. »Kommt mal her zu mir.«

»Was gibt es, Sir?«

»Der Mann da unten.«

»Welcher?«

»Der stämmige Bursche mit dem Jungen?«

»Ich sehe ihn.«

»Wer ist das?«

Alexander Marwood beobachtete die große, kräftige Gestalt, die mit dem mageren jungen Begleiter über den Hof ging und ihn mit einer leicht wirkenden Bewegung seiner starken Arme hochhob. Der Wirt kannte ihn als das einzige Mitglied der Truppe, dem er vertrauen und das er respektieren konnte.

»Nun, Sir«, sagte Ashway. »Wer ist das?«

»Der Regisseur.«

»Wie heißt er?«

»Nicholas Bracewell.«

*

Ihre Erwartungen hatten ihre Wangen gerötet und ein Glitzern in ihre Augen gebracht. Der Tag schien einiges zu versprechen, und sie zeigte es in ihrem Gesicht, in ihrer Stimme und in ihren Bewegungen, obwohl es ihr einige mißbilligende Blicke des Hausverwalters eintrug. Matilda Stanford war vom Geist echter Liebe berührt und ließ sich von nichts niederdrücken. Der gesetzte Simon Pendleton mochte wohl erwarten, daß sie den Schmerz der Familie über die Ermordung des Michael Delahaye teilte, doch sie war nicht bereit, ihm zuliebe eine falsche Trauermiene aufzusetzen. All ihre Gedanken konzentrierten sich auf den Nachmittag, der vor ihr lag. *Liebe und Glück* war mehr als nur ein weiteres Theaterstück, das Westfield's Men aufführten. Wenn sie den Mut hatte, auf die Botschaft in dem Gedicht zu reagieren, dann bedeutete das ein Rendezvous mit dem, den sie liebte.

»Werden wir auch sicher sein, Mistreß?«

»Halte dich nur dicht in meiner Nähe, Prudence.«

»Ich weiß nicht, ob ich aufgeregt oder ängstlich sein soll.«

»Ich gestehe, ich bin ein bißchen von beidem.«

»Hätten wir doch nur einen Herrn zu unserem Schutz bei uns.«

»Werden wir. Hab Geduld.«

Prudence Ling war weit mehr als nur ein Zimmermädchen. Klein, dunkel und lebhaft, eine attraktive junge Frau mit anregendem Wesen und lebenslustigem Verhalten. Vor allem aber war sie absolut vertrauenswürdig. Prudence war mittlerweile seit mehreren Jahren in Matildas Diensten, ihre Freundschaft hatte inzwischen ein Ausmaß erreicht, daß sie sich auch Herzensangelegenheiten anvertrauten. Das Mädchen ,hatte keine Zeit für moralische Abwägungen. Wenn ihre Herrin beabsichtigte, ihren Gatten während dessen Abwesenheit zu betrügen, dann war Prudence bereit, ihr nach bestem Können dabei zu helfen. Sie war es gewesen, die die Kapuzenmäntel beschafft hatte, die beide jetzt trugen, und sie war es gewesen, die den Weg durch die Gartenpforte gewählt hatte, damit der Hausmeister von Stanford Place sie nicht bemerkte. Sie versteckten ihre Gesichter hinter Masken und mischten sich unter die Menge, die dem *Queen's Head* zuströmte.

»Ich habe nur eine einzige Angst, Mistreß.«

»Sei ruhig, Kind.«

»Was ist, wenn man uns für leichte Mädchen hält?«

»Denk an was Gutes und ignoriere sie.«

Die beiden Frauen bezahlten ihre Eintrittskarten und betraten die mittlere Galerie, um ihre Sitze in der vordersten Reihe einzunehmen. Sie saßen zwischen zwei lüstern blickenden Galanen, doch ihre Masken verhüllten sie, und die Nekkerei hörte schon bald auf. Andere Damen mit zugänglicheren Reizen nahmen ihre Plätze in der Nähe ein, um das Stück zu sehen und gleichzeitig ihre Geschäfte zu machen. Prudence beobachtete sie aus den Augenwinkeln und kicherte amüsiert.

Der Wind hatte aufgefrischt, der Himmel war bedeckt. Ein großes, mürrisches Publikum verlangte jetzt nach einer lebhaften Komödie, um in Stimmung zu kommen, und genau das bekam es jetzt geboten. Beflügelt durch die Rede, die Lawrence Firethorn kurz vor Beginn der Aufführung gehalten hatte, lieferten Westfield's Men eine Aufführung, von *Liebe und Glück* mit dem Engagement und der Begeisterung, die ihrer kürzlichen Darstellung gefehlt hatten. An die Stelle einer langweiligen Tragödie war eine lustige Komödie mit allerhand romantischen Mißverständnissen getreten. Schallendes Gelächter füllte schon bald den Innenhof, Freuden und Leiden des Stückes gingen den Zuschauern angenehm zu Herzen.

Matilda Stanford war verzaubert, sobald Lawrence Firethorn bekleidet mit einem großartigen Kostüm aus rotem und goldenem Samt die Bühne betrat und den Prolog mit hallender, ernster Stimme vortrug. Die Maske fiel ihr aus der Hand und zeigte sie in ihrer wahren Schönheit, der Schauspieler erkannte sie sofort. Obwohl jeder im Theater seine Worte hören konnte, waren sie eindeutig nur an sie gerichtet; die Sprache wahrer Liebe umschmeichelte sie. Firethorn fuhr fort, sie zu umwerben, so daß sie die Anwesenheit der anderen Zuschauer im Theater vergaß und das Gefühl hatte, sie sei die einzige Zeugin einer bestellten Privataufführung. *Liebe und Glück* platzte vor lauter Spaß und Narretei aus allen Nähten, aber sie hatte nur Augen für Lawrence Firethorn. Sie bemerkte nicht den liebeskranken Verehrer in seiner glattrasierten Naivität, der seine Darstellung ebenfalls an sie richtete. Und sie dachte auch keine Sekunde daran, daß er es war, der den neuen Prolog geschrieben hatte, und auch die zusätzlichen Zeilen, die ihr direkt gewidmet waren.

Plötzlich war alles vorüber. Matilda wurde von donnerndem Applaus überrascht, der mehrere Minuten lang anhielt, während Firethorn seine Truppe auf die Bühne führte. Seine Augen sandten ihr weitere Liebesbotschaften, doch sie konnte ihre Bedeutung nicht entziffern. Als das Ensemble hinter dem Vorhang verschwand und die Zuschauer begannen, das Theater zu verlassen, stürzte sie in tiefe Verzweiflung. Während der Aufführung war Lawrence Firethorn ihr in ihren Gedanken so nahe gewesen, daß sie glaubte, die Hand ausstrecken und ihn berühren zu können, doch jetzt war er meilenweit von ihr entfernt. Hatte sie all diese Risiken auf sich genommen, um nur so wenig zu erreichen? War dies bereits der Höhepunkt ihrer aufblühenden Romanze? War das schon alles?

»Auf ein Wort, Mistreß!«

»Verschwindet, Sir!« sagte Matilda.

»Aber ich bringe Euch einen Brief.«

»Belästigt mich nicht länger.«

»Er kommt von Master Firethorn.«

Atemlos hatte sich George Dart durch die Menge gezwängt, um ihr die Botschaft zu überbringen. Sie riß sie ihm aus der Hand und gab ihm eine Münze, die sein zwergenhaftes Elend in strahlende Freude verwandelte. Matilda öffnete den Brief und las ihn mit zunehmender Begeisterung. Es war eine Einladung, Lawrence Firethorn in den Privaträumen aufzusuchen und ein Glas Wein mit ihm zu trinken. Impulsiv akzeptierte sie diese Einladung und winkte George Dart, vorauszugehen, damit sie und ihr Mädchen ihm folgen konnten. Während sie noch die Galerie entlanggingen, zeigte sie Prudence den Brief. Das Mädchen war sofort besorgt.

»Ist das auch klug, Mistreß?«

»Es gibt nur einen Weg, das rauszufinden, Prudence.«

»Was ist mit der Gefahr?«

»Die akzeptiere ich gerne.«

»Er ist zweifellos der hübscheste von allen Männern.«

»Master Firethorn ist ein Gott, dem ich zu Füßen liege.«

Ihr Begleiter führte sie durch ein Labyrinth von Fluren, bis er schließlich vor einer massiven Eichentür haltmachte. Er blieb stehen und klopfte zögernd an. Von innen klang die Stimme seines Herrn lautstark nach draußen. George Dart öffnete den beiden Damen die Tür und schloß sie hinter ihnen, als Lawrence Firethorn sich tief verneigte und Matilda Stanfords Hand mit einem ersten delikaten Kuß bedachte. Nachdem er seine Aufgabe nun erledigt hatte, war der kleine Bühnenarbeiter überflüssig und konnte wieder zu den zahllosen Aufgaben zurückkehren, die ihn unten erwarteten. Er ging zur Treppe, doch eine finstere Gestalt mit aufgerissenen Augen und sperrangelweitem Mund versperrte ihm den Weg. Edmund Hoode war außer sich.

»Wer waren diese Damen?« wollte er wissen.

»Master Firethorns Gäste, Sir.«

»Aber das war doch sie! Und sie gehört mir!«

»Ich wurde losgeschickt, um sie hierher zu bringen. Mehr weiß ich nicht.«

»Das ist die reinste Folter!«

»Ihr seht krank aus, Sir. Soll ich Hilfe holen?«

Hoode hielt ihn fest. »Wer war sie?«

»Welche, Sir?«

»Da gibt es nur eine einzige, George. Diese wunderbare Kreatur mit der zarten Haut. Dieser Engel von der Galerie.« Er schüttelte seinen Kollegen hart. »Wie lautet ihr Name, Mann?«

»Matilda Stanford, Sir.«

»Matilda, Matilda...« Hoode spielte mit dem Namen und lächelte selig. »Ja, ja, der paßt zu ihr. Süße Matilda. Oh, meine

Matilda. Edmund und Matilda. Matilda und Edmund. Wie gut das zusammenpaßt!« Aus dem Zimmer drang amüsiertes Kichern an sein Ohr und seine Miene verdunkelte sich. »Lawrence und Matilda. Das paßt nicht zusammen, zum Teufel mit ihm!«

»Darf ich jetzt gehen, Master Hoode?« wimmerte Dart.

»Was ist los?«

»Ihr tut mir weh, Sir.«

Der Dichter ließ sein Opfer los. Sein eigener Schmerz überkam ihn. Die brutale Ironie schnitt in sein Herz. Seine eigenen Verse waren dazu mißbraucht worden, seine Dame in die schwülstige Umarmung dieses Lawrence Firethorn zu treiben. Ohne die Chance, ihr selber schreiben zu können, hatte er genau das getan, unwissentlich und im Interesse eines anderen. Das war unerträglich, der Schrecken ließ ihn schwanken und stöhnen. Als er sein Ohr an die Tür legte, hörte er Lachen und schmeichelhafte Worte und den Verrat an seinen größten Hoffnungen. Im Inneren des Zimmers entwickelte sich gegenseitiges Begehren in etwas sehr Zielstrebiges.

Edmund Hoode trug Mordgedanken in seinem Herzen.

8. Kapitel

Während der Aufführung von *Liebe und Glück* saß Hans Kippel in einer Ecke des Kostümsaals und staunte über alles, was er sah. Schauspieler kamen und gingen und wechselten ihre Kostüme, ihren Charakter und ihr Geschlecht mit verblüffendem Tempo. Bühnenbilder wurden hin und her getragen, Requisiten aller Art pausenlos eingesetzt. Jeder war Teil dieser Aufführung, die immer zügiger ablief; der Regisseur hatte dafür zu sorgen, daß alles vernünftig und in guter Ordnung über die Bühne ging. Von der Bühne drangen erhobene Stimmen und lustige Lieder an sein Ohr, unterbrochen von Wogen des Gelächters und prasselndem Applaus. Schwertkämpfe, Musik und Tänze steigerten die verzaubernde Magie des Ganzen. Irgendwie war es sogar noch aufregender, das alles zu beobachten als das Stück bei der Probe zu erleben. Hier im Kostümsaal war Hans Kippel ein Teil einer fremden, neuen, verrückten und wunderbaren Welt, die seine Phantasie beflügelte. Ihm kam es vor, als sei er im Himmel.

»Tut mir leid, daß ich dich so lange alleinlassen mußte, Hans.«

»Macht Euch um mich keine Sorgen, Master Bracewell.«

»Du hast ja gesehen, wieviel ich zu tun hatte.«

»Ich habe noch nie jemand so hart arbeiten sehen«, sagte der Junge voller Bewunderung. »Nicht mal Preben van Loew.«

»Haben die anderen auf dich aufgepaßt?«

»Dick Honeydew hat öfters mit mir gesprochen, obwohl er in seinen Kleidern wie eine Frau aussieht. Master Hoode war sehr freundlich, auch Master Gill. Ich habe auch viel mit George Dart gesprochen und sogar ein paar Worte mit Master Curtis, dem Schreiner, der uns heute morgen am Haus geholfen hat.« Sein Gesicht bewölkte sich. »Wer hat das Feuer gelegt?«

»Das werde ich schon noch rausfinden, Hans.«

»Aber warum wurde das gemacht, Sir?«

Nicholas zuckte ausweichend mit den Schultern und ging mit dem Jungen in den Innenhof. Das Experiment, Hans Kippel in das *Queen's Head* mitzunehmen, war ein voller Erfolg, doch jetzt stand er im Weg. Nachdem der Regisseur den Abbau der Bühne überwacht hatte, nahm er sich jetzt die Zeit, den Jungen zur Anlegestelle von Abel Strudwick zu bringen, der schon auf ihn wartete. Nicholas bezahlte ihn im voraus und beauftrage ihn, den Jungen ans andere Ufer und gesund nach Hause zu bringen. Der Flußschiffer freute sich über diesen Auftrag, nicht zuletzt auch deshalb, weil sein Passagier von dem Stück, das er gerade gesehen hatte, völlig begeistert war und sich sofort bereiterklärte, Strudwicks weithin schallender Musik zuzuhören.

»Was hat Master Firethorn über mich gesagt?« wollte er wissen.

»Ich gehe jetzt zu ihm, um mit ihm darüber zu sprechen.«

»Sagt ihm, ich stehe zu seiner Verfügung.«

»Vielleicht kann er Euch nicht sofort einsetzen, Abel.«

»Soll ich ihm meine Verse vorlegen?«

»Ich werde ihn danach fragen.«

Nicholas machte sich in der Kühle des frühen Abends auf den Weg, um sich seinen letzten Pflichten zu widmen. Er war gerade damit beschäftigt zu kontrollieren, ob auch alles am richtigen Ort stand und verschlossen war, als ihm eine kräftige Hand einen herzhaften Schlag auf den Rücken verpaßte.

»Nick, mein Bester, tausendfachen Dank!«

»Wofür, Sir?«

»Für tausend gute Taten«, sagte Firethorn großspurig. »Keine davon war mir so sehr willkommen wie der Dienst, den Ihr mir in der letzten Zeit geleistet habt.«

»Ihr sprecht von der Dame, nehme ich an.«

»Und denke an sie, während ich von ihr spreche. Oh, Nick, mein Freund, sie ist die Beherrscherin meiner Gedanken. Nie zuvor habe ich ein Wesen von solcher makellosen Perfektion und unvergleichlicher Schönheit getroffen.« Noch ein Schlag auf den Rücken. »Und Ihr wart es, der für mich herausgefunden hat, wer sie ist. Tausend, tausendfachen Dank!«

Nicholas war überhaupt nicht begeistert von seiner Rolle als Mittelsmann und fühlte sich sehr unwohl, als er erfuhr, was sich zugetragen hatte. Matilda Stanford war ohne männlichen Schutz, lediglich von ihrem Kammermädchen begleitet, ins *Queen's Head* gekommen, und beide waren von Firethorn in privaten Gemächern empfangen worden. Das war kein gutes Zeichen für die junge Dame und ihre Begleitung.

»Der Sieg ist mir sicher«, schwärmte Firethorn träumerisch.

»Bedenkt, was daraus werden kann, Sir.«

»Das interessiert mich nicht. Die Gegenwart ist das Einzige, was zählt.«

»Denkt trotzdem auch an die Zukunft«, warnte Nicholas. »Die Dame ist verheiratet, und zwar mit einem sehr reichen und einflußreichen Mann. Denkt einmal darüber nach, wieviel Schwierigkeiten er machen kann, wenn er diese Verbindung herausbekommt.«

»Ich habe vor keinem lebenden Menschen Angst, Sir!«

»Es ist die Theatergruppe, um die ich mir Sorgen mache, Sir. Es dauert nicht mehr lange, und Master Stanford wird der neue Oberbürgermeister von London sein. Er könnte seinen Zorn an Westfield's Men auslassen und uns umgehend herauswerfen.«

»Nur, wenn er Bescheid weiß«, sagte Firethorn. »Und genau das wird er nicht. Wir verbinden ihm seine Bürgermeisteraugen und machen uns lustig über ihn. Ich bin kein geiles Bürschchen, dem die Knöpfe vom Hosenlatz fliegen. Warten verschönt den Preis nur noch, bis Richmond lasse ich mir Zeit.«

»Richmond, Sir?«

»The Nine Giants.«

»Habt Ihr dort ein Stelldichein verabredet?«

»Ich habe nur ihr diese Idee in den Kopf gesetzt.«

»Und bis dahin?«

»Zehren wir von der Ekstase, die auf uns wartet.«

Nicholas war erleichtert, als er merkte, daß Firethorn sich nicht hastig in dieses Abenteuer stürzte. Diese frühzeitige Information gab dem Regisseur die Möglichkeit, die junge Braut aus der ganzen Sache rauszuhalten. Hochrot vor Aufregung, war Lawrence Firethorn in einer Verfassung, die ihn fast allem zustimmen ließ, und Nicholas bedrängte ihn mit einem Dutzend oder noch mehr geschäftlichen Angelegenheiten. Nachdem der Erste Schauspieler allem zugestimmt hatte, löste der Regisseur ein Versprechen ein, das er leider hatte geben müssen.

»Ich habe einen Freund, der Gedichte schreibt, Sir.«

»Laßt sie mich sehen, laßt sie mich sehen.«

»Er ist nur ein einfacher Flußschiffer.«

»Ja, und, Nick?« fragte der Schauspieler stolz. »Ich selber bin der Sohn eines einfachen Hufschmiedes, und doch habe ich die höchsten Höhen der Schauspielkunst erklommen. Wer ist der Bursche?«

»Abel Strudwick.«

»Ich werde seine Arbeiten lesen und mein Urteil abgeben.«

Firethorn winkte auf Wiedersehen und schwebte den Flur entlang. Nicholas war froh, daß er seinen Freund zur Sprache gebracht hatte, doch er sah nur geringe Aussichten für ihn. Morgen schon hatte der Erste Schauspieler die ganze Angelegenheit vergessen – Strudwick würde ein weiterer abgelehnter Schreiberling sein in der namenlosen Schar von Leidensgenossen, die der Star bei Westfield's Men »vernichtet« hatte.

Der Schankraum war das nächste Ziel des Regisseurs. Er hatte geplant, mit Marwoods Frau zu sprechen, doch ein anderer nahm seine Aufmerksamkeit gefangen. Edmund Hoode war beinahe selbstmörderisch. Er saß allein an seinem Tisch und kippte Bier in sich hinein, wie man Wasser in ein Becken gießt. Nicholas ging dazwischen und stellte den großen Bierkrug aus seiner Reichweite.

»Gebt mir das Ding, Nick!« keuchte Hoode.

»Ich glaube, Ihr habt genug getrunken, Sir.«

»Füllt das Ding randvoll mit Gift und macht mich glücklich.«

»Dafür mögen wir Euch zu sehr, Edmund.«

»Ihr vielleicht, sie aber nicht. Ich werde betrogen.«

»Nur von Euch selber«, sagte Nicholas freundlich und setzte sich neben ihn. »Ihr tut der Dame unrecht, wenn Ihr zuviel von ihr verlangt. Sie weiß ja nicht mal etwas von Eurer Existenz.«

»Aber sie hat mein Sonett gelesen!«

»Das ihr ein anderer geschickt hat.«

»Jawohl!« grollte Hoode und versuchte, aufrecht zu stehen. »Lawrence hat mich gemein ausgenutzt bei dieser Sache. Bei meiner Ehre, ich werde das nicht hinnehmen! Ich werde ihn zum Duell herausfordern!«

Er griff nach einem unsichtbaren Degen an seiner Seite und fiel peinlicherweise auf seinen Stuhl zurück. Nicholas half ihm, sein Gleichgewicht zu finden und wurde zum Dank dafür selber angegriffen.

»Alles Eure Schuld, Sir!« sagte Hoode.

»Wieso, Sir?«

»Gemeine Täuschung. Warum habt Ihr mir nicht die Wahrheit gesagt?«

»Ich wollte Euch die Schmerzen ersparen.«

»Aber Ihr habt alles nur noch schlimmer gemacht«, heulte der Poet. »Ihr wußtet ganz genau, daß Lawrence meine schöne Dame verfolgte, aber Ihr habt mich nicht gewarnt.«

»Ich hatte gehofft, ihn von allem abhalten zu können, Edmund.«

»Ihn abhalten, Sir? Wenn er in voller Fahrt ist? Es wäre wohl einfacher, einen anstürmenden Bullen abzuhalten.«

»Nichtsdestoweniger kann es vielleicht noch gelingen.«

Hoode klammerte sich an jeden Strohhalm. »Wie denn, Nick? Wie? Wie? Wie?«

»Mir wird etwas einfallen.«

»Matilda Stanford.« Edmunds Phantasie war erwacht. »Ich könnte die schönsten Gedichte um einen Namen wie Matilda weben. Die Beschreibung einer Göttin. Matilda, die Wunderbare. Ich kann es nicht oft genug aussprechen – Matilda, Matilda, Matilda.«

»Denkt auch an ihren Nachnamen«, sagte der andere.

»Was?«

»Stanford. Matilda Stanford.«

»Für mich wird sie immer ganz einfach Matilda sein.«

»Aber nicht für ihren Ehemann.«

»Ehemann!« Edmund erstickte fast. »Das Kind ist verheiratet?«

»Mit Walter Stanford. Vorsitzender der Tuchhändler-Gilde.«

»Von dem habe ich schon gehört.«

»Das solltet Ihr auch. Er ist der kommende Oberbürgermeister von London.«

Edmund Hoode starrte blicklos an die Decke, als er versuchte, diese neue Information zu verarbeiten. Das bedeutete zahlreiche, unvorhergesehene Schwierigkeiten, doch die Romantik konnte sie alle überwinden. Er verliebte sich wahllos, und nichts konnte seine überschäumende Leidenschaft bremsen. Die Existenz eines Ehemannes war in der Tat ein Problem, doch es war nicht unüberwindbar. Viel schlimmer war die Existenz eines Rivalen vom Kaliber eines Lawrence Firethorn, der sämtliche Vorteile besaß. Hoode veränderte blitzschnell seine Einstellung.

»Ich glaube an die Unverletzlichkeit der Ehe«, sagte er.

»Das sollte jeder von uns tun, Edmund.«

»Matilda muß vor dem Unheil gerettet werden.«

»Das ist auch mein Wunsch, Edmund.«

»Ich werde sie vor diesem schrecklichen Firethorn retten.«

»Geht vorsichtig zu Werke.«

»Ich werde vorsichtig zu Werke gehen«, sagte er. »Wenn sie nicht die Meine werden kann, wird sie gesund und unverletzt ihrem rechtmäßigen Gatten zurückgegeben werden. Lawrence wird diesmal scheitern. Er wird keinen Erfolg bei ihr haben.«

»Wir beide sind da einer Meinung.«

»Ja, Nick. Das ist jetzt meine Aufgabe!«

*

Abel Strudwick ruderte mit unverminderter Energie über den Fluß und lenkte sein Boot geschickt an den zahllosen Hindernissen vorbei, die auf den Wellen tanzten. Hans Kippel bat ihn, fester zu rudern und weitere Musik vorzutragen. Der Flußschiffer war außer sich vor Freude. In dem holländischen Lehrling sah er etwas wie seinen Sohn, den das Militär ihm weggenommen hatte. Seine Zuneigung zu dem Jungen wuchs. Bei einem so aufmerksamen Publikum, das seine Kunst so begeistert aufnahm, stürzte er sich auf seine anspruchsvollsten Gedichte, lange, verzweigte Erzählungen über das Leben auf der Themse und die Gefahren, die dieses Leben barg. Seine Musik begleitete sie den ganzen Weg über den Fluß nach Bankside und bis an die Treppe des Hauses. Eine Freundschaft wurde gefestigt.

Doch es gab eine Gefahr, die Strudwick nicht besungen hatte. Der Mann mit der Augenklappe stand am offenen Fenster eines Hauses auf der Brücke und hielt ein Fernrohr an sein gesundes Auge. Er verfolgte den Flußschiffer und seinen jungen Begleiter, bis sie zwischen den Gebäuden außer Sicht waren, dann legte er das Fernrohr zur Seite und drehte sich zu seinem dicklichen Begleiter um. Seine Stimme war schleppend, aber kultiviert.

»Beim nächsten Mal darf es keinen Fehler geben, Sir.«

»Ich werde den Jungen eigenhändig in Stücke schneiden.«

»Seht Euch seinen Freund an.«

»Wie war dessen Name noch?«

»Bracewell.«

»Das ist der Bursche.«

»Master Nicholas Bracewell.«

*

Sybil Marwood stellte sich sogar als noch unnachgiebiger heraus als ihr Mann. Sie war eine stämmige, sauertöpfische Frau mittleren Alters, für die das Leben eine einzige Enttäuschung war. Sie hatte wenig übrig für Westfield's Men und noch viel weniger für die Argumente, die Nicholas Bracewell ihr im Schankraum des *Queen's Head* vortrug. Sie lehnte sich mit ihren massigen Ellenbogen auf die Theke und unterbrach ihn rücksichtslos mitten im Satz.

»Haltet Euch zurück, Sir.«

»Ich bitte, wenigstens aussprechen zu dürfen, Mistreß.«

»Es gibt nichts mehr zu sagen. Wir verkaufen den Gasthof.«

»Und gebt Euer Geburtsrecht auf?« fragte er. »Sobald der Ratsherr Ashway Euren Besitz fest in der Hand hat, seid Ihr von seinem Wohlwollen abhängig.«

»Wir haben Wohnrecht auf Lebenszeit.«

»Für wie lange?«

»Für immer.«

»Selbst Master Marwood lebt nicht für immer«, sagte Nicholas. »Was passiert mit Euch, wenn er mal stirbt?«

»Ich würde hier an seiner Stelle bleiben.«

»Steht das ausdrücklich im Vertrag?«

»Das muß es«, beharrte sie. »Oder Alexander bekommt nicht die Erlaubnis, ihn zu unterzeichnen. Ich kenne meine Rechte, Sir.«

»Die respektiert niemand mehr als wir, Mistreß.«

Nicholas vermochte nicht, sie umzustimmen. Schiere Habsucht hatte ihre besseren Gefühle überdeckt. Sybil Marwood war derartig fasziniert von der Masse des Geldes, das sie und ihr Ehemann bekommen sollten, daß sie alle anderen Überlegungen beiseite geschoben hatte. Die Theatergruppe war dabei eine völlig nebensächliche Angelegenheit. Solange sich die Schauspieler in der Nähe befanden, war die Jungfräulichkeit ihrer Tochter bedroht. Der feige Hausbesitzer hatte wenigstens noch minimale Sympathie für die Truppe, die über die Jahre hinweg seiner Wirtschaft soviel neue Kundschaft gebracht hatte, bei seiner Frau war nichts dergleichen zu bemerken. Ihr kaltes Herz ließ sich nur durch die Aussicht auf fette Profite erwärmen.

»Worte können also nichts bei Euch ausrichten?« fragte Nicholas.

»Nichts, was Ihr vorbringen könntet, Sir.«

»Und was ist, wenn der Ratsherr Ashway tyrannisch wird?«

»Dann bekommt er es mit mir zu tun.«

»Die Verkaufsbedingungen hat er persönlich festgelegt.«

»Frauen haben ihre Tricks, ihren Willen durchzusetzen.«

Das war eine zynische Bemerkung, die sie mit der kaum verhüllten Feindseligkeit machte, die sie zu umgeben schien, doch sie enthielt auch einen Hinweis, den Nicholas sich zunutze machen wollte. Direkte Gespräche mit Marwood und seiner Frau hatten bisher keinerlei Frucht getragen. Der Regisseur mußte neue Wege einschlagen, und plötzlich wurde ihm auch klar, welche. Es gab zwar ein gewisses Risiko dabei, doch darauf konnte er keine Rücksicht nehmen. Dies war der letzte Ausweg, der ihm noch offenblieb.

Nicholas verabschiedete sich und schlenderte durch den Schankraum. Edmund Hoode schmiedete immer noch Rachepläne an seinem Tisch, Owen Elias langweilte seine Kollegen mit der Erzählung, wie er zum erstenmal seine schauspielerischen Fähigkeiten entdeckt hatte. George Dart genehmigte sich mit Thomas Skillen und Nathan Curtis einen Drink, und der unermüdliche Barnaby Gill, aufs Feinste herausstaffiert, versuchte halbherzig, einen jungen Stallknecht zu verführen. Alle Mitglieder der Truppe wußten mittlerweile Bescheid über die Bedrohung ihrer Lebensgrundlage, und ein Gefühl der Verzweiflung war nicht zu übersehen. Der Regisseur beschloß erneut, seinen Plan in die Tat umzusetzen.

Er begab sich geradewegs nach Shoreditch und verpflichtete Margery Firethorn zu absoluter Verschwiegenheit. Sie war fasziniert. Da sie Nicholas Bracewell sehr mochte, ließ sie sich rasch von seinem Charme und seiner Argumentation überreden. Es war ein wunderbares Gefühl, daß sie vielleicht die einzige Person war, die den Lauf des Schicksals noch wenden konnte, und sie erkannte auf der Stelle die persönlichen Vorteile, die ihr das im häuslichen Bereich einbringen könnte. Der beherrschende Lawrence Firethorn würde sich nicht mehr über eine Frau beklagen können, der es gelingen könnte, Westfield's Men durch ihr rechtzeitiges Eingreifen doch noch zu retten.

»Ich mache mit, Nicholas!« sagte sie.

»Ganz im geheimen.«

»Lawrence wird keinen Grund zum Verdacht haben.«

»Er würde unser Manöver auch nicht verstehen.«

»Sprecht von Frau zu Frau mit Sybil Marwood.«

»Aber sie ist ein Drachen in Frauenkleidern, soviel ich höre.«

»Noch mehr Gründe, ihr zu schmeicheln und gut zuzureden.«

Margery gluckste. »Ihr seid raffiniert, Sir!«

»Ich rufe Euch, sobald der richtige Zeitpunkt gekommen ist.«

»Ich bin bereit.«

Sie gab ihm einen dankbaren Kuß auf die Wange und ließ ihn seines Weges gehen. Sie auf Sybil Marwood anzusetzen, konnte vielleicht die Lösung bringen. Sie beide waren Frauen der gleichen Art, einander ähnlich, starke Frauen mit hitzigem Blut in den Adern und Feuer im Bauch. Mit ein wenig Glück könnte es Margery gelingen, zu der Frau des Hausbesitzers vorzudringen, und das auf eine Weise, wie dies keinem Mann – nicht mal Sybils Ehemann – möglich wäre. Sie beide sprachen die gleiche Sprache. Bei diesem Fall kam alles auf die Frauen an.

Auf dem Heimweg dachte Nicholas über den vergangenen Tag nach und über die Krise, mit der alles begonnen hatte. Hans Kippel befand sich in großer Gefahr. Feinde, die Feuer legten, würden sich von nichts zurückhalten lassen. Offensichtlich hatte der Junge auf der Brücke etwas beobachtet, das er nicht wissen sollte; folglich war sein Leben verwirkt. Die einzige Rettung, die es für ihn gab, lag darin, seine Angreifer vorab zu entlarven und sie ihrer gerechten Strafe zuzuführen. Mit diesen Gedanken im Kopf ging der Regisseur durch die Gracechurch Street und wieder zur London Bridge zurück.

Die Geschäfte waren inzwischen geschlossen, doch immer noch waren viele Menschen auf der Brücke. Nicholas trat zur Seite, als zwei Pferde an ihm vorbeitrabten. Dann ging er auf das Haus zu, das er am Morgen besucht hatte, und betrachtete es genau. Es war ein kleines, enges, zweistöckiges Gebäude, das ein kleines Wohnzimmer, ein Speisezimmer, zwei Schlafzimmer und eine Küche besaß, die weit über den Fluß hinausragte, so daß man jederzeit Wasser mit einem an ein langes Seil festgebundenen Eimer aus dem Fluß ziehen konnte. Das Haus hatte sogar seine eigene Toilette. Es gab zwar eine öffentliche Bedürfnisanstalt auf der Brücke, doch die meisten Hausbesitzer machten sich die Lage ihres Hauses über dem Strom zunutze. Die Themse sorgte ausreichend für die Abwasserbeseitigung.

Nicholas sah Licht im Erdgeschoßfenster, klopfte jedoch nicht sofort an die Tür. Statt dessen wandte er sich zur Seite und ging durch den schmalen Zwischenraum zwischen dem Haus und dem Nachbarhaus bis zur Brüstung. Direkt unter sich sah er einen der Pfeilerköpfe, auf dem die Steinsäule errichtet war, die die Brücke trug. Die rasche Strömung ließ das Wasser bei seinem Lauf unter dem Brückenbogen aufschäumen. Nicholas lehnte sich weit vor, um einen besseren Überblick zu bekommen, und entdeckte, daß er genau in die Küche des Hauses blicken konnte. Der Holzrahmen des Raumes war dramatisch eingesackt; es wirkte, als hänge er mit den Fingerspitzen am Rest des Hauses. Er beugte sich über die Brüstung und spähte in die Küche.

»Kann ich Euch helfen, Sir?«

Die Stimme war höflich, aber unfreundlich. Nicholas

drehte sich um und sah eine kleine, zierliche Gestalt mit aufrechter Haltung, die den Durchgang blockierte. Seine Kleidung ließ auf einen Diener in einem hochherrschaftlichen Haus schließen. Der Mann strich über seinen grauwerdenden Bart.

»Ihr befindet Euch hier auf Privatgelände«, sagte er.

»Lebt Ihr in diesem Hause, Sir?«

»Nein, ich habe nur einen Besuch gemacht.«

»Dann kennt Ihr also die Bewohner?«

»Warum wollt Ihr das wissen?« Sein Mißtrauen war offensichtlich. »Habt Ihr hier irgendwas zu erledigen?«

»Ich habe jemand gesucht.«

»Tatsächlich, Sir?«

»Er hat eine Augenklappe über dem einen Auge.«

Simon Pendleton starrte ihn mit kühler Mißbilligung an und nahm sich viel Zeit für seine Antwort. Sein Ton war kurzangebunden.

»Das ist Master Renfrew«, sagte er.

»Kann ich ihn sprechen?«

»Er ist nicht zu Hause, Sir.«

»Wird er denn bald zurückkommen?« fragte Nicholas.

»Ich fürchte nicht«, sagte der Hausmeister abschließend. »Er ist für lange Zeit fort. Ihr werdet Master Renfrew nicht zu Gesicht bekommen. Er befindet sich nicht hier in London.«

»Wo ist er denn?«

»Weit weg, Sir. Weit, weit weg.«

Das Bett knarrte und ächzte geräuschvoll, als sie sich auf dem Höhepunkt ihrer Leidenschaft heftig darauf bewegten. Er war ein rücksichtsvoller Liebhaber, der sie geduldig immer stärker erregte, bis sie sich ihm vollkommen hingab. Sie liebte das Gewicht seines Körpers, seine festen Muskeln und seine zustoßende Kraft. Wie er, so hatte auch sie keinerlei Angst und keinerlei Hemmung. Das war keiner von den landläufigen Freiern, die sich ihr übereifrig für fünf Minuten in die Arme warfen oder im betrunkenen Zustand von ihr herunterrollten, bevor sie den Zweck der Übung erreicht hatten. Kate hatte einen richtigen Liebhaber gefunden und war begeistert von dieser Entdeckung.

Als alles vorbei war, lagen sie Seite an Seite in friedlicher Zweisamkeit. Seine Brust hob und senkte sich, ihr Herz klopfte heftig, und ihre Körper waren schweißnaß. Es dauerte Minuten, bis einer von ihnen wieder sprechen konnte. Dann stützte er sich auf den Ellenbogen und betrachtete sie mit seinem einen Auge. Sein Blick besaß eine zärtliche Rauheit.

»Danke, meine Liebe«, sagte er sanft.

»Ich danke Euch, Sir.«

»Wir werden uns irgendwann wiedersehen.«

»Das will ich aber auch sehr hoffen.«

»Ich habe die feste Absicht.«

Er beugte sich vor, um sie zart auf die Lippen zu küssen, dann griff er nach dem Stuhl, auf den er seine Sachen geworfen hatte. Er fingerte in seiner Geldbörse und zog ein paar Münzen hervor, die er ihr in die Hand drückte. Kate erkannte den Wert der Münzen, ohne sie anzuschauen, und war sofort voller Dank.

»Oh, Sir, Ihr seid zu freundlich.«

»Ich pflege gute Dienste auch gut zu bezahlen.«

»Seid dessen hier jederzeit sicher.«

»Ich werde jedesmal ausdrücklich nach dir fragen.«

Ein weiterer Kuß besiegelte ihre Freundschaft. Kate war keine der üblichen Huren aus der Gosse. Sie war eine sehr hübsche und wohlgebaute junge Frau von siebzehn Jahren, die sich ihre Kunden in der Unicorn Taverne sorgfältig aussuchte. Es waren stets echte Gentlemen, wenn auch einige davon es nicht schafften, ihren Wein bei sich zu behalten oder ihr Geschäft zwischen den Laken zu einem guten Ende zu bringen. Kate stellte Anforderungen, und der letzte Gast in ihrem kleinen, wohlduftenden Schlafzimmer erfüllte diese Anforderungen optimal. Ihr gefiel sogar die schwarze Augenklappe. Sie verlieh ihm einen liederlichen Charme, der gut zu seiner entspannten Art paßte. Das war ein Mann, der wußte, wie man eine Frau richtig befriedigen konnte.

Als er sich vom Bett erhob und sich wieder anzog, griff sie nach dem Degen, der am Stuhl lehnte. Er glänzte im Lichte der Kerzen. Kate zog den Degen ein kleines Stück aus der Scheide und schob ihn dann langsam wieder zurück. Da bemerkte sie den Namen, der in großen Buchstaben auf dem Handgriff eingraviert war.

»James Renfrew«, las sie.

»Zu Euren Diensten, Madam.«

»Wie nennen Euch Eure Freunde, Sir?«

»Jamie.«

»Dann soll das auch mein Name für Euch sein. Jamie.«

»Ich komme, wenn du diesen Namen rufst.«

»Dann werdet Ihr dieses Bett nie mehr verlassen, Sir.«

Er lachte und nahm sie liebevoll in den Arm. Kate war die feinste Frau, die er in Eastcheap finden konnte, er würde sie niemals vernachlässigen. Er hob ihr Kinn mit der Hand an, strich mit seinen Lippen über ihren Mund und lächelte.

»Ich komme bald zurück, Kate.«

»Ich werde hier auf Euch warten, Jamie.«

*

Es war nur eine kleine Gruppe ausländischer Besucher, die an diesem Abend im Hause des Oberbürgermeisters dinierte, doch sie kamen in den Genuß der überwältigenden Gastlichkeit, für die Sir Lucas Pugsley bekannt war. Er saß neben seiner Frau am Kopfende der Tafel, verteilte und empfing Komplimente und badete in den Ehrbezeugungen fremder Länder. Sein herzhafter Humor sorgte dafür, daß sich die Gäste ganz wie zu Hause fühlten. Doch kaum hatten sie alle sein Haus verlassen, machte er seinen Gefühlen in Aubrey Kenyons Anwesenheit Luft.

»Ich hasse diese grinsenden Italiener«, sagte er.

»Ihr habt ihnen größte Hochachtung bewiesen, Sir.«

»Was hätte ich denn sonst machen können, Aubrey? Durch die Pflichten meines Amtes bin ich dazu gezwungen. Aber meine Privatmeinung ist etwas ganz anderes, und privat kann ich Euch sagen, daß diese öligen Typen nicht mein Fall sind. Wir haben auch so schon genug Ausländer in der Stadt.«

»London ist ein Schmelztiegel der Völker.«

»Und das ist ja noch nicht alles«, fuhr Pugsley irritiert fort. »Bristol, Norwich und noch andere Städte haben richtige ausländische Stadtteile. Das Übel breitet sich langsam aus.«

»Das weiß ich wohl«, sagte der Kämmerer. »Wir haben über fünftausend registrierte Ausländer hier, nicht mitgezählt die vielen, die ihre Herkunft verschleiern und von der Volkszählung nicht erfaßt werden. Wir haben Franzosen, Deutsche, Italiener, Holländer...«

»Holländer! Die hasse ich am meisten.«

»Ein fleißiges Volk, Sir.«

»Sollen sie doch in ihrem eigenen Land bleiben und da fleißig sein, Aubrey. Wir brauchen sie hier nicht als Konkurrenz für ehrliche englische Händler und Handwerker.« Er regte sich so auf, daß seine Amtskette klingelte. »London ist dabei, die Gosse Europas zu werden. Was andere Nationen ausspucken, London nimmt's auf und leidet darunter. Das ist nicht in Ordnung, Sir.«

»Die Stadt hat Ausländer noch nie willkommen geheißen.«

»Könnt Ihr ihr das verübeln?«

Bevor der Oberbürgermeister sich zu diesem Thema weiter auslassen konnte, wurden sie durch die Ankunft eines Freundes unterbrochen. Ratsherr Rowland Ashway kam schwitzend in den Speisesaal und stützte sich auf eine Stuhllehne, bis er wieder Luft bekam. Inzwischen glitt sein Kennerauge über die verführerischen Reste des Banketts.

»Was hat diese Hast zu bedeuten?« fragte Pugsley.

»Ich bringe Nachrichten, die Euch gefallen werden.«

»Walter Stanford fühlt sich sehr unbehaglich.«

»Das sind schöne Töne in meinen Ohren. Wie kommt's?«

»Sein Neffe wurde umgebracht«, sagte Ashway. »Die Leiche von Leutnant Michael Delahaye wurde aus der Themse gezogen. Er ist auf brutale Weise ermordet worden.«

»Wie hat Stanford reagiert?«

»Verbittert. Er hatte große Hoffnungen auf den jungen Mann gesetzt und eine Stellung in seinem Unternehmen für ihn vorbereitet. So kurz nach dem Tode seiner ersten Frau ist dieser Schlag ganz besonders schmerzhaft.«

Pugsley grinste. »Das sind wirklich gute Nachrichten. Aber wird das den Meister der Tuchhändler-Gilde dazu bewegen, das Bürgermeisteramt aufzugeben?«

»Zumindest wird er noch mal darüber nachdenken.«

»Das ist schon ein gewisser Trost. Vielen Dank, Rowland. Ihr überhäuft mich mit soviel Wohltaten, daß ich nicht mehr weiß, wie ich mich revanchieren kann. Ihr habt gut daran getan, mir diese Neuigkeiten zu überbringen.«

»Wir müssen dafür sorgen, daß noch weitere Unglücksfälle über ihn hereinbrechen.«

»Falls diese junge Frau, die er hat, verschwinden würde«, meinte der Oberbürgermeister. »Das würde ihn wirklich bis ins tiefste Mark verletzen.«

Ashway wurde nachdenklich. »Aber ganz sicher.«

»Leutnant, sagt Ihr? Dieser Neffe war in der Armee?«

»Erst vor kurzem entlassen.«

»Und wie lautete noch sein Name?«

»Michael Delahaye.«

*

»Michael Delahaye, Sir. Ein Soldat, der erst kürzlich aus den Niederlanden heimkehrte.«

»Wo ist er jetzt?«

»Die Leiche wurde vor einer Stunde freigegeben.«

»Wer hat sie jetzt?«

»Sein Onkel. Ratsherr Stanford.«

»Der gewählte Oberbürgermeister?«

»Genau der.«

Nicholas war überrascht. Als er beim Leichenhaus vorgesprochen hatte, um zu hören, ob die Leiche identifiziert worden sei, stellte er fest, daß der frühere Wärter durch einen etwas respektvolleren Mann ersetzt worden war und die Leiche aus dem Fluß von einem Kadaver aus der Gosse verdrängt worden war. Er ließ sich alle Einzelheiten geben, die er bekommen konnte, und betrat wieder die Welt der Lebenden. Die wüste Narbe auf der Brust des toten Mannes fand jetzt eine Erklärung. Es handelte sich offensichtlich um eine Wunde, die er während des Kampfes in der Schlacht erlitten hatte, doch der Mann war niedergemacht worden, bevor die Wunde richtig verheilen konnte. Die Verbindung zu Walter Stanford beschäftigte ihn intensiv. Es war eine schlimme Woche für den Tuchhändler gewesen. Während er die Einzelheiten der Ermordung seines Neffen herausfand, wurde seine Frau von Lawrence Firethorn umworben. Falls es nicht gelänge, den Schauspieler zu bremsen, bestand durchaus die Möglichkeit, daß Stanford auch noch seine Ehe als Leiche vor sich haben würde.

Nicholas wandte sich zur Gracechurch Street und ging so rasch seines Weges, wie ihm dies bei dem morgendlichen Gewimmel möglich war. Heute stand keine Aufführung auf dem Programm, doch er war zu einem Gespräch gebeten worden, bei dem es um den geplanten Auftritt im *The Nine Giants* in Richmond ging. Während der vergangenen Nacht war im Haus alles ruhig geblieben; er hielt es für zumutbar, Hans Kippel dort zu belassen. Die Landsleute des Jungen nahmen ihre Pflichten als Leibwächter sehr ernst. Sie hatten sich mit Schwertern und Knüppeln bewaffnet, Preben van Loew hatte irgendwo eine antiquierte Sturm-Pike aufgetrieben. Unter dem Kommando von Anne Hendrik war dies eine buntgemischte, aber schlagkräftige Truppe. Außerdem fand im *Queen's Head* keine Aufführung statt, die den Jungen hätte aufmuntern können; er hätte nur im Wege gestanden.

Der Regisseur ließ sich von Abel Strudwick über den Fluß bringen und dankte seinem Freund, daß der sich kürzlich so gut um den Jungen gekümmert hatte. Der Flußschiffer freute sich, daß er hatte helfen können, und fühlte sich reich belohnt, als er hörte, daß sein Name inzwischen bei Lawrence Firethorn erwähnt worden war. Er konnte es kaum erwarten, bis er seine Dichtkunst dem Ersten Schauspieler vortragen konnte und er die Berühmtheit erlangte, die nun auf ihn wartete. Nicholas hatte versucht, seine übertriebene Reaktion zu bremsen, doch es half alles nichts. Strudwick spürte, daß Anerkennung bevorstand.

Doch als Nicholas in die Gracechurch Street einbog, hatte

er alle Gedanken an den »Wasser-Poeten« beiseite geschoben. Seine Gedanken waren bei einem ermordeten Soldaten, den man bis auf die Haut ausgezogen und seiner Würde beraubt hatte, und den man dann in die Themse geworfen hatte, nachdem man ihm auch noch das Gesicht zerschlagen hatte. Der Dienst für sein Vaterland hätte Michael Delahaye eigentlich eine sanftere Behandlung einbringen sollen. War der Soldat von seinen persönlichen Feinden umgebracht worden, oder hatte seine Verbindung zum gewählten Oberbürgermeister etwas damit zu tun?

Er war so tief in seine Gedanken versunken, daß er den untersetzten Mann nicht bemerkte, der ihm über den Marktplatz folgte. Nicholas merkte erst etwas, als eine Hand ihn von hinten am Arm packte und eine Messerspitze sich in sein Rückgrat bohrte.

»Tut, was ich Euch sage«, zischte eine Stimme. »Oder ich bringen Euch auf der Stelle um.«

»Wer seid Ihr?«

»Einer, der den Auftrag hat, Euch eine Botschaft zu überbringen.«

»Mit einem Messer in meinem Rücken?«

»Biegt in diese Gasse ein, oder ich mach Euch sofort fertig.«

Der Regisseur tat, als gehorche er. In der wimmelnden Menschenmenge eines Markttages hatte er überhaupt keine Chance. Sein Angreifer hatte ihn überrumpelt und dirigierte ihn jetzt in eine enge Gasse. Nicholas wußte, wenn er einmal in dieser Gasse war, würde er sie lebend nicht mehr verlassen. Er versuchte, den Mann abzulenken.

»Ihr seid Master Renfrew, vermute ich.«

»Dann müßt Ihr nochmals nachdenken, Sir.«

»Habt Ihr etwa keine Augenklappe über dem Auge?«

»Nein, Sir, ich sehe gut genug, um Euch in den Rücken zu stechen.«

»Wohnt Ihr in einem Haus auf der Brücke?«

»Das geht Euch nichts an.«

»Habt Ihr vergangene Nacht ein Feuer gelegt?«

»Geht weiter«, grunzte der Mann.

Als Nicholas erneut mit dem Dolch gepiekst wurde, reagierte er mit explosiver Plötzlichkeit. Sein freier Arm schlug gegen das Sonnendach eines Marktstandes, während er mit dem Absatz mit aller Kraft gegen das Schienbein des Mannes trat. Im selben Moment riß er seinen anderen Arm frei, sprang ein paar Schritte nach vorne und wirbelte herum, um seinem Angreifer entgegenzutreten, der jetzt auf einem Bein herumhüpfte und versuchte, sich von dem Sonnendach zu befreien, während der Markthändler ihn beschimpfte. Nicholas hatte nur ein paar Sekunden, um das dunkelhäutige, bärtige Gesicht zu betrachten, da stürmte die bullige Gestalt auch schon wütend auf ihn ein. Er packte die Hand, die den Dolch hielt und kämpfte. Der Tumult vergrößerte sich, als die beiden Männer mit den herumstehenden Marktbesuchern zusammenprallten. Der wütende Händler mischte sich jetzt mit einem Besen ein, mit dem er wahllos auf die beiden Kampfhähne eindrosch.

Der Angreifer war stark, doch Nicholas wurde mit ihm fertig. Als dem Mann das klar wurde, machte er einen letzten, verzweifelten Versuch, die Oberhand zu gewinnen, indem er den Dolch auf Nicholas richtete und mit aller Kraft zustieß. In allerletzter Sekunde wich Nicholas aus, packte die Hand mit dem Messer und lenkte sie gegen den Bauch des Mannes. Der tierische Schmerzensschrei war so laut und furchterregend, daß die Menge verstummte und der Händler mit seinem Besen innehielt. Mit letzter Kraft riß der Mann sich von Nicholas los und stürmte wie ein Stier durch die Menge. Der Regisseur sah an sich herunter und betrachtete sein Wams.

Er war von Blut bespritzt, das nicht von ihm stammte.

*

Dem Triumph folgte eine Niederlage. Nach seinem Sieg am vergangenen Nachmittag geriet Lawrence Firethorn an diesem Tag in schwere See. Es fing schon zu Hause an, mit einer schlimmen Auseinandersetzung über das Haushaltsgeld. Er kämpfte tapfer, aber seine Frau war nicht kleinzukriegen und schickte ihn mit brennenden Ohren weg. Im *Queen's Head* ging es ihm auch nicht besser. Zuerst prallte er mit Edmund Hoode zusammen, der es ablehnte, noch eine einzige Zeile für Lawrence Firethorns romantische Absichten zu liefern, und sogar so weit ging, mit seiner Kündigung zu drohen. Während Firethorn sich noch von diesem Schock erholte, begann Barnaby Gill, die hervorragende Darstellung von Owen Elias in *Liebe und Glück* in höchsten Tönen zu loben und seinem Kollegen klarzumachen, daß er Gefahr lief, von einem der angestellten Schauspieler überrundet zu werden. Doch es kam noch besser. Alexander Marwood trat mit einem gemeinen Grinsen hinzu und verkündete, er sei entschlossen, den Vertrag mit Rowland Ashway über den Verkauf des Gasthofes zu unterzeichnen.

Als er Matilda Stanford in seinen privaten Gemächern empfangen hatte, war er sich wie ein König vorgekommen. Das war gestern gewesen. Heute standen seine Untertanen in bewaffneter Revolte gegen ihn auf, und er schaffte es nicht, sie niederzuwerfen. Er marschierte über den Hof des *Queen's Head* und rang um Fassung. Es war der ungünstigste Moment von allen, ihm jetzt mit einer Handvoll Gedichte unter die Augen zu kommen.

»Guten Tag, Master Firethorn.«

»Wer seid Ihr?« knurrte der andere.

»Abel Strudwick. Ich denke, Ihr habt von mir gehört.«

»Nicht die Bohne, Sir. Verschwindet!«

»Aber Master Bracewell hat Euch meinen Namen genannt.«

»Und was interessiert mich das?«

»Ich bin Dichter, Sir. Ich möchte auf der Bühne auftreten.«

»Dann laßt Euch wegen Häßlichkeit aufhängen«, antwortete der wütende Firethorn. »Ihr könnt prima am Galgen zappeln und den niederen Pöbel prächtig amüsieren.«

Strudwick standen die Haare zu Berge. »Was sagt Ihr da, Sir?«

»Mir aus den Augen, haariges Ungeheuer!«

»Ich bin ein Flußdichter!«

»Dann pinkelt Eure Verse gegen eine Wand, Sir.«

»Ich hatte etwas mehr Höflichkeit von Euch erwartet.«

»Ihr seid im falschen Laden.«

»Das sehe ich«, sagte der Flußschiffer und warf seine frühere Bewunderung für den Schauspieler über Bord. »Aber von Euch lasse ich mich nicht so abkanzeln, Sir, eingebildeter Pfau mit der Visage eines krepierenden Esels, der Ihr seid, Ihr Hurensohn, glasäugiger, bartscherender Betrüger!«

»Wollt Ihr Euch mit Worten mit mir anlegen?« brüllte Firethorn mit gefletschten Zähnen. »Entfernt Eure epileptische Visage aus meiner Nähe. Ich habe nicht vor, mit Euch zu reden, fetzentragender Sohn des Satans. Verschwindet von hier, Sir, und nehmt Euren Gestank gleich mit.«

»Ich bin als Mann genauso hübsch wie Ihr, Master Firethorn, und trete für kein unverschämtes Gesicht eines alten Wüstlings zur Seite, der nur sein Maul öffnet, um Niederträchtigkeiten herauszufurzen.«

»Ihr Hurenbock, Penner, Sklave!«
»Dieb, Feigling, Raufbold!«
»Hundskopf!«
»Pferdeschwanz!«
»Mieses Subjekt!«
»Wandelnder Misthaufen!«
Abel Strudwick lachte über diese Beleidigung und umkreiste sein Opfer, um erneut anzugreifen. Obwohl er gekommen war, um Dichtkunst vorzutragen, teilte er jetzt Beleidigungen aus. Er war freudig erregt.

»Euer Vater war ein pockenverseuchter Zuhälter!« schrie er.

»Eure Mutter, Madame Schlitz, empfing Euch in einer fauligen Pfütze. Sie ließ sich von einem brünstigen Eber besteigen und schiß Euch sofort wieder aus, die alte Sau.«
»Rotznase!«
»Schweinefratze!«
»Affe!«
»Bastard!«
Strudwick grinste. »Euer Weib, Sir, setzt Euch mit jedem Würfelspieler der Stadt die Hörner auf, und tut so, als führe sie ein anständiges Haus. Sie ist total verkommen und läßt sich jede Stunde einmal durch die Abgründe der Hurerei schleifen. Genau jetzt, während wir hier sprechen, läßt sie sich von irgendeinem geilen Junggesellen Hals über Kopf zur Hölle reiten!«

Firethorn krümmte sich bei dieser Beleidigung zusammen und antwortete in gleicher Manier. Lautstärke und Intensität der Auseinandersetzung hatten sich inzwischen so gesteigert, daß sich eine kleine Schar von Zuschauern angesammelt hatte, die Beifall schrie und die Streiter anfeuerte. Es war ein herrlicher Kampf, bei dem die Oberhand hin- und herwechselte.

Firethorn war der bessere Rethoriker und wandte jeden Trick seines Berufes an, um den Flußschiffer niederzuzwingen. Strudwick dagegen besaß die größere Erfahrung, und seine Beleidigungen ergossen sich wie ein unaufhörlicher Strom über seinen Gegner. Als sie dicht davor standen, die Fäuste fliegen zu lassen, kam Nicholas über den Hof gerannt und warf sich zwischen sie.

»Frieden, Gentlemen!« rief er. »Auseinander!«

»Ich durchbohre diesen schwarzen Teufel!« rief Firethorn.

»Und ich reiß ihm die Leber raus und esse sie!« gab Abel Strudwick zurück.

»Beruhigt Euch und beredet die Sache als Freunde!«

»Freunde!« kreischte der Flußschiffer.

»Tödliche Feinde«, sagte Firethorn.

»Laßt mich bei diesem Streit der Richter sein«, sagte Nicholas.

Doch die beiden Kampfhähne waren zu aufgebracht, um vernünftig über ihre Beschwerden reden zu können. Wütend belauerten sie sich, wie zwei Kampfhunde. Da der Regisseur sie noch immer getrennt hielt, griffen sie zu anderen Kriegsmethoden. Aber Strudwick zog ein Blatt mit Gedichten hervor und starrte Firethorn an.

»Ich fordere Euch zu einem Streitgespräch heraus, Sir!« sagte er.

»Aber in der Öffentlichkeit«, gab Firethorn zurück.

»Auf der Bühne in diesem Innenhof.«

»Vor versammeltem Publikum.«

»Nennt Tag und Stunde.«

»Am kommenden Montag«, bestimmte Firethorn. »Seid um ein Uhr zur Stelle. Wenn die Uhr die halbe Stunde schlägt, fangen wir an.«

»Mein Witz wird Euch am Boden zerschmettern.«

»Paßt nur auf, daß Ihr nicht selber dort landet.«

»Ich werde Freunde mitbringen, die mich unterstützen.«

»Ganz London kennt meinen Ruf.«

»Schluß jetzt, Sirs«, sagte Nicholas. »Das ist ja der reine Wahnsinn.«

Doch seine Bitte verhallte ungehört. Der Stolz beherrschte sie jetzt. Lawrence Firethorn und Abel Strudwick waren zu weit gegangen, als daß sie jetzt noch zurückgekonnt hätten. Am kommenden Montag würden sie ihr Duell fortsetzen – mit schärferen Waffen.

Das würde ein Kampf auf Leben und Tod werden.

9. Kapitel

Der Himmel über Windsor war dunkel und drohend, als sich der Trauerzug stumm über den Pfad zur St. John's Church begab. Nur ein kleiner Kreis von Familienmitgliedern und Freunden war eingeladen worden, um der Feier beizuwohnen, bei der Michael Delahaye zur letzten Ruhe gebettet wurde. Vorneweg der Priester im weißen Chorhemd und schwarzer Soutane, das Gebetbuch aufgeschlagen in der Hand. Sechs Träger trugen den Sarg aus Rüsterholz, der mit verzierten Bronzegriffen und einer kleinen Namenstafel ausgestattet war. Die verwitwete Mutter schritt an der Spitze der Prozession, stützte sich auf den Arm ihres Bruders Walter Stanford und schluchzte heftig. Ihr folgten vier Töchter, alle vom Schmerz gezeichnet und von ihren Ehemännern begleitet. Schwarz war die vorherrschende Farbe der Kleidung, und auch Matilda Stanford, die jetzt im Trauerzug folgte, trug ein Taftkleid mit passender schwarzer Spitze und einen Hut mit schwarzem Schleier. Am Arm ihres Stiefsohnes weinte sie ehrliche Tränen der Trauer; ihre Sympathie für die Hinterbliebenen war deutlich zu sehen. Hinter ihr folgten weitere schwarze Gestalten und Trauernde.

Während des ganzen Gottesdienstes vernahm man Weinen, Seufzer und Stöhnen, als die schwer geprüften Trauergäste versuchten, den Tod des lieben Dahingegangenen und die Brutalität dieses Todes zu verkraften. Walter Stanford hatte es für richtig befunden, die grausigsten Details gar nicht erst zu erwähnen. Seine Schwester und der Rest der Familie hatten auch so schon genug Leid zu tragen. Sie waren alle voller böser Vorahnungen gewesen, als Michael seine Absicht kundgetan hatte, in die Armee einzutreten und mit ihr nach Holland zu gehen. Seine gesunde Heimkehr war ein Grund zum Feiern gewesen; man hatte ein kleines Bankett für ihn geplant. Aber anstatt an einer langen Tafel zu schmausen, die mit köstlichen Speisen und edlen Weinen überhäuft war, verzehrten sie jetzt bei seinem Heimgang triste Trauerspeisen.

Matilda Stanford erlebte all das wie durch einen Nebel. Die Kirche war so voller hoher Emotionen, daß sie wie überwältigt war und kaum etwas von dem Gottesdienst mitbekam, den der Priester intonierte. Erst als der Sarg auf den Kirchhof hinausgetragen und in der Familiengruft beigesetzt worden war, erwachte sie aus ihrer Tagträumerei und spürte einen Stich der Beschämung, die ihr ein ganz merkwürdiges Gefühl verschaffte. Sie dachte nicht an Michael Delahaye, auch nicht an seine arme Mutter, und schon gar nicht an den Schmerz ihres Gatten. Sie achtete nicht auf die gemurmelten Worte des Trostes, die in ihrer Nähe gesprochen wurden, als man sich verabschiedete. Sie dachte auch nicht über den Tod nach und wie es wohl sein würde, wenn er bei ihr seinen Besuch machte.

Bei einem Begräbnis, auf einem Friedhof, in der Nähe ihres Gatten und mitten in einer Familientragödie entdeckte sie, daß sie sich mit einer Vision des Lawrence Firethorn beschäftigte. Ihre Schuldgefühle ließen sie bittere Tränen weinen, jemand drückte ihr mitfühlend den Arm.

Doch in Gedanken war sie immer noch bei Lawrence Firethorn.

*

Nach einer Woche der Unruhe war es ein gutes Gefühl, die Hektik der Stadt hinter sich zu lassen und die Freiheit des Landes zu genießen. Ein Feuer in seiner Wohnung, ein Versuch, ihn umzubringen, und eine merkwürdige Begegnung bei dem Haus auf der Brücke hatten Nicholas Bracewell noch vorsichtiger werden lassen; immer wieder blickte er über die Schulter, um zu sehen, ob man ihnen folgte. Es war Sonntagmorgen, von Lawrence Firethorn hatte er den Auftrag erhalten, nach Richmond und in das Gasthaus *The Nine Giants* zu reiten, wo die Truppe in Kürze auftreten sollte. Nicholas hatte Hans Kippel mitgenommen, um auf ihn aufpassen zu können, und weil sie in Richmond geboren war –, begleitete auch Anne Hendrik ihn auf seinem Weg. Der Regisseur hatte eine haselnußbraune Stute, auf der sich der Lehrling an ihn klammerte. Anne ritt einen scheckigen Grauen mit leichter Gangart.

Es wirkte genau wie ein Familienausflug – und das war auch die volle Absicht dahinter. Sie hatten nicht nur eine elterliche Verantwortung für Hans Kippel übernommen. Sein verstörter Geist reagierte in gewisser Weise auf familiären Rückhalt, und nur im Zustand völliger Entspannung begann sein Erinnerungsvermögen wieder korrekt zu arbeiten. Nicholas hatte gehofft, den Jungen von der Ursache seiner

Krankheit zu entfernen, indem er ihn aus London wegbrachte. Richmonds Landluft mochte sich vielleicht günstig auf das Erinnerungsvermögen des Jungen auswirken. Jedenfalls boten sie ein fröhliches Bild, als sie in gemächlichem Trab dahinritten und die Pferde zu schnellerer Gangart antrieben, wenn das Terrain es erlaubte.

Der Regisseur war froh, die letzte Woche hinter sich zu haben. Auch ohne die privaten Probleme waren es ungewöhnlich strapaziöse Tage gewesen. Er hatte neben all seinen sonstigen Pflichten vier sehr unterschiedliche Aufführungen für Westfield's Men über die Bühne gebracht. Edmund Hoode zu trösten hatte sich als sehr zeitaufwendige Beschäftigung herausgestellt, und der ehrgeizige Owen Elias zerrte heftig an seiner Geduld. Regelmäßige Gespräche mit Alexander Marwood waren eine weitere Belastung gewesen, und Lawrence Firethorns Forderungen waren ohne Ende. Und dann gab es ja noch das Problem des Verse schmiedenden Flußschiffers.

Hans Kippel auf dem tänzelnden Hinterteil des Pferdes sprach das Problem an.

»Darf ich morgen ins *Queen's Head* gehen?«

»Ich glaube nicht«, sagte Nicholas.

»Aber ich möchte Master Strudwick so gerne auf der Bühne sehen.«

»Das ist nichts für deine jungen Augen«, entschied Anne. »Und schon mal gar nicht für deine jungen Ohren. Die Londoner Flußschiffer sprechen die übelste Sprache der ganzen Christenheit.«

»Aber Master Strudwick macht Musik.«

Nicholas lächelte. »Für morgen hat der eine andere Art von Harmonie im Sinn, Hans. Ich werde dir alles ganz genau erzählen, hab keine Angst.«

»Wer wird den Kampf der Spottgedichte gewinnen?«

»Niemand, wenn es nach mir ginge. Er wird nicht stattfinden.«

Der Junge war enttäuscht, doch eine halbe Meile im flotten Galopp sorgte dafür, daß er sich gut festhalten mußte und keine Fragen mehr stellen konnte. Bald danach kam Richmond Palace in Sicht und zog ihre Aufmerksamkeit auf sich. Es war ein gewaltiges Gebäude im gotischen Stil, das mit königlicher Herablassung die Themse überblickte; es war um einen gepflasterten Hof herum gebaut und erhob sich in vieltürmiger Pracht. Selbst an einem bedeckten Tag wie heute fügten die vergoldeten Wetterfahnen eine romantische Note hinzu, und die unendliche Zahl der Fenster sorgte für einen kristallenen Charme. Hans Kippel war überwältigt. Über die Schulter seines Freundes betrachtet, wirkte Richmond Palace wie aus dem Märchen und verzauberte ihn.

Das Dorf selber war während des Jahrhunderts stetig gewachsen, weil mehr und mehr Menschen die von Krankheiten verseuchte Stadt verließen und in die gesünderen Vororte zogen. Viele Bewohner verdienten ihren Lebensunterhalt durch den Palast, der ihr Leben in jeder Beziehung bestimmte. Nicholas begleitete Anne zu einem Haus am anderen Ende des Dorfes und blieb lange genug, um das tränenreiche Wiedersehen mit den Eltern zu erleben. Hans Kippel wurde vom schweißnassen Pferd gehievt und herzlich willkommen geheißen. Nicholas machte sich auf den Weg zu dem Gasthaus, das er besuchen mußte.

Schon ein erster Blick sagte ihm, daß *The Nine Giants* für ihre Zwecke geradezu ideal war. Es war größer und insgesamt ausgedehnter in seinen Proportionen als das *Queen's Head*. Es war um einen gepflasterten Innenhof herumgebaut worden und besaß drei strohgedeckte Galerien. Seine Holzkonstruktion ließ es wie die meisten Londoner Häuser aussehen, doch es war bei weitem sauberer und besser erhalten als seine städtischen Gegenstücke. Nicht zum erstenmal dachte Nicholas darüber nach, wieviel Schmutz und Verseuchung durch eine große Bevölkerung doch entstehen konnte. Richmond war wirklich sehenswert. Seine Anmut war noch nicht durch städtische Massen getrübt worden. Ein besonderer Anblick war das Dickicht aus Eichenbäumen, das dem Wirtshaus den Namen gegeben hatte. Hoch und mächtig erhoben sie sich aus dem Gelände hinter dem Wirtshaus und bildeten einen großen Kreis aus Holz, der einen mystischen Eindruck hinterließ. Den neun Riesen gesellte sich schon bald ein zehnter hinzu.

»Guten Tag, Master.«

»Euch ebenfalls, mein Herr.«

»Willkommen in unserem Gasthof.«

»Ein feines Haus habt Ihr hier.«

»Ich werde gleich bei Euch sein.«

Nicholas hatte den Innenhof betreten und gesehen, wie ein gewaltiges Faß von einem gewaltigen Mann mit einer Lederschürze getragen wurde. Er belud ein Brauerei-Fuhrwerk mit leeren Fässern aus dem Keller des Wirtshauses und grunzte vor Anstrengung bei der schweren Arbeit. Der Regisseur saß ab und band sein Pferd an einem Baum fest. In diesem Moment hievte der Mann das Faß mit heftigem Gepolter auf das Fuhrwerk und wischte sich die Hände an seiner Lederschürze ab. Nicholas betrachtete das Gesicht des Mannes zum erstenmal richtig und brach vor Erstaunen in schallendes Gelächter aus.

»Leonard!«

»Seid Ihr das, Master Bracewell?«

»Kommt her, alter Junge!«

Sie umarmten sich herzlich und traten zurück, um sich gegenseitig zu betrachten. Nicholas wollte seinen Augen nicht trauen.

Sein Freund war von den Toten auferstanden.

*

Der untersetzte Mann lag mit dick verbundener Leibesmitte auf einem Bett. Die Wunde, die er sich selber zugefügt hatte, war schlimm, aber nicht tödlich. Infolge regelmäßigen Nachschubs von Bier befand er sich auf dem Wege der Besserung. James Renfrew betrachtete ihn mit mildem Mißvergnügen.

»Trinkt Wein und legt Euch bessere Manieren zu«, sagte er.

»Ich kümmere mich schon selber um mein Vergnügen, Jamie.«

»Wie fühlt Ihr Euch heute, Sir?«

»Besser.«

»Könnt Ihr stehen?«

»Stehen und gehen und eine Waffe tragen.«

»Dafür ist noch reichlich Zeit.«

»Er gehört mir«, zischte der andere.

»Master Bracewell?«

»Ich will ihn haben.«

»Der Junge ist unsere Hauptsorge. Er ist ein Zeuge.«

»Dem quetsch ich seine holländischen Augen aus!« Er sah zu der schwarzen Augenklappe hoch und stammelte unbeholfen. »Tut mir...leid, Jamie. Ich... wollte nicht...«

»Schluß damit!« sagte Renfrew scharf. »Gebt Ruhe und sorgt, daß Ihr zu Kräften kommt.«

»Ist der Zeitpunkt schon festgesetzt?«

»Es ist alles geplant.«

»Wann?«

»Das werdet Ihr schon noch erfahren, Firk.«

»Gebt mir nur noch einen oder zwei Tage...«

»Der Plan ist fertig, macht Euch keine Sorgen. Wir werden ohne Euch nicht losschlagen. Ihr werdet gebraucht.«

»Und Master Bracewell?«

»Der kommt auch noch an die Reihe, der kommt auch noch dran.« Renfrew trat an das Fenster des Krankenzimmers und blickte auf den Fluß hinunter. Er sah einen Wald von Schiffsmasten, die sich auf den unruhigen Wellen hin und her bewegten. Er beobachtete einen Kahn, der fachmännisch über den Fluß gerudert wurde, und folgte ihm mit den Augen, bis er hinter einem größeren Schiff verschwand.

Renfrew warf einen beiläufigen Blick über die Schulter.

»Firk...«

»Was 'n los?«

»Habt Ihr jemals einen Flußschiffer umgebracht?«

*

Nicholas Bracewell freute sich, diesen Fleischberg wiederzusehen. Leonard besaß eine natürliche Freundlichkeit, die den Eindruck seiner gewaltigen Gestalt milderte. Sein großes, rundliches, sommersprossiges Gesicht strahlte hoffnungsvoll. Er war noch in den Zwanzigern und hatte zurückweichendes Haar, das seine riesige Stirn freilegte, und einen Vollbart, der von einem zahnlückigen Grinsen geteilt wurde. Die beiden hatten sich unter schlimmen Verhältnissen erstmals getroffen. Beide waren im Counter in der Wood Street ins Gefängnis geworfen worden, eines der schlimmsten und verrufensten Gefängnisse der Stadt. Nicholas war das Opfer falscher Beschuldigungen von Leuten, die ihn aus dem Weg räumen wollten, doch seine Verbindung zu Lord Westfield hatte ihn gerettet. Selbst diese kurze Zeit des Eingesperrtseins hatte ihn davon überzeugt, daß er sich niemals wieder in einem dieser städtischen Höllenlöcher wiederfinden durfte.

Leonards Fall war viel schlimmer gewesen. Er stand unter Mordanklage, die ganz sicher zur Todesstrafe geführt hätte. Eine traurige Geschichte, die ihm seine eigenen Muskeln eingebracht hatten. Dieser Riese hatte ein friedliches Temperament und keinerlei Aggressionen. Als ihn seine Arbeitskollegen zum Jahrmarkt nach Horton mitnahmen, beschlossen sie, es sei an der Zeit, ihn irgendwie einmal in voller Aktion zu sehen. Er ließ sich dazu überreden, sich mit dem unbezwingbaren Ringer einzulassen, dem Großen Mario, einem riesenhaften Italiener, der zu viele schmutzige Tricks kannte, um sich von seinen Herausforderern im Kampf bezwingen zu lassen. Mit den meisten wurde er mühelos fertig, doch sein neuer Gegner war schon etwas Besonderes.

»Ich wollte den Kampf gar nicht gewinnen«, sagte Leonard, als er seine Geschichte erzählte. »Ich kämpfte nur, um meinen Kollegen eine Freude zu machen. Aber der Große Mario kämpfte nicht fair. Er stellte mir ein Bein, schlug und trat und biß mich. Ich wurde wütend. Ich hatte vorher getrunken, es war heiß. Meine Kollegen feuerten mich mit aller Kraft an.«

»Ich erinnere mich. Ihr kämpftet mit dem Großen Mario.«

»Und brach ihm das Genick.«

»Er hat Euch dazu provoziert, Leonard.«

»Das half nichts. Ich wurde wegen Mordes verhaftet.«

»Und wie konntet Ihr entkommen?«

»Durch Gottes Hilfe.«

»Hat es eine Allgemeine Amnestie gegeben?«

Londons Gefängnisse waren üblicherweise rettungslos überfüllt, viele Insassen starben auf Grund der unmöglichen Verhältnisse. Von Zeit zu Zeit erhöhte sich die Zahl der Insassen so dramatisch, daß die Gefängnisse aus allen Nähten platzten. Gelegentlich gab es dann eine Allgemeine Amnestie, um die Belegung in den Zellen zu verringern und Platz für neue Übeltäter zu schaffen. Leonard war nicht der erste angebliche Mörder, der auf diese Art seine Freiheit wiedererlangte. Doch seine Entlassung erfolgte unter etwas anderen Umständen.

»Der Oberbürgermeister von London nahm sich meines Falles an.«

»Persönlich?«

»Ja, Master Bracewell. Ich fühlte mich sehr geehrt.«

»Wurdet Ihr vor Gericht gestellt?«

»Sir Lucas Pugsley hat mir das erspart.«

»Aber wie denn, Leonard?«

»Ich weiß es nicht, aber sein Einfluß ist grenzenlos.« Er lächelte entschuldigend. »In der einen Minute lag ich im Counter auf dem Stroh und murmelte meine Gebete, in der nächsten nimmt mir der Sergeant die Ketten ab und läßt mich frei. Wenn ein Oberbürgermeister das schaffen kann, dann verbeuge ich mich vor ihm in aller Bescheidenheit.«

»Habt Ihr Sir Lucas Pugsley jemals getroffen?«

»Nein, das nicht.«

»Warum hat er sich dann so für Euren Fall interessiert?«

»Aus reiner Herzensgüte.«

»Da muß es aber noch etwas anderes geben.«

»Mein Master sagt, es sei einfach Glück gewesen.«

»Euer Master?«

»Er war es, der meine Entlassungsurkunde in den Counter brachte.«

»Aber wie hat er diese Urkunde erhalten?«

»Ich hab es Euch doch gesagt. Aus der Hand des Oberbürgermeisters.«

Nicholas wunderte sich sehr über diese Einmischung von oben.

»Wer ist Euer Master, Leonard?«

»Ratsherr Ashway. Ich arbeite in seiner Brauerei.«

*

Früh am Montagmorgen traf Rowland Ashway wichtig im *Queen's Head* ein. Er hatte seinen Rechtsanwalt bei sich, der wiederum den Vertrag über den Verkauf des Hauses bei sich hatte. Alexander Marwood war ebenfalls in Begleitung seines Anwaltes, und die vier Männer gingen das Dokument zwei Stunden lang mit größter Sorgfalt Punkt für Punkt durch. Ein paar Zweifel wurden laut, einige Einwände geäußert, ein paar Berichtigungen vorgenommen. Als die Haarspalterei vorbei war, forderten die beiden Rechtsanwälte ihr Honorar und zogen sich an das andere Ende des Raumes zurück, um die beiden allein zu lassen. Ratsherr Ashway betrachtete den Gastwirt mit öliger Zufriedenheit.

»Es ist also nun alles vereinbart, Master Marwood.«

»Ich möchte, daß meine Frau den Vertrag ansieht.«

»Nachdem Ihr ihn unterschrieben habt.«

»Vielleicht hat sie gewisse Befürchtungen.«

»Treibt ihr die im Ehebett aus.«

Ein rückblickender Seufzer. »Die Zeiten haben sich geändert.«

»Nichts hält uns jetzt noch zurück«, sagte der Ratsherr. »Unsere Notare haben über den Vertrag beraten, das Geld liegt für Euch bereit. Kritzelt jetzt Euren Namen auf das Papier, dann ist der Handel perfekt.«

»Muß das noch heute sein, Sir?«

»Ich habe Eure Ausflüchte jetzt bald satt.«

»Ich werde unterschreiben, ich werde unterschreiben«, brabbelte der andere. »Aber ich brauche noch einen Moment, um nachzudenken. Mein Vater hat mir das *Queen's Head* vererbt. Ich muß um seinen Ratschlag beten und mich mit seiner Seele versöhnen.«

»Werdet Ihr anschließend die Feder in die Hand nehmen?«

»Ganz bestimmt.«

Marwood verbeugte sich unterwürfig und rieb sich die Hände, als müsse er verrotteten Käse abwischen. Er hatte eine weitere kleine Verzögerung herausgeholt, aber Rowland Ashway war fest entschlossen, daß dies die letzte war.

»Wir werden in Kürze zurückkommen«, verkündete er.

»Ihr seid mir jederzeit willkommen.«

»Um die Unterzeichnung vorzunehmen.«

»Nun, ja, aber...«

»Dies ist der Tag der Entscheidung, Master Marwood; ich werde keine weitere Verzögerungen mehr hinnehmen. Entweder Ihr setzt Euren Namen und guten Willen unter dieses Papier, oder ich zerreiße es und überlasse Euch der Gnade von Westfield's Men.«

Er segelte aus dem Zimmer, seinen Notar im Schlepptau. Alexander Marwood trottete schwächlich hinterher. Doch als er den Innenhof betrat, ließ etwas den Hauswirt erstarren und ein flüchtiges Bedauern empfinden.

Die Schauspieler versammelten sich zur Probe.

*

Abel Strudwick war ein Geschöpf der Extreme. Wenn er sich einmal zu etwas entschlossen hatte, führte er es auch aus, ohne auch nur im entferntesten nochmals darüber nachzudenken. Wie Lawrence Firethorn ihn im *Queen's Head* behandelt hatte, das hatte ihn tief verletzt; er spürte den Zorn der Verachteten. Doch während der eine Traum sich in nichts auflöste, entstand ein anderer. Indem er den Ersten Schauspieler in einem Duell der Worte niedermachte, würde er nicht nur seine Rache auskosten, sondern der Welt auch seine wahren Fähigkeiten als Schauspieler beweisen. Sobald er Firethorns finsteres Herz endgültig durchbohrt hatte – und er war sich seines raschen Sieges ganz sicher – würde er dem Publikum die größte Ehre antun und einige seiner Gedichte vortragen. Das war jetzt nicht mehr nur ein Kampf der Worte. Dies war der Hafen, in dem seine neue Karriere beginnen würde.

Aus diesem Grunde hatte der vorausschauende Flußschiffer Handzettel drucken lassen, auf denen seine Veranstaltung angekündigt wurde, und sie großzügig an seine Passagiere, in den Gasthäusern und bei seinen Kollegen an den Anlegestellen verteilt. Abel Strudwick gegen einen berühmten Schauspieler. Das war eine interessante Angelegenheit, die viele Leute anzog, die normalerweise nichts mit dem Theater im Sinn hatten. Das zahlreiche Publikum, das zur Aufführung der *Königin von Karthago* gekommen war, wurde jetzt noch angereichert durch das Herbeiströmen handfester Flußschiffer und Bootsleute, die sich um gute Plätze vor der Bühne drängelten. Als Vorspiel zu einer ergreifenden Tragödie sollte ihnen noch ein Kampf Stahl gegen Stahl geboten werden.

Jemand versuchte mit aller Kraft, ihnen den Spaß zu verderben.

»Es ist noch nicht zu spät, Euren Entschluß zu ändern, Abel.«

»Das wäre Feigheit!«

»Ich spreche von einem ehrenvollen Rückzug.«

»Sprecht, wovon Ihr wollt, Master Bracewell«, sagte der zornige Wassermann. »Ich habe mir geschworen, in diesen Kampf zu ziehen, und zwar heute.«

»Ihr werdet beide schwere Verletzungen davontragen.«

»Das macht mir nichts aus, Sir.«

»Aber was ist, falls Ihr verlieren solltet?« fragte Nicholas. »Das würde Euren guten Ruf schädigen.«

»Niederlage ist unmöglich. Gebt Euch keine Mühe.«

Sie befanden sich im Schankraum des *Queen's Head,* kurz vor dem Beginn der Veranstaltung. Der Regisseur hatte mehrfach versucht, seinem Freund die ganze Sache auszureden, doch der war unerbittlich. Er war verletzt worden und würde sich dafür rächen. Zur Vorbereitung goß er Becher um Becher *Ashway's Ale* in sich hinein, um sich den Kopf für gute Argumente freizumachen.

Nicholas ließ ihn allein und schlüpfte in den Kostümsaal, um ein letztesmal an die andere Hälfte dieses Streitfalles zu appellieren. Wie der Bootsmann, so weigerte sich auch Lawrence Firethorn standhaft bis jetzt, auf die Vernunft zu hören, und ließ sich nicht mehr von seiner Absicht abbringen. Bevor er in dem Stück seine berühmte Darstellung des Äneas geben würde, beabsichtigte er, Vernichtung über das struppige Haupt des Abel Strudwick auszugießen. Er machte kurzen Prozeß mit dem Regisseur.

»Sprecht mir nicht von Rückzug, Nick.«

»Denkt an den guten Namen der Gesellschaft, Sir.«

»Um genau diesen guten Namen zu verteidigen, werde ich mich mit diesem unrasierten Barbaren messen.«

»Ihr solltet Euch nicht zu einem ordinären Zweikampf mit ihm erniedrigen.«

»Es wird keinen Zweikampf geben«, bemerkte Firethorn großartig. »Ich werde den Raufbold mit meiner ersten Rede entwaffnen, und er steht hilflos da, während ich ihn in der Luft zerreiße.«

»Ein bißchen Diplomatie könnte viel Unheil verhindern.«

»Schluß jetzt, Sir! Ich lasse mich nicht von meinem Plan abhalten.«

Nicholas Bracewell hatte diese ausweglose Situation vorhergesehen und einen trickreichen Plan entwickelt. Jetzt war es an der Zeit, ihn in die Tat umzusetzen.

*

Unterdessen wurde in einem anderen Teil des Gasthauses ein anderer seiner Pläne verwirklicht. Margery Firethorn stattete Sybil Marwood einen Besuch ab. Sie saßen in einem Privatzimmer, von dem aus man den Innenhof überblicken konnte, und ihr Gespräch wurde vom Murmeln der Menge begleitet. Margery vermied ihren normalerweise übertriebenen selbstbewußten Gesprächsstil zugunsten eines sanfteren, vertraulicheren Vorgehens. Der Regisseur hatte ihnen viele Informationen geliefert, die er von seinem alten Freund aus dem Counter im Gespräch bei den *Nine Giants* in Richmond erhalten hatte. Der riesenhafte Leonard hatte unwissentlich wertvolle Einblicke in die Arbeitsmethoden des Rowland Ashway geliefert.

»Ich bin gekommen, um Euch mein Mitgefühl auszudrükken, Mistreß Marwood.«

»Aus welchem Grund, wenn ich fragen darf?«

»Nun, wegen dieses Verrates, den Euer Mann vorhat.«

»Verrat?«

»Er hat die Absicht, den Gasthof an den Ratsherren Ashway zu verkaufen.«

»Für gutes Geld, Mistreß Firethorn.«

»Was wissen Männer denn schon von Preisen?« fragte Margery mit kaltem Zorn. »Wenn sie Geld in den Fingern haben, können sie seinen Wert nicht ermessen. Nur eine Frau kann den richtigen Preis festsetzen.«

»Das stimmt«, pflichtete die andere bei.

»Euer Ehemann verkauft das *Queen's Head* und bekommt

gutes Geld für das Gasthaus, da sind wir uns einig. Aber, Mistreß, wieviel Geld bekommt er für das Heim, das er verliert? Für den guten Willen, den er hineingesteckt hat? Für die Jahre voller Schweiß und Mühe für Euch beide, die Ihr hier geleistet habt?« Margery stieß einen mitfühlenden Seufzer aus. »Dies ist ein Ort von historischem Wert. Er atmet Tradition. Hat Euer Gatte auch dafür Geld erhalten?«

»Ich kenne die Vertragsbedingungen nicht.«

»Nein?« sagte Margery und trieb einen Keil zwischen die Ehegatten. »Das ist aber nicht klug. Mein eigener lieber Ehemann würde es niemals wagen, unseren Besitz ohne meine ausdrückliche Zustimmung zu verkaufen. Master Marwood mißbraucht Euch. Er schreibt seinen Namen auf ein Papier, und Euer ganzes Leben wird zum Risiko.«

»Risiko?« Die Alarmglocke hatte angeschlagen.

»Aber Euer Mann hat Euch doch gewiß darüber informiert?«

»Welches Risiko, Madam? Sprecht es aus!«

»Zwangsräumung.«

»Aus unserem eigenen Heim?«

»Das gehört dann dem Ratsherrn Ashway.«

»Der Vertrag wird uns beschützen.«

»Woher wollt Ihr das wissen, wenn Ihr ihn noch nicht gesehen habt?« Margery erhob sich und schritt zur Tür. »Danke, daß Ihr mir zugehört habt. Ich möchte Eure Zeit nicht länger in Anspruch nehmen.«

»Wartet!« sagte Sybil Marwood. »Ich möchte mehr Klarheit.«

»Das würde Euch nur noch mehr belasten.«

»Ich will es wissen, Madam. Ratet mir in dieser Sache, ich werde tief in Eurer Schuld stehen.«

Margery wandte sich ihr mit königlichem Charme zu.

»Ich spreche nur als Frau zu Euch.«

»Laßt es mich hören.«

»Und ich nehme keine Partei in diesem Streit. Aber...«

»Weiter?« sagte die andere ungeduldig. »Aber, aber, aber...«

»Das *Queen's Head* ist nicht der einzige Gasthof, den der gefräßige Ratsherr verschlungen hat. Die *Antilope* und den *White Hart* in Cheapside hat er sich bereits einverleibt; es heißt, das *Brazen Serpent* soll seine nächste Mahlzeit werden.«

»Das kann er sich leisten. Er ist ein reicher Mann.«

»Woher stammt denn dieser Reichtum, Mistreß Marwood?«

»Wie meint Ihr das?«

»Ratsherr Ashway will gute Profite«, sagte Margery mit süßer Stimme, »aber die erzielt er nicht, wenn er für die Häuser einen zu guten Preis oder seinem Wirt zuviel Gehalt zahlt. Könnt Ihr mir soweit folgen?«

»Ich fange an, Madam.«

»Der Besitzer der *Antilope* wurde innerhalb von sechs Monaten herausgesetzt. Sein Nachfolger arbeitet länger und für weniger Geld.«

»Kann das denn wahr sein?« keuchte die andere.

»Seht Euch die Vorstädte an. Der Ratsherr kaufte den *Bull and Butcher* in Shoreditch und das *Carpenters Arms* in Islington. Redet mit den unglücklichen früheren Eigentümern. Sie sind jetzt nur noch die reinsten Sklaven, wo sie vorher Herr und Meister waren. Wollt Ihr und Euer Mann Euch so tief erniedrigen?«

Aufbrandender Applaus aus dem Innenhof ließ Margery ans Fenster treten, doch sie hatte ihre Arbeit bereits geleistet. Rot vor Zorn und von Angst geschüttelt, rannte Sybil Marwood auf der Suche nach ihrem Ehemann aus dem Zimmer. Sie hatte das Gefühl, sie sei von dem Mannsvolk vorsätzlich im dunkeln gelassen worden. Als sie in den Schankraum stürmte, begrüßte ihr Mann sie mit ausgebreiteten Armen.

»Komm, Sybil! Unser zukünftiges Glück ist gesichert.«

»Was sagst du da?«

»Ich habe den Vertrag mit Ratsherr Ashway unterzeichnet.«

»Zerreiß ihn auf der Stelle!« kreischte sie.

»Zu spät, Madam.«

»Wieso?«

»Er ist per Bote zu ihm auf dem Weg.«

*

Der Applaus, der Margery Firethorn zum Fenster gezogen hatte, war durch Abel Strudwicks Erscheinen ausgelöst worden. Mit der Hilfe seiner Schiffer-Kollegen kletterte er auf die Bühne und stolzierte umher wie ein Ringer, der seine Muskelpakete vorführte. Gutmütige Zurufe wurden laut, es gab Applaus. Erst, als Strudwick stehenblieb, um sich für den Beifall zu bedanken, merkte er, wieviel Bier er inzwischen getrunken hatte. Sein Kopf war benebelt, er mußte breitbeinig stehen, um nicht hinzufallen. Es gab aber noch ein weiteres, sehr direktes Problem. Vom Innenhof her gesehen, hatte die Arbeit der Schauspieler leicht und anregend ausgesehen. Jetzt da er selber im Mittelpunkt des Interesses stand, wurde ihm klar, welche nervliche Belastung das in Wirklichkeit bedeutete. Ein Meer lebendiger Körper lag unter ihm. Galerien voller grinsender Gesichter umgaben ihn. Aus Hunderten von Kehlen kamen Rufe, Geschrei und wilde Ratschläge. In der Hitze all dieser Aufmerksamkeit begann sein Selbstvertrauen zu schmelzen.

Auch die kleine Glocke, die die halbe Stunde anschlug, konnte daran nichts ändern. Voller Angst sprang er auf. Bevor er sich noch von seinem Schrecken erholen konnte, erklangen Fanfaren – Lawrence Firethorn zelebrierte seinen triumphalen Einzug. Flankiert von sechs prunkvollen Soldaten, angetan mit einer goldenen Rüstung, goldenem Helm und mit goldenen Schutzplatten vor den Schienbeinen. In der einen Hand hielt er ein blitzendes Schwert hoch, die andere trug einen goldenen Schild. Der Kontrast war unübersehbar. Auf der einen Seite der Bühne ein zerzauster, krummbeiniger Flußschiffer mit herabhängenden Schultern, auf der anderen Seite der mannhafte Krieger in strammer, stolzer Haltung. Sobald die Fanfare verklungen war, trug der Schauspieler seine Zurechtweisung mit herrischer Stimme vor.

»Hinweg, du miserable Pestilenz,
Jupiter ist's, der dir die Schranken weist.
Des Himmels König bin ich, Herr der Erde,
der sich mit Kröten deiner Sorte nicht beschmutzt.
Abscheuliches Geschöpf, verlaß den heil'gen Ort,
befleck ihn nicht mit deiner widerlichen Fratze.
Ich wandle in der Höh mit göttergleichen Schritten,
du schiffst auf einem schmutz'gen Fluß herum.
Bei Neptuns Majestät und Saturns edler Seele,
du bist nur Mist. Ich laß dich einfach steh'n.«

Während diese Worte noch über den Hof hallten, drehte sich die göttliche Gestalt auf ihren sandalierten Absätzen herum und vollzog einen würdevollen Abgang. Lawrence Firethorn war so beeindruckend gewesen, daß er Abel Strudwick alle Kraft zu einer Antwort wegwischte. Erst als der Applaus für Jupiter aufbrandete, tauchte der Bootsmann aus seiner Verwirrung auf und versuchte, zurückzuschlagen. Doch als er dem Schauspieler nachstürzte, wurde er von den sechs Soldaten in glänzender Rüstung aufgehalten, indem sie ihm ihre Lanzen entgegenstreckten, die George Dart erst am Morgen auf Hochglanz poliert hatte. In der Hitze des Augenblicks flüchtete Abel Strudwick sich in zügellose Beleidigungen.

»Kommt her, räudiger Hund! Schniefende, schleichende Ratte, die Ihr seid! Kommt her, Schurke. Zeigt uns noch mal Eure Affenvisage, und ich schlage Euch Euren Sklavenhelm vom Kopf und setz Euch die Hörner eines Hahnreis auf. Ich war es, der das Miststück, das Eure Frau ist, geritten hat und sich zwischen ihren spindeldürren Beinen amüsiert hat. Eure Dame ist schwanz-geil, Sir, und sie läßt sich ihre öligen Titten von jedem Kerl in der Stadt ablutschen!«

»Was!!!!!«

Dieser Zornesschrei war so laut und durchdringend, daß Abel Strudwick und sämtliche Zuschauer auf der Stelle verstummten. Margery Firethorn kletterte durchs Fenster wie eine Tigerin, die sich von ihrem Lager auf die Beute stürzt. Sie schob sich durch die Sitzreihen bis zur untersten Galerie, hob ein Bein über die Balustrade und sprang direkt auf die Bühne. Wie giftiger Dampf zischten die Worte aus ihrem Munde.

»Wer seid Ihr denn, so zu reden, Ihr Zuhälter, Dummkopf, Aaskrähe! Ich bin die Frau, über die ihr so widerlich geredet habt, und bin so christlich, wie eine Frau nur sein kann. Pfui über Eure gemeine Sprache, Ihr Schuft, über Euren Mülleimer von einem Mund, über die Gosse von einem Gehirn, das Ihr bis aufs Blut aufkratzen müßt, um Argumente zu finden. Raus, raus, Ihr Tolpatsch, schwankende Mißgeburt, betrunkener Zotenreißer, ränkevoller Teufel, Ihr dreifach häßlicher Bettler, Ihr ekelhafter und widerlicher Stinker. Verschwindet, bevor Ihr uns mit Eurem aussätzigen Gerede ansteckt!«

Sie stand so furchteinflößend da, daß er immer kleiner wurde. »Ein stinkender Teufel bin ich, Sir? Dafür werde ich Euch mit Alpträumen quälen. Ihr sagt, ich hätte dürre Beine? Auf denen stehe ich besser als Ihr auf Euren armseligen Stöcken, die das Gewicht Eures Bierbauches nicht tragen können, ohne krumm zu werden wie ein Bogen, der mit aller Kraft gespannt wird. Schwanz-geil, behauptet Ihr...«

Abel Strudwicks Niederlage war vollkommen, das Publikum schrie und brüllte auf seine Kosten. Doch er hatte noch eine Karte im Ärmel. Er schüttelte Margerys Angriff ab, rannte nach vorne und versuchte, sich zu retten, indem er sein letztes Gedicht vortrug, das von einem einfachen Flußschiffer handelte, der ein berühmter Schauspieler wird und vor der Königin spielt. Eine einzige Katastrophe. Die Zuschauer fühlten sich provoziert und fingen an, ihn mit Gegenständen zu bewerfen. Doch Strudwick trug weiter vor, wich den Apfelbutzen und faulen Eiern aus, so gut er konnte, gefangen zwischen Tod und Teufel, zwischen der immer noch kochenden Margery Firethorn und der tobenden, beleidigenden Menschenmasse vor ihm. Die *Königin von Karthago* rettete ihn schließlich.

Nicholas, der Strudwicks verzweifelte Lage erkannte, gab das Zeichen zu einem vorgezogenen Beginn des Theaterstükkes. Die Trompete erklang, der Erzähler betrat in seinem schwarzen Umhang die Bühne. Margery und Strudwick verstummten und traten zurück. Als die erste Szene auf der Bühne begann, wichen die beiden Streithähne den Schauspielern und verließen die Bühne. Strudwick warf sich dankbar in die Arme seiner Schifferkollegen, die meinten, er sei irgendwie schlecht behandelt worden. Margery zog sich durch den Vorhang zurück und eilte in den Kostümsaal. Sie ging sofort auf den goldbekleideten Jupiter zu und küßte ihn auf die Wange.

»Gut gesprochen, Lawrence! Ihr habt ihn in Stücke gehauen!«

»Vielen Dank, Mistreß«, sagte eine walisische Stimme.

Sie sprang zurück. »Ihr seid ja nicht mein Mann!«

»Nein«, sagte Owen Elias. »Diese Ehre ist mir versagt.«

»Aber Ihr wart ein genaues Abbild des Jupiter.«

»Das war die Absicht«, sagte Nicholas, der vier weitere Soldaten auf die Bühne scheuchte. »Ich habe versucht, Master Firethorns guten Ruf zu bewahren und ihn vor einem echten Schaden zu bewahren.«

Sie war amüsiert. »Ihr habt Lawrences eigene Stimme.«

»Aber nicht sein Glück in der Liebe«, sagte Elias mit einer Andeutung von Schmeichelei und küßte ihre Hand. »Edmund Hoode hat die Worte geschrieben. Ich habe sie nur in der Art Eures Gatten vorgetragen.« Himmelsgleiche Musik erklang. »Verzeiht mir, schöne Dame. Jupiter wird anderswo gebraucht.«

Mit Ganymed an seiner Seite betrat er die Bühne.

Margery begann zu verstehen, wie die ganze Sache arrangiert worden war. Ohne ihre hitzige Einmischung hätte das Duell der Worte überhaupt nicht stattgefunden. Wie die Dinge lagen, hatte sie den Gegner anstelle ihres Mannes bezwungen. Sie zupfte an Nicholas Ärmel.

»Wo steckt Lawrence?« flüsterte sie.

»Er wird jeden Moment hier sein.«

»Wie habt Ihr ihn von diesem Raufbold ferngehalten?«

»Seht selber, Mistreß.«

Lawrence Firethorn wurde von vier starken Männern in den Kostümsaal geschleppt, die sich mit aller Kraft an ihn klammerten. Im Kostüm des Äneas keuchte er vor Zorn und stieß wilde Flüche aus. Auf ein Nicken von Nicholas ließen die verschreckten Häscher den Schauspieler los.

»Dafür werden Köpfe rollen!« brüllte Firethorn los.
»Haltet Euch bereit, Sir«, sagte Nicholas.
»Ich werde Euch alle vernichten.« Da erblickte er seine Frau. »Margery! Du hast hier nichts zu suchen, Frau.«
»Ich habe meine Szene gespielt und einen Abgang gemacht.«
»Was meinst du damit?«
»Euer Stichwort, Sir«, sagte der Regisseur.
»Bin ich hier in einem Irrenhaus?« grollte der Schauspieler.
»Äneas auf die Bühne!«
Die Musik spielte, persönliche Dinge wurden beiseite geschoben. Lawrence Firethorn warf sich in den Hexenkessel der Rolle des listigen Äneas und kämpfte um die Zuneigung von Dido, der Königin von Karthago, die mit lieblichem Charme von Richard Honeydew dargestellt wurde. Hier war der Schauspieler, wie ihn die Zuschauer wirklich sehen wollten, nicht im Gezänk mit einem simplen Flußschiffer, sondern auf der Höhe seiner Kunst, mit der er Herzen und Seelen auf unvergleichliche Weise begeisterte. Im Kostümsaal zog Margery fragend eine Augenbraue hoch. Nicholas lächelte.
»Alles wird zu seiner Zeit erklärt werden«, sagte er leise.

*

Sir Lucas Pugsley saß vor einem erschreckend hohen Stapel juristischer Papiere und sah sie langsam durch. Aubrey Kenyon stand bereit, um Auskunft und Unterstützung zu geben, sofern nötig. Der Oberbürgermeister hatte allen Versammlungen der Stadtverwaltung vorzusitzen. Als höchster Magistratsbeamter fungierte er als Richter und befaßte sich mit einer Vielzahl von Fällen. Alles, von lächerlichen Ordnungsverstößen bis zu komplexen wirtschaftlichen Auseinandersetzungen, kam auf seinen Tisch. Ferner war es seine

Aufgabe, den Handel in der Stadt zu überwachen und dafür zu sorgen, daß die Vorschriften der Stadtverwaltung eingehalten wurden. Die Aufgaben seines Amtes stellten ihn häufig gegen seine Freunde.

Er betrachtete ein neues Papier und setzte ein schiefes Lächeln auf.

»Rowland Ashway ist schon wieder angezeigt worden.«

»Aus welchem Grund, Oberbürgermeister?«

»Panscherei bei seinem Bier. Die Anklage kommt nicht durch.«

»Seine Brauerei hat einen guten Ruf.«

»Es gibt immer Leute, die versuchen, einen gewissenhaften Mann fertigzumachen«, sagte Pugsley. »Wie kann man den Worten eines Wirtes trauen, frage ich Euch? Diese Burschen schütten Wasser ins Bier und schwören, daß die Brauerei das getan hätte, damit sie Schadensersatz verlangen können. Das Gesetz ist hier nichts anderes als eine Peitsche, mit der ein mißgünstiger Kneipier ehrliche Kaufleute verdreschen kann.«

»Wird der Fall vor Gericht kommen?«

»Nicht, solange ich Richter bin, Aubrey.«

»Das ist das drittemal, daß Ratsherr Ashway in Eurer Schuld steht«, sagte der Kämmerer. »Er hat viel Widerstand bei eifersüchtigen Hausbesitzern hervorgerufen.«

»Von mir bekommen die keine Hilfe.« Er legte das Papier zur Seite, ergriff ein anderes und warf es auf das erste. »Genug Juristenkram für heute, Sir. Manchmal denke ich, London lebt nur von der Spitzfindigkeit der Juristen.« Er lehnte sich in seinem Sessel zurück. »Wir haben hart gearbeitet, Aubrey. Ich schmeichle mir, daß ich die Arbeit von drei Männern leiste.«

»Mindestens.«

»Walter Stanford wird kaum in der Lage sein, mein Tempo zu halten.«

»Vielleicht will er es gar nicht erst versuchen.«

»Anzeichen für ein Zögern?«

»Dieser Todesfall in seiner Familie hat ihn sehr bedrückt. Er hat seinen Kampf um das Amt verlangsamt.«

»Das sind ja gute Nachrichten. Was ist mit seinem Stück?«

»Die Neun Riesen?«

»Ist dieses unglaubliche Stück immer noch versprochen?«

»Von Gilbert Pike. Er hat schon früher solche Stücke geschrieben.«

»Dieses hier wird seine Phantasie am meisten anregen«, bemerkte Pugsley säuerlich. »Wo wollen die unter den Tuchhändlern denn neun Riesen finden? Wo acht? Fünf? Einen?«

»Richard Whittington muß man zugestehen, Sir.«

»Meinetwegen. Aber erwähnt diesen Namen nicht bei Rowland.«

»Diese Geschichte schmerzt den Ratsherren Ashway immer noch.«

»Das sollte sie auch«, bemerkte der Oberbürgermeister. »Als der hochgerühmte Whittington auf diesem Stuhl saß, machte er sich bei den Bierbrauern sehr unbeliebt, als er versuchte, Einheitsmaße für Fässer einzuführen.«

»Er versuchte auch, den Bierpreis zu regulieren.«

»Die Bierbrauer fanden keine Gnade bei diesem Tuchhändler.«

Aubrey Kenyon ergriff die Gelegenheit, an eine Angelegenheit zu erinnern, die ihm sehr wichtig war.

»Der edle Gentleman leistete gute Arbeit, als er im Amt war. Er hielt die Stadt in Ordnung und die Bürger ordentlich unter dem Pantoffel.« Er trat auf Pugsley zu. »Ihr habt doch nicht den öffentlichen Feiertag vergessen?«

»An diesem Donnerstag. Die Vorbereitungen laufen schon.«

»Eine straffe Hand ist ein Markenzeichen eines gutgeführten Amtes.«

»Das ist genau das, was Ihr von mir bekommen werdet, Sir. Sollen die anderen über Dick Whittington reden. Wenn Ihr Disziplin und gute Amtsführung haben wollt, braucht Ihr nur Sir Lucas Pugsley zu suchen. Am Donnerstag werde ich ganz besonders sorgfältig aufpassen.«

Sie brauchten eine Stunde, um Lawrence Firethorn zu beruhigen, und nur die Anwesenheit seiner Frau hielt ihn davon ab, die ganze Gesellschaft herunterzuputzen. Er hielt sich für das Opfer einer verbrecherischen Verschwörung, die er nie vergessen und vergeben könne. Ein Krug Wein, ein ganzes Faß voller Schmeicheleien und die sanfte Überredungskunst eines Nicholas Bracewell brachten ihn dazu, schließlich die Weisheit der ganzen Strategie zu erkennen. Abel Strudwick war bezwungen, Firethorns guter Ruf gesteigert worden, und die Aufführung der *Königin von Karthago* hatte bisher unerreichte Brillanz bewiesen. Es gab nichts, was eine bessere Werbung für Westfield's Men hätte sein können.

Lawrence Firethorn, der sich langsam an den Gedanken gewöhnte, rief George Dart herbei und trug ihm auf, seine Frau nach Shoreditch zu begleiten, dann besprach er zwei wichtige Themen mit dem Regisseur.

»Hat dieser Totenkopf von Hauswirt schon unterschrieben?«

»Ich habe seitdem nicht mehr mit Master Marwood gesprochen.«

»Richtet ihm meine Grüße aus und bringt ihn zu Verstand.«

»Ratsherr Ashway hat viel Einfluß.«

»Seht zu, daß Ihr den überwindet, Nick.« Er wurde geheimnisvoll. »Zunächst habe ich noch einen anderen Auftrag für Euch. Bringt diesen Brief zum Stanford Place.«

»Ist das vernünftig, Master?«

»Tut, worum ich Euch bitte. Der Brief wird erwartet, Ihr gebt ihn Punkt fünf Uhr am Gartentor ab. Dort wird jemand sein, der ihn in Empfang nimmt.«

Nicholas war nicht von dem Gedanken begeistert, das *Queen's Head* verlassen zu müssen, wenn ein so wichtiges Gespräch mit dem Hauswirt anstand, doch er konnte den Auftrag nicht ablehnen. Er eilte auf die Gracechurch Street und machte sich nördlich nach Bishopsgate auf den Weg. Feiner Regen fiel von einem wolkengefleckten Himmel. Als er Stanford Place erreichte, ging er auf die Gartenseite und hielt sich in der Nähe des Tors auf, bis die Uhr fünf schlug. Prudence Ling war eine pünktliche Türhüterin, riß ihm den Brief mit einem Kichern aus der Hand und versteckte ihn unter ihren Röcken. Sie betrachtete den Boten mit bewundernden Blicken. Nicholas verlor keine Zeit, seinen Vorteil auszuspielen.

»Wir haben gehört, es ist ein Trauerfall im Haus.«

»Der Neffe des Masters, Sir. Auf schreckliche Weise zu Tode gebracht.«

»Ist der Mörder schon gefaßt worden?«

»Noch nicht.«

»Sagt mir, was passiert ist, Mistreß.«

Prudence brauchte keine zweite Einladung. Sie plapperte jedes Detail aus und beantwortete jede Frage, die er ihr stellte. Zehn Minuten an einer Gartenpforte waren eine wahre Eröffnung. Prudence war eine sprudelnde Informationsquelle. Und es zeigte sich noch ein weiterer Pluspunkt seines Besuches hier: Als er wieder an der Vorderseite des Hauses vorbeiging, fuhr gerade eine Kutsche vor, der Walter Stanford entstieg. Trauer bedrückte ihn, seine Schritte hatten ihren federnden Elan verloren, doch es war nicht der gewählte Oberbürgermeister, der seine Aufmerksamkeit auf sich zog. Nicholas hatte viel mehr Interesse an dem Diener, der die Haustür öffnete, um seinen Master zu begrüßen und sich unterwürfig vor ihm verbeugte. Der Regisseur spürte den erregenden Kitzel des Wiedererkennens, als die Verbindung in seinem Kopf hergestellt war.

Er hatte Simon Pendleton auf der Brücke getroffen.

10. Kapitel

Die familiäre Tragödie hatte Walter Stanford tiefe Wunden geschlagen; nach dem Begräbnis schleppte er sich mühsam voran. Er holte seine Schwester nach Stanford Place, damit er sich ordentlich um sie kümmern konnte; sie verbrachten viel Zeit in der kleinen Kapelle, wo sie gemeinsam beteten. Und doch vernachlässigte er seine Arbeit nicht und arbeitete bis tief in die Nacht in seinem Büro. Er nahm auch seine regelmäßigen Besuche an der Börse wieder auf. Hinter seinem lächelnden Gesicht verbarg er die Schmerzen seiner gequälten Seele, seine freundlichen Worte überspielten sein tiefes Leid. Obwohl er vieles mißbilligt hatte, was Michael Delahaye trieb, so hatte er ihn doch wie einen zweiten Sohn geliebt und geglaubt, er könne einen starken väterlichen Einfluß auf seinen lebenslustigen Neffen wirken lassen. Diese Hoffnung lag jetzt in der Familiengruft zu Windsor. *Resquiescat in pace.*

Die erste Etage der Börse war an Ladeninhaber vermietet

worden, die in ihren Geschäften Luxusgegenstände wie Horn, Porzellan, Elfenbein, Silber und Uhren verkauften. Von einem dieser Geschäfte blickte Gilbert Pike nach unten, entdeckte seinen Freund und eilte ins Erdgeschoß, so schnell ihn seine altehrwürdigen Beine tragen konnten. Er schob sich durch die Wogen handelnder und feilschender Menschheit, bis er Walter Stanford erreicht hatte. Den Grußworten folgten seine Mitleidsbekundungen, doch der zukünftige Oberbürgermeister hatte kein Interesse daran, das traurige Thema zu diskutieren. Er wandte sich einem fröhlicheren Thema zu.

»Nun, Sir, was macht mein Theaterstück?«

»Es ist so gut wie fertig, Walter«, sagte der andere voller Begeisterung. »Ich finde noch immer die richtigen Worte und schwöre, daß *Die Neun Riesen* Euch und Eurer guten Lady sehr gut gefallen werden.«

»Wird darin auch das Loblied der Tuchhändler-Gilde gesungen?«

»Bis sämtliche Ohren taub sind.«

»Und Humor, Gilbert? Ich hatte um etwas Lustiges gebeten.«

»Die Tische werden sich biegen vor Lachen.«

»Sehr gut in diesen traurigen Zeiten«, sagte der andere. »Aber sagt mir endlich, wer sind unsere neun Riesen?«

»Dick Whittington ist der erste.«

»Absolut selbstverständlich.«

»Dann kommen Geoffrey Boleyn und Hugh Clopton.«

»Beides Tuchhändler und Bürgermeister von hohem Ansehen.«

»Hervorragende Männer«, pflichtete Pike bei. »Nur, daß sich auf Cloptons Name nichts reimt. Als nächster kommt John Allen mit Ralph Dodmer und gleich darauf Richard Gresham.«

»Diese sechs sind wirklich richtige Riesen.«

»Auch Lionel Duckett, und mit ihm Rowland Hill.«

»Das bringt die Zahl auf acht.«

»Mein neunter ist Walter Stanford.«

»In so hoher Gesellschaft erbleiche ich aber, Gilbert.«

»Vielleicht werdet Ihr noch größer als der ganze Rest, Sir.«

Sie diskutierten eifrig über das Stück und seinen simplen Aufbau. Der redselige Autor konnte sich nicht zurückhalten, aus dem Stück zu zitieren. Einer der neun Riesen machte Walter Stanford eine besondere Freude.

»Die Bemerkungen über Ralph Dodmer gefallen mir besonders.«

»Bürgermeister zu London im Jahre 1529«, sagte der alte Mann. »Er war ein Bierbrauer, der gegen die Vorherrschaft der Großen Zwölf rebellierte. Er weigerte sich, zu einer der zwölf führenden Gilden überzuwechseln, obwohl das der einzige Weg war, um das Bürgermeisteramt zu gewinnen. Ein simpler Brauer konnte ja nicht gewählt werden.«

»Dodmer litt für seine Prinzipien.«

»In der Tat, Sir. Eine gewisse Zeit im Gefängnis und eine hohe Geldstrafe sorgten dafür, daß er erneut darüber nachdachte. Unser Bierbrauer ließ den gesunden Menschenverstand sprechen.«

»Und wandte sich den Tuchhändlern zu.«

»Und dann nahm er Rache an all seinen Berufskollegen«, sagte der glucksende Pike. »Er hielt die Bierprüfer ordentlich auf Trab. Gastwirte, die dabei erwischt wurden, daß sie ihr Bier mit Wasser verlängerten oder falsche Maße verwandten, wurden bestraft und wanderten ins Gefängnis. Bierbrauer, die an ihrem Bier herumpfuschten, wurden vor Gericht gezerrt. Ein Schankweib, das Bierkrüge mit falschem Boden benutzte, wurde an den Pranger gestellt.«

»Er brachte den ganzen Berufsstand in Aufruhr.«

»*Die Neun Riesen* erzählen die ganze Wahrheit.«

»Dann hackt auf den Bierbrauern herum, Gilbert«, sagte sein Freund. »Da können wir vielleicht gegen einen gewissen Ratsherren angehen. Ich möchte einem anderen Bierbrauer Feuer unterm Hintern machen.«

»Rowland Ashway, vermute ich?«

»Laß seine roten Backen noch röter werden.«

»Sein Erröten wird die ganze Zunfthalle erleuchten.«

*

Rowland Ashway stand am Fenster eines Zimmers, das den Innenhof überblickte. Seine rosigen Wangen waren fast so rot wie seine Trinkernase. Das Gasthaus *Zum Weißen Hirsch* in Cheapside war wegen seiner Größe und seiner Lage ausgesucht worden. Alle Vorbereitungen waren bereits getroffen. Zusätzliche Bänke und Biertische waren beschafft, zusätzliche Kellner eingestellt worden. In diesem Moment wurden frische Fässer mit Ashways bestem Bier über den gepflasterten Hof gerollt. Der Bierbrauer war zufrieden mit dem, was er sah. Als es an die Tür klopfte, drehte er sich herum und begrüßte die hochgewachsene Gestalt des Eintretenden mit einem zufriedenen Grunzen.

»Ist alles in Ordnung, Sir?« fragte der Gast.

»Ich habe mich persönlich darum gekümmert.«

»Dann haben wir ja keinen Grund zur Sorge.«

»Es sei denn, unsere Pläne würden schiefgehen.«

»Das werden sie nicht«, sagte der andere voller Überzeugung. »Fehler können nicht toleriert werden. Alles wird so gemacht, wie wir es besprochen haben.«

»Gut. Hier ist Gold, um Eure Zwecke zu unterstützen.«

Ashway warf einen Beutel mit Münzen auf den Tisch, sein

Begleiter bedankte sich mit einem Nicken, bevor er ihn aufnahm. Der Mann wirkte gepflegt und war mit einer lässigen Eleganz gekleidet, die in scharfem Kontrast zu dem aufdringlichen Pomp des Bierbrauers stand. Ein federgeschmückter Hut saß so schief auf seinem Kopf, daß der Rand über das Auge ragte, das von einer schwarzen Augenklappe bedeckt war. Sein Kinn war glattrasiert. Die beiden Männer waren keine echten Freunde, sondern Partner auf Grund gemeinsamer Interessen. Rowland Ashway hatte die richtigen Worte für diese Partnerschaft.

»Wir stecken beide in dieser Sache, Sir, vergeßt das nicht.«

»Das werde ich ganz sicher nicht.«

»Wenn Ihr mir Schwierigkeiten macht, dann macht Ihr Euch selber noch viel größere.«

»Mein Auftrag wird erfolgreich sein.«

»Und Firk?«

»Der hat sich gut genug erholt, um mir dabei helfen zu können.«

»Ich will von Euch beiden nur gute Nachrichten hören.«

»Das werdet Ihr auch«, sagte James Renfrew mit einem grimmigen Lächeln. »Das werdet Ihr.«

Öffentliche Feiertage waren kein Vergnügen für die städtischen Behörden. Sie waren bestenfalls Anlaß für betrunkene Ausschreitungen und schlimmstenfalls der Auslöser für Verbrechen und Vandalismus. Niemand, zu dessen Pflichten die Bewahrung der öffentlichen Ordnung gehörte, konnte sich beruhigt zurücklehnen, und viele in der Verwaltung hatten Alpträume von einem totalen Verlust der Kontrolle. Das Hauptproblem waren die Lehrlinge, überschäumende junge Männer, die unter dem Joch ihrer Dienstherren stöhnten und jede Gelegenheit ergriffen, ihre Männlichkeit durch rüpelhaftes Benehmen und allgemeine Massenhysterie zu beweisen. Feiertage gaben gesetzestreuen Bürgern die Gelegenheit, sich von ihrer Arbeit zu entspannen und ein weltliches oder kirchliches Fest zu feiern. An diesen Feiertagen gab es viel Blutvergießen, überfüllte Gefängnisse und eine Vielzahl unerwünschter Schwangerschaften.

Die Fastnachtszeit gehörte zum Karneval, ein letztes Vergnügen vor der strengen Fastenzeit. Der Vierte Fastensonntag kam als nächstes, ein öffentlicher Feiertag, an dem diejenigen, die nicht zu Hause wohnten – die rowdyhaften Lehrlinge in den Londoner Werkstätten – mit Geschenken zu ihren Familien fahren konnten, wo es zu dieser Gelegenheit traditionelle Rosinenkuchen gab. Die österliche Würde wurde durch die Jahrmärkte von Hockside und verschiedene andere Belustigungen aufgehoben. Der Erste Mai war ein besonderer Tag der Besorgnis. Dieses wichtigste von allen Frühlingsfesten hatte keinerlei christlichen Ursprung; im Gegenteil, es war vollkommen heidnisch. Die Bürger von London genossen die großzügige Ausgelassenheit und alle sexuellen Freiheiten. In den Bordellen kam es häufig zu Schlägereien, in den Spielhallen zu Raufereien und zu willkürlichen Angriffen auf Geschäfte und Häuser. Diejenigen, deren Aufgabe es war, das Gesetz und Ruhe und Ordnung durchzusetzen, vergaßen niemals den schrecklichen Maitag des Jahres 1571, an dem in einem Krawall Hunderte von aufgepeitschten Jugendlichen die Stadt terrorisierten und offenen Widerstand gegenüber den Behörden an den Tag legten. Dreizehn aus dem Pöbel wurden später verhaftet und aufgeknüpft – eine wüste Aktion, die diesen Tag für immer in der Erinnerung der Londoner verankerte.

Der Weiße Sonntag und Mittsommernachtstag waren ebenfalls potentielle Quellen der Unordnung, aber kein Tag konnte dem 1. Mai den Rang ablaufen. Der Oktober war ruhiger, doch selbst die gelegentlichen Feiertage bestimmter Heiliger konnten sich zu Problemen entwickeln. Vorsicht war angebracht.

»Bleib bei deiner Herrin im Haus, Hans.«

»Ich würde lieber mit Euch ins Theater gehen, Master.«

»Heute ist viel los in der Stadt.«

»Ihr werdet schon auf mich aufpassen, Master Bracewell.«

»Bleib hier zu Hause.«

Der Lehrling war offensichtlich enttäuscht. Obwohl sein Erinnerungsvermögen noch nicht zurückgekehrt war, hatte er seine jugendlichen Instinkte wiedergewonnen. Er wollte raus zu seinen jungen Kollegen und etwas mit ihnen unternehmen, mindestens aber unter den gutgelaunten Zuschauern sein, die zum *Queen's Head* kamen, um die Aufführung des Stückes *Der standhafte Liebhaber* mit Westfield's Men zu erleben. Anne Hendrik fuhr dem Jungen zärtlich durchs Haar.

»Bleib hier und leiste mir Gesellschaft, Hans.«

Resigniertes Nicken. »Wie Ihr wollt, Mistreß.«

»Preben van Loew und ich werden uns Spiele für dich ausdenken.«

»Was hat das denn schon mit dem Feiertag zu tun?«

Nicholas Bracewell verabschiedete sich von seinem jungen Freund und wurde von Anne bis zur Haustür gebracht. Die Außenwand des Hauses war immer noch verkohlt und vom Feuer geschwärzt – der Anblick allein war bereits eine ernste Warnung. Er küßte sie zum Abschied und machte sich auf den Weg. Weil er dem Haus auf der Brücke einen weiteren Besuch abstatten wollte, fühlte er sich verpflichtet, den Fluß per Schiff zu überqueren. Für ihn war es gar nicht lustig gewesen, zuzusehen, wie Abel Strudwick bei dem Duell der Worte so schmählich in Grund und Boden geredet worden war, doch er hatte das Gefühl, daß dies ein notwendiger Schlag gewesen war, um ihnen allen noch heftigere Schläge zu ersparen. Als er den Flußschiffer an der Anlegestelle gefunden hatte, machte er den Versuch einer Entschuldigung aber Strudwick unterbrach ihn mit lachender Anpassungsfähigkeit.

»Nein, Sir, macht Euch um mich keine Sorgen. Mein Rükken ist breit genug, aber ich würde ihn mir lieber an diesen Rudern krumm arbeiten als mich von der alten Vettel mit ihrem Gekreisch verprügeln lassen. Sie verpaßte mir gute Beleidigungen, die ich auch wirklich verdient hatte.«

»Ihr nehmt Eure Niederlage tapfer hin, Sir.«

»Ich habe auch nicht richtig sprechen können«, meinte der andere. »Ich nehme es beim Fluchen mit jedem Mann im Königreich auf, aber ich werde keine Dame beleidigen, wenn ich es vermeiden kann.«

»Mistreß Firethorn ist eine ehrliche Frau.«

»Das hat sie an meinem Schädel bewiesen.«

Abel Strudwick ruderte zwischen zwei anderen Booten, die beinahe mit ihm zusammenstießen. Starke Worte brachen über die beiden herein wie eine Flutwelle. Die Antworten kamen kräftig und wütend zurück, doch seine scharfe Zunge behielt die Oberhand. Das brachte seinen besten Humor zum Vorschein.

»Habt Ihr frische Musik?« fragte Nicholas.

»Meine Muse hat mich schon vor 'ner Weile verlassen, Sir.«

»Sie kommt bestimmt zurück.«

»Dann behalte ich sie hier bei mir auf dem Wasser«, sagte der andere. »Meine Verse gehören nicht auf eine Bühne und vor dümmliche Tolpatsche und grinsende Kavaliere.« Er blickte sich um. »Das hier ist meine Bühne, Sir. Die Möwen können meine Musik hören und mir applaudieren mit ihren

Schwingen. Ich bin Autor und Schauspieler, wenn ich mich mitten auf dem Strom befinde. Kein keifendes Weib kann mir in meinem Beruf etwas vormachen, wie gut sie auch schwimmen mag. Ich bin ein richtiger Wassermann, Sir.«

Nicholas war erfreut, daß sein Freund sich so vernünftig der Realität der Lage unterwarf und gab ihm ein extra großes Trinkgeld, als er ausstieg. Sofort wurde das Boot von neuen Passagieren gemietet. Feiertage verwandelten die Themse in Tausende von beweglichen Brücken. Abel Strudwick würde bis zum Einbruch der Dunkelheit beschäftigt sein. Doch er fand noch Zeit, um Lebewohl zu sagen.

»Viel Glück für das Stück, Sir!«

»Danke, Abel.«

»Es ist eine Komödie, die Ihr aufführt, vermute ich.«

»Tragödien wären an einem so schönen Tag sicher nicht angebracht.«

»Hoffe zu Gott, daß keine Rauferei Eure Aufführung stört.«

»Das brauchen wir hoffentlich nicht zu fürchten.«

*

Im *White Hart* in Cheapside begannen die Feierlichkeiten schon früh. Wein und Bier flossen in Strömen, Lebensmittel waren so reichlich vorhanden, daß auch der wildeste Hunger gestillt werden konnte. Im Laufe des Tages füllte sich der Schankraum so stark mit lautmäuligen Lehrlingen, daß sie auf den Hof auswichen und ihre Zeit mit Geschrei und Gejohle – und mit Gekotze auf den Toiletten verbrachten. Serviermädchen wurden betatscht, Stallknechte geneckt, Sündenböcken wurden die Hosen ausgezogen. Zur Feier des Tages brachen immer wieder kleine Raufereien aus, zwischen rivalisierenden Jugendbanden wurden alte Rechnungen beglichen. Gegen

Nachmittag veränderte sich die betrunkene Rowdyhaftigkeit langsam in eine prügelwütige Kampfstimmung, für die diese Gegend bekannt war.

Cheapside war die breiteste und längste aller Londoner Straßen, eine Schlagader, in der der Lebenssaft der Stadt pulsierte. Entlang der Straßenmitte, von St. Paul's Cathedral bis zum Carfax, gab es einen offenen Markt für alle Arten von Waren. Jeder wichtige öffentliche Umzug passierte Cheapside, fehlerhaft produzierte Güter wurden traditionell hier verbrannt. Diesmal war es ein anderer Umzug, der hier entlangschwankte, eine wüste Bande von Lehrlingen, die von dem fleißigen Firk aus allen Kneipen und Wirtshäusern am Weg herausgeholt wurden mit dem Gerücht, im *White Hart* gäbe es Bier zu ermäßigten Preisen. Als Firk seine Prozession in den Hof führte, wurden die Neuankömmlinge unfreundlich von denen begrüßt, die schon dort waren, und es gab allerhand Geschiebe und Geschubse. Bier und Wein wurde reichlich herbeigeschleppt, um jeden Durst zu löschen und die Trinker zu handfesteren Aktivitäten aufzustacheln. Firk paßte auf, bis der Topf heftig brodelte, dann gab er einem einäugigen Mann ein Zeichen, der alles von einem Fenster im oberen Stockwerk beobachtete.

James Renfrew trank gelassen sein Glas Wein aus und drehte sich um, um der nackten Frau auf dem Bett einen letzten Kuß zu geben. Dann kleidete er sich an und ging nach unten, um den Feuertopf zu übernehmen, den sein Komplize so eifrig anheizte. Mit dem Degen in der Hand rannte er in den Hof und sprang auf einen Tisch, auf dem er mit den Füßen herumtrampelte, um Aufmerksamkeit zu erhalten. Der wirbelnde Rummel ließ sich für eine Sekunde anhalten. Renfrew war eine eindrucksvolle Gestalt mit einer Stimme, die zu kommandieren wußte.

»Freunde!« schrie er. »Eine Niederträchtigkeit ist im Gange!«

»Wo, Sir?« brüllte Firk aufs Stichwort.

»Ganz dicht bei diesem Gasthaus. Ich hab's mit eigenen Augen gesehen. Fünf widerliche holländische Lehrlinge haben sich auf einen braven englischen Jungen gestürzt und ihn dermaßen verprügelt, daß ich um sein Leben fürchte.«

»Schweinerei!« brüllte Firk.

»Wo sind sie?« schrie ein Dutzend Stimmen.

»Sie sind überall!« rief Renfrew und deutete mit seinem Degen in alle möglichen Richtungen, während er sprach. »Ausländer besetzen ganz London. Wir haben Genuesen, wir haben Venezianer, wir haben käsefressende Schweizer. Ihr findet Deutsche in jeder Straße und Franzosen in jedem Bordell. In Billingsgate gibt's Holländer und Polen in Rotherhithe. Wir werden von Ausländern besetzt!«

»Werft die Ausländer raus!« brüllte Firk aus Leibeskräften.

»Rache an den Ausländern!«

»Schlagt ihnen ihre ausländischen Köpfe ein!«

»Reißt ihre Häuser nieder!«

»Schlagt sie tot, schlagt sie tot!«

»London gehört den Londonern!« trieb Renfrew sie an.

»Ja! Ja! Ja!«

»Wir haben die Spanische Armada besiegt«, fuhr er fort, »doch dieselben dunkelhäutigen Gentlemen schwanken durch unsere Straßen und belästigen unsere Frauen! Ausländer raus, sage ich!«

»Ausländer raus! Ausländer raus!«

Renfrew stachelte sie so auf, bis ihre Kampfeslust so groß war, daß sie einfach ein Ventil brauchte, um sich Luft zu machen. Er und Firk führten die Meute aus dem Hof hinaus. Mit hundert oder mehr berserkerhaften Lehrlingen hinter sich, rannten sie Eastcheap entlang und in die Lombard Street und stießen jeden beiseite, der ihnen im Weg stand, schlugen aus reiner Rauflust Fensterscheiben kaputt und brüllten Obszönitäten. Wachsoldaten kamen, um sie aufzuhalten, doch die wilde Wut des Mobs fegte die dünne Linie der Autorität von der Straße, als sei sie niemals dagewesen, brandete in die Gracechurch Street und wandte sich nach rechts zur Brücke hin. Das Tempo steigerte sich. Innerhalb weniger Minuten hatten sich ziellose Jugendliche, die zuviel Bier getrunken hatten, in eine wüste Zerstörungsmaschine verwandeln lassen, die rücksichtslos vorwärts stampfte.

*

Hans Kippel war in der Nähe der Anlegestellen, als er den anschwellenden Lärm hörte. Voller Enttäuschung, daß er an einem solchen Feiertag im Hause bleiben sollte, hatte er um Erlaubnis gebeten, in den kleinen Garten hinter dem Haus gehen zu dürfen, und als niemand hinschaute, war er runter zum Fluß gewandert. Der Junge hoffte, Abel Strudwick zu finden, um seinen Versen zu lauschen, aber der Flußschiffer war nirgendwo zu sehen. Statt dessen sah er eine Meute brüllender Lehrlinge, die auf der Brücke ein Feld der Verwüstung hinter sich ließen, als sie sich auf das Ziel ihrer Wut stürzten. Southwark war ein Hafen für Einwanderer aus aller Herren Länder. Die hin- und herschwingenden Schilder an den Geschäften nannten die Namen von Handwerkern aus ganz Europa.

Völlig außer Kontrolle, riß der Mob die Schilder herunter, trat Türen ein und zerschlug Fenster. Jeder Widerstand wurde erbarmungslos niedergetrampelt, unschuldige Passanten brutal zur Seite geschleudert. Hans Kippel war starr vor Entsetzen. Als die wütende Menge auf ihn zurannte, stand er da und zitterte um sein Leben. Aus der Masse der Gesichter, die sich ihm näherten, erkannte er zwei, die er schon einmal gesehen hatte, und bekam noch mehr Angst. Einer der Männer hatte eine Augenklappe, der andere einen struppigen Bart. Eine Erinnerung, die lange Zeit in seinem Inneren begraben gewesen war, brach plötzlich hervor und ließ ihn in Todesangst aufschreien.

Er fand die Kraft, wegzurennen, doch seine Flucht war vergeblich. Sie waren zu schnell, zu wild und zu zahlreich. Bevor er auch nur zwanzig Yard zurückgelegt hatte, wurde er zu Boden geschleudert und von Füßen niedergetrampelt. Im Schutz der rasenden Masse stieß Firk ihm ein Messer in den Rücken und rannte hinter James Renfrew her. Sie hatten getan, was sie geplant hatten, sogar ohne Anne Hendriks Haus stürmen zu müssen, um an ihr Opfer zu kommen. Die rennenden Lehrlinge wurden von ihrer eigenen Sinnlosigkeit fortgerissen, während die beiden Anstifter, die den Mob aufgestachelt hatten, heimlich um eine Ecke verschwanden.

Hans Kippel lag bewegungslos am Boden. Sein Feiertag war zu Ende.

In einem Trauerhaus gab es immer noch eine Möglichkeit der Flucht. Alles, was Matilda Stanford tun mußte, war, erneut Lawrence Firethorns Brief zu lesen. In blumenreicher Sprache und schöner Handschrift hatte er ihr Einzelheiten über das Stück geschrieben, das nächste Woche in den *Nine Giants* in Richmond aufgeführt werden sollte. Sie kam überhaupt nicht auf den Gedanken, daß er die Botschaft gar nicht selber geschrieben, sondern sie Matthew Lipton diktiert hatte, dem Schreiber, der für Westfield's Men die Texte jeder Rolle aus dem Manuskript des Stückes abschrieb, das sie aufführten. Liptons schöne Handschrift fand sich auch bei einem Gedicht, das dem Brief beilag. Auch hier hatte Firethorn sich auf jemand anderen verlassen, um Inspiration zu liefern. Da es unmöglich war, Edmund Hoode neue Verse zu entlocken, hatte der Schauspieler sich eines Gedichtes bedient, das er seinerzeit von dem Hausdichter bekommen hatte, als er sich während einer früheren Phase seiner Seitensprünge auf den Spuren von Lady Rosamund Varley bewegte.

Matilda Stanford wußte nichts von alledem und ließ sich den Kopf verdrehen, als sei das Gedicht gerade erst entstanden. Als sie in ihrem Schlafzimmer saß und den Brief und das Gedicht auf den Knien hielt, konnte sie nur an den unwiderstehlichen Charme ihres Liebhabers denken und spürte die Berührung seiner Lippen auf ihrer Hand. Sie, die mit einem gereiften und anderweitig beschäftigten Mann verheiratet war, hatte noch nie wahre Leidenschaft kennengelernt und konnte nur Mutmaßungen anstellen. Ihre Unschuld bewahrte sie davor, Firethorns wirkliche Absichten zu erkennen. Sie wußte nur, daß ein Prinz unter den Männern ihr ein Rendezvous angeboten hatte. Obwohl es äußerst schwierig zu arrangieren war, mußte sie einen Weg finden, um nach Richmond zu gelangen.

Prudence Ling klopfte an die Tür und kam auf Zehenspitzen ins Zimmer. Da sie gezwungen war, überall sonst im Haus eine ernste Mine aufzusetzen, konnte sie ihre mädchenhafte Fröhlichkeit nur zeigen, wenn sie sich bei ihrer Herrin in deren Zimmer befand. Sie sah, was Matilda gerade las und kicherte verschwörerisch.

»Ich glaube, ich weiß, wie man es anstellen kann«, sagte sie.

»Was, Prudence?«

»Euch zu Eurem Liebhaber zu bringen.«

»Nach Richmond?«

»Genau dorthin.«

»Erkläre mir, wie, und ich werde dich immer bewundern.«
»Also, hier ist mein Plan...«

*

Der beständige Liebhaber hatte die Beständigkeit seiner Liebe unter Beweis gestellt, ein munteres Publikum sich fesseln lassen, und jetzt wurde die Bühne abgebaut. Nicholas Bracewell steckte mitten in der Arbeit, als Preben van Loew keuchend den Innenhof des *Queen's Head* erreichte. Mit tränenüberströmtem Gesicht lieferte der Holländer seinen Bericht und flehte seinen Freund an, sofort mitzukommen. Hans Kippel war dem Tode nahe und verlangte nach Nicholas. Der Regisseur zögerte keine Sekunde. Er übertrug Thomas Skillen die Aufsicht über die Arbeit, lieh sich ein Pferd aus den Stallungen aus und ritt so schnell nach Hause, wie es die Menschenmenge zuließ. Auf der ganzen Brücke sah er die Spuren der Lehrlinge. Der Lärm vor ihm war gedämpft, während die Meute ihre Energie bei Randaliererereien in mehreren Kneipen von Bankside verpulverte. Soldaten waren zur Unterstützung der Konstabler herbeigebracht worden, und der Anblick dieser organisierten Autorität hatte ausgereicht, die Reste des Mobs zu zerstreuen.

Nicholas band sein Pferd vor dem Haus fest und rannte die Treppen zum Schlafzimmer hinauf. Hans Kippel lag auf dem Bett, den Kopf im Schoß einer verzweifelten Anne Hendrik. Im Hintergrund schüttelte der Arzt traurig den Kopf. Er hatte getan, was er konnte, doch der Junge war bereits jenseits jeder ärztlichen Hilfe. Nicholas kniete neben dem Bett nieder und ergriff die Hand seines jungen Freundes. Hans Kippel, schwach und verblassend, reagierte kurz auf die Anwesenheit des Regisseurs und schaffte sogar ein tapferes, dünnes Lächeln. Mit entsetzlicher Langsamkeit formulierte er ein paar Worte.

»Ich… habe sie… wieder gesehen.«

»Wen?« flüsterte Nicholas.

»Die… beiden… Männer.«

»Von dem Haus auf der Brücke?«

»Ja…«

»Hatte einer von ihnen eine Augenklappe?«

Ein schwaches Nicken. »Meine… Mütze…«

»Was ist mit deiner Mütze, Hans?«

»Sie… nahmen… sie.«

»Die beiden Männer?«

»Nein… ein paar… Jungen…«

»Und was haben sie damit gemacht?«

»In den… Fluß… geworfen…«

Der Lehrling war dem Ende nahe. Nicholas versuchte, die Lücken auszufüllen und weitere wertvolle Informationen zu bekommen.

»Ein paar Jungen nahmen deine Mütze. Sie rannten weg. Du liefst hinterher. Sie warfen deine Mütze über das Geländer. War es bei diesem Haus? In dem engen Durchgang?« Flatternde Augenlider bestätigten seine Vermutung. »Landete deine Mütze auf dem Brückenpfeiler unten?«

»Ich… kletterte…«

»Du bist runtergeklettert, um die Mütze zu holen. Dann kamst du wieder hoch, an dem Fenster in der Rückseite des Hauses vorbei. Da hast du was gesehen, Hans. Was war das?« Nicholas drückte ihm die Hand, um ihn zur Antwort zu bewegen. »Versuch, es uns zu sagen.«

»Sie… ermordeten…«

»Die beiden Männer ermordeten jemand? Mit einem Dolch?«

»Kehle…«

Hans Kippel stieß einen tiefen Seufzer aus. Die Anstrengung der letzten Worte und die Begegnung mit den Erinnerungen, die hinter ihm lagen, hatten den Rest seiner Kräfte aufgezehrt. Er schied ruhig dahin, sein Kopf rollte zur Seite. Anne Hendrik weinte, und Nicholas versuchte, sie zu trösten, ebenfalls mit feuchten Augen. Dann legte er den Kopf des Jungen vorsichtig auf das Kissen und bedeckte ihn mit dem Laken. Der Arzt stahl sich leise davon, um die beiden in ihrem Schmerz allein zu lassen. Völlig zerknirscht blickten sie auf die Gestalt auf dem Bett und hielten sich fest in den Armen. Der Verlust eines leiblichen Kindes hätte nicht schlimmer und schmerzlicher sein können, denn genau das war es, was Hans Kippel in den letzten traurigen Tagen seines bedrohten Lebens für sie geworden war. Er hatte ein Liebespaar in eine Familie verwandelt und sie eine neue Art der Liebe gelehrt.

Der holländische Junge war Zeuge eines schrecklichen Mordes geworden und war von den Mördern gejagt worden. Für kurze Zeit hatte er Sicherheit gefunden, sich aber in die dunklen Abgründe seiner jungen und beeinflußbaren Seele zurückgezogen. Irgendwann hatten sie seine Spur aufgenommen und den Alptraum zum Leben erweckt. Die Ironie des Ganzen blieb Nicholas nicht verborgen. Streitlustige Jugendliche hatten die Mütze des Lehrlings über die Brüstung der Brücke geworfen. Als er die Mütze rettete, hatte er etwas gesehen, was tödliche Konsequenzen haben wollte. Wenn Hans Kippel sich nicht um seine Mütze gekümmert hätte, wäre er jetzt lebendig und glücklich. Aber der Stolz des Handwerkers arbeitete gegen ihn. Der angehende Hutmacher brachte es nicht fertig, seine Mütze den steigenden Fluten der Themse zu überlassen. Sie mußte einfach gerettet werden.

Schließlich hatte er sie selber gemacht.

*

Die Angst vor dem Hinauswurf aus dem *Queen's Head* hatte die Truppe zusammengeschweißt und ihrer Aufführung an diesem Feiertagsnachmittag eine Frische und Lebendigkeit gegeben, die ein gutes Stück in eine begeisternde Darstellung verwandelte. *Der beständige Liebhaber* war eine Art Antwort für einen Hauswirt, der weder beständig noch lieb war, und der Westfield's Men die Heimat unter den Füßen verkauft hatte. Es war durchgesickert, daß der Kaufvertrag mit Rowland Ashway tatsächlich unterschrieben worden war, und jetzt war es nur noch eine Frage der Zeit, bis der Ratsherr sie von seinem Eigentum verjagte. Auf der Bühne mochte das drohende Unglück sie zusammengeschweißt haben. Sobald sie die aber verließen, traten ihre Differenzen um so deutlicher hervor. Edmund Hoode und Lawrence Firethorn suchten sich den Kostümsaal aus, um ihren Streit auszutragen. Tiefe Unsicherheit verlieh beiden Männern eine gewisse Schärfe.

»Ich bin mit jeder Faser meines Körpers dagegen, Sir!«

»Kommt mir nicht mit Eurem Skelett zu nahe.«

»Habt Ihr denn überhaupt keine Skrupel?«

»Kommt schon, Sir. Schluß damit. Ihr wart doch selber hinter der Dame her. Auch Ihr versuchtet, in Ihren duftenden Garten zu gelangen.«

»Ich bin nicht verheiratet«, sagte Hoode. »Ihr aber durchaus.«

»Auch Mistreß Stanford ist verheiratet. Wo bleiben da Eure Skrupel?«

»Ich habe nichts Böses mit der Dame vor.«

»Das macht nichts«, sagte Firethorn leichthin. »Ich bin der bessere Mann für sie, in jeder Beziehung. Beide sind wir verheiratet, das gibt unserer Liebe eine Art Gleichgewicht. Wir nehmen bei dieser Sache die gleichen Risiken auf uns. Das gleiche Feuer verzehrt uns beide.«

»Das wird noch die ganze Truppe verbrennen.«

»Zügelt Eure Eifersucht, Edmund, und akzeptiert Eure Niederlage wie ein Mann. Denkt nicht an Euch selber bei dieser Sache.«

»Das tue ich auch nicht«, sagte Hoode hitzig. »Es ist diese süße Dame, die mein Denken beherrscht. Ich möchte sie von der Entehrung bewahren, die ihr droht.«

»Entehrung!« bellte der andere.

»Sie kann bei dieser Sache nur den kürzeren ziehen.«

»Ich biete ihr meine wahre Liebe.«

»Gebt Ihr doch statt dessen eure Hose, denn dort sitzt Eure wahre Liebe.«

»Paßt auf, was Ihr sagt, Edmund. Ich habe hitziges Blut.«

»Hebt Euch das für die Bühne auf, Sir.«

»Meine Zuneigung zu Mistreß Stanford entstammt einem reinen Herzen. Ich habe ihr Liebesgedichte geschickt.«

»Die ich geschrieben habe!«

»Ich habe ihre zarte Hand geküßt.«

»Schande über Schande!«

»Ich habe ihr die größte Hochachtung entgegengebracht, Sir.«

»Dann beweist Hochachtung, indem Ihr sie gänzlich freilaßt«, sagte Hoode. »Ihr habt eine treue Frau, die Euch das Bett wärmt, und wenn deren Treue nicht ausreicht, dann gibt es andere, die sich um Eure Gunst reißen. Nehmt eine von ihnen, Sir, nehmt zwei oder nehmt alle. Aber laßt ab von diesem liebenswürdigen Geschöpf.«

»Damit Ihr an meine Stelle treten könnt?«

»Nein! Ich gebe sie hier und jetzt frei.«

»Dann tretet beiseite, denn ich gebe sie nicht frei.«

»Lawrence, das ist der reine Wahnsinn!«

»Die Liebe macht jeden von uns zum Narren.«

»Sie ist mit dem zukünftigen Oberbürgermeister verheiratet«, sagte der andere. »Nick hat Euch richtig beraten. Das ist alles viel zu gefährlich. Dieser bierige Ratsherr wirft uns lediglich aus dem *Queen's Head* hinaus. Walter Stanford kann uns aus unserem Beruf rauswerfen.«

»Er ist der Grund, daß ich jetzt nicht zurück kann.«

»Unser neuer Oberbürgermeister?«

»Wißt Ihr, wie er plant, sein neues Amt anzutreten?« sagte Firethorn voller Verachtung. »Mit einem Theaterstück. Seine Frau wünschte sich ein Drama, wie Westfield's Men es aufführen, und er kommt mit irgendeinem billigen Stück daher.«

»Da kann ich nicht folgen.«

»Wir sind die beste Theatertruppe in ganz London. Wir – und nur wir – hätten aufgefordert werden müssen, diese Gelegenheit unvergeßlich zu machen. Westfield's Men haben vor der Königin und dem ganzen Hofstaat gespielt. Aber dieser Tuchhändler, dieser Mann ohne Geschmack, dieser geldscheffelnde Händler von Oberbürgermeister mißachtet unsere Talente und wendet sich an Amateure. Eine Beleidigung!«

»Aber es ist sein gutes Recht.«

»Das kümmert mich einen feuchten Kehricht!« schrie Firethorn. »Wenn er unsere Bedeutung zu verraten beliebt, dann verrate ich die seine. Seine Frau hat mir von dem Stück berichtet, das er arrangiert hat. Kennt Ihr das Thema? Neun Würdenträger seiner Gilde. Wo liegt da das Drama? Hat man dem Publikum jemals so ein langweiliges Thema geboten? Und genau das ist es, was uns hier in den Schatten stellt.«

»Ihr nehmt das als persönliche Beleidigung?«

»Allerdings, Sir. Und nur Matilda kann mich dafür entschädigen.«

»Aber eben habt Ihr noch von wahrer Liebe gesprochen.«

»Liebe zu ihr und Liebe zu meinem Beruf.«

»Ihr wollt Euch an Walter Stanford rächen?«

»Ja, das will ich«, sagte Firethorn lebhaft. »Er soll in Richmond seine neun Riesen ruhig haben. Ich werde meine eigenen bekommen.«

Der *Bull and Butcher* war eine kleine Kneipe in Shoreditch, die ihnen in einem privaten Zimmer ein ausgezeichnetes Essen servierte. Rowland Ashway saß an der einen Seite des Tisches und aß mit hörbarem Vergnügen. Ihm gegenüber saß James Renfrew, der sich mehr für den Wein als für das Essen interessierte. Die Tafel war überfüllt. Sie begannen mit gekochtem Karpfen, dann gab es einen Pudding. Kalbfleisch und Lamm folgten, sodann geröstete Rindskeule. Kapaunen wurden aufgetragen, Teller mit Obstkuchen halfen, den Geschmack des Fleisches und der schweren Saucen zu versüßen.

Ashway hob seinen Becher, um einen Toast auszubringen.

»Auf unseren Erfolg, mein Freund.«

»Noch haben wir ihn nicht errungen.«

»Aber wir haben nicht mehr weit zu gehen«, sagte der andere. »Der Junge ist tot, und damit die Gefahr der Entdekkung. Jetzt können wir uns dem Hauptzweck unserer kleinen Partnerschaft zuwenden. Walter Stanford muß gestoppt werden.«

»Ich dachte, das hätten wir bereits getan.«

»Wir haben ihn getroffen, aber noch nicht erledigt.«

»Gehen wir jetzt gegen ihn vor?«

»Mit aller Eile, Sir. Er kann und darf nicht Oberbürgermeister werden, oder alle unsere Hoffnungen sind zunichte.« Ashway griff nach einem weiteren Obsttörtchen. »Luke Pugsley hat meinen Zielen so gut gedient, daß ich ihn für alle

Ewigkeit im Amt lassen würde, aber das Gesetz erlaubt das nicht. Deshalb habe ich einen Nachfolger gewählt, der von ähnlichem Temperament und mäßiger Intelligenz ist.«

»Wer ist das?«

»Henry Drewry, der Salzsieder.«

»Aber Ihr konntet seine Wahl nicht durchsetzen.«

»Stanford gewann die Wahl mit einer einzigen Stimme. Die Sache hatte sich auf üble Weise gewendet. Anstelle eines gefügigen Salzsieders muß ich mich mit einem durchtriebenen Tuchhändler herumärgern, und das ist überhaupt nicht gut.«

»Und was ist mit Euch selber?« fragte Renfrew. »Reichen Eure eigenen Ambitionen für dieses Amt aus?«

Ashway grunzte. »So hoch und noch viel höher. Aber die Bierbrauer stehen erst an vierzehnter Stelle der Rangliste. Das bringt mich auf zwei Plätze hinter den Großen Zwölf, und die sind es, aus deren Reihen der Oberbürgermeister gewählt wird.«

»Ihr könntet einer anderen Gilde beitreten.«

»Das liegt auf der Hand, Sir. Warum, glaubt Ihr, habe ich mich so sehr um diesen Fischhändler bemüht? Luke Pugsley hat geschworen, mich in seine Gilde aufzunehmen und mich für das Bürgermeisteramt vorzuschlagen.« Er machte ein finsteres Gesicht. »All das löst sich in nichts auf, wenn dieser Tuchhändler die Amtskette bekommt.«

»Ich hasse den Mann«, sagte Renfrew schlicht.

»Genug?«

»Mehr als genug.«

Der jüngere Mann nahm einen Kapaun in die Hand und schlug die Zähne in das Fleisch. Er war von einer Wildheit erfüllt, die durch den Tod eines holländischen Lehrlings noch nicht gestillt war. Er war bereit, noch weitere Morde zu begehen, um seine Ziele zu erreichen. Während er ein weiteres

Glas Wein leerte, sah er zu der massigen Gestalt hinüber, von der seine Zukunft abhing.

»Was ist mit Master Bracewell?«

»Der kommt auch noch an die Reihe.«

»Bitte möglichst bald. Firk hat die Zusage.«

»Wir lassen uns vielleicht noch ein wenig Zeit.«

»Aber dieser Regisseur ist uns dicht auf den Fersen.«

»Er wird nichts herausfinden«, sagte Ashway genüßlich. »Was er vielleicht weiß, kann er nicht beweisen. Der Junge war der Zeuge, und dessen Stimme ist endgültig verstummt. Macht Euch wegen dieses Nicholas Bracewell keine Gedanken. Der stellt für uns jetzt keine Bedrohung dar.«

Nach Hans Kippels Tod gab es viel Arbeit. Die Leiche mußte gewaschen und zurechtgemacht und den zuständigen Behörden ein Bericht über die Umstände seines Todes gegeben werden. Als Folge der Unruhen würden die städtischen Dienststellen in den nächsten Tagen sehr beschäftigt sein, doch ein Mord war eine wichtigere Sache als tätlicher Angriff oder Sachbeschädigung. Nicholas Bracewell war realistisch. Die Aussichten, die Mörder zu fassen, waren in der Tat sehr gering, denn die Tat war sozusagen hinter einem Schutzschild begangen worden. Heimtückische Männer hatten Unruhen an einem Feiertag provoziert. Nicholas erkannte Bühnen-Management hinter der Sache.

Er brauchte viel Zeit, um Anne Hendrik zu beruhigen und sie davon zu überzeugen, daß sie keine Schuld traf. Selbst wenn sie den Jungen im Hause gehalten hätte, wäre er doch ein Opfer geworden. Männer, die ein ganzes Haus in Brand setzen, können genauso leicht die Haustür aufbrechen. Er überließ sie Preben van Loews Obhut und brach zu einer langen Reise durch die Gasthöfe Londons auf. Der Aufruhr war sein Thema, und es dauerte nicht lange, bis er den Beginn der Unruhen zum *Weißen Hirsch* zurückverfolgen konnte. Verängstigte Zeugen von Eastcheap bis hinunter nach Southwark hatten den Verlauf des Aufruhrs bestätigt. Die Kneipe war immer noch stark besucht, das Bier floß in Strömen. Nicholas war nicht überrascht, als er erfuhr, wie die Lehrlinge aufgestachelt worden waren, und er wußte auch sofort, wer das Starkbier geliefert hatte.

Doch er war nicht auf der Suche nach aufsässigen Jugendlichen, die sich in eine rasende Meute hatten verwandeln lassen. Er suchte einen Mann, der sich in dieser Nacht irgendwo in London aufhalten mochte. Nicholas, bewaffnet mit starken Beinen und einem wohlgefüllten Geldbeutel, war entschlossen, ihn zu finden. In der *Antilope* traf er die ersten Soldaten, doch die beschäftigten sich mit den Flittchen und waren viel zu betrunken, um ihm mehr sagen zu können als die Namen der anderen Kneipen, die sie noch besuchten. Der Regisseur suchte sie der Reihe nach auf und kaufte betrunkenen Männern Stück für Stück die gewünschten Informationen ab. Es war, als versuche er, ein Puzzle aus Rauch zusammenzusetzen. Entlassene Soldaten wollten nicht mit ihm über ihr Soldatenleben reden. An einem öffentlichen Feiertag wie heute wollten sie sich nur ganz einfach den Freuden des Lebens hingeben. So fand sich Nicholas auf einer langen und im Kreis herumführenden Reise durch jedes Gasthaus, jede Bierschwemme, jede Kneipe und jede billige oder bessere Spielhölle der Stadt.

Einer der Männer, mit denen er sprach, erinnerte sich halbwegs an Michael Delahaye, ein anderer war mit ihm zusammen ins Bordell gegangen, ein dritter kannte ihn schon besser, war aber zu betrunken, um vernünftig reden zu können. Es war mühselig, aber jede neue Information brachte Nicholas näher an den Mann heran, der ihm wirklich helfen konnte. Den Namen bekam er im *Royal Oak*, die Adresse seiner Wohnung im *Smithfields Arms*, und schließlich entdeckte er den Mann, lange nach Mitternacht, im Schankraum des *Falcon Inn*. Obwohl er von den Feierlichkeiten des ganzen Tages erschöpft war, reagierte der Zecher positiv auf das Angebot eines Bechers Wein und eines Tellers Anchovies und rückte auf seiner Bank beiseite, um Nicholas Platz zu machen.

Geoffrey Mallard war ein kleiner, gebeugter Mensch, der die Angewohnheit hatte, seinen rötlichgelben Bart zu kratzen. Er war Feldchirurg bei der britischen Expeditionstruppe in den Niederlanden gewesen, und sein Erinnerungsvermögen war nicht von übermäßiger Vorsicht getrübt.

»Michael Delahaye? Den habe ich gut gekannt.«

»Sagt mir alles, was Ihr über ihn wißt, Sir.«

»Fragt Ihr als Freund?«

»Ich habe seine Leiche aus der Themse gezogen.«

Als Nicholas davon berichtete, wurde der Chirurg nüchtern genug, um zusätzliche Einzelheiten liefern zu können. Leutnant Michael Delahaye hatte keinerlei Interesse am Soldatenhandwerk gezeigt. Der Glanz, der ihn angezogen hatte, stellte sich als Illusion heraus, und die schmutzige Wirklichkeit des Dienstes im Ausland stellte ihn auf eine harte Probe. Er litt unter der Disziplin und verfluchte die Einschränkungen. Es gab noch andere Probleme.

»Er machte sich seinen Captain zum Feind«, sagte Mallard.

»Aus welchem Grund?«

»Sie verabscheuten sich gegenseitig, Sir. Zwei halsstarrige Burschen dieser Sorte konnten einfach nicht miteinander zurechtkommen. Man warnte sie und man drohte ihnen, aber ihre Feindschaft steigerte sich bis zu dem Punkt, an dem ein Gentleman seine Ehre verteidigen muß.«

»Ein Duell?«

»Eine blutige Angelegenheit war das«, sagte Mallard. »Wären sie zu einem anderen Chirurg als mir gekommen, wären sie gemeldet und vors Kriegsgericht gestellt worden. Sie waren da, um gegen unsere Feinde zu kämpfen, und nicht gegeneinander.«

»Ihr sagt, es war blutig…«

»Beide trugen Verletzungen davon.«

»Gab es eine Wunde, die über die ganze Brust lief?« Er deutete mit der Hand die Linie der Wunde an. »So etwa?«

»In der Tat. Ich habe die Wunde selber behandelt.«

»Dann war es die Leiche von Michael Delahaye.«

»Wie meint Ihr?«

»Man hat ihn von der Brücke in die Themse geworfen.«

»Das konnte niemals Michael sein, Sir.«

»Nein?«

»Seine Wunde befand sich im Gesicht«, sagte Mallard. »Die Spitze eines Degens kostete ihm sein Auge. Für den Rest seines Lebens muß er eine Augenklappe tragen.«

»Wer war denn dann sein Gegner in dem Duell?«

»Der Captain, dessen Brust aufgeschlitzt wurde.«

»Wie lautete sein Name?«

»James Renfrew.«

11. Kapitel

Abel Strudwick lehnte an einer Mauer in der Bishopsgate Street und grübelte über die Launenhaftigkeit der menschlichen Existenz nach. Als er versuchte, auf der Bühne aufzutreten, war er von dem mächtigen Jupiter und der rasenden Margery Firethorn hinweggefegt und vom Spott des Publikums verletzt worden. Das hatte ihn dazu gebracht, alle Ambitionen in dieser Richtung aufzugeben. Und doch war er jetzt hier, in der Gestalt eines Bettlers, auf dem Boden sitzend, im Auftrage von Nicholas Bracewell, und wurde auch noch dafür bezahlt. Der Wassermann grinste, als er über seine Beförderung nachdachte. Was er hier machte, war auch irgendwie Schauspielerei und von professioneller Art. Ganz sicher bewahrte es ihn vor einem Tag auf dem Fluß mit erschöpften Muskeln. Es gab jedoch auch Nachteile. Eine Stunde lang regnete es auf ihn herab, hin und wieder wurde er angespuckt, und – wenn er den Hund nicht energisch fortgejagt hätte – hätte es eine weitere Dusche für seine Hose gegeben. Das alles konnte er gegen einen unerwarteten Bonus aufrechnen. Weil er hier in verkrümmter Haltung saß, ein Bein unter sich gefaltet, faßte er die gelegentlich hingeworfene Münze als einen Beweis für die Echtheit seiner Darstellung auf.

Seine Aufgabe war es, Stanford Place im Auge zu behalten, damit er das Kommen und Gehen beobachten konnte. Ein paar Besucher kamen, doch verließen sie sämtlich das Haus, kurz bevor Walter Stanford sich auf den Weg zur Börse machte. Strudwick erhaschte einen Blick auf Matilda Stanford in einem Zimmer im ersten Stock, doch das war auch schon alles. Mehrere Händler kamen und lieferten Waren ab, doch niemand blieb länger als ein paar Minuten. Es wurde später Nachmittag, bevor der Flußschiffer das Gefühl hatte, jetzt endlich sein Geld zu verdienen. Aus dem Haus trat der Mann, den Nicholas ihm so exakt beschrieben hatte. Simon Pendleton hatte etwas Verstohlenes an sich, und sein sonst so gemessener Schritt wurde zu einem würdelosen Hasten, als er sich durch Seitenstraßen zur Gildenhalle davonschlich.

Strudwick blieb ihm auf den Fersen und glitt in eine Nische, sooft der Haushofmeister sich umwandte, um nachzuschauen, ob er verfolgt wurde. Dann öffnete Pendleton eine Tür und verschwand rasch in einem Haus. Es hatte nicht die Eleganz des Hauses, das er gerade verlassen hatte, doch war es ein großes Haus, was auf einen gewissen Wohlstand schließen ließ. Der Flußschiffer merkte sich die Adresse, dann schlurfte er an dem Haus vorbei, um einen Blick durch das vergitterte Fenster zu werfen. Was er sah, war sehr beeindruckend.

Simon Pendleton sprach lebhaft mit einer hochgewachsenen, aufrechten Gestalt, die dunkel gekleidet war. Der Haushofmeister deutete in die Richtung, aus der er soeben gekommen war, als ob er schlimme Nachrichten überbringe. Sein Gesprächspartner reagierte ziemlich alarmiert und zog eine Pergamentrolle aus einer Schublade des Tisches. Schnell schrieb er eine kurze Nachricht. Strudwick entfernte sich vom Fenster, blieb jedoch in der Nähe des Hauses. Als ein Mann herauskam, der die Uniform des bürgermeisterlichen Haushaltes trug, kam der Bettler auf ihn zu.

»Verschwinde, du Mistkerl!« sagte der Mann.

»Ich will kein Geld, Sir, nur ein freundliches Wort.«

»Das freundliche Wort kommt mit einem harten Schlag, wenn du nicht verschwindest. Bleib stehen. Dein Gestank ekelt mich an.«

»Ich brauche nur eine Information.«

»Dann informiere ich Euch, daß Ihr gehen sollt.«

»Wohnt Abel Strudwick in diesem Haus?«

»Wer?«

»Strudwick, Sir. Eine adlige Familie, weitbekannt.«

»Dies ist das Haus des Kämmerers, Sir.«

»Und wie lautet dessen Name?«

»Master Aubrey Kenyon.«

Der Mann schob ihn beiseite und ging ins Haus. Der Flußschiffer tanzte auf den Zehen und klatschte vor Vergnügen in die Hände. Er war sicher, daß er gerade eine wertvolle Information bekommen hatte, und das nur, weil er als Schauspieler so gut gewesen war. Das rief nach Anerkennung. Abel Strudwick wandte sich an ein unsichtbares Publikum und machte eine tiefe Verbeugung.

*

Sie trafen ihn beim Brauereigebäude, und er führte sie in den Keller, in dem die Fässer mit Ashway-Bier auf ihre Auslieferung warteten. Der vertraute Geruch machte Firk durstig, doch James Renfrew besaß einen etwas feineren Geschmack. Sie fanden eine stille Ecke, in der sie niemand hören konnte. Rowland Ashway hatte neue Aufträge zu vergeben.

»Gentlemen, Ihr reist morgen nach Richmond.«

»Warum dahin?« fragte Firk.

»Weil ich es Euch sage«, antwortete der Ratsherr. »Dort wird in einem Gasthof namens *The Nine Giants* ein Theaterstück aufgeführt.«

»Von Westfield's Men?« vermutete Renfrew.

»Exakt von diesen.«

Firk gefiel das. »Dann gehe ich gerne, Sir. Ich habe noch eine Rechnung mit einem gewissen Regisseur zu begleichen.«

»Das ist nicht der Grund, weshalb ich Euch dorthin schicke, Mann. Jemand anderer wird morgen abend in Richmond sein.«

»Wer, Sir?«

»Mistreß Stanford.«

»Die neue junge Frau?« fragte Renfrew interessiert.

»Ohne ihren Ehemann.«

»Das ist wirklich ein günstiger Zufall, Sir. Aber was führt die junge Dame zu den *Nine Giants*?«

»Mein Informant hat mir darüber nichts gesagt. Wenn man an Türen lauscht, erfährt man nicht alles, doch was er herausgefunden hat, ist durchaus genug.« Er gluckste laut. »Ich weiß mehr von dem, was in Stanford Place passiert als Stanford selber. Es zahlt sich aus, Freunde in den richtigen Positionen zu haben.«

»Was haben wir zu tun?« fragte Renfrew.

»Ergreift diese Gelegenheit, die uns der Himmel geschickt hat.«

»Die Dame umbringen?« fragte Firk hoffnungsvoll.

»Entführt sie. Das wird bereits genug Panik verbreiten. Wenn seine Frau hinter Schloß und Riegel sitzt, wird selbst ein Walter Stanford es nicht wagen, Oberbürgermeister zu werden. Wir treffen ihn dort, wo es ihn am meisten schmerzt.«

»Wohin wird sie gebracht?« fragte Renfrew.

»Das werde ich noch entscheiden.«

Firk blickte ihn geil an. »Darf man sie anfassen?«

»Nein!« schnappte Ashway. »Benehmt Euch gefälligst, Sir.« Er zog einen Brief hervor. »Und während Ihr in Richmond seid, könnt Ihr mir einen Gefallen tun, Sirs. Seht Ihr diesen Brief?« Verärgert wedelte er damit durch die Luft. »Soll ich Euch sagen, wer ihn geschrieben hat? Soll ich Euch sagen, wer mich mit dieser königlichen Nachricht beglückt? Niemand anders als Lord Westfield persönlich.«

»Der Schirmherr der Theatergruppe«, sagte Renfrew.

»Er greift ihren Fall auf, als wäre er gleichzeitig Richter und Geschworene. Der edle Herr hat von meinem Kauf des *Queen's Head* erfahren und befiehlt mir – befiehlt mir, hört Ihr?, kein Hinweis auf eine Bitte, Sirs – befiehlt mir, Westfield's Men dort zu belassen. Und er tut das mit so klaren Worten, daß ich nicht wie der Eigentümer, sondern wie der niedrigste Diener behandelt werde.« Er riß den Brief in Fetzen und warf sie in die Luft. »Das ist eine Beleidigung, die sofort beantwortet werden muß.«

»Wie?« fragte Firk.

»Ich mache diese Truppe endgültig kaputt.«

»Ihr jagt sie aus dem *Queen's Head?*«

»Nein, Sir. Ich töte ihren King: Lawrence Firethorn.«

Die Aussicht auf einen weiteren Mord ließ Firk befriedigt gackern. Er hatte seine eigene Wut auf diese Truppe, der neue Plan würde helfen, sie zu mildern. Bevor sie die Sache ausführlich diskutieren konnten, wurden sie durch schwere Schritte unterbrochen, als ein herkulisch gebauter Bierkutscher in den Keller kam, um ein Faß zu holen. Ashway blickte zu ihm hin und entspannte sich.

»Achtet nicht auf ihn, Sirs. Zu dumm, um zuzuhören und zu blöde, um sich an etwas zu erinnern, was er gehört hat.« Er legte den beiden Männern einen Arm um die Schultern. »Alle Straßen führen nach Richmond. Mit einem einzigen kühnen Streich können wir Stanford erledigen und uns an Westfield's Men rächen.«

»Vergeßt Master Bracewell nicht«, sagte Firk.

Ashway lächelte. »Verfahrt mit ihm, wie Ihr möchtet. Aber zuerst Firethorn, dann dieser lästige Regisseur.«

»Der zweite wird mir den meisten Spaß bringen.«

»Wie wollt Ihr vorgehen, Firk?«

»Erdrosseln, Sir. Ein sehr stiller Tod.«

Er stieß ein makabres Lachen aus, in das Ashway einstimmte, doch ihr Begleiter verhielt sich still. James Renfrew starrte ärgerlich vor sich hin, als betrachte er mit seinem einzigen Auge das Objekt seines tiefsten Hasses. Seine Lippen kräuselten sich.

»Da gibt es einen einfacheren Weg, denke ich.«

»Was wäre das?« fragte der Bierbrauer.

»Bringt den Mann selber um.«

»Walter Stanford?«

»Bringt ihn ohne jedes Mitleid um!«

»Nein«, sagte Ashway. »Wir können ihm das Amt auch auf andere Weise vereiteln. Es ist viel zu gefährlich, ihn direkt anzugreifen. Das kann und darf nur unser letztes Mittel sein.«

»Durch mich«, sagte Renfrew mit Nachdruck.

»Warum?«

»Das ist mein Recht und ich verlange es jetzt. Der edle Tuchhändler gehört mir und niemand darf ihn anfassen. Ich habe lange genug auf die Chance gewartet, mit ihm abzurechnen.«

»Verachtet Ihr Euren Onkel so sehr?«

»Über alle Maßen«, sagte der andere. »Er hat mein Leben ruiniert. Ich war jung, ich war frei, ich war glücklich. Ich erfreute die jungen Damen der Stadt, die nicht genug von mir kriegen konnten. Der gute Onkel Walter rief mich zur Ordnung. Er machte mir klar, daß die schönen Tage in der Sonne vorbei waren. Folglich mußte ich in einem finsteren Loch für ihn arbeiten und Verantwortung lernen.«

»Und deshalb seid Ihr in die Armee eingetreten, nicht wahr?«

Renfrew nickte. »Das war meine einzige Rettung. Die einzige Möglichkeit, meine Freiheit zu retten – so glaubte ich jedenfalls. Die Armee war die reinste Hölle! Wegen Walter Stanford durchlebte ich zwei Jahre des schlimmsten Elends und endete so, wie ich jetzt aussehe.« Er hob die Augenklappe und zeigte die ekelhafte, rote, rohe Augenhöhle. »Seht Ihr das, Sirs? Ich ging in die Armee als gutaussehender Mann, der sein ganzes Leben noch vor sich hatte. Entstellt habe ich sie wieder verlassen!« Er zog die Klappe wieder über das Auge.

»Mein Onkel hat den echten Michael Delahaye umgebracht. Er hat es verdient, selber zu sterben.«

»Diese Wunde geht wirklich tief«, sagte Ashway.

»Er kann von nichts anderem reden«, fügte Firk hinzu.

»Ich teile seinen Zorn auf Walter Standford.«

»Niemand kann ihn so verachten wie ich«, sagte der rachsüchtige Neffe. »Ich hasse alles, was er ist und wofür er steht, und tue alles, um seine Chancen für das Amt des Oberbürgermeisters zunichte zu machen. Er hat mich zu einem unwürdigen Leben unter falschem Namen gezwungen. Vor nur zwei kurzen Jahren drängten sich die Damen um mich und überhäuften mich mit ihrer Gunst. Jetzt muß ich mir ihre Körper kaufen und mit ihnen in der Dunkelheit kopulieren, damit sie mein Gesicht nicht sehen können. Das ist es, was ich diesem Monster der Güte schulde, diesem Walter Stanford.«

Rowland Ashway und Firk waren von der Intensität seines Zorns wie verhext. Keiner von ihnen bemerkte, wie der Bierkutscher ein Faß auf die Schulter nahm und die Treppe hinaufwankte. Er bewegte sich vorsichtig und gab acht, seine Fracht nicht fallenzulassen. Es war ein langer und mühsamer Weg.

Leonard schleppte bedrückende Nachrichten.

*

Walter Stanford hatte überhaupt nichts dagegen einzuwenden, als seine Frau um Erlaubnis bat, ihre Kusine in der Nähe von Wimbledon zu besuchen. Auf Anraten ihrer Kammerzofe hatte Matilda behauptet, sie sei gebeten worden, ihrer kranken Verwandten so rasch wie möglich einen Besuch abzustatten. Ihr Mann fragte nicht einmal nach der Art der Erkrankung, denn er war von Arbeit und Trauer überlastet. Er stellte ihr ganz einfach seine Kutsche zur Verfügung und sagte, er werde sie nach ihrer Rückkehr sprechen. Die Trauer hatte ihn sichtbar älter werden und eine größere Distanz zwischen ihm und seiner Frau entstehen lassen. Matilda nahm das mit Bedauern zur Kenntnis.

»Ich spüre, daß ich ihn nicht mehr kenne«, vertraute sie ihrer Kammerzofe an.

»Das passiert häufig in einer Ehe.«

»Wir scheinen uns voneinander zu entfernen.«

»Sucht anderswo Erfüllung für Euer Leben.«

»Bei meinem Mann steht die Arbeit an erster Stelle.«

»Das ist aber kaum ein Kompliment für Euch.«

Sie waren an einem trüben Nachmittag auf einer holprigen Straße unterwegs, mit einem Kutscher, der nur da war, um ihren Befehlen zu gehorchen. Matilda und Prudence Ling waren begeistert von dem Gedanken, dem eingeschlossenen Leben in London zu entkommen. Die grünen Weiden allerorts versprachen ihnen eine Freiheit, die sie beide schon lange nicht mehr genossen hatten. Auf Befehl seiner Herrin fuhr der Kutscher bis Richmond und machte bei den *Nine Giants* Station. Während die Damen ins Haus gingen, um etwas zu essen, trank er ein Glas mit den Stallknechten und hörte ihrem ländlichen Tratsch zu. Inzwischen hatte man Matilda und ihrer Zofe den Raum zugewiesen, den Lawrence Firethorn vorab hatte reservieren lassen. Die Kerzen brannten, der Tisch war bereits gedeckt, doch der Raum wurde von einem großen, vierpfostigen Himmelbett beherrscht. Prudence kicherte.

»Das ist groß genug für Euch und ihn und mich dazwischen.«

»Aber, Schande, Mädchen!«

»Ihr könnt doch nicht glauben, dieses Zimmer sei zufällig.«

»Master Firethorn ist ein Gentleman.«

»Dann wird er sich nachher höflich bei Euch bedanken.«

»Prudence!«

»Weshalb sonst sind wir den ganzen Weg hierher gereist?«

»Um mit meinem Liebhaber zu speisen.«

»Fleisch vor dem Abendbrot. Ihr seid das Abendbrot.«

»Ich will diese Gemeinheiten nicht hören!«

Doch Matilda Stanford hatte die Wort so gehört, wie sie sich noch nie zuvor in ihren Ohren angehört hatten. Blinde Leidenschaft hatte sie dazu gebracht, einen liebenswürdigen Ehemann zu betrügen und meilenweit zu diesem Rendezvous zu reisen. Die ganze Zeit hatte nur ein einziger Gedanke sie bewegt – mit ihrem Liebhaber allein zu sein, den sie bewunderte, und erneut die wundervollen Gefühle zu spüren, die er in ihr hervorrief. Mit Lawrence Firethorn allein zu speisen war ein Ziel an sich, und der Gedanke, daß dies vielleicht nur ein Mittel zum Zweck war, bedrückte sie. Es war ein langes Warten in diesem Zimmer im oberen Stockwerk, und das Bett schien immer größer zu werden.

*

Westfield's Men reisten etwas langsamer nach Richmond als die Kutsche der Damen. Lawrence Firethorn, Barnaby Gill, Edmund Hoode und die anderen Teilhaber hatten ihre eigenen Pferde, doch der größere Teil der Truppe reiste auf den Fuhrwerken, die ihre Kostüme, die Kulissen und ihre gesamte Ausrüstung trugen. George Dart und einige andere der niederen Knechte trotteten hinter dem Fuhrwerk her und versuchten, den Wegzeichen zu entgehen, die die beiden Zugpferde hinterließen. Der bevorstehende Auszug aus dem *Queen's Head* bedrückte sie alle; Nicholas Bracewell hatte versucht, ihre Stimmung zu heben, indem er die Musikanten spielen ließ.

Nicholas lenkte das Fuhrwerk, neben ihm saß Owen Elias.

»Ihr habt merkwürdige Freunde, Sir«, sagte der Waliser.

»Ich würde Euch nicht als merkwürdig bezeichnen, Owen.«

»Nicht mich, Mann. Der Fleischberg, der Euch ansprach, als wir Gracechurch Street verließen. Mann! Ich dachte, Ihr würdet ihn ins Geschirr legen und den Wagen allein ziehen lassen.«

»Das könnte der auch. Das war Leonard.«

»Und was wollte er?«

»Er wollte mir auf die freundlichste Weise seine Freundschaft beweisen.«

»Ein Riese schickt uns weg, um die anderen neun zu finden.«

»Er hat mehr als das getan«, sagte Nicholas und entsann sich der Warnung, die Leonard ihm von dem bevorstehenden Attentat auf sein Leben gegeben hatte. »Wir trafen uns in merkwürdiger Umgebung, er und ich. Das Gefängnis bindet solche Männer aneinander.«

»Sprecht mir nicht von Gefängnis!« stöhnte Elias. »Ich bin mit Hand und Fuß an diese Truppe gefesselt.«

»Master Firethorn würde Euch entlassen.«

»Er ist es doch, der meine Fesseln festhält. Er bekommt alle führenden Rollen, und ich trage mein Wort als Galeeren-Sklave vor.«

»*Die weise Frau von Dunstable* gibt Euch neue Hoffnung.«

»In gewisser Hinsicht, ja«, sagte Elias. »Ich habe eine Rolle, in der ich kurz glänzen kann, doch das ist nicht genug, Nick. Ich könnte mitten auf der Bühne stehen. Seht euch meinen Jupiter an, Sir. Ich wurde mit Master Firethorn persönlich verwechselt.«

»Niemand ist groß durch Imitation.«

»Ich habe Fähigkeiten, die nur ich besitze, aber sie verdorren auf dem Halm. Gebt mir die Rolle, die ich vor allen anderen ersehen, und ich werde euch beweisen, was ich kann.«

»Welche Rolle ist das, Owen?«

»Eine walisische, Sir.«

»Heinrich der Fünfte?«

»Jaaa, Mann – Harry von Monmouth!«

*

Lawrence Firethorn mußte seine Leidenschaft mit Diplomatie verbrämen, und das ärgerte ihn. Die Truppe traf bei den *Nine Giants* gerade eine halbe Stunde später ein als die beiden Damen, und sein erster Impuls war es, in sein Zimmer zu stürmen, um die Zärtlichkeiten seiner Dame zu genießen. Doch man mußte mit Edmund Hoodes Empfindlichkeiten rechnen. Falls er von Matildas Anwesenheit in dem Gasthaus erfuhr – von ihrem Zusammentreffen mit Firethorn ganz zu schweigen – würde er außer Kontrolle geraten. Es war deshalb wichtig, ihn und die ganze Truppe richtig unterzubringen und in Sicherheit zu wiegen, bevor er sich davonschleichen und in sein Liebesabenteuer stürzen konnte.

Was er jedoch tat, während die anderen in ihre Unterkünfte eingewiesen wurden, war, Kontakt mit seiner Geliebten aufzunehmen und ihr zu versichern, daß alles in bester Ordnung war.

Matilda Stanford sprang mit einer Mischung aus Freude und Furcht auf, als er den Raum betrat. Er bedeckte ihre Hand mit Küssen und sagte, er werde innerhalb der nächsten Stunde zurückkehren, um mit ihr alleine zu speisen, wobei er es sehr deutlich machte, daß er erwartete, daß Prudence Ling sich taktvoll ins Nebenzimmer verziehen werde. Er war gleichzeitig aufregend und beängstigend, ein edler Ritter mit hehren Idealen der Ritterschaft und ein Lustmolch auf der Suche nach einem Opfer. Matilda wurde ein Opfer ihrer vollkommenen Verwirrung. Er riß die Tür auf und machte eine effektvolle Pause.

»Wenn ich zurückkomme, meine Liebe«, sagte er mit sanfter Stimme, »werde ich so an die Tür klopfen.« Er klopfte dreimal. »Das ist meine Eintrittskarte ins Himmelreich. Habt Ihr verstanden.«

»Ja, Sir.«

»Wie oft?«

»Dreimal.«

»Endlich«, flüsterte er sich selber zu. Und lauter: »Laßt niemand in dieses Zimmer, bevor ich dreimal geklopft habe.« Er warf ihr einen Kuß zu und zog sich zurück.

Die Tür schloß sich hinter ihm. Matilda preßte die Hände an den Busen, um ihr rasendes Herz zu beruhigen. Sie begehrte ihn mehr denn je, doch nicht in der Art, die er soeben angedeutet hatte. Sie hatte geplant, mit ihm alleine zu speisen und danach zu ihrer Kusine nach Wimbledon zu fahren, wo sie die Nacht verbringen wollte, die per Brief über ihren Besuch unterrichtet worden war. Firethorn schien jedoch ganz andere Vorstellungen zu haben, wie man die Nacht verbringen sollte, und die ängstliche Matilda wußte nicht, wie sie sich jetzt verhalten sollte. Ein Teil von ihr wollte fliehen, ein anderer drängte sie zu bleiben. Prudence brachte einen gewagten Vorschlag zu Gehör.

»Um Eure Ehre zu retten, werde ich mit Euch die Plätze wechseln.«

»Wie das?«

»Leiht mir Euer Kleid«, sagte sie, »und blast ein paar Kerzen aus. Wenn der Raum dämmrig genug ist, lasse ich ihn glauben, ich wäre Ihr, Mistreß.« Sie kicherte wieder. »Und wenn wir zusammen im Bett liegen, wird er den Unterschied nicht merken.«

»Prudence!«

»Ich tue das als ein Opfer für Euch.«

»Schluß mit diesem Unsinn.«

»Auf diese Weise finden alle drei ihre Befriedigung.«

»Ich will nichts mehr davon hören«, sagte Matilda streng. »Wir werden beide hierbleiben. Deine Anwesenheit wird mich vor jeder Gefahr beschützen.«

»Ich erlaube mir, das zu bezweifeln.«

Bevor sie noch darüber sprechen konnte, hörten sie Schritte vor der Tür und spitzten die Ohren, um besser zu hören. Dreimal wurde laut an die Tür geklopft. Sie wechselten einen erstaunten Blick. Firethorn hatte von einer gewissen Weile gesprochen, bevor er zurückkommen würde. Offenbar hatte er seine Angelegenheiten schneller als erwartet erledigen können. Wieder wurde dreimal laut geklopft. Matilda machte ein Zeichen, Prudence lief zur Tür und riß sie weit auf.

»Willkommen erneut, bester Herr!«

Der Mann mit der schwarzen Augenklappe lächelte tückisch.

»Herzlichen Dank.«

*

Westfield's Men genossen eine vorzügliche Bedienung durch den Inhaber des Gasthofes und entdeckten noch einen zusätzlichen Pluspunkt. Mit ihnen übernachteten zahlreiche Leute in dem Gasthof, die an der Hochzeitsfeier am nächsten Tag teilnehmen wollten. Das Theaterstück der Truppe war Teil der Feierlichkeiten. Als dies bekannt wurde, verlangten die Hochzeitsgäste etwas Unterhaltung vorab und wurden rasch zufriedengestellt. Peter Digby und seine Musiker spielten für sie, Richard Honeydew sang liebliche Liebeslieder, Barnaby ließ sie mit offenen Mäulern seine komischen Tänze bewundern, und Firethorn begeisterte sie mit ein oder zwei improvisierten Ansprachen aus seinem reichhaltigen Repertoire. Westfield's Men erhielten nicht nur gratis Kuchen und Bier. Die Hochzeitsgäste ließen auch ein paar Münzen klimpern, um ihre Dankbarkeit etwas handfester zu machen. Mit einer einzigen Ausnahme war die ganze Truppe begeistert.

Die Ausnahme war Owen Elias, ein eifriges Talent, das stolz war auf seine Fähigkeiten, aber einfach keine Gelegenheiten bekam, sich zu beweisen. Es waren andere, die den Applaus der Gäste einstrichen. Mißmutig drückte er sich in den Ecken herum und trank zuviel Bier. Als Gill zum viertenmal gebeten wurde, seine lustigen Tänze vorzuführen, konnte er es nicht mehr aushalten und begab sich unbemerkt in den Hof, auf der Suche nach seinem eigenen Publikum.

Nicholas freute sich über die gute Stimmung, aber er hatte Leonards Warnung nicht vergessen und blieb aufmerksam. Auch war er durch die Informationen, die Abel Strudwick beigesteuert hatte, sehr beunruhigt. Wenn es da tatsächlich eine Art Verschwörung gab und wenn der Kämmerer daran seinen Anteil hatte, dann mußte sie tatsächlich bis in die höchsten Spitzen der Stadtverwaltung reichen. Ratsherr Rowland war offenbar heftig darin verwickelt, und seine Agenten waren gewissenlose Burschen. Wenn die Mörder einen hilflosen jungen Lehrling wie Hans Kippel umbrachten, dann würden sie vor nichts zurückschrecken – nicht einmal vor einem Mord an Lawrence Firethorn. Der Regisseur zuckte zusammen, als ihm Leonards Warnung wieder in den Sinn kam. Leonard hatte ihm gemeldet, daß sie beide, Nicholas und Lawrence, gezeichnete Männer waren. Mitten in einer großen Menschenmenge im Schankraum des Gasthofes war Nicholas durchaus in Sicherheit, aber von Firethorn war keine Spur zu sehen.

Eine rasche Überprüfung des Erdgeschosses förderte nichts zutage. Nicholas wollte gerade nach oben gehen, als er ein entferntes Geräusch hörte, das ihn stillstehen ließ. Draußen in der Dunkelheit erklang eine Stimme, die so durch und durch die Stimme Lawrence Firethorns war, daß er sich sofort entspannte. Der große Schauspieler probte unter freiem Himmel und bot den Engeln ein nächtliches Vergnügen. Als der Regisseur den Innenhof betrat, erkannte er sofort, von wo die Stimme kam. Der Hof bot im Mondlicht eine geisterhafte Silhouette. Neun riesenhafte Eichen standen im Kreis und bildeten ein natürliches Amphitheater. Erhabene Verse wurden mit soviel Gefühl und Inbrunst deklamiert, daß sie in die Wipfel der Bäume aufstiegen und als fernes Echo zurückklangen.

Lawrence Firethorn war wirklich einmalig. Nur er konnte einen Monolog so mitreißend vortragen, und nur er brachte es fertig, mitten in der Nacht alleine zu proben, um seine Kunst zu steigern. Nicholas ging langsam auf die Bäume zu, damit er den kunstvollen Vortrag besser genießen konnte. Erst jetzt, als er das Stück erkannte, kehrte seine Panik zurück. Heinrich der Fünfte hielt seinen Truppen eine bombastische Rede – in dem singenden Tonfall eines echten Kelten. Wieder einmal war die Imitation täuschend ähnlich ausgefallen, doch dies war nicht der Erste Schauspieler unter den Bäumen. Dies war Owen Elias.

Als Nicholas das klar wurde, verstummten die Worte plötzlich und wurden durch ein ersticktes Gurgeln ersetzt. So schnell er konnte, rannte er auf die Bäume zu, doch die Belaubung war so dicht und weiträumig, daß sie das ganze Gelände beschattete. Nur das schreckliche Geräusch trieb ihn vorwärts, das letzte, ersterbende Röcheln eines Schauspielers unmittelbar vor seinem endgültigen Ende. Nicholas rannte um den kreisförmigen Platz herum, bis er plötzlich mit einem Paar baumelnder Beine zusammenstieß und zu Boden stürzte. Hoch über ihm, hin- und herpendelnd, hing der zappelnde Owen Elias und zerrte fieberhaft an dem Strick um seinen Hals. Für einen Mann, dessen Stimme seine größte Freude war, war dies ein ganz besonders schrecklicher Tod.

Der Waliser war das falsche Opfer. Weil man ihn mit Lawrence Firethorn verwechselt hatte, hauchte er jetzt sein Leben aus – endlich in einer führenden Rolle. Das Seil war über einen Ast geworfen und am Stamm befestigt worden. Nicholas riß sein Messer hervor und zerhackte den Strick. Sein Freund stürzte hart auf den Boden.

Es war keine Zeit, sich jetzt um ihn zu kümmern, denn Firk stürzte aus seinem Versteck, das Schwert in der Hand. Bedrohlich umkreiste er sein Opfer. Nicholas hatte nur den Dolch zu seiner Verteidigung. Firk machte einen Ausfall, ließ die Klinge wie wild durch die Luft zischen und erwischte Nicholas leicht am linken Arm. Der stechende Schmerz und das strömende Blut brachten Nicholas dazu, in Sekundenschnelle seine Taktik zu ändern. Bei ihrem letzten Scharmützel war sein Angreifer in den Bauch gestochen worden und mußte immer noch an dieser Wunde leiden. Das machte sich der Regisseur zunutze. Er wich hinter einen Baum aus, dann hinter einen anderen, so daß Firk hinter ihm herwatscheln mußte. Nicholas begann zu rennen und lief rein und raus aus diesem Kreis der Neun Riesen, während Firks Schwert die ganze Zeit dicht hinter ihm durch die Luft fuhr. Je weiter er lief, desto erschöpfter wurde sein Verfolger. Firk keuchte heftig und attackierte die Luft mit gesteigerter Wut. Jeder Hieb ließ Blätter zur Erde schweben, ganze Äste fielen zu Boden. Schließlich ließ die Erschöpfung ihn langsamer werden, er lehnte sich gegen einen Baum, um wieder zu Atem zu kommen, in einer Hand das Schwert, die andere auf den schmerzenden Bauch gepreßt.

Nicholas wechselte jetzt von der Verteidigung zum Angriff über und umkreiste seinen Gegner, den Dolch fest in der Hand. Firk antwortete mit ein paar mörderischen Hieben, doch seine Kräfte waren eindeutig erschöpft. Er machte einen blitzschnellen Ausfall gegen Nicholas, doch der parierte den Schlag mit seinem Dolch, sprang ein paar Schritte zurück, riß das Schwert vom Boden hoch und schleuderte die Waffe hart gegen den anstürmenden Firk. Sie traf ihn an die Schulter und riß ihn herum. Das Schwert fiel zu Boden, Firk taumelte zu der Stelle. Nicholas warf sich wie ein Teufel auf ihn, kämpfte mit ihm und rollte über den Boden. Selbst in seinem geschwächten Zustand war Firk noch bärenstark, doch er hatte einen Gegner, der ihm mehr als nur Kraft und Muskeln bot.

Ein Schub neuer Kräfte fuhr durch Nicholas' Körper. Er kämpfte hier nicht nur um sein Leben, sondern er rächte auch den Tod seiner Freunde. Er kämpfte gegen den Mann, der Hans Kippel mit heimtückischer Kraft mitten auf der Straße ermordet hatte. Er kämpfte mit dem Verbrecher, der einen harmlosen Schauspieler aufknüpfte, der seine Schauspielkunst verbessern wollte. Sie wälzten sich hin und her, Nicholas lag oben, preßte den Mann an den Boden und schaffte es, ihm beide Hände um die Gurgel zu legen. Sein erstes Pressen brachte ein Protestgeschrei von Firk hervor, doch davon ließ er sich nicht abhalten. Der Regisseur merkte die Schläge nicht, die gegen seine Brust prasselten, und spürte nicht die suchenden Finger, die ihm die Augen ausreißen wollten.

Er verstärkte seinen Griff so gut er konnte. Hans Kippels schwächlicher Geist lieh ihm seine Kraft, Owen Elias stöhnte anfeuernd vom Boden zu ihm auf. Diese drei preßten auch den allerletzten Atemzug aus Firk heraus und ließen ihn endgültig zu Boden sinken. Der erschöpfte Nicholas quälte sich hoch und lief zu dem rotgesichtigen Waliser, der sich langsam von seiner Begegnung mit dem Tode erholte. Der Regisseur löste den Strick um den Hals des Schauspielers und warf ihn auf die Leiche.

Owen Elias krächzte seine Dankbarkeit und hob schwach den Arm zum Gruß. Im jetzigen Theaterstück gab es nun keine Rolle mehr für ihn, aber er lebte wenigstens und konnte auf das nächste warten.

*

Inzwischen hüpfte Lawrence Firethorn den Flur entlang zu dem Privatzimmer, in dem sich sein Schatz befand. Nachdem er mit dem Gastwirt gesprochen und befohlen hatte, Speisen und Wein zu servieren, konnte er jetzt mit dem zärtlichen Vorspiel der Liebe beginnen, die sie für die triumphale Vereinigung, die er geplant hatte, in Stimmung versetzen sollte. Vor der Tür des Zimmers blieb er stehen, zupfte sein Wams zurecht, strich sich den Bart und befeuchtete die Lippen, dann klopfte er kühn dreimal an und segelte durch die Tür, um seinen Preis zu empfangen.

»Ich bin zu Euch gekommen, meine Geliebte«, seufzte er.

Doch Matilda Stanford war nicht da, um ihn zu empfangen. Die meisten der Kerzen waren gelöscht worden, im Halbdunkel wirkte das Zimmer leer. Seine schwere Enttäuschung verwandelte sich jedoch in neu entflammte Lust, als er ihre einladenden Geräusche aus dem Himmelbett hörte. Er trat heran und sah, wie sich ihr Körper unter dem Laken bewegte und wand, um anzulocken und zu erregen. Ihm war sofort klar, daß sie auf das genüßliche Mahl und die langsame Verführung nicht warten konnte. Ihr Begehren erlaubte keine Verzögerung und ließ ähnliche Gefühle in ihm aufwallen. Er rannte zur Tür, warf den Riegel vor, um jede Störung zu verhindern, und riß ungeduldig an den Schnüren und Ösen seines Wamses und zerrte sich die Hose herunter. Die Geräusche aus dem Bett klangen immer verzweifelter, er begleitete sie mit seinem eigenen Grunzen und Stöhnen.

Firethorn war jetzt halbnackt und warf sich auf das Himmelbett, rollte sich neben seine Geliebte und zerrte das Laken zur Seite, um die Schönheit ihres Antlitzes zu genießen. Sein erster Kuß sollte ihre Leidenschaft in höchste Höhen emporjagen, doch seine Lippen erhielten nur eine kalte Antwort. Schon bald erkannte er den Grund dafür. Anstatt Matilda Stanford in seinen Armen zu halten, hatte er ein zappelndes Zimmermädchen umfaßt, deren Mund mit einem dicken Stofflappen zugebunden war.

Prudence Ling war gefesselt und geknebelt worden.

*

Nicholas Bracewell rannte zu den *Nine Giants* zurück, als der erste Schauspieler auf der Suche nach ihm aus dem Haus gestürzt kam, um die Entführung bekanntzumachen. Inzwischen war auch der Kutscher geweckt worden und verkündete, seine Kutsche sei gestohlen worden. Andere Gäste kamen aus dem Wirtshaus, um den Grund für die Aufregung zu erfahren. Der Regisseur berichtete von seinen schlimmen Erlebnissen, dann rannte er zu den Stallungen, um ein Pferd zu finden und den Suchtrupp bei der Jagd nach der Kutsche anzuführen. Ihm war sofort klargeworden, wer der Entführer sein mußte, mit dem er wegen Hans Kippel ohnehin noch ein Wort zu sprechen hatte. Ein Dutzend bewaffneter Männer war bereits im Sattel. Nicholas teilte sie in zwei Gruppen auf, damit man die Straße in beiden Richtungen absuchen konnte. Die Pferde wurden zu schärfstem Galopp angetrieben, als die Suche begann.

Es dauerte nur etwa zwanzig Minuten, bis sie die Kutsche entdeckten. Nicholas befand sich an der Spitze der Gruppe, die in wildem Tempo die London Road entlangjagte; die Hufe seines Pferdes schleuderten Erdklumpen in die Luft. Als er sah, wie die Kutsche vor ihm den höchsten Punkt eines Hügels erreichte und einen Moment ganz klar gegen den Himmel zu sehen war, spornte er sein Pferd zu noch größerem Tempo an. Obwohl das Gefährt heftig angetrieben wurde, konnte es den verfolgenden Männern niemals entkommen, die Reiter kamen ständig näher. Der Fahrer kümmerte sich jetzt vor allem um sein eigenes Überleben. Er zerrte heftig an den Zügeln, brachte die beiden Zugpferde zu einem schwankenden Halt und warf sich auf das Reitpferd, das zusätzlich an der Kutsche angebunden war. Um eine Ablenkung hervorzurufen, brüllte er die Zugpferde mit lauter Stimme an und versetzte dem einen Pferd einen Schlag auf den Rumpf. Beide Zugpferde bäumten sich gleichzeitig auf und jagten mit der Kutsche, die wild hin- und herschwankte, über die Weiden davon.

Nicholas' größte Sorge war die Sicherheit des Passagiers in der Kutsche, wie der Blitz fegte er hinterher. Mit der Hand signalisierte er seinen Leuten, dem einsamen Reiter zu folgen, der mit höchster Geschwindigkeit Schutz in einem nahe gelegenen Waldstück suchte. Die Kutsche war inzwischen vollständig außer Kontrolle geraten und schwankte gefährlich von einer Seite zur anderen. Sie wurde hoch in die Luft geschleudert, als eines der Räder gegen einen großen Stein stieß, und legte sich halsbrecherisch zur Seite, als sie einen Abhang entlangraste. Nicholas wußte, daß sie jeden Moment umstürzen oder gegen einen Baum rasen konnte. Mit den Sporen trieb er sein Pferd zu einer weiteren Temposteigerung an, rückte langsam näher an die Kutsche heran und paßte scharf auf, daß er sich weit genug von den rasenden Rädern entfernt hielt. Über allen Lärm konnte er die Schreie der entsetzten Insassin hören, die in der Kutsche hin- und hergeworfen wurde.

Jetzt lag er mit den Zugpferden auf gleicher Höhe, paßte den besten Moment ab und warf sich seitwärts auf den Rükken des nächsten Pferdes und hielt sich am Zaumzeug fest. Als er sich hochgezogen hatte und richtig auf dem Pferd saß, ergriff er die Zügel und zog sie stetig an, bis sich die kopflose Flucht in einen gemäßigten Trab verwandelte, schließlich in eine ruhige Gangart und dann zum Stehen kam. Er sprang herab, rannte zur Kutsche und riß den Schlag auf. An Händen und Füßen gefesselt, sank ihm Matilda Stanford in die Arme.

*

Ein fröhlicher, beschwingter Abend endete in Dunkelheit und Unheil. Firks Leiche wurde zum örtlichen Totengräber gebracht, dem Ortsrichter eine Erklärung über diesen Todesfall abgegeben. Der Kutscher brachte Matilda Stanford und Prudence Ling nach Wimbledon, wo sie bei Matildas Kusine eine erholsame Nacht verbringen konnten. Lawrence Firethorn war, wie auch der ganze Rest der Truppe, entsetzt über den Versuch, Owen Elias aufzuhängen. Er nahm Nicholas Bracewell mit auf sein Zimmer, um sich alle Details berichten zu lassen.

Der Regisseur sprach völlig offen und berichtete, ohne irgend etwas wegzulassen. Mord, Brandstiftung, Aufruhr, Entführung und Korruption in der Stadtverwaltung wurden in aller Deutlichkeit klargelegt. Firethorn hörte mit größtem Interesse zu, zeigte Mitgefühl für Owen Elias' Misere und verstand endlich, daß sein Techtelmechtel mit Matilda Stanford all dies erst bewirkt hatte. Wenn sie nicht zu den *Nine Giants* gelockt worden wäre, um ihn zu befriedigen, dann könnte der Waliser nach wie vor in der Lage sein, der Gesellschaft seine Dienste zur Verfügung zu stellen, anstatt mit bandagiertem Hals im Bett zu liegen. Der führende Schauspieler war beschämt und bestürzt, doch seine Prioritäten blieben unverändert. Als Rowland Ashways Name fiel als der des Mannes, der diese Schurkerei inszeniert hatte, faßte Firethorn alles rein persönlich auf und mußte tatsächlich grinsen.

»Wenn der Ratsherr verhaftet wird«, sagte er heiter, »dann ist sein Vertrag mit Marwood null und nichtig. Westfield's Men werden weiter im *Queen's Head* bleiben. Vielleicht hat all die Mühe, die ich erdulden mußte, doch noch etwas Gutes zur Folge.«

Nicholas mußte sich um äußerste Beherrschung bemühen.

Am nächsten Tag war Lawrence Firethorn bestens aufgelegt. Er versammelte die Trupps frühmorgens um sich und hielt eine bewegende Rede, wie wichtig es sei, alle Rückschläge zu überwinden, die sie erdulden mußten. Sorge für Owen Elias sei verständlich, doch man könne seiner Wiederherstellung am besten dadurch helfen, daß man die beste Aufführung hinlege, die es jemals gegeben hätte. Innerhalb von zehn Minuten verwandelte Lawrence Firethorn eine niedergeschlagene Truppe in ein hellwaches, zielbewußtes Ensemble. Nicholas hatte von seinem früheren Besuch in den *Nine Giants* Zeichnungen und Maße mitgebracht, wie der Bühnenaufbau beschaffen war. Es dauerte nicht lange, bis die Bühne für die Proben vorbereitet war.

Sie hörten die Glocken der nahegelegenen Hochzeitskirche und begrüßten Braut und Bräutigam mit herzlichen Willkommensrufen, als sich die Hochzeitsgesellschaft in den

Gasthof begab, um die Feierlichkeiten zu beginnen. Das gute Wetter erlaubte es, das Bankett im Innenhof zu servieren; die ganze Gesellschaft befand sich in ausgezeichneter Stimmung, als die Stunde der Aufführung heranrückte. Lord Westfield persönlich war Ehrengast und saß in seinem auffälligen Gewand neben der Braut und erklärte ihr, daß er ihr jetzt sein Hochzeitsgeschenk überreichen werde. Westfield's Men waren an der Reihe.

Die weise Frau von Dunstable hätte nicht besser für diese Gelegenheit ausgesucht werden können. Es war eine ländliche Komödie über die Tugenden wahrer Liebe und Treue. Drei Freier bewarben sich um die Hand einer reichen und schönen Witwe, die sich nichts sehnlicher wünschte, als im Gedenken an ihren verblichenen Gatten ein ruhiges Leben zu führen. Alle möglichen Strategien wurden ausgeklügelt, um sie vor den Traualtar zu bringen, die lächerlichste von allen von Lord Merrymouth, einem alten Narren mit einem lahmen Bein. Firethorn bewies in dieser Rolle brillante, humorvolle Ideen und spielte den Edelmann mit allen nur denkbaren komischen Charaktereigenschaften. Die Witwe stimmte schließlich zu, eine Wahl zu treffen, und alle glaubten, sie würde zwischen den beiden jungen, hübschen Bewerbern wählen. Doch der Geist ihres dahingegangenen Gatten – Edmund Hoode in Bestform – kehrte zurück, um ihr seinen weisen Rat zu geben. Sie wählte Lord Merrymouth.

Das trieb die beiden anderen liebeskranken Gentlemen nicht nur in die Flucht, sondern zementierte auch ihre Witwenschaft, denn der alte Aristokrat wurde von der Freude so übermannt, daß er sich besinnungslos betrank, in einen Teich fiel und ertrank. Firethorn stellte sogar diese Sterbeszene überwältigend komisch dar. Richard Honeydew in der Titelrolle war eine weise Frau von großem Charme und leichtem

Herzen. Das Stück endete mit einem Tanz, dann trommelte das Publikum seine Begeisterung auf die Tische. Westfield's Men verbeugten sich dankbar für die Wogen des Applauses und brachten als Dacapo den Schlußtanz ein zweitesmal. Mit Firethorn an der Spitze vollzogen sie ihre letzten Verbeugungen zu dem Fenster, von dem Owen Elias der Aufführung zugeschaut hatte. Obwohl er immer noch Schmerzen hatte, applaudierte er begeistert, während ihm die Tränen übers Gesicht liefen. Westfield's Men hatten ihm das hochherzigste Geschenk als Genesungstrunk gegeben. Er gehörte zu ihnen.

*

Walter Stanfords Gesicht war für Heiterkeit und gute Laune gemacht, doch jetzt war es von Ärger und Ernüchterung gezeichnet. Auf Bitten von Nicholas Bracewell hatte Stanfords Frau ein Zusammentreffen der beiden Männer arrangiert, und zwar in einem Zimmer der Königlichen Börse, so daß der Haushofmeister von Stanford Place nicht merkte, daß sich das Netz um ihn schloß. Der zukünftige Oberbürgermeister dankte dem Regisseur zunächst ausgiebig dafür, daß er das Leben seiner jungen Frau gerettet habe, indem er die durchgegangene Kutsche zum Stillstand brachte, wobei die Gründe, die sie überhaupt zu den *Nine Giants* geführt hatten, taktvollerweise erst gar nicht zur Sprache kamen. Zwischen ihr und Firethorn war es nicht zu Intimitäten gekommen. Sie würde nicht mehr auf Abwege geraten.

Nicholas hatte mit seinen instinktiven Gedanken Recht behalten. Nachdem erst einmal die Verbindung zwischen Rowland Ashway und Aubrey Kenyon ruchbar geworden war, ließ sich manches leichter erklären. Bei einem plötzlichen Anstieg seines Reichtums war der Bierbrauer in der Lage, die Gasthäuser und Tavernen zu kaufen, denen er sein Bier lieferte. Stanford vermutete ein ganzes Netz von Korruption in der Verwaltung städtischer Angelegenheiten, wobei er den Kämmerer im Zentrum sah. Nur er war überhaupt in der Lage, derartige finanzielle Tricks durchzuführen. Zusammen mit einem gutwilligen, aber leichtgläubigen Mann wie Sir Lucas Pugsley als Oberbürgermeister war es den beiden Männern gelungen, ihr eigenes Nest zu polstern, ohne daß auch nur der leiseste Verdacht auf sie fiel. Ashway bearbeitete den Fischhändler auf die Freundschafts-Tour, während Kenyon seine Fähigkeiten als Verwaltungsmann einsetzte, um Pugsley Sand in die Augen zu streuen. Die beiden bildeten ein schlagkräftiges Team.

Ihre Machenschaften gerieten in Gefahr, als Walter Stanford zum künftigen Oberbürgermeister gewählt wurde. Bei all seinen Schwächen besaß der Tuchhändler erheblichen Scharfsinn und eine gute Nase für Schwachstellen in der Verwaltung. Unter seiner Aufsicht würde die Korruption nicht nur ein Ende haben, ihr Ausmaß unter der Führung des letzten Oberbürgermeisters würde aufgedeckt werden. Ashway und Kenyon hatten nur noch einen einzigen Ausweg. Stanford mußte gestoppt werden.

»Und deshalb haben sie Michael umgebracht«, sagte Stanford. »Weil ich so große Hoffnungen auf meinen Neffen gesetzt hatte, hofften sie, der Schmerz würde mich davon abhalten, mein Ziel weiterhin zu verfolgen.« Er sah Nicholas an. »Wie wurde es durchgeführt?«

»Der Mord wurde in dem Haus auf der Brücke begangen«, sagte der andere. »Ich ließ mich eine Weile irreleiten, als ich erfuhr, daß es Sir Lucas Pugsley gehörte. Ratsherr Ashway lieh es sich von ihm zu diesem Zweck. Obwohl der Mord während des Tages begangen wurde, ließ man die Leiche bis zum Einbruch der Dunkelheit im Haus. Erst im Schutz der

Nacht wurde sie aus dem Fenster geworfen und schlug dabei auf dem Sockel des Brückenpfeilers auf.«

»Das zerschmetterte Bein!« sagte Stanford.

»Ja, Sir. Die Leiche muß in die Stromwirbel geraten sein und wurde dann zusammen mit Treibholz flußabwärts getragen. Durch puren Zufall sind wir darauf gestoßen.«

»Ihr und Euer Flußschiffer.«

»Abel Strudwick. Ein grundehrlicher Bursche.«

»Eine Frage, Sir. Warum war das Gesicht meines Neffen so entstellt und blutig? Wir konnten ihn nur mit Mühe identifizieren.«

»Das war Absicht.«

»Wie meint Ihr?«

»Es war nicht Euer Neffe, Sir.«

»Nein? Aber William und ich haben ihn doch gesehen!«

»Ihr saht nur einen Menschen, der ihm ähnlich sah«, erklärte der andere. »Michael Delahaye lebt noch.«

»Aber das ergibt doch überhaupt keinen Sinn!«

Als Nicholas seine Erklärung lieferte, mußte Walter Stanford erkennen, daß alles leider nur zu logisch war. Der Feldchirurg hatte Nicholas alles erläutert. Michael Delahaye war nicht nur irgendein unzufriedener Soldat, er war absolut zügellos, und er haßte seinen Onkel, der seine Maßlosigkeit beendete. Als er in die Armee eintrat, um sein verschwenderisches Leben fortzusetzen, fand er das Soldatenleben so unerträglich und deprimierend, daß sich ein lebenslustiger junger Mann in einen haßerfüllten Menschen verwandelte.

Walter Stanford wurde zum Ziel dieses Hasses. Als Michael Delahaye eine Möglichkeit sah, gegen seinen Onkel loszuschlagen, ergriff er diese Chance, weil er so für immer dem Zwang zur Respektabilität entkommen und unter anderem Namen ein neues Leben des Müßigganges führen konnte.

Außerdem verschaffte sie ihm die unbezahlbare Befriedigung, seinen Todfeind aus der Armee zu töten.

Eine eisige Stille hielt Stanford umklammert, während er zuhörte. Einen geliebten Neffen zu verlieren, war die eine Seite der Medaille. Die andere Seite war die Erfahrung, daß er selber das Haßziel dieses Menschen war. Und das war das Schlimmste. Der einzige Lichtblick war die Tatsache, daß die ganze Verschwörung von einem Mann mit höchster Diskretion aufgedeckt worden war.

»Was muß ich tun, Master Bracewell?«

»Nichts, Sir.«

»Aber sie werden vor dem Zugriff der Justiz fliehen.«

»Nur, wenn Ihr ihnen Angst einjagt und sie dazu treibt«, sagte Nicholas. »Wir müssen Euren Neffen aus seinem Versteck locken, oder die Sache kommt niemals ins Reine. Laßt Euch raten, Sir. Bereitet Euch auf einen Angriff vor, aber unternehmt selbst noch nichts. Wartet noch eine Weile, dann werden sie ganz sicher wieder zuschlagen. Habt Geduld.«

Stanford dachte darüber nach und nickte zum Einverständnis. Die Dinge, die er erfahren hatte, hatten ihn tief verstört; er brauchte ganz einfach Zeit, um darüber hinwegzukommen. Was ihn aber wirklich bis ins Mark getroffen hatte, waren die Enthüllungen über Michael Delahaye, und er versuchte erst gar nicht, sich der Verantwortung für diese Entwicklung zu entziehen. Seine Absichten waren gut gewesen, doch er hatte zuviel Druck auf seinen Neffen ausgeübt, um ihn zu zwingen, sich anzupassen und seine wilde Lebensführung aufzugeben. Er hatte dazu beigetragen, einen nichtsnutzerischen, aber relativ harmlosen jungen Mann in ein Monster zu verwandeln, das ihm jetzt auflauerte. Nachdem er sich einer schwierigen Angelegenheit bereits entledigt hatte, fand er sich jetzt einer viel schwierigeren Sache gegenüber.

»Was soll ich meiner Schwester sagen?« fragte er.

»Nur, was sie unbedingt wissen muß.«

»Sie glaubt, ihr Sohn sei aus der Themse gezogen worden.«

»Dann ist es eben genau das, was passiert ist«, sagte Nicholas kühl. »Es besteht für sie kein Grund, die volle Wahrheit zu erfahren. Der Sohn, den sie liebte und kannte, starb in den Niederlanden. Bringt ihn nicht wieder ins Leben zurück, um sie zu quälen.«

Und wieder akzeptierte Stanford einen guten Rat und betrachtete den anderen mit zunehmendem Respekt. Es lag auf der Hand, daß man Nicholas viel Freiraum geben mußte, um alles zu arrangieren, was erforderlich war. Er würde schon am besten wissen, wie man die Übeltäter aus ihren Schlupflöchern hervorlockte.

»Wann werden sie zuschlagen?« fragte Stanford.

»Schon bald.«

»Wie bald?«

»Beim Festzug des Oberbürgermeisters.«

12. Kapitel

Festzüge waren ein fester Bestandteil des städtischen Lebens. Diese Prozessionen dienten nicht nur als Vergnügen und Freude für die Bürger, sondern waren auch eine Möglichkeit, ihnen die Würde und Macht der Regierenden eindrucksvoll zu demonstrieren. Im Mittelalter waren die prächtigsten Umzüge die der Königsfamilie gewesen, vor allem bei Krönungen oder Hochzeiten. Doch in den späteren Regierungsjahren der Königin Elizabeth entwickelten sich die Festzüge des Oberbürgermeisters zu echten Rivalen der königlichen Umzüge.

Sie benutzten die ganze Stadt als Bühne und stützten sich auf Traditionen, die bis in die Anfänge der Stadt London zurückreichten. Festzüge bedeuteten einen öffentlichen Feiertag, an dem die Menschen ein faszinierendes Spektakel genossen und sich der allgemeinen Freude über den Anlaß hingaben und ihn feierten.

Wegen der kürzlichen Unruhen waren zusätzliche Soldaten und Wachmannschaften herangezogen worden, doch niemand rechnete mit Schwierigkeiten. Ein Festzug des Oberbürgermeisters verleitete die Lehrlinge nicht dazu, die ausländischen Handwerker in Southwark zu attackieren. Er war vielmehr ein Zurschaustellen der Macht einer Stadt, die nach allgemeiner Überzeugung die wichtigste Stadt Europas war. Walter Stanford war dafür bekannt, daß er sehr viel Wert auf städtische Traditionen legte. Der Festzug, der ihn in sein Amt einführen sollte, versprach, ein ganz besonderes Ereignis zu werden.

Es gab einige, die sich bemühten, ihn zu einem unvergeßlichen Ereignis zu machen.

»Alles hängt von heute ab«, sagte Rowland Ashway.

Aubrey Kenyon nickte. »Wir dürfen jetzt nicht die Nerven verlieren.«

»In der Tat, Sir, oder wir verlieren auch noch unseren Kopf.«

»Wir wollen nur hoffen, daß Stanford den seinen verliert.«

»Es muß einfach so sein, Aubrey, oder wir sind am Ende.«

Sie sprachen in Kenyons Haus miteinander, bevor sie losgingen, um ihren Platz in der Prozession einzunehmen. Die Ratsherrenrobe machte Ashway noch fetter und überladener, während die stattliche Gestalt des Kämmerers durch seine Kleidung noch unterstrichen wurde. Sie wirkten wie ein Paar, das nicht zusammenpaßte, doch sie waren durch ihre Verbrechen aneinandergekettet und hingen buchstäblich voneinander ab. Doch es gab noch jemand, auf den sie sich stützten.

»Kann man ihm trauen, daß er seine Arbeit erledigt?«

»Niemand ist mehr darauf versessen als er.«

»In Richmond hat er uns im Stich gelassen.«

»Das war Firks Fehler«, grinste Ashway. »Er knüpfte den falschen Mann auf und kam gegen diesen Regisseur nicht an. Er weiß es zwar nicht, aber Master Bracewell hat uns einen Gefallen getan. Er brachte Firk um und ersparte uns die Mühe. Delahaye ist wieder eine andere Art von Mann.«

»Renfrew«, sagte der andere. »Er möchte James Renfrew genannt werden. Leutnant Delahaye ist tot.«

»Was in Kürze auf diesen Captain James Renfrew zutreffen wird«, sagte Ashway leise. »Wenn er getan hat, wofür wir ihn bezahlen, muß er endgültig verschwinden. Er weiß einfach zuviel, Aubrey. Das ist der einzige Ausweg.«

»Und heute?«

»Heute müssen wir auf seinen Wahn vertrauen.«

»Er haßt Stanford noch mehr als wir.«

Ashway verzog sein Gesicht. »Deshalb liebe ich ihn ja auch so.«

*

Seit dem Jahre 1453, als sich Sir John Norman auf einem prächtigen Prunkboot mit silbernen Rudern die Themse herauffahren ließ, hatte der Festzug des Oberbürgermeisters zu Wasser und zu Land stattgefunden. Beide Ufer der Themse waren deshalb von Zuschauerreihen gesäumt, die hoffnungsvoll auf die schwimmenden Wunder warteten. Allen war der Ablauf des Festzuges bekannt. Walter Stanford, Oberbürgermeister von London, würde zunächst seinen Bezirk durchfahren – den von Cornhill, in dem auch die Königliche Börse stand – und sich dann zur nächsten Anlegestelle begeben, wo er an Bord gehen und sich nach Westminster fahren lassen würde, um dort im Schatzamt seinen Amtseid vor dem Obersten Richter abzulegen. Danach sollte es per Schiff zurück nach Blackfriars gehen und zur St. Paul's Cathedral, wo ein Dankgottesdienst geplant war; anschließend begann das Bankett in der Gildenhalle. Altgediente Zuschauer wußten, wie man sich in der Stadt zu bewegen hatte, um den Festzug von verschiedenen Stellen aus betrachten zu können. Neulinge indes standen wie angewurzelt für Stunden an derselben Stelle, rissen Mund und Augen auf, und erhaschten doch nicht viel mehr als einen kurzen Blick auf all die Pracht und Herrlichkeit, die das Ereignis auszeichneten.

Walter Stanford persönlich war mit dem größten Ernst bei der Sache. Angetan mit den traditionellen Gewändern, auf dem Kopf den berühmten Dreispitz, war er für diesen Tag wirklich der Vater der Stadt, doch es war seine Stellung als Onkel, die ihm wirklich Sorgen machte. Irgendwo am Weg des Festzuges befand sich ein wildgewordener Neffe, der es darauf abgesehen hatte, seine Amtszeit als Oberbürgermeister schon beim Start im Keim zu ersticken. Hinter seinem Lächeln, seinem Winken und seiner augenscheinlichen Freude lauerte deshalb die Sorge, die sich nicht vertreiben lassen wollte. Sein ganzes Vertrauen gründete sich auf einen Mann, der nichts Bedeutenderes als Regisseur einer Schauspielertruppe war. War sein Vertrauen wirklich gerechtfertigt?

Er verließ seinen Bezirk und begab sich mit dem Festzug durch jubelnde Straßen zum Fluß. Am Kopf der Parade schritten zwei Männer, die die Insignien der Tuchhändler-Gilde trugen. Ihnen folgten ein Trommler, ein Flötenspieler und ein Pfeifer. Hinter ihnen, bekleidet mit blauen Umhängen und Kappen, blauen Hosen und blauen Seidenhemden, folgten sechzehn Trompetenbläser mit ihren Instrumenten, die im Gleichschritt marschierten. Als nächstes kamen von Pferden gezogene Festwagen, jeder einzelne kunstvoll von den Gilden hergerichtet, die miteinander um den schönsten Wagen wetteiferten. Das Schiff der Fischhändler gehörte mit zu den schönsten, eine gewaltige Galeone, die über den hochgereckten Köpfen der Zuschauer dahinzuschweben schien. Ein anderer Festwagen, der stark umjubelt wurde, war das Schloß der Goldschmiede, ein wirklich beeindruckendes Gebilde, das zur Krönung Richards II erbaut worden war. Und natürlich gab es noch andere, die von den Zuschauern mit offenen Mündern bestaunt wurden.

Selbstverständlich war es der Wagen der Tuchhändler, der an Glanz alles überragte. Dieses Gefährt war ein römischer Triumphwagen, an die sieben Meter hoch, an den Seiten mit Silberbeschlägen und überragt von einem goldenen Baldachin, in dem die Ruhmesgöttin thronte und ihre Trompete blies. In diesem Triumphwagen saß die Tuchhändlerkönigin. Normalerweise war dies eine junge und schöne Frau mit einer vergoldeten, juwelenbesetzten Krone auf dem Haupt. Beim Bankett des Oberbürgermeisters pflegte sie an einem separaten Tisch zu tafeln. Doch in diesem Jahr gab es eine wichtige Abweichung von der Tradition. Anstatt eine junge Dame aus einer der Tuchhändlerfamilien dafür auszuwählen, hatte Walter Stanford diesmal seine eigene Frau als Königin ausgesucht – Matilda war außer sich vor Freude. Während sie hoch über den Köpfen der jubelnden Menschenmenge dahinschwebte, spürte sie die außerordentliche Ehre, die Gattin des Oberbürgermeisters zu sein. Die Fahrt in diesem Triumphwagen half ihr, Lawrence Firethorn und alles, was für ihn stand, zu vergessen und sich wieder ihrem Ehemann zuzuwenden.

Am Ende des Festzuges schritt der Oberbürgermeister persönlich. Vor ihm ging der Schwertträger mit seinem gewaltigen Pelzhut, und ein hoher Ordnungsbeamter, der seinen Amtsstab trug. Andere hohe Würdenträger, darunter auch der Kämmerer, befanden sich in seiner Nähe, doch Stanford würdigte ihn keines Blickes. Es war wichtig, die Aufmerksamkeit von Aubrey Kenyon und seiner Komplizen nicht zu erregen, bevor sie nicht dingfest gemacht werden konnten. Wenn der Oberbürgermeister gerade einmal nicht mit großzügiger Geste den Massen zuwinkte, dann behielt er den Soldaten scharf im Auge, der unmittelbar vor ihm ging. Dieser Mann, der einen eisernen Brustharnisch und einen metallenen Helm trug, hielt seine Pike auf die gleiche Weise wie seine Kameraden, doch er war kein normales Mitglied der Wachmannschaft. Nicholas Bracewell versah hier seinen Dienst, der weit über die Zeremonie hinausging.

*

Abel Strudwick hatte sein Boot mitten auf den Fluß gerudert, um ein Teil der gewaltigen Armada zu werden, die dem Festzug nach Westminster folgte. Zahlreiche Schiffe waren um ihn herum, angefüllt mit neugierigen Zuschauern, und der Gedanke, daß sie nur zum Schauen und Gaffen gekommen waren, gab ihm ein Gefühl der Überlegenheit. Die Liebe zur Poesie war es gewesen, die den Flußschiffer heute aufs Wasser getrieben hatte. Er war gekommen, um Inspiration für neue Verse zu finden, um ein großes Ereignis durch die schöpferische Kraft seiner Phantasie unsterblich zu machen. Von wo er saß und auf den Wellen tanzte hatte er einen herrlichen Blick auf die Parade, die sich vom Land zum Wasser bewegte.

Als erstes legte das Tuchhändler-Schiff ab, das stolz seine Wappen zur Schau stellte. Dann folgten die Boote der anderen Gesellschaften und Gilden, streng nach der vorgeschriebenen Reihenfolge. Strudwick erkannte die Wappen der Gemüsehändler, der Textil- und der Fischhändler – mit Sir Lucas Pugsley an Bord. Sodann folgten die Goldschmiede, die Kürschner, die Maßschneider, Hutmacher, Salzhändler, Metallhändler, Weinhändler und Tuchmacher. Nirgendwo ein Platz für Rowland Ashway. Der Ratsherr mußte auf die Färber warten, bis seine Bierbrauergilde an die Reihe kam. Insgesamt ein beeindruckendes Bild, das dadurch noch farbenprächtiger wurde, daß jede der Gesellschaften ihre eigenen Uniformen trug.

Noch spürte der Flußschiffer nicht, daß sich Verse in ihm regten, doch er blieb zuversichtlich. Was jetzt seinen Blick fesselte, war ein Anblick, der ihn immer wieder tief beeindruckte und ihm sogar ein wenig Angst einjagte bei einem Festzug eines Oberbürgermeisters. Zwei gewaltige, groteske Gestalten befanden sich am Bug des letzten Schiffes, auf dem ein Modell des Britains Mount errichtet war. Strudwick erkannte die Gestalten als Corinaeus und Gogmagog, sagenhafte Bewohner der Stadt in längst vergangenen Zeiten.

Es waren Riesen.

*

Walter Stanford fühlte sich jetzt erheblich sicherer, als er, von seiner gesamten Garde umgeben, wieder auf dem Wasser war. Auf offener Straße hatte er sich wie eine Zielscheibe gefühlt – für ein Messer, einen Pfeil, ja, sogar für ein Schwert, wenn der Träger nahe genug herankommen konnte. Er genoß den Festzug, der sich jetzt langsam den Fluß hinabbewegte; von den Ufern schallte Applaus zu ihm herüber. Nicholas befand sich nahe genug bei ihm, um ein kurzes Gespräch zu ermöglichen.

»Eure Sorgen waren unbegründet, Sir«, sagte Stanford.

»Der Tag ist noch jung.«

»Was könnte uns denn hier noch passieren?«

»Nichts, will ich hoffen«, sagte Nicholas.

Doch seine Instinkte redeten eine andere Sprache. Der Oberbürgermeister und sein Gefolge befanden sich auf dem Oberdeck des Schiffes, um besser gesehen werden zu können. Corinaeus und Gogmagog waren in paar Meter von ihnen entfernt. Der Regisseur hatte berufliches Interesse daran, wie die beiden Riesen ausstaffiert waren. Sie waren ungefähr vier Meter hoch und bestanden aus verziertem und vergoldetem Lindenholz. Kunstreiche Maler hatten ihnen wüste, grinsende Gesichter aufgemalt. Corinaeus war wie ein Krieger der Barbaren gekleidet und hielt einen Morgenstern an der Kette in der Hand. Gogmagog trug das Kostüm eines römischen Zenturion mit Speer und Schild, das mit einem symbolischen Phönix verziert war. Nicholas bewunderte die Kraft der Männer, die sich in jedem der Holzmodelle befanden. Sie schafften es sogar, Hebel zu bedienen, mit denen die Waffen hoch und nieder bewegt werden konnten.

Als Walter Stanford vortrat, um die Riesen näher zu betrachten, wurde es gefährlich. Corinaeus rührte sich nicht, aber Gogmagog reagierte sofort. Durch einen Schlitz in der Holzverkleidung erkannte der Mann im Inneren seine Chance und handelte. Er hob seinen Speer und versuchte, ihn mit aller Kraft auf Walter Stanford zu werfen, doch ein Soldat war zur Stelle, um den Wurf mit seiner Pike zu parieren. Was dann geschah, sorgte noch zusätzlich für Panik auf dem Schiff. Gogmagog erhob sich mit den Füßen vom Boden und warf sich mit einer solchen Gewalt direkt auf den Oberbürgermeister, daß er ihn mit Sicherheit getötet hätte, wenn der Speer von Nicholas Bracewell nicht erneut wertvolle Hilfe geleistet und das gewaltige Objekt über Bord des Schiffes und ins Wasser gelenkt hätte. Das aufspritzende Wasser durchnäßte zahlreiche Menschen in der Nähe und brachte einige der kleineren Boote beinahe zum Kentern.

Michael Delahaye hatte versagt. Er starrte seinen verhaßten Onkel mit seinem gesunden Auge an, dann schleuderte er den anstürmenden Soldaten ein Seil entgegen, um sie zurückzuhalten. Bevor sie Hand an ihn legen konnten, hechtete er mit einem gewaltigen Sprung über Bord und tauchte in die Wellen. Alles geschah in einem derartigen Tempo, daß alle vollständig überrumpelt wurden, doch Nicholas hatte seine fünf Sinne beisammen. Er schleuderte den Helm vom Kopf, riß sich den Brustharnisch herunter und sprang hinter dem ums Haar erfolgreichen Attentäter ins Wasser. Delahaye war stark und pflügte seinen Weg durchs Wasser, doch sein Verfolger war der bessere Schwimmer und verringerte zügig die Distanz zwischen ihnen. Verwirrte Zuschauer auf dem Schiff und am Ufer verfolgten atemlos, wie sich zwei Stecknadelköpfe übers Wasser bewegten. Keiner verstand auch nur im geringsten die Bedeutung dessen, was sie da vor sich sahen.

Abel Strudwick hatte die ideale Position, um den letzten Kampf zu beobachten. Als Nicholas die strampelnden Beine des Verbrechers zu packen bekam, wandte dieser sich um, riß einen Dolch aus dem Gürtel und schlug wie wild auf seinen Verfolger ein. Doch der packte sein Handgelenk in einem eisernen Griff, aus dem er sich nicht befreien konnte. Sie kämpften und rangen mit wahnsinniger Energie miteinander – und verschwanden unter Wasser. Strudwick ruderte näher heran und starrte hinunter, doch er konnte nichts erkennen. Lange Minuten verstrichen, in denen nichts geschah, dann wallte Blut hoch und färbte den Schaum auf den Wellen rot. Jetzt tauchte ein Kopf auf, der verzweifelt nach Luft schnappte. Dann warf sich der Schwimmer auf den Rücken, um sich von der Strapaze eines Todeskampfes zu erholen. Der Flußschiffer ruderte heran und half Nicholas ins Boot, damit er die begeisterten Schreie rings um sich hören konnte.

Michael Delahaye tauchte nicht wieder auf.

*

Im *Queen's Head* war die Stimmung erheblich besser, nachdem die angedrohte Vertreibung endgültig vom Tisch war. Durch die Verhaftung Rowland Ashways war der Vertrag über den Verkauf des Gasthofes annulliert worden. Der Ratsherr hatte jetzt keine Chance mehr, den Gasthof in seinen Besitz zu bringen. Die Erleichterung war so groß und so tiefgehend, daß sogar Alexander Marwood ein Lächeln übers Gesicht huschte. Er war nicht nur vor einem Handel bewahrt worden, der sich als viel nachteiliger herausstellte, als er angenommen hatte. Er war auch wieder mit seiner Ehefrau verbunden, die ihn ununterbrochen wegen der Idiotie beschimpfte, einen solchen Vertrag zu unterzeichnen. Eine mitternächtliche Aussöhnungsfeier brachte Marwood Erinnerungen an glücklichere Tage zurück.

Edmund Hoode fühlte sich in großzügiger Stimmung. Er bestellte Wein für sich und seinen Freund und nahm ihm gegenüber am Tisch Platz. Eine Woche war seit dem Festzug des Oberbürgermeisters vergangen, doch die Ereignisse waren immer noch heiß in den Köpfen.

»Ihr wart der Held der Stunde, Nick«, sagte Hoode.

»Ich mußte immerzu an den armen Hans Kippel denken.«

»Sein Tod ist jetzt gerächt. Und alle Verbrecher sind fest hinter Schloß und Riegel, einschließlich des Kämmerers höchstpersönlich. Wer hätte gedacht, daß ein Mann in solcher Position sich zu derartigen Verbrechen hinreißen läßt?«

»Die Versuchung hat ihn ganz einfach übermannt, Edmund.«

»Ja«, sagte der andere mit rauher Stimme. »Das gleiche könnte man von Lawrence Firethorn sagen. Wenn Ihr nicht dagewesen wärt, hätte uns diese Affäre in unendliches Unglück stoßen können. Welch ein Schauspieler, Nick! Und welch ein geiler Bock! Margery muß viel aushalten.«

»Sie kann einiges aushalten.«

Sie tranken ihren Wein und genossen das Vergnügen, wieder in ihrem Zuhause zu sein. Vielleicht war das *Queen's Head* nicht so gut ausgerüstet wie andere Gasthöfe, doch war es die von ihnen gewählte Heimat, und der Hauswirt war jetzt eifrig darum bemüht, mit ihnen zusammenzuarbeiten. Nicholas hatte einen neuen Vertrag ausgehandelt, der günstig für die Theatergesellschaft war, und brachte Marwood auch noch dazu, ein sehr wichtiges Zugeständnis zu machen. Im Gasthof mußte eine Arbeitsstelle für einen Mann gefunden werden, der dem Regisseur eine unschätzbare Hilfe gewesen und dessen Arbeitsplatz jetzt bedroht war. Leonard würde ab sofort im *Queen's Head* arbeiten; es war bestimmt gut, sein freundliches Gesicht im Gasthaus zu sehen.

Nicholas dachte an einen anderen Freund und lächelte.

»Was haltet Ihr von Abel Strudwick?« fragte er.

»Seine Verse sind eine Zumutung«, fauchte Hoode.

»Und doch hat er schließlich einen Markt dafür gefunden. Seine Ballade über den Festzug des Oberbürgermeisters ist Stadtgespräch. Er beschreibt meinen Kampf unter Wasser mit mehr Einzelheiten, als ich es selber könnte.«

»Der Bursche ist ein stümperhafter Verseschmied.«

»Laßt ihm doch seine Stunde des Triumphes, Edmund.«

»Er benutzt den Rhythmus, um damit wie mit einem Schwert zu hacken.«

»Es gibt schlimmere Dinge, die ein Mann tun könnte.«

Dem stimmte Hoode zu und betrachtete den Flußschiffer mit etwas größerem Sanftmut. Er verspürte eine gewisse Sympathie für ihn, weil er bei dem Duell der Worte so dramatisch unterlegen gewesen war. Es war ein Kampf zwischen einem Amateur und einem Professionellen gewesen. Abel Strudwick hatte einfach keine Chance gehabt. Er sollte diesen kurzen Moment des Ruhmes als Balladendichter ruhig genießen. Hoode mußte noch an einen weiteren Amateur in der Dichtkunst denken und kam auf das Bankett des Oberbürgermeisters zu sprechen, zu dem Nicholas als Ehrengast eingeladen worden war.

»Sagt mir, Nick. Wie war es?«

»Wie war was?«

»Dieses Stück – *Die Neun Riesen.*«

»Entdecke ich da gewisse Eifersucht?«

»Nein, nein, natürlich nicht«, sagte Hoode hastig. »Ich stehe über diesen Dingen, wie Ihr ja sehr wohl wißt. Meine Stücke werden seit Jahren immer wieder auf die Bühne gebracht, ich brauche keinen Rivalen zu fürchten. Ich möchte nur, daß Ihr mir erzählt, wie dieses Stück über neun würdevolle Tuchhändler denn eigentlich war.« Er stocherte ein bißchen herum. »Vielleicht ein wenig langweilig? Übermäßig lang und schlecht geschrieben? Minderwertig zusammengestellt?«

»Es wurde sehr gut aufgenommen«, sagte Nicholas.

»Von Mistreß Stanford?«

»Von Ihr ganz besonders.«

Hoode sank in sich zusammen. »Dann habe ich endgültig verloren.«

»Mir hat das Stück auch gut gefallen. Es hatte Klasse.«

»Welche Art von Klasse, Mann?«

»Höhe und Härte.«

»Da komme ich nicht ganz mit.«

»*Die Neun Riesen* erinnerten mich an unsere eigenen in Richmond.«

»Standen sie im Kreis?«

»Sie waren sämtlich groß, aufrecht und außerordentlich hölzern.«

Edmund Hoode lachte eine ganze Stunde lang.